MAX KORN

TALBERG
1935

Roman

WILHELM HEYNE VERLAG
MÜNCHEN

Sollte diese Publikation Links auf Webseiten Dritter enthalten, so übernehmen wir für deren Inhalte keine Haftung, da wir uns diese nicht zu eigen machen, sondern lediglich auf deren Stand zum Zeitpunkt der Erstveröffentlichung verweisen.

Penguin Random House Verlagsgruppe FSC® N001967

Originalausgabe 09/2021
Copyright © 2021 dieser Ausgabe
by Wilhelm Heyne Verlag, München,
in der Penguin Random House Verlagsgruppe GmbH,
Neumarkter Str. 28, 81673 München
Dieses Werk wurde vermittelt durch die
Literarische Agentur Thomas Schlück GmbH, 30161 Hannover
Redaktion: Tamara Rapp
Printed in Germany
Umschlaggestaltung: Sandra Taufer, München unter Verwendung von
Motiven von © Shutterstock.com (Besler Production, sergio34, Jamie Farrant, ilolab, JungleOutThere)
Satz: Satzwerk Huber, Germering
Druck und Bindung: CPI books GmbH, Leck
ISBN: 978-3-453-42459-3

www.heyne.de

Für meine Großmutter
28.4.1906 bis 11.9.1987

1
PROLOG

Fünfundzwanzig Namen. Väter, Söhne. Brüder, Ehemänner. Fünfundzwanzig, verteilt auf sechs Bauernhöfe. Dazu der Bäcker, der Fleischer, das Wirtshaus, die Schreinerei, der Steinhauer. Elf Familien. Jedes Haus, jeder Hof betroffen. Einundzwanzig an der Westfront, einer in Russland, einer in England, zwei in Italien. Tot oder verschollen zwischen 1914 und 1918. Fünfundzwanzig Namen, sauber in den hellgrauen Granitstein gemeißelt, der drei Jahre nach Kriegsende an der Nordseite der Friedhofsmauer errichtet worden war. Dort, wo der Wind im Winter die höchsten Schneewehen auftürmte und worauf Kirche und Glockenturm jahrein, jahraus einen Schatten warfen.

Fünfundzwanzig Namen.

Allerdings einer zu viel. Auf dem grob behauenen Stein, der schon kurz nach der Fertigstellung Flechten und Moos ansetzte, verewigte der Steinmetz Hauser im Auftrag der Dorfgemeinde auch den Namen eines Toten, der im Jahr darauf wiederkehren sollte.

BUCH ELISABETH

2

FLORIAN

Den meisten fehlte es an Schneid. Genau genommen, kannte er niemanden, dem er es zutraute. Am allerwenigsten sich selbst. Denn nachts war nichts Gutes im Wald. Wer nach Sonnenuntergang, spätestens aber nach dem Zwölfuhrläuten dort hineinschlich, tat dies nicht einfach aus einer Laune heraus. Wenn es dennoch passierte, war die Verzweiflung bereits größer als die Furcht vor dem, was in der Finsternis lauerte, im dornigen Dickicht, im undurchdringlichen Unterholz. Es lauerte hinter jedem Baum, egal ob Fichte, Kiefer, Buche, Ahorn oder Eiche, und unter jeder Wurzel, welche die mächtigen Stämme im schwarzen Waldboden festhielt. Verborgen in Reisig und Klaubholz. In den feuchten, lichtlosen Spalten der jahrtausendealten Felsformationen. Bizarre, von Riesen aufgetürmte Gebilde, die den Menschen in seiner Nichtigkeit noch kleiner erscheinen ließen. Wahrlich, die Angst saß überall und lachte im Gleichklang mit dem Heulen des Windes oder dem Gesang der Waldvögel. Und sie atmete. Ein Schnaufen und Stöhnen, verborgen im ewigen Rauschen der wogenden Wipfel. Die Angst sprach mit zahllosen Stimmen und schaute mit tausend Augen. Und ihr hing ein Geruch an, morastig und kupfrig, wie das nasse Fell eines tollwütigen Fuchses, der direkt aus der Hölle gekrochen war. Die Angst gehörte in den Wald, und der Wald gehörte der Angst.

Und trotzdem trieb er sich zu dieser unchristlichen Zeit hier herum. Noch dazu nüchtern. Aus der schieren Verzweiflung heraus, dachte der Schmidinger Florian, und weil der Herrgott für einen wie ihn bisweilen noch größere Ängste bereithielt als die vor einem finsteren Wald und dem, was darin lauerte. Was ihn hierhergetrieben hatte, war nichts weniger als die Furcht vor dem Teufel.

Er hatte seinen stets kargen Lohn wieder viel zu schnell ins Wirtshaus getragen, lange bevor die nächste Auszahlung fällig war. Dabei war es nicht so sehr die Sauferei, die ihm jeden Abend die Münzen aus dem Hosensack zog. Es war vielmehr das Pech, nie ein gutes Blatt auf die Hand zu bekommen. Egal ob beim Watten oder Schafkopfen – beides spielte man beim Hirscher in der Gaststube mit denselben schmierigen, abgegriffenen Karten, die schon durch Hunderte Hände gegangen waren. Die Spielkarten, die in letzter Zeit über den schartigen Wirtshaustisch hinweg in seine Richtung rutschten, schenkten ihm selten mehr als einen kläglichen Stich. Er verlor zu oft und zu viel – und doch konnte er nicht damit aufhören. Schon lange nicht mehr. Zum einen, weil er trotz allem daran festhielt, dass das Glück nur eine läufige Hündin war, die irgendwann auch zu ihm wieder zurückkehren würde. Zum anderen, weil ihm der Teufel im Nacken saß, bei dem er mittlerweile einen dermaßen großen Batzen an Spielschulden angehäuft hatte, dass er sie mit dem schmalen Salär eines Hofknechts niemals würde zurückzahlen können.

Das Glück, Kreuzkruzifix!

Glück hatte er nie viel besessen, und irgendwann war auch das letzte bisschen davon auf der Strecke geblieben. Darum der Wald. Darum mitten in der Nacht. Der Dunkelheit ausgeliefert, dem pfeifenden Wind, der wie eh und je von Böhmen her um die Ostflanke des Berges blies, als beabsichtigte er, das gesamte Gesteinsmassiv nach Westen zu verschieben. Diesen Berg, in dessen Schatten sich seit Menschengedenken alles und jeder duckte. Aus Ehrfurcht und Demut vor der Schöpferkraft des Herrn – oder aber weil es keine Gewissheit gab, ob nicht vielmehr andere, das Weihwasser scheuende Kräfte hier oben das Sagen hatten.

Schmidinger schlug ein Kreuzzeichen. Dabei ging er sogar ein Stück in die Knie, innerlich wie äußerlich, weil er in dem Moment dem tief hängenden Ast einer Buche ausweichen musste, in den er beinahe hineingestrauchelt wäre. Etwas Klebriges legte sich über sein Gesicht, und er wischte sich angewidert mit dem Unterarm über Stirn und Nase. Nur eine Spinnwebe, versuchte er sich zu beruhigen. *Nur eine Spinnwebe!*

Dann war er gedanklich wieder bei dem, wovor sich ein einfacher Mann wie er in der heutigen Zeit alles zu ducken hatte. Neuerdings beugte nämlich auch die schnarrende Stimme eines anderen die Leute. Auch vor diesem Österreicher verspürte er jene Form von Respekt, die einen unangenehmen Hohlraum unterhalb seines Zwerchfells entstehen ließ. Niemals würde er laut aussprechen, was er tief in sich drin dachte; nämlich, dass der Hitler in seinen Augen kaum besser war als der Teufel. Einschüchternd vor allem, wenn auch auf eine andere Art.

Schieß mir ein Reh, hatte der Teufel von ihm verlangt, *dann lass ich dich eine Woche länger leben.*

Dem Teufel gehörte der hiesige Steinbruch.

Ludwig Teufel war ein *Geldiger* aus der Stadt, der gleich nach dem Krieg den Granitsteinbruch an der Südflanke des Berges gekauft hatte. Damals, als die Leute aus der Gegend noch zu benommen waren, zu desorientiert, zu verstört und in ihrer Trauer gefangen, um ans Geschäftemachen zu denken. Da hatte der Teufel mit einem Geldbündel gewedelt und der Hirscher schneller nachgegeben, als wenn es darum gegangen wäre, eine Runde Schnaps an seine Stammgäste auszuschenken. Knausrig, wie er war, kam dies nur alle heiligen Zeiten und stets in einem Anflug von Leichtsinn vor. Aber in dem unsäglichen Leid, das den Wirt der Dorfschänke kurz nach Kriegsende niederdrückte, hatte er vermutlich nicht mehr vernünftig denken können. Wie so viele andere in jener grauenhaften Zeit der Ernüchterung. *Deine Buben kommen eh nicht mehr heim, der Bruch wird dir nur noch eine Last sein*, hatte der Teufel wohl gesagt. *Und jetzt unterschreib, Hirscher, unterschreib!*

Und der Hirscher Franz hat unterschrieben und ihnen dadurch den Teufel ins Dorf geholt. *Weshalb ich heute auf der Pirsch bin*, resümierte Schmidinger geknickt. Damit der Teufel ihn nicht abstechen ließ, von einem seiner Arbeiter, einem der Tschechen, die er herübergeholt hatte, statt die Hiesigen zu beschäftigen, die Tage- und Wochenlöhner, die jede Arbeit gut gebrauchen konnten. Als wären die Tschechen bessere Steinhauer, als verstünden sie etwas vom bayerischen Granit. Er schüttelte den Kopf und spürte gleichwohl, dass die Wut etwas Wärmendes hatte. *Spielschulden sind Ehrenschulden! Und das Leben ist grausam! Darum geh und schieß mir ein Reh, das wär dann der Zins für diese Woche. Außerdem darfst du dann weiterhin gegen mich verlieren, Schmidinger!*

Der Teufel war nicht nur ein ausgefuchster Geschäftsmann, sondern zu allem Überfluss auch ein sakrisch guter Kartenspieler, überlegte der Schmidinger, während er durchs Unterholz stiefelte. Mit kalten Füßen, weil die Stiefel Löcher hatten, ebenso wie die Wollsocken, die ihm seine Mutter gestrickt hatte. Dieses letzte Paar, das noch fertig geworden war, bevor der Tod sie im vergangenen Winter geholt hatte. Über ein Dreivierteljahr war das nun her, doch so eiskalt, wie der Ostwind durch die Stämme und Sträucher fegte, würde der erste Schnee auch heuer nicht mehr lang auf sich warten lassen.

Er sollte nicht an den Winter denken, nicht an die Kälte und schon gar nicht an den Tod. Ebenso wenig sollte er zu dieser Stunde im Wald umherirren. Die Büchse hing schwer über seiner Schulter, und der abgewetzte Kolben schlug ihm bei jedem Schritt gegen die Hüfte. Es war nicht sein Gewehr. Selber hat er nie eins besessen, und so, wie die Dinge lagen, würde das auch nie der Fall sein. Zumindest so lange sie ihn nicht holen kamen und wieder in eine Uniform steckten, so wie es einigen der Jüngeren im Dorf schon ergangen war, seit das Reich im März die Wehrpflicht wieder eingeführt hatte. Etwas, das keiner wirklich wollen konnte von denen, die den letzten Krieg überlebt hatten, dachte er bei sich. Und dennoch gab es welche, die es nicht erwarten konnten, aufs Neue einzurücken.

Schmidinger zog Schleim aus dem Rachen und spuckte aus. Nicht mehr für alles in der Welt, schwor er sich, und ganz gewiss nicht für ein eigenes Gewehr. Und erst recht nicht für den Hitler.

Nur gut, dass er wusste, wo der Wegebauer, bei dem er seit drei Jahren in Lohn und Brot stand, seine Büchsen aufbewahrte, und dass der Schrank, der im Gang zwischen

Stall und Milchküche stand, nicht immer abgesperrt war. Vor allem jetzt im Oktober nicht, nachdem die Forstverwaltung den Abschuss von Rotwild freigegeben hatte, zumindest für diejenigen, die eine Genehmigung besaßen. So wie der Wegebauer, der es seit der Jagdfreigabe mit dem Absperren des Waffenschranks nicht so genau nahm, um das Gewehr schnell bei der Hand zu haben, falls sich hinter den Stallungen ein Bock in der Niederung sehen ließ. Aus diesem Grund waren die Büchsen auch stets gut geölt, und es lag ausreichend Munition parat. Verkehrt wäre es trotzdem nicht, wenn es ein Geheimnis zwischen ihm und dem Herrgott bliebe, dass er heute Nacht ungefragt ein Gewehr ausgeliehen hatte. Und außerdem wäre es praktisch, wenn er es rechtzeitig wieder zurückgestellt bekäme, bevor es dem Wegebauer einfiel, in seinen Schrank zu schauen.

Immerhin meinte er zu wissen, wo er ein Reh abpassen konnte.

Nicht nur, dass es ihm mittlerweile saumäßig kalt war in seiner dünnen Jacke, die schon oft gestopft worden war und bei der seit seinem letzten Wirtshausbesuch nun auch noch ein dritter Knopf fehlte. Zudem quälte ihn der Hunger bei dem Gedanken an ein Stück saftiges Rehfleisch. Was ihm nicht zu verübeln war, hatte man ihm heute Abend doch wieder nichts als eine dünne Brotsuppe vorgesetzt. Gespart wurde, auf den Winter hin, dabei war die Ernte einträglich ausgefallen, und das Vieh stand gut im Futter. Doch der Wegebauer war ein Knauser wie alle Bauern, für die er sich schon den Buckel krumm geschuftet hatte.

Ein Rascheln jenseits eines wild wuchernden Weißdorngebüschs riss ihn jäh aus seinen Gedanken. Abgelenkt, wie er die letzten Minuten gewesen war, wusste er mit einem Mal nicht mehr, wo genau er sich befand. Und es war zu finster, um nach einer markanten Gesteinsformation oder einem besonders auffällig gewachsenen Baum Ausschau zu halten, der ihm dabei geholfen hätte, sich schnell wieder zurechtzufinden. Der Wald war ihm natürlich keineswegs fremd. Er kannte den Forst und den Berg von klein an. Aber nachts und abseits der Wege, den ausgetretenen und den versteckten, die man sich mit dem Wild, den Füchsen und Jägern teilte, da sah es mit der Orientierung ein wenig anders aus.

Schmidinger richtete den Blick nach oben, doch über den Baumkronen funkelten keine Sterne mehr. Wann hatte es zugezogen? Er richtete eine stille Bitte an den heiligen Petrus, es bloß nicht auch noch regnen zu lassen. Das hätte ihm gerade noch gefehlt, durchnässt zu werden bis auf die Knochen, jetzt, da er ohnehin schon fror wie ein junges Kätzchen, das zu spät im Herbst geworfen worden war. *Weiter jetzt*, mahnte er sich. Er war ganz sicher richtig, hier an der Südflanke. Irgendwo ganz in der Nähe musste die kleine, ein wenig abfallende Lichtung liegen, zu der er sich aufgemacht hatte. Dorthin, wo sich das Wild zum Äsen aus dem Dickicht wagte und es selbst in wolkenverhangenen Nächten noch hell genug war, um zu treffen. Ja, wenn er auch sonst nicht viel konnte, gut geschossen hatte er schon immer. Selbst bei schlechter Sicht und aus den Schützengräben heraus, die sie am Frontbogen von Saint-Mihiel südlich der Maas in die durchnässte Erde gezogen hatten. Ihm reichte der blasse Schein des Mondes; solang dieser noch ab und an durch die Wolkenlöcher blitzte, fand Schmidinger sein Ziel. Oder er würde das Morgengrauen abwarten, um ganz sicherzugehen. Auch wenn das bedeutete, eine halbe Ewigkeit frierend im Dickicht zu kauern. In der unchristlichen Zeit zwischen Nacht und Tag würde das Wild sich ohne

Zweifel auf der Lichtung blicken lassen. Und alles sich zum Guten wenden, wenigstens für die nächste Woche. Er würde ein Reh erlegen, es aufbrechen, ausweiden und dem Teufel vor die Tür seiner Steinbruchbaracke legen, in der dieser tagsüber hockte, seinen tschechischen Steinhauern beim Schuften zusah und sein Geld zählte.

Geh und schieß mir ein Reh!

Wenn er erst auf der Lichtung war, wusste er den Berg zwischen sich und dem Dorf, und nur deshalb konnte er sich überhaupt trauen, das Gewehr zu benutzen. Weit genug weg, dass der stete Wind den verräterischen Knall verschluckte oder zumindest in eine Richtung davonwehte, in der keine Gehöfte und Häuser standen.

Plötzlich blieb er mit dem linken Stiefel an einer Wurzel hängen und stolperte vorwärts, hinein in eine Gruppe Haselnussstauden, wobei einer der dünnen Äste zurückgebogen wurde und ihm ins Gesicht schnellte wie eine Ochsengeißel. Direkt auf den Nasenrücken, heiß und dermaßen heftig, dass es ihn auf den Hosenboden setzte. Hart prallte er mit seinem knochigen Hintern auf eine unter Tannennadeln und Laub verborgene Steinplatte. Er hörte, wie der Gewehrkolben unter seinem Gewicht knirschte, und das ließ ihn den stechenden Schmerz beinahe gleich wieder vergessen. Mit wässrigem Blick untersuchte er die Büchse und fühlte mit Ärger und Bedauern die Scharte im polierten Holzschaft. Er konnte nur hoffen, dass sich durch den Sturz der Lauf nicht verzogen hatte.

Erneut raschelte es nicht weit unterhalb von ihm, gefolgt vom Knacken brechender Zweige. Der Schreck darüber half ihm schnell wieder auf die Beine. Sein immenser Respekt vor dem Wald, der ihm schon bei Tageslicht unheimlich war, erzeugte eine bedrückende Enge in seiner Brust. Das Morgengrauen lag noch in weiter Ferne. *Die Nacht gehört nicht den Menschen, nicht denen, die zum Herrgott beten,* hatte seine Mutter immer gesagt, und er wusste sehr wohl, wie das gemeint war. Doch jetzt und hier, zwischen den Bäumen und Sträuchern, *spürte* er es auch. Und weil die Angst jetzt endgültig zupackte, legte er an und zielte talwärts, dorthin, wo es zuletzt geknackt hatte. Selbst in der Dunkelheit meinte er eine schleichende Bewegung auszumachen und schalt sich augenblicklich, nicht doch noch ein, zwei Schnäpse getrunken zu haben, bevor er aufgebrochen war. »Wer da?«, krächzte er, da es ihm nicht gelang, seine Stimme gegen den Wind zu erheben. Gleichzeitig stellte er fest, dass er gar keine Antwort hören wollte. Über Kimme und Korn starrte er hinaus in die Nacht. Sein Atem ging zu schnell, als dass er den Gewehrlauf ruhig halten konnte. *Ich schieße,* dachte er. *Ich muss nicht mal treffen, es reicht, wenn ich schieße, um zu vertreiben, was immer dort unten auch ist.* Wie damals im Krieg. Wahlloses Sperrfeuer über die von Stacheldraht durchzogene Ebene. Sein Finger lag auf dem Abzug. Das Blut rauschte ihm in den Ohren. Doch statt des Knalls, den sein Kopf fast schon vorwegnahm, hörte er einen Schrei, der ihm durch Mark und Bein fuhr und endgültig alle Wärme aus seinem Körper sog.

3

ELISABETH

Das Herz schlug ihr heftig in der Brust. Für den Moment wusste sie gar nicht, wie ihr geschah. Ob sie nicht doch aus einem Schlaf hochgefahren war, dem sie sich nicht hingeben wollte.

Es war dunkel in der Stube. Die Kacheln des Ofens hielten noch immer die wohlige Wärme des gestrigen Feuers, das während der Nacht zu einem Häufchen Asche heruntergebrannt war.

Wie spät mag es sein?

Sie drückte ihren Rücken gegen die tönernen Rundungen, so fest, als könnte sie damit verschmelzen, unsichtbar werden vor dem, was sie aufgeschreckt hatte. Die Katze lag neben ihr auf der Ofenbank und machte vorerst keine Anstalten, das warme Plätzchen aufzugeben. Erst als die schweren Schläge ein weiteres Mal gegen die Haustür hämmerten, rührte sie sich, maunzte aufgebracht, sprang von der Bank und huschte unter den Nähmaschinentisch am Fenster. Elisabeth zog die Strickjacke vor ihrer Brust zusammen. Darunter trug sie nur ihr Nachthemd. Eigentlich hätte sie drüben in der Kammer im Bett liegen sollen, weshalb sie sich Zeit ließ, auch wenn mehr und mehr Ungeduld aus den Schlägen gegen die

Haustür sprach. Sie sah hinunter auf ihre nackten Zehen, klamm von der Kälte, die durch die Ritzen in den Holzdielen zu ihr hinaufdrang. Wilhelm schimpfte sie immer aus, wenn sie barfuß herumlief, weil es sich nicht schickte, wie er meinte. Wilhelm, der sie immerzu belehrte …

Das wütende Hämmern von unten drängte sie nun doch dazu, die Ofenbank zu verlassen. Sie trat von der Wohnstube hinaus in den Flur, ohne das Licht anzuschalten.

»Mach auf! Himmelherrgott!«, hallte es durch die robuste Eichenholztür und das Stiegenhaus herauf, als sie am Treppenabsatz angekommen war. Wohlweislich hatte sie abgesperrt, sonst wäre er einfach hereingeplatzt. Sehr wahrscheinlich sogar, ohne sich vorher anzukündigen. So wie er es in der Regel tat, weil er es für selbstverständlich hielt. Weil *er* die Regeln machte. Und seines Erachtens galt: Was ihm gehörte, durfte er auch ungefragt betreten. Das hatte er ihr einmal recht deutlich zu verstehen gegeben.

Was ihm gehörte.

Sie stieg die knarzende Holztreppe hinab und nahm den Schlüssel von dem Nagel, den ihr Mann neben dem Türstock in die Wand geschlagen hatte. Sie steckte ihn ins Schloss, entriegelte die Tür und öffnete sie einen Spalt. Kalte Luft stob herein und biss ihr in die nackten Beine, doch das spürte sie kaum. Sie musste blinzeln. Da stand er, gebeugt im Windfang, in einen Mantel gehüllt. Auf dem Kopf den verformten Filzhut, ohne den er nicht aus dem Haus ging. Seine Augen blieben im Schatten der Hutkrempe verborgen, und dennoch leuchteten sie aus dieser Schwärze heraus, schwefelgelb wie die Augen eines Höllenhundes. Sie spürte ihre Furcht vor dem grobschlächtigen, stets wütenden Mann aufflammen, den im Dorf alle nur den Waldbauern nannten.

Der Mann, der Josef Steiner hieß und ihr Schwiegervater war. Ein Despot, vor dem alle buckelten, wenn er nur seine Stimme erhob, wozu ihm meist ein nichtiger Anlass reichte. Von der Statur her war der Waldbauer nicht größer als die anderen. Doch es machten sich alle kleiner vor ihm, weshalb es ihm so vorkommen musste, als ob er sie überragte.

»Warum sperrst du ab?«, fauchte er, die Karbidlampe auf Schulterhöhe angehoben, um ihr durch den Türspalt ins Gesicht zu leuchten. Die Flamme darin zitterte und zeichnete tiefschwarze, sich ständig verformende Schatten in das fältige Gesicht des Bauern.

Er sieht es, kam es ihr in den Sinn, *er wird bemerken, dass ich noch nicht im Bett war.*

»Ich bin allein«, brachte sie mit leiser Stimme vor, weil es besser war, die Glut, die ohnehin schon in ihm loderte, nicht noch mehr anzufachen. Manchmal war es durchaus angebracht, Angst zu haben. »Wilhelm ist noch nicht daheim«, fügte sie hinzu, nachdem sie den Blick gesenkt hatte.

»Freilich nicht«, zischte er, und einen Moment lang erwartete sie, dass er auf sie lossprang, wie es sein scharf abgerichteter Hofhund zu tun pflegte, bis sich die Kette, die um den Hals des räudigen Köters lag, aufs Äußerste spannte und so verhinderte, dass er die schwefelgelben Fänge in ihren weichen Bauch schlug.

»Zieh dich an, wir gehen auf den Berg!«, knurrte der Waldbauer, auf eine Art, die keine Widerworte duldete.«

»Auf den Berg?«, wisperte sie.

Zornentbrannt trat er mit seinem schweren, eisenbeschlagenen Stiefel gegen die Tür. Sie konnte gerade noch zurückweichen, ehe sie getroffen wurde, und taumelte dabei nach hinten und gegen das Treppengeländer, das sie vor dem Sturz rettete. Die Haustür schlug mit dem Riegel gegen die Wand, dass der Putz zu Boden rieselte. Breit füllte der Waldbauer den Türrahmen. Hinter ihm prasselte der Regen auf die Steinplatten vor dem Haus. In der Linken trug er die Karbidlampe, in der Rechten seinen Stock, einen nahezu mannshohen Holzprügel, den er stets mit sich führte und ohne zu zögern einsetzte, wenn er es für angebracht hielt. Josef Steiner brauchte keine Stütze, aber er brauchte etwas in seiner Hand, womit er austeilen konnte, wann immer ihm danach war. Dabei machte es keinen Unterschied, ob es sein Vieh, den Hund, seine Knechte oder die Mägde traf. Oder seine Frau, die Kinder. Die Schwiegertochter.

Er schob seinen wuchtigen Leib zwei Schritte näher, was die getünchten Mauern ringsherum enger zusammenrücken ließ, dann beugte er sich zu ihr vor. Sie konnte seinen sauren Atem riechen. Diese giftige Mischung aus Zorn, Gram, Seelenschmerz und Zügellosigkeit, die sich über fünfzig Jahre in ihm gesammelt und aufgestaut hatte. Eine Mischung, die fortwährend in ihm gärte und sehr schnell zum Überschäumen neigte. Zu den Gerüchen aus seinem Inneren kamen die Ausdünstungen, die seinem Gewand unter dem triefend nassen Mantel entwichen. Alles zusammen drehte Elisabeth den Magen um.

»Schick dich jetzt!«, brüllte er und rammte den Stock in die Dielenbretter, dass es unter ihren nackten Sohlen zitterte.

»Was ist auf dem Berg?«, wagte sie zu fragen, und der Waldbauer, dem Regenwasser von der Hutkrempe auf die massigen Schultern und von dort auf sie herabtropfte, wurde noch zorniger. Das Licht der Lampe in seiner bebenden Hand verlieh ihm eine diabolische Fratze. »Wir holen ihn heim!«, spie

er ihr entgegen, als hätte sich bittere Galle in seinem Rachen gesammelt.
»Wen?«
»Frag nicht so dumm, Weib!«, brüllte er in den Hauseingang hinein.

4

Mit neunhundertdreißig Metern war der Friedrichsberg nicht nur die höchste Erhebung in der Marktgemeinde, sondern auch im gesamten Passauer Land. Er war damit kein Riese. Nicht einmal vergleichbar mit dem Höhenzug des Böhmerwalds, der sich mit Gipfeln bis über vierzehnhundert Meter schmückte. Und schon gar keine Konkurrenz zu den Alpen, die man gelegentlich bei besonders klarem Wetter in weiter Ferne aufragen sah. Doch für die Bewohner des Dorfes, das sich an seine nach Norden und Westen verlaufenden Hänge schmiegte, stand die bewaldete, kegelförmige Erhebung die meiste Zeit des Tages zwischen ihnen und der Sonne.

Woher der Berg seinen Namen hatte, wusste keiner so recht. Egal, wen man fragte, ob jung oder alt, ob Häusler- oder Bauersleut, ob Steinhauer, Holzarbeiter, Weber oder Handwerker, ob Tagelöhner, Knecht oder Magd, ob Großvater oder Großmutter, ob abergläubisch oder gottesfürchtig, es schien, als hätte jeder seine eigene Geschichte dazu, und wer seine Sinne einigermaßen beieinanderhatte, glaubte keine davon zur Gänze. Allerhöchstens jene, die der alte Pfarrer Seibold einmal pro Schuljahr zum Besten gab und die, wenn auch unspektakulär, sich dennoch am plausibelsten anhörte. Zumal man der Geistlichkeit ohnehin leichter glaubte – und falls doch nicht, dann wagte man zumindest nicht zu widersprechen.

Hochwürden Seibold zufolge existierte eine aus dem 16. Jahrhundert stammende Niederschrift im Kirchenregister der bischöflichen Erzdiözese zu Passau, in der die Bezeichnung Friedrichsberg erstmals Erwähnung fand. Leider fehlte auch in diesem Dokument jegliche Erklärung, wieso die von weither sichtbare Erhebung nach einem Friedrich benannt worden war, geschweige denn, welcher Friedrich überhaupt damit gemeint sein mochte.

Natürlich nannte niemand in Talberg den Berg bei seinem amtlichen Namen. Im heimatkundlichen Unterricht bekamen die Dorfschüler erzählt, dass der Wegscheider Forstwald, in dessen Mitte sich der Berg befand, bis zur Hälfte des 17. Jahrhunderts unbesiedelt gewesen war. Bis schließlich ein Mann namens Lehner, der das Müllerhandwerk zu verrichten verstand und ursprünglich aus dem Donautal stammte, damit anfing, die nordwestliche Flanke des mächtigen Granitkegels zu roden, und dort einen Hof gründete. So übertrug sich dessen Name auf den nutzbar gemachten Ausläufer des Berges, so wie es zu jener Zeit und noch bis vor Kurzem in der Gegend gemacht wurde. Doch es war nicht der in irgendeinem Kirchenregister vermerkte Familienname des Müllers, der den Ausschlag gab. Der Tradition des Landstrichs gerecht werdend, schuf die Aneinanderreihung der Vornamen der Hofbesitzer einen Hausnamen, der fortan für das Anwesen stehen sollte. Im Falle des Müllers gaben Vitus, genannt Veicht, und dessen Sohn und Hoferbe Matthias, genannt Hiasl, zuerst ihrem Land den Namen Veichthiasl, welcher sich später im Volksmund auf den Berg übertrug. Womit die offizielle, immer noch in Landkarten geführte Bezeichnung Friedrichsberg für die Leute in seinem Schatten kaum noch Relevanz besaß.

Nachdem rund hundert Jahre später der nachfolgenden Generation der Müllerfamilie Lehner keine männlichen Erben entsprangen, heiratete ein gewisser Josef Steiner in den Hof ein, dessen Enkeln und Urenkeln schließlich der Hausname Waldbauer gegeben wurde. In diesem Fall benannt nach der Tätigkeit, mit der sie zu jener Zeit bereits ihr ständig wachsendes Vermögen erwirtschafteten.

Was jedoch als Name für den Berg blieb, war Veichthiasl. Und klang dieser Name in den Ohren von Ortsfremden, die ihn zu hören bekamen, eher erheiternd, so war er für die Bewohner an seinem Fuße mehr wie das unterdrückte Gemurmel eines gotteslästerlichen Fluchs, sofern er überhaupt ausgesprochen wurde.

Waren die Tage kalt oder es zog der Föhn vom Voralpenland die Donau herunter und übers Rottal herein, konnte man von der Spitze des Veichthiasl in südliche Richtung bis hinein in die Salzburger Alpen und ins Totengebirge schauen. Nach Osten ins Mühlviertel und nach Norden bis zum Arber. Stockfinster und regenverhangen, wie es heute jedoch war, sah man kaum die Hand vor Augen, geschweige denn irgendetwas von einem Berg. Aber auch wenn man ihn nicht sah, so hörte man ihn, oder vielmehr hörte man den Wind, der sich unermüdlich an ihm abarbeitete. Und wenn man tief in sich hineinhorchte, dann spürte man ihn auch. Zumindest spürte ihn Elisabeth, die empfänglich für die Natur um sie herum war. In ihrem Inneren vernahm sie mal deutlich, mal weniger deutlich, was das Land, die Wiesen und Äcker, die Wälder, die Bachläufe und Auen und all jenes, was in und auf ihnen lebte, zu sagen hatten. Schon früh als Kind hatte sie gelernt, dass die Gabe des *Hineinhorchens* nicht jedem gegeben war. Ja, genau genommen kannte sie eigentlich nur noch *eine* weitere Person, von der sie es sicher wusste.

Im Moment war die Natur jedoch zu laut und zu wild, als dass man ihr mit dem Herzen hätte zuhören können. Ebenso wusste sie nicht, was sie davon halten sollte, dass sich ihr Schwiegervater die Mühe gemacht hatte, als Erstes hinunter ins Dorf zu gehen. Wer den üblichen Weg auf den Berg wählte, passierte zwangsläufig den Steiner-Hof, der bereits hoch genug über dem Dorf lag, um auf alle anderen herabschauen zu können. Jedenfalls wäre dem Alten die halbe Fußstrecke bergwärts erspart geblieben, wenn er, statt selbst zu kommen, einen der Knechte zu ihr geschickt hätte, um sie hinaus in den Regen zu zerren. Dass er es sich trotzdem nicht hatte nehmen lassen, sie persönlich zu holen, bewies ihr die Dringlichkeit des nächtlichen Ausflugs.

Sein Wille geschehe!

Es goss aus Kübeln, und doch waren sie nicht allein unterwegs. Als sie an der Kirche abbogen, stießen sie auf eine Gruppe verhüllter Gestalten, die allem Anschein nach nur auf ihre Ankunft gewartet hatten. Elisabeth erkannte den Michl, den jüngsten Sohn vom Steiner und somit einen ihrer Schwäger. Dazu zwei der Knechte, die für ihren Schwiegervater arbeiteten. Ebenso stand dort der Leiner, der Dorfbäcker, den man gleich an seiner feisten Statur erkannte. »Heil Hitler!«, grüßte er als Einziger, vermutlich weil er sich als von der Partei ernannter und auf den Führer vereidigter Ortsvorsteher dazu verpflichtet fühlte. Ein Posten, den der Bäcker, so wie allgemein behauptet wurde, nicht der Reichsleitung in Berlin, sondern allein der Gunst von Josef Steiner verdankte. Was wiederum den Leiner ebenso zum Lakaien des Waldbauern machte, wie dessen Mägde und Knechte es waren.

Die Gruppe der Wartenden vervollständigten drei bis zu den Augen vermummte Mannsbilder, von denen sie der schwächelnden Funzel in ihren Händen, des heftigen Schauers und ihres Schweigens wegen nicht zu sagen vermochte, um wen es sich handelte. Wortlos defilierte der Waldbauer an den Leuten vorbei, Elisabeth fest im Griff, nachdem er ihr die Lampe überlassen hatte, um für sie beide den Weg auszuleuchten. Bis auf den Bäcker schlossen die Männer sich ihnen an, und das brachte Elisabeth einerseits noch mehr durcheinander; andererseits war sie erleichtert, dass sie nicht alleine mit dem Alten hinaus in die Nacht ziehen musste. Wind und Wetter trotzend, pilgerte die Prozession alsbald bergwärts, und neben dem gedämpften Flüstern und Raunen unter den Männern war durchaus auch das Murmeln von Gebeten zu vernehmen.

Der alte Steiner stapfte voraus, hinter sich das Gefolge. Acht Männer und sie, bei strömendem Regen hinauf zum Veichthiasl, und keiner hielt es für angebracht, ihr mitzuteilen, weshalb man sie in dieser gottverlassenen Unwetternacht dort oben auf dem Gipfel dabeihaben wollte.

Aber war das überhaupt nötig? Wusste sie nicht längst, wozu das ganze Schauspiel diente?

5

Der Turm stand seit vorletztem Sommer auf dem Gipfel. Höher als ursprünglich geplant, aber er wollte sichergehen, dass die Aussichtsplattform auf jeden Fall über die Baumwipfel hinausragte. So kam es, dass die Holzkonstruktion in nur zwei Monaten Bauzeit über zwanzig Meter hinauf in den Himmel gewachsen war. Entworfen und errichtet unter der Aufsicht des Oberstudienrats Wilhelm Maximilian Steiner – ihres ihr mit Gottes Segen angetrauten Ehemannes.

Erbaut wurde der Turm mit Fichtenholzstämmen aus dem Wald seines Vaters, die im Sägewerk von Alfons Eidenberger unten am Osterbach zurechtgesägt worden waren, bevor der Schreinermeister Riedl und seine Gesellen die auf Maß gefertigten Balken und Verstrebungen mit Zinken, Zapfen und Nuten versahen, damit sie sich zu einer Einheit verbinden ließen, so fest und unverrückbar, wie es laut den Worten des Pfarrers auch eine Ehe sein sollte – bis dass der Tod sie schied.

Auch die Bretter für den Aufstieg, das Geländer und die Umwandung hatte die ortsansässige Schreinerei gesägt, gehobelt und angepasst. Alles sauber angefertigt nach Wilhelms akribisch ausgearbeiteten Plänen, bevor das komplette Baumaterial mithilfe von fünf Pferdefuhrwerken auf die neunhundertdreißig Höhenmeter hinaufbefördert worden war. Dann, weil er viele Hände gebraucht hatte, um den Turm in so kurzer Zeit zu errichten, hatte er neben einer Handvoll von seinem Vater bezahlten Arbeitern auch seine Schüler antreten lassen. Während der schulfreien Sommermonate, die eigentlich dafür bestimmt waren, dass die Buben und Mädchen bei der Heuernte auf den heimischen Höfen eingespannt werden konnten. Doch Wilhelm verfügte als Dorflehrer über ausreichend Autorität in Ort und Umgebung, dass die Bauersleut ihre Kinder, wenn auch bisweilen widerwillig, zu ihm auf den Berg schickten. Vorrangig die Knaben natürlich, all jene, die zu diesem Zeitpunkt älter als zehn Jahre waren, so wie Wilhelm es verlangte. Aber auch fünf, sechs der Mädchen wurden beschäftigt und für die Verpflegung der freiwilligen – wie auch der unfreiwilligen – Arbeiterschaft mit Brot, Speck, Wasser und Bier eingeteilt, die fortwährend in Weidekörben aus dem Dorf heraufgeschleppt wurde. All diese Dienste hatte Wilhelm von der Elternschaft eingefordert, und bis auf zwei oder drei, die weder seine Autorität noch Namen und Abstammung fürchteten, waren sie seinem Aufruf nachgekommen. Einige sicherlich zurückhaltender, doch die meisten unter den Kindern voller Tatendrang, weil es vor allem für die Buben abenteuerlicher klang, einen Holzturm auf dem Veichthiasl zu errichten, als in den Wiesen und Auen Heu zu wenden, zu rechen und zusammenzutragen oder in der prallen Sonne die Ernte von den Feldern zu schaffen, ohne die Aussicht auf einen Kanten Brot oder einen Schluck Bier zwischen dem kargen Frühstück und einem keineswegs üppigen Abendbrot.

Nachträglich hieß es, unter seinen stets argwöhnischen Blicken habe Wilhelm die Burschen schuften lassen wie damals die Römer ihre Sklaven auf den Galeeren, und man habe nach den acht Wochen, in denen der Turm in die Höhe gewachsen war, kaum einen von ihnen noch zu irgendwas anderem gebrauchen können, so erschöpft und ausgelaugt seien sie gewesen. Allerdings grenzte es an ein Wunder, dass in der ganzen Zeit keinem der Kinder ein größerer Schaden widerfahren war. Von ein paar gequetschten Fingern, einigen Schrammen, Abschürfungen und Fleischwunden und einem zertrümmerten Fuß einmal abgesehen. Der Turmbau auf dem Friedrichsberg hatte in seiner Waghalsigkeit niemanden das Leben gekostet, und das war der wahre Segen. Dafür musste man dankbar sein, hatte Wilhelm bei der festlichen Einweihung am Tag von Mariä Geburt verlauten lassen, ebenso wie der Pfarrer, der dieselben Worte in seiner Rede zur Segnung des Bauwerks gewählt hatte, als hätten sich Priester und Lehrer vorher abgesprochen.

So kam das Dorf unter dem Berg zu einem Turm. Zu Ehren der Machtergreifung Hitlers, wie der Ortsvorsteher gerne behauptete, auch wenn alle im Dorf es besser wussten. Zu Vermessungszwecken, hatte Wilhelm nämlich mehrfach klargestellt, als er den Antrag in der Bürgerversammlung im Jahr zuvor vorbrachte, obwohl er sein Projekt auch ohne jede Einwilligung hätte durchführen können. Immerhin stand der Turm auf familieneigenem Grund, und schon allein deswegen hätte es niemand gewagt, ein Veto gegen die Pläne vom Waldbauer-Sohn einzulegen. Von einem Mann, der über die Fähigkeit und die Geduld verfügte, den Kindern im Ort Rechnen, Lesen und Schreiben beizubringen. Einem, der studiert hatte, in München droben, und ein Diplom mit heimgebracht hatte, so wie es vorher noch keinem aus ganz Talberg und Umgebung möglich gewesen war. Außerdem stünde der Turm für jeden offen, hatte es geheißen, um die Aussicht auf das schöne Land des Waldbauern zu genießen. Auf das Land der in diesem gottgesegneten Flecken Erde angesiedelten Familien und darüber hinaus, bis weit hinüber nach Österreich und ins Tschechische.

Das tosende Unwetter, das mit jedem Meter, den sie bergan stiegen, an Heftigkeit zunahm, versprengte heute freilich jeden Gedanken an einen Blick in die Landschaft. Es herrschte nur noch Finsternis, durchtränkt von eisigem Wasser, dass sich sintflutartig aus einem schwarzen Himmel ergoss. Die Natur zeigte sich, wie sie wirklich war. Abweisend, rau und unbarmherzig gegenüber denen, die sich in sie hineingewagt hatten. Ja, man mochte Schönheit darin sehen, wenn die Sonne am hohen blau-weißen Himmel stand und die bewaldeten Bergrücken in der Ferne durch den Dunst blaugrün schimmerten, dort, wo sie mit dem Horizont verschmolzen. Wenn die satten Wiesen in voller Blüte standen und die Weizenfelder gelb leuchteten. Doch wie kurz währte diese Zeit, bevor der harsche Wind aus dem Böhmischen wieder die dunklen Wolken herantrug, die in ausdauerndem Regen zuerst die Auen und danach die Äcker fluteten, sodass die Ernte verfaulte, die nicht rechtzeitig eingebracht werden konnte. Und nach dem Regen kam alsbald der Schnee, direkt von Sibirien herüber, wie die Leute oft zu scherzen pflegten, ohne dass auf so eine Äußerung wirklich jemand mit einem Lachen antwortete. *A Dreivierteljahr Winter, a Vierteljahr koid, des is der Bayerische Woid*, lautete der Spruch, den hier alle im Ohr hatten und der nicht dazu taugte, für Erheiterung zu sorgen. Der Schnee und die Kälte, gottgewollt und doch von allen verflucht, jedes Mal, wenn der Herbst damit anfing, die Blätter zu färben und eine trügerisch bunte Pracht an Gelb- und Rottönen über die Wälder zu legen – verführerisch fürs Auge und doch die Seele verhöhnend, weil jeder mit ansehen konnte, wie schnell das

Laub trocken und braun und recht bald darauf faulig schwarz wurde, wenn es einmal auf die nasskalte Erde gesunken war. Dem Winter war nicht zu entkommen. Allenfalls durch den Tod, der in der dunklen Jahreszeit auch allzu gerne im Dorf herumzog und sich diejenigen holte, denen die Kälte in den dunklen Monaten jede Kraft aus den Knochen gesogen hatte: die ausgemergelten Hungerleider, die kränklichen Kinder, die schwächelnden Alten.

Sie erreichten das auf halbem Weg zum Gipfel gelegene, baumfreie Plateau, das im Dorf als Josefi-Platte bekannt war. Auf der weitläufigen, nach Nordosten abfallenden Ebene weideten den Sommer über Kühe und Ziegen. Nicht mehr geschützt von dem Waldstück, das sich zwischen dem Ort und dem Plateau erstreckte, bekamen sie hier die volle Gewalt des Sturms zu spüren, zu dem das Unwetter mittlerweile angewachsen war. Ein wütendes Toben, mit dem am Abend noch niemand gerechnet hatte. Für den Moment war Elisabeth sogar froh über das breite Kreuz des Waldbauern, hinter dem sie sich verbergen konnte, um wenigstens einem Teil der atemraubenden Böen zu entgehen. Gebeugt kämpften sie sich voran, und sie war für den Moment nur darauf bedacht, in die Fußstapfen ihres Schwiegervaters zu treten, die er im vom Regen aufgeweichten Boden hinterließ und die fast ihre einzige Orientierung waren, bis sie endlich wieder zwischen die nächsten Baumreihen gelangten. Nach diesen wenigen Minuten über freies Feld hatte der Wald sie wieder in sich aufgenommen, doch das hieß nicht, dass es einfacher wurde.

Denn ab hier begann der Berg erst richtig, und der mittlerweile völlig ausgewaschene Steig wurde immer steiler. Hier in dem Hohlweg rauschte ihnen das Wasser knöcheltief und wie in einem Sturzbach entgegen. Ihr ohnehin schon durchnässter Rock sog sich nun auch von unten her mit Nässe voll und zerrte mit jedem Schritt schwerer an ihr. Die Nadelbäume rechts und links des Wegs wogten besorgniserregend in den Böen und beugten sich ihnen so weit entgegen, dass man Angst bekommen konnte, jeden Moment vom herabpeitschenden Geäst gepackt und in die Nacht hinausgeschleudert zu werden. Das Blut pochte in ihren Ohren, der Regen rann ihr übers Gesicht und mischte sich mit Rotz und Schweiß. Ihre Lunge brannte, und sie hatte aufgehört, die Kälte zu spüren. Viel Kraft war nicht mehr in ihr, und sie konnte nur darauf hoffen, dass die Männer sie auffingen, sollte sie von den herabbrausenden Fluten umgerissen und fortgespült werden.

Und doch waren sie plötzlich oben, ohne dass noch weitere Worte gewechselt worden waren, seit der Wind in seiner Heftigkeit zugenommen und die Gebete davongetragen hatte. Der Granit glänzte nass und schmierig im Schein der paar Laternen und Karbidlampen, die noch nicht erloschen waren. Sie erkannte die großen Felsblöcke, die den Gipfel und auch die Basis für den Turm bildeten. Im vorangegangenen Sommer hatte man mit immenser Kraft und vielen Flüchen lange Eisenstangen hineingetrieben, um den vier Grundpfeilern Halt zu geben, welche die Holzkonstruktion trugen. Der Turm hatte seither bereits einen Winter überstanden und den Herbststürmen des letzten Jahres getrotzt, ebenso wie dem Frost, der in diesem Frühjahr bis in den April hinein nicht hatte weichen wollen. Keiner der Männer um sie herum schien daher Bedenken zu hegen, dass die Konstruktion über ihnen zusammenbrechen würde. Obwohl dieser Ausflug an Irrsinn kaum zu übertreffen war, überraschte es sie nicht, dass sie erwartet wurden. Durch den Vorhang aus vom Himmel stürzenden Bindfäden leuchteten ihnen weitere Lampen entgegen, direkt vom Fuße des Turms her. Drei Gestalten waren auszumachen, dicht aneinandergedrängt. Der Wind zerrte wütend an ihren Überwürfen, während sie sich über etwas zu ihren Füßen beugten.

Es widerstrebte Elisabeth, zu diesen Männern zu treten. Nicht allein, weil sie unter ihnen Johannes erkannte, einen weiteren Schwager, der selbst bei Nacht und Sturzregen an einem eindeutigen Merkmal zu erkennen war. Ihm fehlte gleich unterhalb des Schultergelenks der linke Arm, den er an der Westfront gelassen hatte. Von einer Artilleriegranate zerfetzt und danach von einem Lazarettarzt in höchster Eile restlos entfernt, war der Arm Johannes Steiner im letzten Kriegsjahr 1918 abhandengekommen. Und damit hatte er nicht nur einen Teil seines Körpers, sondern auch ein Stück seiner Menschlichkeit verloren, lautete die allseits gültige Meinung derer, die es seither mit ihm zu tun gehabt hatten. Wenn es jemanden gab, den Elisabeth noch mehr scheute als ihren Schwiegervater, dann war es ihr Schwager Johannes. Sie verspürte ihm gegenüber Furcht – und Abscheu. Und es kostete sie stets große Kraft, diese Gefühlsregungen unter der Oberfläche zu halten.

Heute jedoch ließ man ihr ohnehin keine Zeit, über die Begegnung mit Johannes zu hadern, denn der Wind und der Tross in ihrem Rücken schoben sie auf das Trio zu, das unmittelbar am Aufgang zum Turm auf sie wartete. Als sie auf wenige Schritte heran war, bemerkte sie, dass neben Johannes der Schmidinger Florian stand, einer der Knechte ihres Vaters, der zu ihrer Verwunderung eine Jagdbüchse über der Schulter hängen hatte.

»Schau's dir nur an!«, grollte der alte Steiner ihr ins Ohr, als er merkte, wie sie sich zierte. Sie wollte nicht. Wollte nicht wissen, was es dort zu schauen gab, und kam dem Unvermeidlichen dennoch immer näher, da sie von groben Männerhänden weiter nach vorne gedrängt wurde, so wie man es bei Kühen und Schweinen tat, auf die der Schlachter wartete.

Ihre Begleiter machten ihr Platz, bis sie direkt vor ihrem Schwager stand, dem sie nicht ins Gesicht zu leuchten wagte, weil sie seine kalten, stierenden Augen nicht ertrug. Nicht tagsüber und erst recht nicht in der Finsternis, wenn alles Licht fehlte. Gleichwohl wollte sie aber auch nicht zu Boden blicken, auf das, was im niedergetrampelten Gras lag, das dort stellenweise zwischen den nackten Felsen wuchs. Etwas, worauf Johannes mit einem Kopfnicken hinwies und zu dem sie sich hinunterbücken sollte, um es im Schein der Lampe zu betrachten. Sie aber stand wie versteinert da und konnte diesem stillen Befehl nicht Folge leisten – bis es dem Waldbauer neben ihr zu dumm wurde, er grob ihr Handgelenk packte und sie mitsamt der Leuchte zu Boden zog.

Und da lag er. Mit zertrümmertem Schädel und leerem Blick gegen den auf sein verzerrtes Gesicht niederprasselnden Regen.

»Ich hab ihn gefunden«, hörte sie den Schmidinger murmeln, auf eine weinerliche Art, als wollte der Knecht andeuten, er hätte eine Mitschuld an dem Entsetzen, das sie hier anstarren musste. »Da war ein Schrei, und ich bin hin. Bis hierherauf, mein ich. Und da lag er und hat schon keinen Mucks mehr von sich gegeben ...«

»Verfluchter Turm!«, zischte der alte Steiner nach der unendlichen Pause zwischen zwei Herzschlägen, riss Elisabeth die

Karbidlampe aus den klammen Fingern und drosch sie wutentbrannt gegen den Holzpfeiler, sodass sie in einem Funkenregen zerbarst.

6

Sobald Bier und Schnaps keine andere Erklärung für die vorherrschende Misere mehr lieferte, erzählten sie sich im Wirtshaus, dass die schicksalhaften Tage für Talberg in den letztjährigen Raunächten ihren Anfang genommen hätten. In einer jener Januarnächte, kälter als kalt, in der sich das noch junge Jahr schneereich und zumeist lichtlos zeigte, erfuhr seine Hochwürden Korbinian Seibold eine grauenerregende Fügung. Eine, die keinem Menschen hätte widerfahren dürfen und erst recht keinem Geistlichen. Dass der Herrgott seinen ärgsten Widersacher, den Lichtbringer, nicht davon abgehalten hatte, solch grausames Spiel mit einem geweihten Priester zu veranstalten, erschütterte die Talberger zutiefst. Selbst die Gläubigsten unter den Gläubigen sagten, dass er in jener Schicksalsnacht sein Antlitz von der Gemeinde abgewandt hatte.

Die Wege des Herrn waren nur damit zu erklären, dass er dem Ort eine Mahnung zukommen lassen wollte, die für jeden im Dorf galt. Eine Mahnung oder gar Bestrafung, ausgetragen auf den Schultern des einen, der unter ihnen dem Schöpfer am nächsten stand – so wie man damals in Jerusalem seinen menschgewordenen Sohn an ein Kreuz genagelt hatte.

Es begann damit, dass Hochwürden Seibold nach der Abendmesse seiner überaus weltlichen Schwäche folgte und wie gewohnt das Wirtshaus aufsuchte. Dort blieb er an jenem Tag ohne Angabe von Gründen länger als gewöhnlich hocken. Dieser Umstand fiel am Stammtisch zwar auf, verwunderte allerdings niemanden weiter. Der Priester mochte ein großer Redner herab von seiner Kanzel sein, galt aber sonst eher als schweigsamer Zuhörer, weshalb seine Anwesenheit in der Gaststube zu fortgeschrittener Stunde bisweilen in Vergessenheit geriet. Darum konnte auch im Nachhinein keiner der Wirtshausgäste eine brauchbare Aussage darüber treffen, wann genau Hochwürden Seibold die Runde verlassen hatte und in die Nacht hinaus entschwunden war.

Um die darauffolgenden Ereignisse, obschon in ihrem Ergebnis unumstößlich, rankten daher vielerlei Spekulationen. Als gesichert galt nur die Annahme, dass es Pfarrer Seibold, vom Rausch benebelt, offenbar nicht mehr gelang, die im Glockenturm eingelassene Eichentür zu entriegeln; sie gewährte einen Zugang zur Kirche, der ausschließlich dem Geistlichen selbst sowie dem Mesner und, an Tagen mit Gottesdiensten, den Ministranten vorbehalten war. Bei dem sich über einen später nicht mehr bestimmbaren Zeitraum erstreckenden Versuch, durch jene vermaledeite Tür Einlass zu erlangen, verlor der Hirte des Herrn offenbar die Besinnung. Ob dafür die klirrende Kälte, das Übermaß an Bier und Schnäpsen oder die Kombination aus beidem verantwortlich war, ließ sich später nicht mehr herausfinden. Fest standen nur diese Tatsachen: Korbinian Seibold brach vor der Kirchentür zusammen, fror an den Eisenbeschlägen fest und schied irgendwann zwischen Mitternacht und dem frühen Morgengrauen elendig dahin. In bitterkalter Dunkelheit und unter den alleinigen Augen des Allmächtigen. Dieser schreckliche Erfrierungstod hatte unter anderem zur Folge, dass erstmals seit Gründung der Pfarrkirche *Maria Unbefleckte Empfängnis* vor zweiundvierzig Jahren an jenem Dreikönigstag 1934 keine Messe gelesen wurde.

Wieso Seibold zu nachtschlafender Zeit und nach dem ausschweifenden Wirtshausbesuch nicht unverzüglich seine gewärmte Schlafkammer im Pfarrhaus aufsuchte, sondern stattdessen noch einen Abstecher zur Kirche unternahm, blieb bis dato ebenso unbeantwortet wie die Frage, warum er es trotz seiner bekannten Trinkfestigkeit nicht mehr schaffte, den schweren Bartschlüssel ins dafür vorgesehene Schloss zu zittern, um zumindest im Gotteshaus Schutz vor Kälte, Schnee und Wind zu finden. Am naheliegendsten war, dass das Schlüsselloch zu diesem Zeitpunkt schon mit Eiskristallen gefüllt war, die der Wind hineingeblasen hatte; sie verhinderten wohl, dass der Schlüssel noch ins Schloss passte. Allerdings beruhte auch diese Überlegung nur darauf, was die Zecher beim Hirscher zu fortgeschrittener Stunde in ihre Bierkrüge hineinphilosophierten, denn selbst die Donau-Zeitung hatte keinen anständigen Bericht über diesen Todesfall zu Papier gebracht. Ob es daran gelegen hatte, dass wegen des strengen Winters der Vorfall erst Tage danach in der Domstadt bekannt wurde, oder ob der Erzbischof jedwede Mutmaßung seitens der Presse bereits im Keim zu unterbinden wusste, musste jeder selbst entscheiden. Das betraf auch all die anderen Geschichten über das Dahinscheiden des Hochwürden, die in der Dorfwirtschaft verbreitet wurden. Und in gewisser Hinsicht auch den dramatischen Bericht der Pfarrersköchin Wilhelmine Sicklinger, die am nächsten Morgen, als sie ihren Dienstherren nicht in seiner Bettstatt vorfand, eine Runde um die Kirche gedreht und dabei den entsetzlichen Fund gemacht hatte. Seibold, vom steten Ostwind nahezu gänzlich mit Schnee und Eis bedeckt, niedergekauert gegen die Eichentür gesackt und blau gefroren, musste mehrfach mit heißem Wasser übergossen werden, damit sein starrer Leib von Eisen und Holz getrennt werden konnte. Danach, so hieß es, lag die zusammengekrümmte Gestalt noch bis in den Abend hinein vor dem Holzofen in der Pfarrhausküche, bis man ihn in eine ausgestreckte Position bringen und seine Hände angemessen über der Brust falten konnte.

Da der Schnee zu hoch lag und das Wetter über Tage hinweg zu stürmisch war, konnte Hochwürden Seibold nicht einmal das Sterbesakrament empfangen. Wofür es ohnehin zu spät war, auch wenn böse Zungen lästerten, dass der Frost den Leichnam doch noch lange Zeit frisch gehalten hatte. Doch für den Pferdeschlitten des Priesters aus der nächstgelegenen Pfarrgemeinde Breitenberg gab es bis zur darauffolgenden Woche kein Durchkommen. Die Leiche des Pfarrers blieb notgedrungen noch zwei Monate in dem Schuppen hinter der Kirche aufgebahrt, bis Mitte März der Bodenfrost endlich wich und das Ausheben eines Grabes und damit eine würdevolle Bestattung möglich wurde. Manche zweifelten jedoch daran, dass die Seele des Priesters ihren Weg in den Himmel noch fand, auch weil er nicht immer ein barmherziger und mitfühlender Hirte gewesen war.

Nach dem Tod von Hochwürden Seibold dauerte es nahezu ein ganzes Jahr, nämlich bis zum Totensonntag Ende November, bevor die Erzdiözese aus Passau wieder einen Pfarrer ins Dorf entsandte. Er traf gerade noch rechtzeitig ein, damit der Sprengel nicht ohne geistlichen Beistand die Jahreswende durchleben musste, eine düstere Zeit, in der auch der Teufel nur zu gerne seine Runde machte, um flatterhafte Seelen auf seine Seite zu locken.

Alsbald erwies sich der neue Pfarrer jedoch als zu jung und zu fesch, als dass die Skeptiker, Schwarzmaler und die besonders Gottesfürchtigen beruhigt in die Zukunft geblickt hätten.

»Schafft ihn runter ins Dorf, der Priester wartet schon!«, brüllte der Waldbauer jetzt gegen den Sturm an, was die erschütterten Männer endlich aus ihrer Starre riss. Wortlos hievten sie den Leichnam in ein mitgebrachtes Segeltuch und schlugen ihn darin ein. Weniger um ihn vor dem Regen zu schützen, als um sich den Anblick des zerbrochenen Körpers zu ersparen und um den Säften, die nach wie vor aus ihm heraussickerten, nicht unmittelbar ausgesetzt zu sein. Anschließend wurde das tote Gewicht von kräftigen Armen auf drei regendurchtränkte Schultern geladen.

Ohne die Lampe – die nun in Trümmern auf den Granitfelsen unter der Turmsäule lag – schritt Josef Steiner hinab in die abschüssige Finsternis und hinein in den Wald, den er sein Eigentum nannte. Dicht gefolgt von der Prozession, die während des beschwerlichen Abstiegs den Rosenkranz betete.

Elisabeth sah ihnen hinterher, wie sie in Regen und Nacht entschwanden. Es kam ihr vor, als hätte man sie einfach vergessen, sie allein gelassen mit ihrer Angst und dem Seelenschmerz, der in ihrer Brust brannte, so heiß, dass die eisigen Tränen, die der Himmel über sie ausleerte und die längst durch ihren Mantel und in ihre blasse Haut gedrungen waren, ihr nichts mehr anhaben konnten. Ihr Geist taumelte durch eine Leere, so schwarz wie die Nacht, die sie nun einhüllte. Daher brauchte sie auch eine Weile, bis sie die Anwesenheit einer weiteren Person gewahr wurde, die sich dem Trauerzug ebenfalls nicht angeschlossen hatte. Tatsächlich bemerkte sie ihn erst, als er das Wort an sie richtete.

»So jung und schon Witwe«, raunte er ihr ins Ohr, und sie schrak so heftig zusammen, dass jede Kraft aus ihren Beinen wich. Ehe sie auf den nassen Stein unter ihr sacken konnte, packte er sie um die Hüfte und zog sie an sich. Mit dem einen Arm, der ihm geblieben war. Dabei ließ er sie die Kraft darin spüren. So viel Stärke in diesem einen Arm, wie sonst einer in zwei Armen zusammengenommen besaß. Gerade so, als hätte sich die Muskelkraft der amputierten Gliedmaße aus Ärger darüber, dass diese nicht mehr vorhanden war, in ihr verbliebenes Gegenstück geflüchtet. Ein wirrer, abseitiger Gedanke, gegen den sie sich aber nicht wehren konnte. Ebenso wenig wie gegen Johannes' Aufdringlichkeit, die nichts von einer hilfreichen Geste in sich barg.

7

Pfarrer Viktor Schauberger erwartete sie am Schulhaus, das ja auch das Heim des Verunglückten gewesen war. Dabei suchte der Priester Unterstand in dem aus ungehobelten Brettern gezimmerten Windfang, der die Eingangstür vor dem nahenden Winter schützen sollte.

Johannes hatte Elisabeth bis vors Schulhaus gebracht, war den ganzen Weg vom Berg bis hinunter ins Dorf nicht von ihrer Seite gewichen, als wollte er sichergehen, dass sie auch wirklich zurück zu ihrer Wohnung ging. Es war seine aufgezwungene Nähe, die sie mehr aufwühlte als der unvorhergesehene Tod ihres Ehemannes. Johannes´ Anwesenheit machte es ihr unmöglich, einen klaren Gedanken zu fassen. Als sie wie benommen vor den Priester trat, blickte sie sich scheu nach ihrem Schwager um, doch dieser hatte sich verflüchtigt wie ein böser Geist vor der priesterlichen Autorität, die vor dem Haus Stellung bezogen hatte. In dem gegen die Wetterseite mit Schindeln getäfelten Gebäude befand sich im Obergeschoss die Lehrerwohnung und im Erdgeschoss das einzige Klassenzimmer, in dem Oberstudienrat Steiner gestern noch alle Altersstufen der Grund- und Volksschule Talberg unterrichtet hatte. Zum letzten Mal, dachte Elisabeth verstört, während der Pfarrer ihr die Hand reichte und tröstende Worte sprach, deren Inhalt sie nicht aufzunehmen vermochte.

»Sie haben ihn nach oben gebracht«, erklärte Schauberger. Im selben Augenblick hörte sie die schweren Schritte der Männer auf der Treppe, die ihren toten Mann hinauf in die Wohnung getragen hatten. Und außerdem Unmengen von Dreck, der sich während des Marsches durch die Nacht über den vom Regen verschlammten Weg in den groben Sohlen ihrer Stiefel gesammelt hatte. Eine erdige, schwarzbraune Spur, die sich im fahlen Licht der Kerzen wie eine feuchte, klaffende Wunde durchs Treppenhaus zog. Jetzt würde sie nicht nur Wilhelms Leichnam waschen, sondern auch die Stiege und den Steinboden im Flur schrubben müssen. Wie so oft hoffte sie, dass es auch einem gesalbten Geistlichen nicht möglich war, ihre gelegentlich arg frevelhaften Gedanken zu lesen. Doch der Dorfpfarrer hielt nur nach wie vor ihre kalten Finger zwischen den seinen und schrak nicht vor ihr zurück. Schon von klein an hatte man sie für ihren Eigensinn gescholten: ihre Eltern und Geschwister, genauso wie die Lehrer, der Pfarrer und alle, die sonst noch meinten, über sie urteilen zu können. Einschließlich ihres Gatten natürlich, der nun allerdings nicht mehr Wort und Hand gegen sie erheben konnte, so wie er es sechs Jahre lang getan hatte, weil es sein Recht und seine eheliche Pflicht war.

Ihr Blick wanderte am Priester vorbei in den Hausflur, von wo die uneinsichtigen Mannsbilder, die just in diesem Moment hintereinander die Treppe wieder herabpolterten, sich mit einem knappen Nicken an ihr und dem Priester vorbeischoben und hinaus in den Regen stapften. Keiner von ihnen schaffte es, ihr in die Augen zu sehen.

»Ich schicke Ihnen morgen früh die Frau Sicklinger, um den Toten vorzubereiten«, murmelte Schauberger.

»Morgen«, wiederholte sie. Die Hand des Hochwürden wanderte ihren Unterarm hinauf und verharrte am Ellbogen.

»Ich habe Anweisung gegeben, ihn auf den Küchentisch zu legen und ihn die Sterbesakramente empfangen zu lassen. Besser, du behältst über Nacht das Fenster offen!«

Elisabeths Unbehagen wuchs ebenso schnell wie ihre Verwirrung. Wilhelm *war* bereits gesegnet, seine Seele mit Hilfe des Priesters entlassen? Sie war doch unmittelbar nach den Männern hier eingetroffen, oder? Wie hatte der Pfarrer so schnell sein können mit seiner Andacht für den Toten? Offenbar hatte sie wieder einmal Zeit verloren, ohne es zu bemerken. *Wo bin ich so lange gewesen?* Doch heute kreiste ihr Verstand nur für einen flüchtigen Moment um diese Frage, bevor ihr die volle Tragweite dessen, was der Pfarrer da gesagt hatte, ins Bewusstsein sickerte.

Auf dem Küchentisch! Über Nacht das Fenster offen lassen!

Sie verstand nicht, warum sie den Toten nicht in den Schuppen hinter der Kirche gebracht hatten, wie es nach solch einem Unglück üblich war. Warum zu ihr in die Stube, gerade so, als wäre der zerschmetterte Körper noch zu retten? Schlagartig überkam sie Übelkeit, und sie musste sich zusammennehmen, um nicht die Reste ihres Abendbrots von sich zu geben. Es widerstrebte ihr im höchsten Maße, die restliche Nacht alleine mit einem Toten auf ihrem Küchentisch zu verbringen, auch wenn der priesterliche Beistand in Form der letzten Ölung dafür Sorge trug, dass die Seele des Verstorbenen ihren Weg zum Herrn bereits angetreten hatte. Oder wohin auch immer Wilhelms Geist abberufen worden war, nachdem sein weltliches Dasein so ein jähes Ende genommen hatte.

»Sobald der Sarg fertig ist, bahren wir ihn in der Kapelle auf. So habe ich es mit Herrn Steiner vereinbart. Und jetzt bete für seine Seele und dafür, dass er nicht freiwillig in den

Tod gegangen ist!« Mit diesen Worten, aus denen durchaus auch ein Vorwurf sprach, ließ der Geistliche Elisabeth stehen und stapfte davon.

Elisabeth sah ihm nach und fragte sich, ob er sich alleine des Regens wegen so beeilte, hinüber ins Pfarrhaus zu gelangen. Oder ob er womöglich vor *ihr* flüchtete, weil auch Schauberger anfällig für ein gewisses Maß an Aberglauben war.

Aberglaube ... oder Angst? Angst vor dem, was nicht zu begreifen war, selbst für einen Pfarrer nicht.

Angst vor der Hexe?

Sie wusste es nicht. Wusste im Moment überhaupt nichts mehr. Es schien ihr unmöglich zu verarbeiten, was sich in der letzten Stunde ereignet hatte. Vielleicht wachte sie jeden Moment auf, um festzustellen, dass sie in ihrem Bett lag und nur von einem schlimmen Traum heimgesucht worden war. Doch sie fror zu heftig, und daher musste es wohl die Wirklichkeit sein, in der sich ihr bebender Körper gerade befand. Nein, wahrhaftig, sie träumte nicht, denn immerhin wusste sie noch, dass nichts schwerer wog und zu mehr Leid und Trübsal führte als das Leben selbst. Und nun würde sie in ihrer auf schwankendem Grund gebauten Welt auch kaum mehr Aussicht auf Trost haben.

Als wäre sie gefangen im Körper einer Greisin, quälte sie sich die Stufen hinauf und folgte dem Flackern der Kerzen, die jemand auf der Anrichte neben dem Spülstein aufgestellt hatte. Der ausladende Tisch stand in der Mitte der Wohnküche und schien den niederen Raum mit der gerußten Decke nun noch mehr als sonst zu füllen. Sie hatte bisher nie darüber nachgedacht, dass er lang genug war, um einen Leichnam darauf abzulegen. Kaum war sie eingetreten, zuckte sie erschrocken zusammen. Ihr Herz setzte einen Schlag aus, weil sie nicht darauf gefasst war, noch jemanden außer dem toten Wilhelm dort anzutreffen.

Reglos saß Josef Steiner bei seinem Sohn, das Gesicht in die groben Bauernhände gelegt. Er blickte nicht auf, als sie eintrat, sondern verharrte in der Pose des trauernden Vaters. Trotzdem mochte sie nicht glauben, dass er weinte. Eine derartige Gefühlsregung passte nicht zu der Hartherzigkeit, mit der dieser Mann durchs Leben schritt, das wusste sie nicht erst, seit sie in die Familie Steiner eingeheiratet hatte. Der Waldbauer hatte einen seiner vier Söhne an den Krieg und eine der drei Töchter an die Schwindsucht verloren, hatte aber, soweit ihr bekannt war, über diese Verluste nie auch nur eine Träne vergossen. Daher fiel es ihr schwer, sich vorzustellen, dass ausgerechnet Wilhelms Tod sein mitleidloses Herz erweichen sollte.

Das Segeltuch war verschwunden. Nun war es nicht nur Regenwasser, das aus der Kleidung des Toten auf den Tisch und von dort auf den Holzboden tropfte. Rundherum waren die Fußabdrücke der Männer zu erkennen, die ihn heraufgetragen hatten. Bislang hatte noch niemand die Winterverglasung in die Rahmen gesetzt, und ein kalter Wind zwängte sich durch die Ritzen des Küchenfensters und ließ die Kerzenflammen, die man für den Verstorbenen entzündet hatte, aufgeregt in der Zugluft tanzen. Wortlos trat Elisabeth an den Tisch und wartete darauf, dass sich ihre Augen an das schwache Licht gewöhnten. Dann beugte sie sich näher über ihren toten Mann. Blut war aus Wilhelms Ohren gesickert und trocknete nun zu braunen Krusten. Das dunkle Haar war von Dreck und Blut verschmiert, der Schädel darunter merkwürdig verformt. Jemand hatte ihm die Augen geschlossen, die ihr oben auf dem Berg noch vorwurfsvoll entgegengestarrt hatten. In der Absicht, Wilhelms Gesicht zu säubern, griff sie nach einem Leinentuch, das an einer Kordel über dem Holzofen hing.

»Fass ihn nicht an!«, zischte der alte Steiner zwischen seinen riesenhaften Pranken hervor.

Sie wich zurück und stieß mit dem Rücken an das Küchenbuffet.

»Ich hab nach der Polizei geschickt«, verkündete er in die bedrückende Stille hinein. »Bevor ihn nicht einer von der Gendarmerie und ein Arzt begutachtet haben, rührt ihn mir keiner an!«

8

Dichter Herbstnebel stieg aus dem Tal auf, durch das der Osterbach floss; er markierte die Grenze hinüber ins Österreichische. Die Kirche verschmolz mit dem wabernden Dunst zu einem schemenhaften, grauen Wall. Ein Anblick, der sie immer dann bedrückte, wenn sie morgens die Augen aufschlug und sich wünschte, vom hereinfallenden Sonnenlicht geweckt zu werden. Doch da war stets nur der aus dem Nebel wachsende Schemen des Gotteshauses, das ihr die Sicht auf die Welt verstellte.

Heute war es freilich nicht nur der Anblick der Kirche, der ihr Gemüt trübte, kaum dass sie aus einem unruhigen Schlaf erwacht war. Durch das offene Küchenfenster war über Nacht die Kälte in die Wohnung gekrochen und hatte auch vor dem Schlafzimmer nicht haltgemacht. Am Fußende schlummerte die Katze, und sie spürte ihre Wärme durch die Zudecke hindurch. Gerne wäre sie noch eingehüllt liegen geblieben, aber sie hatte Angst, dass bald weiterer Besuch vor der Tür stand.

Ein Toter lockt mehr Leute ins Haus als ein Lebender.

Ihre Gelenke schmerzten, als sie die Beine über die Bettkante schwang. Sie schrieb es dem nächtlichen Marsch auf den Berg und gegen den Sturm zu. Früher, vor ihrer Ehe, hatte die endlose Feldarbeit sie abgehärtet. Doch seit sie die Frau des Lehrers geworden war, hatten sich ihre Aufgaben weitgehend auf den Haushalt beschränkt, der sie körperlich nicht in dem Maß forderte, wie sie es als Bauerntochter gewohnt war. Sie hockte sich auf den Nachttopf und leerte ihre Blase. Statt ihn unverzüglich auf die Wiese hinters Haus zu leeren, schob sie ihn zurück unters Bett. Später, sagte sie sich, denn nun war niemand mehr da, der sich über den Geruch beschweren konnte. Zunächst wollte sie den Ofen anheizen und darauf warten, dass das wärmende Feuer ihre Glieder auftaute und wieder geschmeidig machte. Doch dann fiel ihr ein, dass die Ofenhitze dem Leichnam nicht gut bekommen würde.

Nachdem sie sich gewaschen hatte, kramte sie die dicke Strickjacke aus der Truhe, ebenso wie ein zweites Paar Socken. Erst danach stellte sie fest, dass alles, was sie gestern getragen hatte, noch immer klamm war. Es blieb ihr also nichts anderes übrig, als ihre Wäsche und das Oberkleid zu wechseln. Und vermutlich schickte sich dies auch für eine frischgebackene Witwe.

Witwe!

So konnte sie sich also jetzt bezeichnen. Witwe mit vierundzwanzig. Durchaus ein Alter, in dem dieser gesellschaftliche Status nicht endgültig sein musste. Aber wollte sie je wieder einen Mann? Sogleich schämte sie sich dafür, dass dieser Gedanke sie heimsuchte, noch ehe Wilhelm unter der Erde war.

Sie wählte die dunkelsten Anziehsachen, die sie finden konnte, erdige Brauntöne, die sie daran erinnerten, wo sie herkam, aber vor allem, weil sie nichts richtig Schwarzes besaß, wie es einer Witwe zu Gesicht stand. Dann flocht sie ihr blondes Haar, das ihr bis weit den Rücken hinunterreichte, zu einem Zopf und steckte ihn zu einem Dutt hoch. Sittsam genug, so hoffte sie, um kein Ärgernis in den Augen der Leute im Ort zu sein, auch wenn diese Frisur ihren langen, schlanken Hals besonders betonte, für den sie meist neidvoll bewundert wurde. Auch wenn es nie offen angesprochen wurde, wusste sie, dass die anderen Frauen im Ort nicht allein ihres milchweißen Halses wegen ihr gegenüber missgünstig waren. Als ebenso anstößig empfand man ihre Größe, dass sie gerade und ansehnlich gewachsen war und eine feine Nase statt eines krummen Zinkens im Gesicht trug. Als hätte sie etwas für ihr Aussehen gekonnt oder es sich gar selber ausgesucht. Aber warum dachte sie überhaupt darüber nach? Hatte sie es den Leuten im Dorf denn jemals recht machen können? War sie nicht von jeher nur immer ein Ärgernis gewesen?

Vorsichtig wagte sie sich schließlich in die Küche. Zumindest hatte ihr der alte Steiner erlaubt, ein Bettlaken über Wilhelm zu breiten, was den Anblick des toten Körpers auf dem Küchentisch eine Spur erträglicher machte. Mit dem Rücken zu ihrem verstorbenen Ehemann und in Ermanglung eines Feuers trank sie die wenige Milch kalt, die sie noch im Tonkrug auf dem Fensterbrett vorfand, und aß eine Scheibe trockenes Brot dazu. Dabei starrte sie verkrampft hinaus in die sich nach und nach auflösenden Nebelschwaden. Durch den sich lichtenden Dunst konnte sie nun an der Kirche vorbei über die Häuser blicken, die östlich des Friedhofs einen Teil des Orts bildeten. Um den halben Höhenzug herum klammerten sich die Höfe an den Hang, die allesamt schon vor vielen Generationen errichtet worden waren. Endlich schälte sich auch die Kontur des Berges aus dem Nebel. Erste blaue Flecken waren am Himmel auszumachen. Nach dem gestrigen Unwetter sollten sie heute offensichtlich noch einmal mit Sonne verwöhnt werden. Vielleicht ein letztes Mal, bevor die unbarmherzige Kälte des nahenden Winters endgültig über sie hereinbrach. *Es liegt nicht allein der Schatten des Berges über dem Dorf*, dachte sie. Das war dieser eine Gedanke, der sie wieder und wieder heimsuchte und den sie nicht erklären konnte. Es war nun einmal so, dass hier etwas nicht stimmte. Einfach nicht stimmen konnte, auch wenn sie keinen Vergleich zu anderen Gegenden hatte. Schließlich war sie ja noch nie irgendwo anders gewesen. Dennoch, es konnte nicht überall auf der Welt so bedrückend sein wie in Talberg.

Auch hatte das Übel nicht mit dem Erfrierungstod von Pfarrer Seibold begonnen. Nein, tatsächlich hatten sich auch lange davor immer wieder fragwürdige Vorfälle ereignet. Leute starben auf mysteriöse Weise oder verschwanden einfach von einem Tag auf den anderen. Wie zum Beispiel der junge Hirscher-Bub. Zwei Jahre musste das etwa her sein.

Und jetzt hatte es eben sie getroffen. Der Ort und sein Berg hatten ihr den Mann genommen. Das verstärkte ihr Unbehagen darüber, hier leben zu müssen, schier ins Unerträgliche. Dieses Unbehagen bestand bereits lange und wurzelte tief in ihr, ohne dass sie hätte sagen können, warum. Und irgendwie wurde ihr just in diesem Moment, da sie auf dem harten Brot herumkaute, klar, dass sie selbst durch Wilhelms Tod noch nicht am Tiefpunkt angelangt war. Die Hölle hatte ihre Pforte geöffnet. Noch war sie nicht zur Gänze hindurchgeschritten, doch der Teufel hatte längst seine Hand nach ihr ausgestreckt, um sie zu packen und zum Tanz aufzufordern. So wie er es mit allen hier zu tun pflegte, früher oder später. Wenn er mit seiner weichen, verführerischen Hand das Dorf streichelte und dabei die Seelen der Bewohner vergiftete. Ihnen düstere Gedanken einpflanzte und Untaten auftrug ...

Auch wenn Hochwürden Schauberger stets das Gegenteil behauptete, es gab keine andere Erklärung für die Zustände um sie herum. *Gott hat uns schon vor langer Zeit vergessen.*

Talberg, dieser Ort, der den Widerspruch schon im Namen trug. Wo die Äcker für jede Generation, die sie bewirtschaftete, immer nur noch mehr Steine als Ernteerträge hervorbrachten. *Klaubstoa* nannten sie im Dorf die Steine, die sie vor der Aussaat aus den Krumen scharrten und an den Ackerrainen zu Haufen auftürmten. Meistens waren es die Kinder, die man aufs Feld schickte, um die Steine zu bergen, damit die Pflugscharen vor allzu tiefen Scharten geschützt blieben, die nur ein geschickter Schmied wieder herauszudengeln vermochte. Der nächste Schmied war in Breitenberg ansässig, und niemand konnte es sich wirklich leisten, ihn eigens herkommen zu lassen. Abgesehen vom Waldbauer, der sich gewiss noch vieles mehr leisten konnte. Zum Beispiel die Gendarmarie antreten zu lassen, wenn einer seiner Söhne verunglückte.

Trotz der morgendlichen Kühle umkreisten erste Fliegen das Leintuch, unter dem die tote Hülle ihres Mannes lag. Elisabeth schloss das Fenster und eilte aus der Küche. Sie musste an die frische Luft. Auch wenn sie es eilig hatte, dachte sie daran, ein Kopftuch umzubinden. Selbst wenn es nicht schwarz war, so konnten die Leute wenigstens sehen, dass sie bemüht war, ihr weizengelbes Haar zu bedecken, denn auch das neideten ihr die Weibsbilder.

Draußen war noch niemand unterwegs. Von der Bäckerei auf der anderen Straßenseite wehte der Duft von frischem Brot zu ihr herüber. Es war nicht direkt Hunger, der sich bei ihr bemerkbar machte, vielmehr war es ein Gefühl aus ihrem Innern, das ihr sagte, dass ihr Frühstück zu spärlich war, dass ihr Körper mehr verlangte als das wenige, mit dem sie sich sonst begnügen konnte. Sie versuchte diese innere Aufforderung zu ignorieren, schluckte das Wasser hinunter, das ihr im Mund zusammenlief, und schlug die entgegengesetzte Richtung ein, um den verlockenden Aromen von Sauerteig und Hefe zu entkommen. Mit schnellen Schritten ging sie an der Kirche vorbei und die Friedhofsmauer entlang, bis zur einzigen Abzweigung von der Hauptstraße, die das Dorf teilte. Dort auf dem Platz vorm Feuerwehrhaus hatte gestern Nacht der Trupp gewartet, den der Waldbauer versammelt hatte, um seinen Sohn vom Berg zu holen. Ihr fiel wieder ein, dass es der Schmidinger Flori gewesen war, der ihr anvertraut hatte, ihren Mann am Fuße des Turms gefunden zu haben. Vielleicht sollte sie ihn dazu befragen. Herausbekommen, ob er noch mehr wusste oder möglicherweise sogar gesehen hatte, was vorgefallen war. Was dazu geführt hatte, dass Wilhelm vom Turm stürzte. Wie er so unvorsichtig hatte sein können. Denn das war es doch, was geschehen war. Eine Unachtsamkeit seinerseits. Ein Unfall. *Hat ihn eine Windböe überrascht?*

Oder ...

Oder ist er gesprungen? Freiwillig? Was sonst hätte ihn mitten in der Nacht dort hinauftreiben können?

Sie schüttelte den Kopf. Das passte nicht zu dem Mann, dem sie vor sechs Jahren angetraut worden war, und das wusste auch der alte Steiner. Warum sonst wollte er die Polizei im Ort haben?

Versunken in ihren Überlegungen, ging sie am Feuerwehrhaus vorbei, das kaum mehr als ein Schuppen war und in dem lediglich ein Leiterwagen mit einem Wasserfass stand, so schäbig, dass er nicht einmal über eine Pumpe verfügte. Gegen alle Versprechungen des Ortsvorstehers waren immer noch keine gescheiten Gerätschaften angeschafft worden.

Keine Pumpe, keine Schläuche. Lediglich ein Dutzend Blecheimer gab es und den müden Trost, dass der letzte ernsthafte Brand bereits acht Jahre zurücklag und die Ausrüstung aus dem Feuerwehrhaus damals ausgereicht hatte, um Schlimmeres zu verhindern. Alles, was sich seit der Ernennung von Georg Leiner ereignet hatte, war die Errichtung eines Mastes neben dem Gebäude, an dem seit gut einem Jahr ein Hakenkreuzbanner wehte; vom gestrigen Sturm sah es noch etwas mitgenommen aus.

Jenseits des Platzes lag die Gaststätte, die aus einer ehemaligen Poststation entstanden war und die gleichzeitig auch das Ortsende nach Norden hin markierte. Rechts ans Wirtshaus grenzten Stall und Bauernhaus vom Hirscher an, der neben seiner Spelunke wie die meisten im Ort auch eine Landwirtschaft betrieb.

Vor dem Wirtshaus liefen sonst gelegentlich ein paar Leute zusammen, aber freilich war es dafür heute noch zu früh. Um diese Uhrzeit war weit und breit noch keine Menschenseele auszumachen. So gesehen, war also alles wie immer – und warum sollte das unerwartete Dahinscheiden des Dorflehrers auch etwas am grundlegenden Verhalten der Dörfler ändern? Abgesehen davon, dass heute niemand seine Kinder hinüber in die Schule schickte. *Lieber Gott, die Schüler!* An die hatte sie noch gar nicht gedacht. Ob sie nicht einen Zettel an die Tür zum Klassenzimmer hätte hängen sollen? *Die Schule bleibt wegen eines Todesfalls vorübergehend geschlossen.*

Todesfall.

Nie hatte ein Wort besser gepasst, um ein Dahinscheiden zu beschreiben. Ja, Wilhelm war in den Tod gefallen.

Elisabeth drehte sich einmal um die eigene Achse, ohne zu wissen, wonach sie Ausschau hielt. Vielleicht wollte sie sich einfach nur noch einmal versichern, dass Wilhelms Unglück den Ort unberührt ließ. Was hatte sie denn auch erwartet? Dass der Argwohn unter den Leuten sich von gestern auf heute verflüchtigte? Zusammen mit allem anderen Schlechten, was Talberg ausmachte? Veränderung gab es hier kaum oder nur recht langsam, und wenn, dann nicht zum Guten. Als hätte die Welt ringsherum das Dorf und seine Bewohner vergessen. So, wie der Herrgott sie vergessen hatte.

9

Diejenigen, die aus der Stadt heraus über Wegscheid nach Breitenberg wollten, kamen unter Umständen durch Talberg, sofern die Postkutsche diesen Weg einschlug. Das tat sie zweimal die Woche, und zwar nur im Sommer, wenn es die Verhältnisse zuließen. Im Winter kam man höchstens mit dem Zugschlitten in den Ort – und auch jetzt würde es bald wieder so weit sein. Auf dem Rücken des Windes, der sie umwehte, ritt bereits der erste Frost. Wer hier aufgewachsen war, konnte dieses Aroma aus mineralischer Klarheit, Ausweglosigkeit und Unrast in der Luft schmecken. Und auch wenn im Moment die Sonne auf sie herabschien, war dies nur ein trügerisches Ablenkungsmanöver von dem, was bald kommen würde. Ohnehin sandte die Sonne nur noch eine zaghafte Wärme vom Himmel. Im Winter ließ sie sich zwar bisweilen blicken, schaffte es jedoch nie, die klirrende Kälte zu vertreiben, ganz so, als existierte etwas zwischen der Sonne und dem Dorf, das nicht zuließ, dass ihre Strahlen bis ganz zu ihnen herabreichten.

Um so mehr wollte Elisabeth diese letzte samtene Wärme in sich aufnehmen. Wollte sie genießen – und das, obwohl sie wusste, dass sie dies nicht tun sollte, nicht so vor aller Augen. Und besonders nicht nach dem, was ihrem Mann vor wenigen Stunden zugestoßen war. Ginge es nach ihren Nachbarn, hatte sie als trauernde Witwe vermutlich keine Wärme verdient. Im Gegenteil, man würde es als angemessen empfinden, wenn sie aus Ehrgefühl ihrem verstorbenen Gatten gegenüber gleich auch selbst die feuchte Kälte von Grabeserde zu spüren bekam.

Sie stellte fest, dass es sie wenig berührte, was die Leute im Moment über sie denken mochten. Was konnte es schon schaden, wenn einem die Sonne bis hinein ins Herz leuchtete? Sollten sich diejenigen, die heimlich und verdruckt aus ihren Fenstern starrten, doch das Maul über sie zerreißen, wie sie es sonst auch taten. Die Talberger erwarteten doch sowieso nichts Gutes von den Weibern vom Wegebauer-Hof. Die waren schon immer von anderer Art gewesen. Kein Grund also anzunehmen, dass die Frau des Lehrers sich nach dem Schicksalsschlag, der ihr widerfahren war, angemessen verhielt und ehrfürchtig in einer Kirchbank kniete und den Rosenkranz betete. Nein, die Lehrersgattin musste sich mitten auf dem Dorfplatz in Szene setzen wie das unzüchtige Weibsbild, das sie von jeher gewesen war. Etwas, das ihr selbst der Studienrat nicht hatte austreiben können.

Ja, genau so denken sie über mich.

Schon ihrer Mutter Hilde hatte dieser Ruf angehaftet, und obschon es niemand laut und in ihrer Anwesenheit auszusprechen wagte, wurde sie auch nach ihrer Hochzeit mit Albert Wegebauer weiter als Hexe bezeichnet. Nicht nur, weil sie sich gut mit Kräutern auskannte, die Natur zu deuten verstand und dieses Wissen für sich und andere nutzte. Hilde stammte zudem aus einer kinderreichen Familie, die gemieden und abgelegen im Hirschbachwald gehaust hatte, dort, wo niemand Unbescholtenes und vor allem Gottesfürchtiges leben oder gar überleben konnte. Außer derjenige kollaborierte mit den Kräften der Finsternis. Die Sippschaft aus dem Hirschbachwald, die nichts besaß, nicht einmal einen Flecken Kartoffelacker, behalf sich allein mit dem, was ihr der Wald überließ. Und natürlich war auch das verdächtig. Jedes einzelne Neugeborene, von dem man hörte, blieb am Leben. Jeder Nachwuchs kam unbeschadet durch die Kindheit. Auch die Eltern schienen unverwüstlich, ebenso die Großeltern. Selbst die Urgroßeltern waren noch nicht unter der Erde. Wenn man das alles zusammennahm, glichen sie dem Unkraut, das man nie loswurde; und jeder, der ein wenig Verstand besaß, wusste sehr gut, wer den Leuten das elende Unkraut schickte.

Hildes Vater, der in der Gegend als der Kammerl-Karl bekannt und verschrien war, war überdies ein geschickter Schwarzbrenner, und auch das war auf gewisse Art ein einträgliches Geschäft. Ein Geschäft, über das im Dorf jedoch nicht offen gesprochen wurde. Damals genauso wenig wie heute, das wusste Elisabeth, und sie erkannte die Heuchelei, die darin lag. In der windschiefen Hütte, in der ihre Mutter mit acht Geschwistern aufgewachsen war, betrieb Elisabeths Großvater auch heute noch einen illegalen Ausschank, und wer sich sein Bier beim Hirscher nicht mehr leisten konnte, der schlich halt in den Forst zwischen der Markung Breitenberg und der von Wegscheid, um sich mit dem zu betäuben, was der Kammerl-Karl aus seiner Brennblase destillierte. Wenn es darum ging, für wenige Pfennige Schnaps saufen zu können, war er ihnen gut genug. Obwohl es sich bei den Zechern um dieselbe Bagage handelte, die sich sonntags vor der Kirche über den Kammerl-Karl und sein Gesindel in Abfälligkeiten nur so übertraf. Das war von damals bis zum heutigen Tag nicht besser geworden. Wer innerhalb einer derart miserablen Sippe groß geworden war, der behielt diesen Makel, selbst wenn sich einer der hiesigen Bauern erbarmte, eine der Kammerl-Karl-Töchter zu ehelichen.

Aber Hilde Wegebauer hatte sich nie groß um das Gerede der Leute geschert, denn schließlich war sie es von klein auf nicht anders gewohnt gewesen. Daher schien es ihr auch nach all den Jahren nichts auszumachen, eine *Zaunreiterin* genannt zu werden. Ebenso, wie es ihren Gatten Albrecht nie gestört hatte, dass man es ihm ankreidete, eine so fragwürdige Person geheiratet zu haben. Bei so mancher Gelegenheit beschlich Elisabeth sogar der Eindruck, dass er stolz darauf war, sich eine *besondere* Frau auf den Hof geholt zu haben.

Und sie? Sie war und blieb die Tochter der Hexe, was es für sie nie einfach gemacht hatte. Schon während ihrer Kindheit nicht. Wie die Kinder vom Kammerl-Karl waren auch die Wegebauer-Kinder die meiste Zeit über dazu verdammt gewesen, unter sich zu bleiben. Abgelegen genug war der Hof dafür. Eine Viertelstunde bis ins Dorf, was es zumindest in dieser Hinsicht einfacher machte. Und genau dorthin, in diese Abgeschiedenheit eines kurzen und engen Nebentals, war Elisabeth nach ihrem unverschämten Bad in der Sonne nun unterwegs.

Dabei hatte sie nicht die Absicht, ihre Familie aufzusuchen, verspürte keinerlei Verlangen, ihrem Vater zu begegnen. Oder ihrem Bruder Franz, dem Einzigen, der ihr noch geblieben war und der, immer noch unverheiratet, weiter auf dem Hof lebte.

Früher hatte sie auch noch eine kleine Schwester gehabt, doch die war nur sechs Jahre alt geworden, bevor ein Fieber sie holte, das auch die Kräutertränke, Tinkturen und

Ausräucherrituale, die ihre Mutter durchführte, nicht hatten vertreiben können. Ebenso wenig wie der vom verzweifelten Vater herbeigerufene Doktor Weishäupl aus Wegscheid, der nur ratlos den Kopf schütteln konnte und schulterzuckend die Empfehlung aussprach, nach dem Pfarrer zu schicken. Trotzdem hatte er im Anschluss fordernd die Hand aufgehalten, und Albrecht Wegebauer zählte die letzten Münzen hinein, die er noch in seinem Hosensack stecken hatte. Aber diese Tragödie lag weit zurück, und Elisabeth hatte das Gesicht der kleinen Fanni längst vergessen. Auch die Vergänglichkeit musste eine Abgesandte aus der Finsternis sein, kam ihr in den Sinn, doch sie schüttelte diesen Gedanken ab.

Elisabeth hatte sich heute auch nicht zum elterlichen Hof aufgemacht, um Beistand bei ihrer Mutter zu suchen. *Erst recht* nicht bei ihrer Mutter, der sie schon seit Wochen aus dem Weg ging. Sie wusste nur zu gut, wenn jemand sie auf keinen Fall zu Gesicht bekommen sollte, dann die Hexe Hilde. Jedenfalls nicht, solange sie nicht selbst mit sich überein war, wie sie diese Sache bewältigen wollte, die sie mit Wilhelm erst kürzlich besprochen und festgelegt hatte. Unverhofft befiel sie eine unbändige Wut auf ihren Ehemann. Wie hatte er sich ausgerechnet jetzt und in dieser feigen Weise davonstehlen können? Jetzt, da sie ihn erstmals seit ihrer Hochzeit wirklich hätte brauchen können! Angetrieben vom plötzlich aufgekeimten Zorn, eilte sie weiter hinein in das schmale Nebental, in das um diese Jahreszeit schon erschreckend wenig Licht fiel. Zu wenig, als dass der Morgentau auf den Gräsern bis zum Mittag hätte trocknen können.

Elisabeth begegnete niemandem auf dem ausgewaschenen Feldweg, der zum Hof ihrer Eltern führte, und das war ihr gar nicht unrecht. Nach Erklärungen stand ihr gerade nicht der Sinn, und ihr war überhaupt nicht nach menschlicher Gesellschaft. Daher mied sie das niedrige, sich an die Bergflanke kauernde Haus, in dem sie aufgewachsen war. Der Hof sah noch immer genauso aus wie auf der Aufnahme, die ihr Urgroßvater vor nahezu einhundert Jahren von einem Fotografen hatte machen lassen, den es zu jener Zeit in ihre Gegend verschlagen hatte. Die Fotografie hing seither in der Stube, gleich neben dem Kruzifix in der Ecke über dem Esstisch. In ihrer Kindheit hatte sie das Bild so oft und tief versunken betrachtet, dass sie es sich jederzeit ins Gedächtnis rufen konnte. Anders als beim Gesicht der kleinen Fanni, was sie heute bedauerte. Jedenfalls zeigte die Fotografie neben dem Gebäude in einer leichten Unschärfe jene Personen, denen sie entstammte. Leute mit ausdruckslosem, zurückhaltendem Blick, die ohne jede Hoffnung in die Linse eines Apparates gestarrt hatten, dessen Funktionsweise sie nicht begriffen. Es waren diese von Entbehrung und harter Arbeit gezeichneten Gesichter, die Elisabeth oft beschäftigt hatten und denen sie gerne Fragen stellte, wenn sie vor dem Bild stand. Stumme Fragen natürlich, damit ihre Familie sie nicht für verrückt hielt; und sie erzählte ihrer Mutter oder den Geschwistern auch nie etwas von den Antworten, die ihre Vorfahren ihr schickten.

Nun, da sie daran dachte, umspielte ein sanftes Lächeln ihren Mund. Sie war wirklich froh, niemals jemandem erzählt zu haben, dass sie als Kind mit Toten gesprochen hatte. Hätte das im Ort die Runde gemacht, wäre sehr wahrscheinlich alles noch viel schlimmer gekommen.

Elisabeth schlug einen weiten Bogen um das elterliche Bauernhaus. Es war aus den Steinen gemauert worden, die frühere Generationen aus den Ackerkrumen geholt hatten. Die Vorderfront holzvertäfelt, die Fenster kleine, eckige Löcher, der Eingang in einen Granitrahmen gefasst und für ihre Generation eigentlich zu niedrig gebaut. Ihr Vater, ihr Bruder und selbst sie mussten die Köpfe einziehen, wenn sie das Haus betraten.

Während sie mit ausreichend Abstand vorüberschritt, hoffte sie, dass nicht gerade jemand von der Familie aus einem der Fenster sah. Doch sie erreichte unbehelligt die Koppel, die am Stadel angrenzte und sich bis hin zum Wald erstreckte und zu dem Bach, in dem sie als Kind herumgetollt war, sofern es ihr gelungen war zu flüchten. In den meisten Fällen nicht vor der mütterlichen Obhut, sondern vor den ihr aufgetragenen Haus- und Feldarbeiten. Wie erhofft graste auf der Koppel der Maxl, das Arbeitspferd ihres Vaters. Als der sandfarbene Kaltbluthengst mit der blonden Mähne ihre Anwesenheit bemerkte, kam er ihr entgegengetrottet und streckte seinen mächtigen Schädel über den Holzbalken der Umzäunung. Sanft legte sie ihm die Hand auf die Nüstern, um seinen beruhigenden Atem zu spüren, der wesentlich mehr Wärme in sich trug als die fahle Sonne. Eine ganze Weile standen sie so, bildeten eine Einheit und unterhielten sich wortlos, aus dem Herzen heraus. Zeit, Umgebung und Schicksal traten in den Hintergrund. Sie genoss diesen stillen Moment wohltuender Losgelöstheit von den Mühen dieser Welt und schöpfte daraus neue Kraft. Kraft, die sie so dringend brauchte. Nun, nach Wilhelms Tod, noch viel mehr. Schon jetzt konnte sie sich ausmalen, dass der Weg, den sie in den nächsten Wochen und Monaten zu gehen hatte, sehr steinig werden würde. Dennoch nahm sie sich vor, den nötigen Willen aufzubringen und diesen Weg gegen alle erdenklichen Widerstände zu bewältigen. Oder es zumindest zu versuchen, weil ihr ohnehin keine andere Wahl blieb.

Immerhin: In ihr floss das Blut einer Hexe. Sie würde es schaffen.

10

Mein Wildfang, das kam Hilde Wegebauer oft über die schmalen Lippen, und in den meisten Fällen schwang dabei auch ein Hauch von Bedauern in ihrer Stimme mit. Bedauern darüber, dass ihre zweitälteste Tochter nicht zu bändigen war. Dass die drakonischen Maßnahmen, die man schon von den Eltern her kannte und die bei allen anderen Kindern griffen, bei Elisabeth keine Einsicht hervorriefen. Egal, ob körperliche Züchtigung oder Essensentzug, egal, ob man sie durch das Auferlegen von Arbeiten jeglicher Art bis zur Erschöpfung getrieben hatte, sie war nicht zu brechen. Nicht körperlich und erst recht nicht im Geiste. Und dabei hatte sie viel ertragen und aushalten müssen, wesentlich mehr jedenfalls als ihre Geschwister. »Ich kann sie ja nicht totschlagen«, war einer der Sätze, den man ihren Vater oftmals hatte sagen hören. Meist war ihr Hintern dann schon wund von der Weidengerte, die er verwendete, immer wenn er sich anders nicht mehr zu helfen wusste. Weil sie die Ziegen aus ihrem Verschlag gelassen hatte, in der festen Meinung, die Tiere sollten besser frei über die Wiesen springen können, als eingepfercht zu sein. Oder weil sie den Katzennachwuchs versteckte, damit der Vater ihn nicht im Bach ertränken konnte – was dazu geführt hatte, dass irgendwann schließlich an die zwanzig Katzen um den Hof streunten. Oder aber auch, weil sie die Äpfel, die von den Bäumen gefallen waren, nicht zum Vermosten einsammelte, sondern sie lieber einzeln auf einen Haselnussstecken spießte und sie damit über das Stalldach schleuderte.

Ich kann sie ja nicht totschlagen. Ob sie nun in ihrem Umtrieb am Heiligen Abend den Christbaum samt der brennenden Kerzen umgeworfen hatte, woraufhin beinah die Stube abgebrannt wäre, oder ob sie vom Stadelfirst in den Heuwagen gesprungen war und sich dabei eine Zinke der Heugabel in den Unterschenkel gerammt hatte ... »Ich kann es nicht! Was also soll ich tun?«, sagte der Vater jedes Mal, wenn er auf Elisabeths widerspenstige Art angesprochen wurde. Ob im Wirtshaus, vom Pfarrer, vom Lehrer oder von wem auch immer. Von Leuten aus dem Dorf, die sich vom steten wilden Treiben seiner Tochter gestört fühlten.

Elisabeth wurde 1911 als drittes Kind in die Familie Wegebauer hineingeboren. Albrecht und Hilde waren damals seit acht Jahren verheiratet und hatten bereits den Peppi und die Trudi, ihre beiden älteren Geschwister. Der Peppi hatte das Pech, dass er im letzten Kriegsjahr achtzehn Jahre alt war, weswegen sie ihn noch geholt hatten. Er kehrte nie wieder zurück. Es hieß, er liege auf einem Soldatenfriedhof im Französischen, an einem Ort, dessen Namen keiner richtig aussprechen und den niemand aus der Familie jemals aufsuchen konnte:

Die Trudi kam zwei Jahre nach dem Peppi zur Welt, 1902, und hatte sich schon früh und aus Gründen, die Elisabeth damals nicht wirklich zu begreifen vermochte, dazu entschieden, eine Braut Jesu Christi zu werden. Und so ging sie mit ihren siebzehn Jahren und dem zögerlichen Segen der Eltern ins Karmeliterinnenkloster zu Neuburg an der Donau. Da war Elisabeth gerade mal acht Jahre alt gewesen, und seither hatte die älteste Tochter der Wegebauers den Hof ihrer Eltern nie wieder betreten. Alles was noch von Trudis Existenz auf Erden zeugte, waren die Briefe, die ihre Mutter zu Ostern und zu Weihnachten von einer Schwester Barbara erhielt. Elisabeth brauchte eine Weile, bis sie verstanden hatte, dass diese Karmeliterin namens Barbara früher ihre Schwester Trudi gewesen war. Dennoch schaffte sie es auch später nie, die streng dreinblickende Nonne auf dem Foto, das vor ein paar Jahren in der Weihnachtspost gelegen hatte, mit Trudis jugendlichem Gesicht in Gleichklang zu bringen. Aber vermutlich veränderte die ungeteilte Liebe zu Jesus nicht nur innerlich. Aus ihrer heutigen Sicht hätte Elisabeth gerne einmal ein Gespräch mit Schwester Barbara geführt. Vor allem, um ihre Beweggründe zu erfahren, die zu dem unumkehrbaren Entschluss geführt hatten, sich vollkommen und ausschließlich Gott zuzuwenden. Elisabeth war sich sicher, dass sie es jetzt verstehen würde, wusste aber zu ihrem Bedauern auch, dass es zu dieser Unterhaltung niemals kommen würde. Wenn sie es darauf anlegte, mochte sie vielleicht auch heute noch Antworten von den Toten erhalten ... nicht aber von weit entfernten Lebenden. Immer wieder hatte sie sich vorgenommen, einen Brief ins Kloster zu schicken, aber sooft sie auch versuchte, ihre Worte aufs Papier zu bringen, hatten sie nicht dieselbe Kraft, die sie in ihnen hörte, wenn sie sie aussprach.

Nach der Geburt von Trudi war beinahe ein Jahrzehnt verstrichen, bis ihre Mutter wieder bereit war zu empfangen und schließlich Elisabeth das Licht der Welt erblickte. Sie hatte natürlich nie zu fragen gewagt, warum so lange Zeit keine Kinder mehr auf dem Hof geboren worden waren. Ihre Mutter war bei Elisabeths Niederkunft bereits neunundzwanzig, und sie sollte nach ihr noch drei weitere Kinder gebären. Kaum ein Jahr nach Elisabeth kam Franz, ihr jüngster Bruder, und bald darauf das Hannerl zur Welt. Danach gingen wieder zwei strenge Winter ins Land, bis ihnen die Mutter mit vierunddreißig Jahren auch noch Fanni bescherte. Die süße kleine Fanni, die Letztgeborene, der es nicht vergönnt war, jemals die Schule zu besuchen, weil sie durch ein lang anhaltendes Fieber dahingerafft wurde und somit ein gutes Jahr nach Kriegsende ihrem ältesten Bruder Peppi in den Himmel folgte.

So wuchs Elisabeth mehr oder weniger mit Franz und Hannerl auf. Den beiden gelang es nie, mit der wilden Schwester Schritt zu halten. Es verging eine Weile, bis Elisabeth bewusst wurde, das ihr ungestümes Verhalten zu allerlei Konflikten geführt hatte, nicht nur innerhalb der Familie. Sie war ein Kind, mit dessen Benehmen Erwachsene nur schlecht oder gar nicht umgehen konnten. Üblicherweise erfüllten Nachkommen in der kleinen, isolierten Gesellschaft, in der sie lebte, je nach Geschlecht relativ klar definierte Aufgaben. Ein Abweichen war nicht vorgesehen und konnte seitens der Älteren nicht geduldet werden. Elisabeth machte ihnen Angst – aber zu dieser Erkenntnis kam sie erst, als ihr klar wurde, dass sich die Leute vor allem fürchteten, was sie nicht verstanden. Ihr abweichendes Verhalten trug dazu bei, dass ihre Mutter nach wie vor als Hexe angesehen wurde. Wegen der eigentümlichen Tochter, die nicht den Erwartungen entsprach, wurde durchaus gelegentlich der Verdacht geäußert, dass bei ihrer Zeugung der Teufel zugegen gewesen sei.

Leider wurde es nicht einfacher, ihre Mitmenschen vom Gegenteil zu überzeugen, als das stürmische Mädchen zur Frau heranreifte. Wie zum Trotz wuchs Elisabeth zu einem so hübschen Wesen heran, dass sich die Leute auch das nicht ohne den Einfluss gewisser widernatürlicher Kräfte erklären konnten. Waren die Wegebauer durchweg eher von gedrungener Statur, mit zu großen Nasen und aschfahlem, dünnem Haar, so präsentierte sich die mittlere Tochter bald als wahre Schönheit. Hochgewachsen, mit kräftigem, in der Sonne golden leuchtendem Haar und Augen, die den Himmel spiegelten, was dazu führte, dass sämtliche Männer dazu gezwungen waren, sich nach ihr umzudrehen. Es konnte nicht im Sinne des Herrn sein, dass ein solch verlockendes Geschöpf in der Mitte dieser einfachen Leute wandelte, die Köpfe der Mannsbilder verwirrte und zu unzüchtigen Gedanken verleitete. Unmöglich, dass dies mit Gottes Segen geschah.

11

Mit dreizehn ging Elisabeth verloren. Für drei Tage und drei Nächte, womit sie zu den wenigen Glücklichen zählte, die nicht auf ewig verschwunden blieben. Dennoch wurden diese langen Stunden der Ungewissheit für sie zu einem prägenden Ereignis – zumal sie just in diesen Tagen zu bluten begann.

Schon in den Wochen davor hatte sie eine Veränderung bemerkt. Etwas ging in ihr vor, das sie so nicht kannte. Eine unterschwellige Abweichung von dem, wie sie sich sonst fühlte, die nicht nur körperlich, sondern auch seelisch zu spüren war. Natürlich ahnte sie etwas. Ihre Mutter hatte mit ihr darüber gesprochen. Oder besser gesagt, sie hatte vage Andeutungen gemacht, was passierte, wenn ein Mädchen größer wurde. Was aber nicht bedeutete, man wuchs noch weiter in die Höhe, sondern man hörte auf, Kind zu sein. Nun, das hatte ihr irgendwann eingeleuchtet. Und sie konnte auch sofort sagen, dass es ihr nicht gefiel. Es war wie immer, wenn sie Dinge nicht verstand und sich diese ihr nicht von alleine erschlossen. Normalerweise scheute sie sich nicht, Fragen zu stellen. Wenn es sein musste an jeden, der ihr gerade unterkam. Mit dem *Größerwerden* war das eine andere Sache. Darüber wollte sie nicht einmal mit ihrer Mutter sprechen. Jedenfalls noch nicht, weil ihr bewusst war, dass ihre Mutter sich dann sehr eindringlich mit ihr darüber unterhalten würde, und davor verspürte sie eine ungeahnte Scheu.

Elisabeth wusste, dass ihre Mutter gelegentlich auch mit anderen Mädchen und jungen Frauen übers Größerwerden redete, die deswegen verschämt und mit gesenktem Blick an ihre Tür klopften. Immer wenn dies passierte, legte die Mutter sich ihren Überwurf um die Schultern, nahm die – stets unangekündigte – Besucherin bei der Hand und führte sie hinüber zum Stadel. Dort gab es eine mit Heu ausgelegte Ecke, in der zwei Milchschemel standen und in der man sich ungestört fühlen konnte, wie ihre Mutter dann immer mit dieser ruhigen, eindringlichen Stimme zu sagen pflegte. Einer Stimme, die sie zu keinem anderen Anlass benutzte. *Ihrer Hexenstimme.*

Neben den Schemeln stand ein Schrank, in dem ihre Mutter spezielle Dinge aufbewahrte. Kräuterbüschel, kleine Tongefäße mit Tinkturen und noch andere Hexensachen, die Elisabeth nur zu gerne einmal näher inspiziert hätte. Aber dieser Schrank verfügte über das beste Schloss auf dem ganzen Hof. Und den Schlüssel dafür trug ihre Mutter an einer Silberkette um den Hals, die sie nur zum Schlafen ablegte.

So gesehen, war ihr Verhalten widersinnig. Wieso konnte sie sich nicht dazu überwinden, den Rat ihrer Mutter zu suchen, jetzt da sich ihr endlich die Gelegenheit bot, in den geheimnisvollen Schrank zu sehen? Sie konnte es sich nur so erklären, dass sie entgegen ihrer sonstigen Neugier einfach nicht wissen wollte, was mit dieser Veränderung einherging. Schon gar nicht aus dem Mund ihrer Mutter.

Selbstredend konnte sie auch mit niemand anderem darüber sprechen. Wer wäre da auch gewesen? Im Dorf gab es nicht viele Mädchen in ihrem Alter, und wenn, dann traf sie die nur in der Schule. Keine von ihnen war eine Freundin. Tiere waren Freunde. Die Hasen, die Hühner, selbst die Kühe konnten Freunde sein, vor allem die Kälber. Auch die jungen Ferkel und freilich der Maxl, der ihr überhaupt der Allerliebste war. Tiere ja, aber nicht Menschen. Somit blieb eigentlich nur ihre Schwester Johanna übrig, mit der sie auch sonst das eine oder andere beredete. Selbst wenn es dabei weniger um die Suche nach Rat ging. Immerhin war Hannerl zwei Jahre jünger als sie, und die Ratschläge erfolgten daher in die andere Richtung. Hannerl hatte gewiss noch keinerlei Ahnung vom *Größerwerden*.

Als letzte Möglichkeit hätte sie noch eine der jungen Frauen, die schon mit ihrer Mutter auf den Schemeln im Stadel gesessen hatten, fragen können. Aber es hieß immer, dass keine der vielen Besucherinnen jemals ein Wort darüber verloren hatte, was sie im Heustadel des Wegebauer-Hofs erfuhren. Das Schweigen über die Zusammenkunft vor dem Hexenschrank war ein Teil dieses Rituals.

Zu der Zeit, als sich das *Größerwerden* ankündigte, stieg Elisabeth gerne auf den Hängen des Berges herum. Dort, wo der Wald enger wuchs als sonst wo und das Blätterdach über ihr so dicht war, dass der Regen nur selten bis zum Boden durchdrang. Was praktisch war, wenn man nicht völlig durchnässt wieder heimkommen wollte, denn leider war es bislang ein recht nasser Sommer gewesen. Ihr Vater bangte um das Getreide und die Kartoffeln. Gleichwohl wirkte er ratlos, wenn es darum ging, wann man Heu und Winterfutter fürs Vieh einbringen sollte, weil es nie wirklich abtrocknete. Andererseits war ein regnerischer Sommer für Elisabeth nichts Neues. Ebenso wie das Gezeter ihres Vaters darüber und die düsteren Aussichten, die er deswegen für den Winter prophezeite. Darüber, dass sie alle, das Vieh eingeschlossen, verhungern müssten.

Jedenfalls hatten ihre Eltern sie losgeschickt, um einen Leinensack voller Waldgras zu sammeln, das sie zum Ausstopfen der Matratzen verwenden wollten. Sie kannte eine gute Stelle, entlang des Finsterbachs, wo viel von dem langen, dünnen Gras wuchs. Das war ganz nahe am Österreichischen, was es auch immer ein klein wenig aufregend machte. Passte man nicht auf, war man plötzlich in einem anderen Land, was natürlich strikt verboten war, auch wenn es unbeabsichtigt passierte.

Nachdem sie noch einen Regenschauer abgewartet hatte, machte sie sich mit dem Sack auf den Weg. Eigentlich war es fast schon zu spät, um überhaupt noch aufzubrechen, wenn sie nicht in die Dämmerung hineinkommen wollte. Zudem wäre das Waldgras viel zu nass, aber sie hatte diese Aufgabe schon seit Tagen hinausgezögert und ahnte bereits den Unmut, der sehr bald oberhalb der buschigen Augenbrauen ihres Vaters aufziehen würde. Und die letzten Striemen, welche die Weidengerte auf ihren Oberschenkeln hinterlassen hatte, waren noch nicht vollständig verheilt. Also würde sie diese Sache heute noch erledigen, und das Gras konnte auf dem Heuboden trocknen, bevor sie damit die Matratzen neu auspolsterten.

Doch dann, als sie den Weg nach Osten einschlug und bereits fünf Minuten gegangen war, lockte sie plötzlich der Berg. Nebelgeister, die aus dem Wald aufstiegen, waberten um seinen Gipfel. Unerwartet bekam die Wolkendecke Löcher, durch welche die bereits tief stehende Sonne leuchtete und alles in prächtige, golden glänzende Rottöne tauchte. Und das war noch nicht alles. Plötzlich entdeckte sie auch noch einen Regenbogen, dessen eines Ende direkt in die östliche Bergflanke stach. Jedes Kind wusste, dass am Ende eines Regenbogens ein Schatz vergraben lag, und deshalb war es quasi unmöglich, diesem Fingerzeig vom Himmel nicht nachzugehen.

Elisabeth hängte den Leinensack an den nächsten Baum, fasste die Stelle, an der der Regenbogen zwischen die Bäume schlüpfte, fest ins Auge und marschierte in gerader Linie darauf zu. Bald darauf verschluckte sie der Wald, doch sie war ganz sicher, dass sie die Richtung beibehielt. Immerhin kannte sie sich aus. Und wenn sie sich beeilte, würde der kleine Abstecher nicht einmal viel Zeit in Anspruch nehmen. Ja, überhaupt, wenn sie mit einem Goldschatz nach Hause kam statt mit einem Sack Waldgras, wäre ihr Vater in jeder Hinsicht versöhnt. Dessen war sie sich gewiss.

Schnell wurde ihr allerdings klar, dass die Stelle schwer zu erreichen war. Der Hang war steil und dicht bewachsen. Umzukehren kam dennoch nicht infrage. Denn je länger sie brauchte, umso wichtiger war es, nicht mit leeren Händen zurückzukehren. Nasse Blätter klatschten ihr ins Gesicht, während sie sich durchs Unterholz wühlte. Immer wieder verloren ihre Schuhe den Halt auf dem vom Regen getränkten Boden. Zu ihrem Ärger wurde es rasch dunkel, was hieß, dass die Wolken wieder die Übermacht am Himmel erlangt hatten. Tief in sich wusste sie, dass damit auch der Regenbogen längst verschwunden war. Doch das wollte sie noch nicht wahrhaben. Vor allem jetzt nicht, da sie sich bereits in unmittelbarer Nähe der Stelle befand, wo er auf den Berg getroffen sein musste. Dort musste man doch auch jetzt noch irgendein Zeichen für seine vergängliche Existenz finden. Vielleicht leuchtete der Waldboden noch in den Regenbogenfarben.

Oder sie würde einen Aschekreis entdecken, wie nach einem Feuer. War es doch gut vorstellbar, dass ein Regenbogen, so wie er am Himmel schimmerte, voller Hitze war und die Stelle verbrannte, wo er die Erde berührte!

Ihre Zuversicht geriet also nicht ins Wanken, und sie ließ sich auch von dem Stechen in ihrem Unterleib nicht beunruhigen, das sie zu quälen begann. Obgleich sie sich nun deutlich öfter Mut zusprechen musste als zu Beginn ihres Aufstiegs. Angetrieben vom dunkler werdenden Himmel, verfiel sie in zunehmende Hektik, und das machte sie unachtsam. Zudem sah sie wegen des schwindenden Lichts nicht mehr genau, wohin sie ihre Füße setzte. Die Steinplatte, auf die sie trat, war durch den Flechtenbewuchs tückisch glatt. Sie glitt aus, und ehe sie sich dessen so richtig bewusst wurde, krachte sie mit dem Rücken auf den buckligen Granitfindling, der hier aus der Erde ragte. Die Luft blieb ihr weg, und eine kreatürliche Angst überfiel sie. Nach einer schieren Ewigkeit, während der sie versuchte, Luft in ihre brennende Lunge zu saugen, entsann sie sich etwas, das sie einmal gehört hatte: dass man die Arme über den Kopf heben musste, um den Krampf im Brustkorb zu lösen. Sie reckte die Hände, die sie bislang an Ort und Stelle gehalten hatte, in die Höhe, und mit einem Schlag setzte der Atemreflex wieder ein. Doch ohne den festen Griff in den Riefen des Steinblocks geriet sie erneut ins Rutschen und schlitterte in eine Felsspalte, die ihr bis dahin noch nicht einmal aufgefallen war.

Der Sturz war nicht tief, höchstens eineinhalb Meter, und zum Glück wuchs eine dicke Moosschicht in der Spalte, welche die scharfen Kanten des Felsen polsterte. Dennoch durchfuhr sie ein Schmerz, der ihren ganzen Körper vereinnahmte. Der Granit rechts und links von ihr schien sie zerquetschen zu wollen. Ihre Beine steckten fest, ihre Hüfte steckte fest und die Schultern erst recht. Irgendwie lag sie immer noch auf dem Rücken und doch auch wieder nicht, denn unter ihrer Wirbelsäule war Luft. Der Felsspalt unter ihr verengte sich weiter, sodass sie nicht noch tiefer hineinrutschen konnte. Aber es war auch nichts in der Nähe ihrer schmerzhaft nach oben verdrehten Arme, was sie greifen konnte, um sich daran wieder hochzuziehen. Der Fels hatte sie gefangen.

12

Sie hörte das Prasseln des Regens über sich in den Bäumen. Sehen konnte sie hingegen nichts mehr. Die Nacht war so schnell gekommen, dass ihr Verstand es gar nicht bemerkt hatte. Oder war sie gar eine Weile bewusstlos gewesen, weil die Verzweiflung über ihre Lage ihren Geist schlafen gelegt hatte? Davon hatte ihre Mutter einmal erzählt: dass Leute, die in wirklich schlimme Situationen gerieten, von einer Schwärze überrannt und in einen traumlosen Schlaf gesogen wurden. Dieser Umstand half, damit man nicht auf der Stelle starb. Sie kam mit sich überein, dass es so gewesen sein musste. Die Schwärze war über sie hinweggeschwappt und hatte sie vor dem Tod bewahrt. Vorerst zumindest.

Nun war leider der Schmerz zurück. Das peinigende, Furcht einflößende Gefühl, zwischen zwei gewaltigen Steinbacken zerrieben zu werden. Ihr Genick fühlte sich an, als hätte jemand sie fest daran gepackt, so wie man es bei Hasen tat, um sie hochzunehmen. Sie ging davon aus, dass ihr Kopf während der Schwärze weit in den Nacken gefallen war, was zu diesem stechenden Zerren geführt hatte, das bis zwischen die Schulterblätter reichte. Auch jetzt, da sie wieder wach war, musste sie sich anstrengen, damit der Kopf nicht ständig nach hinten kippte. Außerdem wurde ihr Brustkorb gequetscht, was das Atmen schwer machte.

Ihre eiskalten Finger waren unterdessen fortwährend damit beschäftigt, nach Halt im glatten Fels zu tasten, und dabei längst wund gescheuert. Die Fingernägel abgebrochen und blutig. Ausgerechnet dort, wo ihre Hände hinreichten, existierten keine Vertiefungen, keine Risse oder kleinen Spalten, in die sie sich hätten krallen können.

In ihrer wachsenden Verzweiflung fiel ihr erst nach einer Weile auf, wie kalt ihr war. Dass sie zitterte, so sehr, dass ihre Zähne aufeinanderschlugen. Die Temperaturen in der Nacht hätten einen zweiten Rock und eine zusätzliche Jacke erfordert. Aber wie hätte sie das vorhersehen können, als sie spätnachmittags aufgebrochen war? Suchten sie schon nach ihr? Ihr Vater, ihre Mutter, ihre Geschwister, der Knecht und die Mägde. Wem hatte sie gesagt, wohin sie ging? Sie würden wohl den Sack finden, den sie unten am Weg an den Baum gehängt hatte. Aber verstanden sie auch, dass sie von dort aus dem Regenbogen gefolgt war? Den Berg hinauf?

Sie wusste, sie war niemand, der groß Spuren hinterließ. Als leichtfüßig hatte ihr Vater sie einmal bezeichnet. Selbst wenn sie durch hohes Gras rannte, war ihr Weg nach wenigen Minuten nur noch schwer auszumachen, hatte er gemeint. Als würde sie schweben. Das war nicht gut, erkannte sie nun, auch wenn es sich nicht so angefühlt hatte, als wäre sie beim Kraxeln auf den Berg geschwebt. Sie hatte Zweige und Blätter von den Ästen gerissen, an denen sie sich hochgezogen hatte. Immer wenn sie auf dem schmierigen Waldboden abgerutscht war, hatte sie tiefe, dunkle Schlieren dort hinterlassen. Die konnte man nicht übersehen. Nicht bei Tageslicht, fügte sie an, womit sie sich eingestehen musste, dass man sie in dieser Felsspalte nicht entdecken würde, solange die Sonne nicht wieder aufgegangen war. Dennoch schrie sie eine Weile in die Nacht hinaus. So laut sie konnte und bis ihre Stimme versagte und der Hals schmerzte. Ihr Rachen fühlte sich mit einem Mal unendlich trocken an. Erst da begriff sie, wie groß ihr Durst war. Doch auch wenn es immer noch regnete, fielen nur vereinzelte Tropfen auf sie herab, und keiner davon zerplatzte in der Nähe ihres Mundes. Sobald sie einen erahnte, war er schon aufgeschlagen – lang bevor sie ihre Lippen in die Richtung bringen konnte. Außerdem wurde jede Bewegung ihres Kopfes mit einem heftigen Stechen in ihren Halswirbeln bestraft. Nicht minder schmerzhaft waren die Versuche, ihre eingeklemmte Hüfte zu befreien.

Letztendlich siegte die Erschöpfung. Was ihr allerdings erst bewusst wurde, als sie wieder erwachte. Immer noch war es stockdunkel, nur der Regen schien aufgehört zu haben. Nachdem das trommelnde Geräusch verstummt war, waren nun andere Laute aus der Finsternis zu hören. Neben dem Rauschen des Windes gab es seltsame Geräusche, Stimmen und schaurige Gesänge, von denen sie nicht sagen konnte, was oder wer sie verursachte. Sicher, es waren Tiere darunter, die huhuten, sangen, pfiffen, jaulten, im Unterholz raschelten, tippelten, grunzten, zischten, knurrten.

Es war aber auch sehr gut möglich, dass unter all diesen zwei- und vierbeinigen Wesen das ein oder andere bereits auf ihr weiches Fleisch lauerte. Diese Einsicht machte ihre Lage noch unerträglicher. Doch vor allem war es der Durst, der sie zunehmend quälte. Gefördert wurde das Verlangen nach Flüssigkeit auch von dem steten Tröpfeln und Rieseln rund um sie her. Wo war bloß all dieses Wasser? Wo bahnte es sich seinen Weg, wo lief es hin? Plötzlich überkam sie eine Eingebung. Unter Schmerzen drehte sie ihren Kopf, soweit es ging und sie es ertragen konnte, nach rechts. Dann streckte sie die Zunge aus dem Mund und erreichte beim dritten Versuch mit der Zungenspitze das Moos, das dort am Stein hinaufwuchs. Es war tatsächlich feucht, und sie konnte dieses wenige Wasser Tröpfchen für Tröpfchen aus den weichen Pflanzen lecken. Ein Vorgang, der unendliche Geduld verlangte, sie aber wunderbar belohnte. Die Feuchtigkeit schmeckte mineralisch und erdig, und dennoch war sie eine Wohltat, als sie ihren trockenen Rachen benetzte.

Diese schwierige und langwierige Aufnahme von Flüssigkeit lenkte sie von allem anderen ab, und als sie schlichtweg nicht mehr konnte, weil Hals und Zunge erlahmten, richtete sie den Blick wieder nach oben, dorthin, wo die Sterne hätten sein können, wären da nicht Wolken und Baumkronen gewesen, welche die Sicht versperrten.

Wolken und Baumkronen? Nein, da stand jemand über ihr! Breitbeinig über dem Felsspalt, in dem sie steckte. Anfangs war sie nicht sicher, ob sie richtig sah, denn ihr war es seit einer Weile auch seltsam schummrig. Doch da war etwas, auch wenn es nicht mehr als nur ein Schatten war, der Umriss einer Gestalt. Ein Umriss, der keinesfalls zu einem Tier gehören konnte. Zumindest zu keinem, das sie kannte. Elisabeths Herz begann mit einer Heftigkeit zu pochen, dass sie glaubte, es mit dem nächsten Schlag in der Brust platzen zu hören.

»Hilfe!«, krächzte sie.

Die Gestalt machte den Eindruck, als hätte sie ihr Flehen nicht gehört, denn sie verharrte reglos.

»Hilfe!«, presste sie noch einmal hervor, lauter jetzt – doch wieder passierte nichts. Vielleicht war da gar niemand. Der Schatten da oben nur ein leeres Gebilde, erzeugt durch Sträucher, Geäst und einen Baumstamm oder Findling. Dennoch wagte sie einen dritten Hilferuf, auch weil sie schon wieder diese beängstigende Leichtheit im Kopf fühlte, die der Schwärze voranging.

»Hilfe«, äffte die Gestalt sie da plötzlich nach, mit einer Stimme, die blechern hell und gehässig klang. Sie erschrak so heftig, dass das plötzliche Zusammenzucken sie noch ein Stückchen tiefer in den Spalt gleiten ließ. Die Gestalt war keine Einbildung. Sie hätte sich freuen sollen, doch im Moment empfand sie nur noch mehr Angst als zuvor.

»Bitte!«, presste sie aus ihrem bereits wieder strohtrockenen Mund.

»Bitte ... bitte ... bitte«, schallte es zurück, als verhalle ihr Wort in einem Echo. »Was hast du dort unten zu suchen?«

Diese Stimme ...

»Bin ... reingefallen«, antwortete Elisabeth. Das Sprechen tat weh, obwohl sie ihre vom Schreien gereizten Stimmbänder mit Wasser gekühlt hatte.

»Wie dumm von dir!«, stellte die Gestalt spöttisch fest.

»Warum ... sagst du das?«, fragte sie und klang dabei schrecklich weinerlich. Dafür schämte sie sich, aber ihr war soeben bewusst geworden, dass sie von dem da oben mit keiner Hilfe rechnen konnte.

Zuerst war die Antwort nur ein raues Kichern. »Du hättest nicht in meinen Wald kommen dürfen, dann wärst du auch nicht in diese missliche Lage geraten.«

»Dein Wald?«

»Mein Wald«, fauchte das Schattenwesen.

Elisabeth wusste, dass der Wald den Steiners gehörte, und eigentlich kannte sie alle Leute von dort.

Sein Wald?

Was das Wesen sagte, ergab keinen Sinn, außer der Schatten war Teil des Waldes selbst. Dann gehörte er dem Wald, und der Wald gehörte ihm. Waldgeister und -dämonen gab es gerade genug, jedenfalls behauptete ihre Mutter das gerne. So wie es auch schon ihre Großmutter beschworen hatte. Gnome, Wechselbälger, wilde Männlein. Dem Teufel hörige Halbwesen. Oder es war ein Trud. Wobei Elisabeth bislang immer davon ausgegangen war, dass es sich um ein weibliches Halbwesen handelte, wenn die Leute davon sprachen, dass sie die Trud drückte. Nun, worum auch immer es sich handelte, es war ihr nicht gewogen, und sie flehte inständig, dass es nicht auf sie heruntersprang, sich auf ihren ohnehin zusammengequetschten Brustkorb setzte und ihr auch noch die letzte Atemluft raubte. So wie es diese Unholde sonst taten und ihre Opfer damit langsam und qualvoll zu Tode brachten. Wenn dem so war, konnte nicht einmal mehr die Schwärze sie retten, von der sie glaubte, sie bereits wieder zu spüren. Oder war es die Angst, die immer enger an ihr Herz rückte? Heftiger Wind kam auf, fuhr wild hinein in die Felsspalte, schnitt eisig um ihren eingeklemmten Leib und blies ihre Gedanken und Gefühle fort.

»Kusch! Kusch!«, befahl der Trud plötzlich, und mit einem Mal verstummte alles, was bislang im Wald gehuhut, gesungen, gepfiffen, gejault, im Unterholz geraschelt, getippelt, gegrunzt, gezischt oder geknurrt hatte. »Ich kenn dich jetzt«, flüsterte er. »Ich kenn dich jetzt, du kommst mir nimmer aus!«

Ihr lief ein stechender Schauer über den Rücken, als hätte der Trud so etwas wie eine Prophezeiung ausgesprochen. Ein Blinzeln später war er plötzlich verschwunden. Oder es hatte ihn nie gegeben …

Stattdessen begann nun wieder der Wind zu säuseln und klang dabei fast tröstlich. Als sänge er ein Schlaflied für sie, das Schmerz und Kälte vergessen machte.

13

Als sie zurück in die schmerzliche Wirklichkeit fand, stand hoch über ihr die Sonne. Die Vögel sangen beinahe wie im Frühling. Elisabeth hätte sich darüber gefreut, doch sie steckte immer noch fest. Alles tat ihr schrecklich weh, sie hatte Durst und Hunger. Im Moos war nur noch wenig Feuchtigkeit. Die Zungenspitze dort hineinzustecken brachte nicht mehr viel ein. Sie flehte innerlich um Regen – worauf sie sonst nie gekommen wäre. Ihr Magenknurren verschreckte die Mäuse, die gelegentlich neugierig über die Felskante lugten. Es wäre zu schön gewesen, wenn eines der Tierchen eine Haselnuss auf sie hätte herunterfallen lassen. Ganz gleichgültig, ob schon angeknabbert oder nicht. Während sie sich nach Essen und Wasser sehnte, dämmerte sie immer wieder weg. Jedes Mal, wenn sie mit einem Ruck aus ihrem Halbschlaf erwachte, war die Sonne ein beträchtliches Stück weitergewandert. Immerhin sandte sie ein wenig von ihrer Wärme hinab in den Spalt. Für eine Weile wich die Kälte, auch wenn die durchs Blätterdach fallenden Strahlen nicht ausreichten, um ihre klammen Kleider zu trocknen.

Bis zum Abend war der Hunger unerträglich geworden. Schlimmer noch als die Muskelkrämpfe, die sie in immer kürzeren Abständen heimsuchten. Sie war es durchaus gewohnt, dass gelegentlich eine Mahlzeit ausfiel. Gerade zum Ende der Wintermonate, wenn die kärglichen Vorräte so deutlich zur Neige gingen, dass rationiert werden musste. Man wusste ja nie, wie lange der Schnee sich noch halten würde. Oder wie lange der Böhmwind mit seinem eiskalten Hauch noch zu ihnen herüberblies. Nicht einmal die Uralten aus dem Dorf, die bereits jedes erdenkliche Wetter mitgemacht hatten, wagten eine verlässliche Prognose, wenn es darum ging, das Ende des Winters vorherzusagen. Und selbst auf das Verhalten der Tiere, die im Tal und rund um den Berg lebten, war kaum Verlass. Vorsorglich wurde also mit den bescheidenen Gütern in den Speichern und Vorratskammern gespart, umso mehr, je länger sich der Winter in den April oder gar Mai hineinzog. Und wie sich das anfühlte, lernten die Kinder schon früh. Dennoch glaubte Elisabeth, dass sie noch nie eine so lange Zeit ohne Essen hatte aushalten müssen. Wobei sie sich mittlerweile gar nicht mehr sicher war, wie viele Stunden oder gar Tage bereits vergangen waren, seit sie hier feststeckte.

Sie versuchte sich zu sagen, dass mittlerweile bestimmt das ganze Dorf nach ihr suchte. Immer wieder horchte sie angestrengt in den Wald hinein, und gelegentlich, wenn sie meinte, ihre Stimme habe wieder Kraft, rief sie um Hilfe. So laut, wie sie eben konnte.

Mit der Nacht kehrten die Kälte und die Angst zurück. Und als es schon sehr lange sehr dunkel war, besuchte sie erneut der Trud, um sie zu verhöhnen.

»Hilf mir!«, flehte sie ein paarmal, doch der Geist machte keine Anstalten, ihr beizuspringen.

»Du stinkst«, verkündete er stattdessen. »Ich rieche, dass du dich eingebrunzt hast. Und ich rieche Blut ... Das wird noch andere anlocken.«

»Was meinst du?«, fragte sie beklommen, auch wenn sie ahnte, worauf er anspielte. Jetzt, da er es erwähnte, fühlte sie diese schmierige Wärme zwischen den Schenkeln, die sie unbewusst schon vor einer Weile wahrgenommen hatte.

»Blut«, wiederholte er. »Nicht gut.«

»Dann hilf mir!«, bat sie erneut. »Hilf mir hier raus, und ich renne, so schnell es geht, weg aus dem Wald.«

»Es ist mein Wald, ich will keine anderen hier haben«, belehrte er sie stur, als hätte er gar nicht gehört, was sie ihm anbot. Er lamentierte und zeterte noch unbestimmte Zeit und wurde dabei immer wütender, die Beschimpfungen, die er zu ihr hinunterspie, wurden immer wüster. Wieder bekam sie große Angst, dass er auf ihre Brust springen und sie ersticken würde. Doch schließlich war es erneut der Wind, der ihn verjagte und danach wieder seine Lieder für sie sang.

Der darauffolgende Tag war wie der vorherige. Die Vögel zwitscherten, die Sonne wanderte über den Berg. Niemand kam in den Wald, um sie aus der Felsspalte zu befreien. Gegen Abend zogen Wolken auf und brachten Regen mit. Das Moos tränkte sie wieder, aber das blieb auch der einzige Lichtblick des Tages. Der Hunger war jetzt unerträglich, und das Loch in ihrem Bauch wurde immer größer. Dafür war die ölige Wärme zwischen ihren Beinen getrocknet. Der Trud roch es trotzdem und beschimpfte sie so böse wie in der Nacht zuvor. Das tat er, bis der Wind kam und den Kreislauf, in dem sie gefangen war, aufs Neue anstieß. Der Wind sang sanft und leise.

Doch da war nun plötzlich noch eine Stimme. Manchmal von weit her, manchmal ganz nah, als spräche sie direkt aus dem moosbewachsenen Felsen neben ihrem Ohr. Zuerst verunsicherte sie das. Auch weil sie nicht wusste, ob diese Stimme nicht schon die ganze Zeit über mit ihr redete und sie das bloß nicht wahrgenommen hatte. »Wer ... bist du?«, krächzte sie schließlich.

»Mutter!«

Diese Antwort verwirrte Elisabeth. »Meine Mutter?«

»Von allem.«

»Mutter von allen?« Sie verstand nicht, was damit gemeint war. Doch die liebevolle Stimme der Mutter von allen vertrieb ihre Furcht, und selbst Schmerz, Hunger und Durst schienen zu weichen, wenn sie sprach.

»Du sprichst mit Toten«, stellte die Mutter fest.

»Ist das schlimm?«, fragte Elisabeth kleinlaut, die Angst hatte, dass ihr Geheimnis nun ans Licht kam.

»Im Gegenteil«, beruhigte sie die Stimme, die von überall herzukommen schien. »Das zeigt, du gehörst zu uns.«

»Zu euch? Was meinst du damit?«

»Das verstehst du schon, eines Tages.«

Eines Tages? Das klang so zuversichtlich. Gerade so, als würde sie nicht in dieser Felsspalte sterben. »Kannst du mir helfen?«, fragte sie vorsichtig.

»Das kannst du selbst«, sagte die Mutter. »Du bist jetzt bereit.«

»Wofür denn?«

Die Antwort war so leise, dass Elisabeth sie nicht verstand. Vielleicht lag in dem Wispern auch gar keine Antwort, sondern nur Mut, Zuversicht und Liebe.

14

Man fand Elisabeth am Morgen des vierten Tages.

Sie selber wusste nichts mehr darüber. Als sie wieder zu sich kam, lag sie im Bett in der Kammer, die sie sich mit ihren Geschwistern teilte. Halb verhungert und halb verdurstet sei sie gewesen und nicht mehr ansprechbar, erzählte man später. Rücken und Arme voller blauer Flecken und Abschürfungen, aber sonst heil und an einem Stück. »Als der Vater dich aus dieser Felsspalte gezogen hat, war es, wie wenn die Erde dich ein zweites Mal geboren hätte«, sagte ihre Mutter bei mehreren Gelegenheiten, und stets kamen ihr dabei die Tränen. »Du warst so leicht wie eine Feder.« Außerdem hieß es immer wieder, dass sie sich aus ihrem Gefängnis doch einfach hätte befreien können, was stets wie ein Tadel klang. Als wüsste jemand anderes, wie es war, dort im Granit festzustecken und zu ertragen, was sie in diesen zahllosen Stunden ertragen hatte.

Ihr Vater verzichtete auf eine Bestrafung, und bald wollte niemand mehr die Geschichte hören. Elisabeths Gefangenschaft im Fels wurde zu einer der zahllosen Anekdoten, die im Dorf eine Weile die Runde machten, nur um bald darauf von einer neuen aufregenden Geschichte abgelöst zu werden. Es konnte oder wollte ihr auch niemand genau erklären, wie man sie letztlich gefunden hatte. Eine Weile hieß es, Waldarbeiter hätten ihre Hilferufe gehört und eine Suche in diesem

Bereich des Waldes vorgeschlagen. Sie hingegen konnte sich nicht erinnern, ob sie nach drei Nächten in der Felsspalte überhaupt noch in der Lage gewesen war, sich mit Schreien bemerkbar zu machen. Aber das spielte letztlich auch keine Rolle mehr, denn sie war gerettet worden. Die Erde hatte sie wieder hergegeben.

Von dem Trud erzählte sie niemandem. Nicht ihrer Mutter und auch nicht dem Pfarrer im Beichtstuhl. Was ohnehin nicht nötig war, da sie ja keine Sünde begangen hatte. Wenn, dann hätte der Trud die Vergebung Gottes suchen müssen.

Natürlich sagte sie auch nichts von der Mutter und davon, dass sie bald zu ihnen gehören würde. Vor allem, weil sie nach wie vor nicht wusste, was das bedeuten sollte. Bald hatte sie sich körperlich wieder erholt, wobei sie nicht nur Kraft im Leib fühlte, sondern zudem eine neue, ungewohnte Stärke im Geist. Sie ging davon aus, dass diese Kraft damit zusammenhing, was die Mutter ihr zu erklären versucht hatte. Und dass sich ihr diese Botschaft irgendwann einmal erschließen würde, wenn sie erwachsen genug war.

Wenig später konnte sie sich kaum mehr vorstellen, wie sie diese endlosen Stunden in der Felsspalte ausgehalten hatte. Vielleicht war auch irgendetwas mit der Zeit passiert – aber das schien noch unerklärlicher als die Stimme, die zu ihr gesprochen hatte.

Was ihr blieb, war eine latente Angst, die sie jeden Monat zusammen mit der Blutung heimsuchte. Durch ihr Erlebnis im Wald wusste Elisabeth nun, dass Geister und Unholde sie in dieser Zeit riechen konnten. Und das war kein besonders erbauliches Wissen.

Vier Jahre nach diesem einschneidenden Erlebnis, kurz nachdem Elisabeth siebzehn geworden war, hielt Wilhelm um ihre Hand an. Nicht bei ihr, sondern bei ihrem Vater. Und das nicht einmal sechs Monate nachdem der frisch promovierte Studienrat aus München zurückgekehrt war und seine Lehrerstelle angetreten hatte. Was den Antrag anging, brauchte Wilhelm lediglich einen kurzen Abstieg ins Seitental auf sich nehmen. Er kam in seinem besten Anzug und mit einer Flasche Selbstgebranntem. Er musste nicht mit einer Zurückweisung rechnen, denn der Verlobung war eine im Wirtshaus getroffene Verabredung zwischen dem Waldbauer und Elisabeths Vater vorausgegangen, bei der mit Handschlag bereits alles besiegelt worden war. Freilich war davon auszugehen, dass Albrecht Wegebauer keine große Wahl gehabt hatte. Er stand damals bereits zu tief mit Ackerland und Viehbestand in der Schuld des Waldbauern, als dass er etwas anderes als Ja hätte sagen können.

Im Frühsommer des Folgejahres wurde Hochzeit gefeiert.

Wilhelm hatte nie darüber gesprochen, wie genau der Handel zwischen den Vätern abgelaufen war. Vielleicht weil er es nicht offen vor Elisabeth ausbreiten wollte, vielleicht, weil er es ebenfalls nicht so genau wusste. Dennoch hatte sie ziemlich schnell herausgefunden, dass es nicht Wilhelms Idee gewesen war, sie zur Frau zu nehmen. Obwohl es keiner der Beteiligten offen zugegeben hatte, bestand für sie irgendwann kein Zweifel mehr daran, dass der alte Steiner seinen Sohn zu dieser Heirat gedrängt hatte. Nach dessen Ansicht brauchte sein Sohn eine Gattin an seiner Seite, schon allein, um das Gerede zum Schweigen zu bringen, das über einen Einschichtigen in Wilhelms Alter zwangsläufig seine Runde machte. Ledig zu sein, das war kein Zustand für einen bereits Neunundzwanzigjährigen. Erstaunlicherweise gab Josef Steiner jedoch nichts auf das Gemunkel über die widernatürlichen

Fähigkeiten der Wegebauer-Tochter. Alles, was er für seinen Sohn wollte, waren ein schöner Anblick und ein gebärfreudiges Becken. Und genau das bekam Wilhelm, denn niemand aus dem Dorf und der Umgebung war schöner anzuschauen als Elisabeth.

Wilhelm wollte kein großes Fest, und das war ihr recht. So geriet sie zumindest nicht in die Verlegenheit, Einladungen an Leute auszusprechen, die sie ohnehin nicht dabeihaben wollte. Wen außer ihrer Familie hätte sie auch groß einladen sollen? Ihre Mutter hatte in der Kirche geweint, alle anderen hatten geschwiegen. Gelacht hatte später nur Pfarrer Seibold, nachdem er beim Hochzeitsessen auf dem Waldbauernhof eine Flasche Schnaps geleert hatte. In der Kammer hatte auch Wilhelm vorgegeben, betrunken zu sein, und war theatralisch ins Bett gefallen, während sie ihr schlichtes Brautkleid ablegte. Offenbar hatte er sie nicht anschauen wollen, gerade so, als würde er etwas zu sehen bekommen, das ihn erschrecken könnte. Als sie nach dem Löschen der Kerzen zu ihm ins Bett schlüpfte, röchelte er leise vor sich hin. Dabei spürte sie, dass er sich nur schlafend stellte.

Mit seinem Interesse an ihr war es auch in der Folgezeit nicht besser geworden. Und sie war ihm nicht böse darüber, dass in all der Zeit, in der sie das Bett mit ihm teilte, nichts weiter geschah.

Liebreiz, so musste Josef Steiner mit den Jahren erfahren, war nicht zwingend ein Argument für eine verlässliche Erbfolge. Sechs Winter gingen ins Land, und noch immer waren der arrangierten Verbindung keine Enkel entsprungen. Und es kam noch schlimmer. Der alte Steiner musste zudem erkennen, dass seine Schwiegertochter eine der wenigen im Dorf war, die über den Mut und vor allem über ausreichend Trotz verfügten, um aufrecht stehen zu bleiben, wenn er ihr seinen Zorn entgegenspie.

Aber auch wenn sie seinen Gehstock weniger scheute als die meisten anderen, hatte sie es dennoch nie gewagt, ihm ins Gesicht zu sagen, dass es nicht an ihr lag, dass es noch keine Nachkommen gab. Oft genug hatte sie sich diese Vorwürfe schon von ihm anhören müssen, selbst in aller Öffentlichkeit. Auf dem Kirchplatz, bei der Kirda, beim Tanzfest der Schützengilde oder einfach, wenn sie ihm zufällig unter die Augen kam. Bei all diesen Gelegenheiten hatte er nur selten darauf verzichtet, sich auf zynische und demütigende Art nach ihrem Befinden zu erkundigen.

Dennoch war ihre Wut über die Erniedrigungen durch ihren Schwiegervater bislang nie heftig genug gewesen, um ihm die Wahrheit unverblümt um die Ohren zu hauen. Sie wusste, dass sie dann den Prügel des Alten zu spüren bekommen würde, und das war ihr die kurzweilige Genugtuung, sich Luft zu verschaffen, bislang noch nicht wert gewesen. Ja, sie hätte ihm nur zu gerne unter die Nase gerieben, dass er sich besser einmal bei seinem Sohn erkundigen sollte, warum der Kindersegen ausblieb, statt ihr in einem fort Vorhaltungen zu machen. Doch das hatte sich mit der letzten Nacht endgültig erledigt.

Gerade als sie das dachte, spürte sie, dass jemand hinter sie getreten war. Leise, vielleicht um sie nicht zu erschrecken. Oder weil er ihr nichts Gutes wollte. Sie fuhr herum, und der Schmidinger zuckte zusammen, so heftig, dass ihm sein zerknautschter Hut aus den dreckigen Knechtfingern glitt. Der Schmidinger litt unter einem leichten Silberblick und hatte zu eingefallene Wangen und ein zu fliehendes Kinn, als dass man ihn als feschen Burschen hätte bezeichnen können. Er war dürr, sein Haar licht und ungekämmt, und er kam unbeholfen daher. Wie vielen seiner Generation hatte der Krieg ihm zugesetzt, und das sah man seinen trüben, grauen Augen deutlich an. Es war vielleicht nicht gerecht, aber alle Sympathie, die Elisabeth für den Knecht hegte, rührte von dem Mitleid her, das sie für diesen Mann empfand.

»Es tut mir leid, Lisl!«, sagte er, den Blick auf die löchrigen Stiefel gerichtet, und bückte sich dann fahrig nach seinem Hut.

»Was hast du gesehen, Flori?«, brach es aus ihr heraus.

»Nichts ... selbst wenn da was gewesen wäre, es war zu finster«, stammelte er. Kurz sah er auf, doch Elisabeth stemmte herausfordernd die Fäuste in die Hüften, und er wandte die Augen gleich wieder ab.

»Und der Schrei, von dem du gesprochen hast?«

»Mei, ein Schrei halt. Von ihm, wie er gefallen ist.«

Das war dürftig. Verschwieg er ihr etwas? Aber wenn ja, wieso? Was hätte er für einen Grund? Erst jetzt fiel ihr auf, dass er einen Rucksack über der Schulter hängen hatte. »Wo willst du hin?«

»Weg.«

»Weg? Warum?«

»Dein Vater hat mich zur Rede gestellt. Wollte wissen, was ich im Wald zu suchen hatte, mitten in der Nacht.«

»Ist das jetzt nicht mehr erlaubt bei uns auf dem Hof, dass man als Knecht in den Wald geht?«

»Nicht wenn man ein Gewehr vom Bauern dabeihat«, nuschelte er beschämt. »Dein Vater will halt in nichts reingeraten.«

»Wo soll er denn reingeraten, der Wilhelm wurde ja nicht erschossen.«

»Er hat gehört, dass die Polizei kommt wegen dem Unfall. Der Waldbauer will sie holen lassen«, sagte er und knetete seinen Hut. »Und dein Vater möcht' nicht, dass ich irgendwas Falsches erzähl und mich verdächtig mach.«

»Und du meinst, wenn du wegrennst, dann hat dich keiner in Verdacht? Wenn ich so ein Polizist wäre, würde ich mich da erst recht fragen, ob der Knecht vom Wegebauer was zu verbergen hat.«

Ohne zu antworten, faltete der Schmidinger seinen Hut auseinander und stülpte ihn über sein zerzaustes Haar, wo man im einfallenden Sonnenlicht die Läuse tanzen sehen konnte. »Pfiat di Gott, Lisl«, presste er noch hervor, dann drehte er sich um und ging.

Sie sah ihm nach, bis er zwischen einer Anpflanzung frischer Fichten verschwand, und versuchte gleichzeitig zu verstehen, was sie eben erfahren hatte. Vermutlich würde ihr nichts anderes übrig bleiben, als mit ihrem Vater zu reden. Ihn zu fragen, warum er befürchtete, in etwas reinzugeraten. Aber zu so einer Unterhaltung fühlte sie sich momentan noch nicht in der Lage, schon gar nicht, wenn es darum ging, ihm Vorhaltungen zu machen.

Sie schaute sich um. Es mochte eine halbe Stunde verstrichen sein, die sie beim Maxl an der Koppel verbracht hatte. Mit verwirbelten Gedanken im Kopf beschloss sie, sich auf den Rückweg zu machen. Diesmal wählte sie die kürzere Strecke, von der Ahnung gelenkt, dass sie bereits vermisst wurde. Der Nachteil an dieser Route war, dass sie unmittelbar am Hof ihres Schwiegervaters vorbeikam. Und was auf ihre Eltern zutraf, traf noch wesentlich mehr auf den alten Steiner zu. Dem wollte sie auf keinen Fall begegnen. Genauso wenig wie ihrem Schwager Johannes. Nein, erst recht nicht

Johannes, der nun der Nächste in der Erbfolge war. Sie hörte, wie der Hofhund anschlug und an seiner Kette zerrte, als sie vorübereilte. Schnell zog sie ihr Kopftuch noch tiefer ins Gesicht und krümmte den Rücken, in der vagen Hoffnung, dass man sie vielleicht für ihre Mutter hielt, auch wenn sie kaum von ähnlicher Statur waren. Sie zwang sich, nicht allzu schnell zu gehen, um keine unnötigen Blicke auf sich zu ziehen. Sie starrte hinunter auf ihre Schuhspitzen und setzte einen Fuß vor den anderen, bis sie das Gefühl hatte, am Hof vorbei zu sein, ohne dass irgendwer sie bemerkt hatte. Sicherheitshalber hielt sie den Kopf auch noch ein weiteres Dutzend Schritte gesenkt, bis sie es endlich wieder wagte, nach vorne zu sehen.

In dem Moment jedoch zuckte sie wie vom Blitz getroffen zusammen. Drei Meter vor ihr, mitten in ihrem Weg, stand die unheimlichste Gestalt, die sich im Dorf herumtrieb, und stierte sie durchdringend an.

15

Veronika Hirscher, die älteste Tochter des Gastwirts, hatte vor etwa dreizehn Jahren einen unehelichen Sohn zur Welt gebracht und auf den Namen Heinrich taufen lassen. Was das Äußere anging, verfügte der junge Heinrich jetzt über den Körper eines Erwachsenen. Schultern, breit wie ein Wäscheschrank, darauf ein eckiger Kopf, mit eng beieinanderliegenden Augen, unergründlich und glanzlos wie Tonmurmeln. Augen, die einem das Gefühl vermittelten, dass sie durch einen hindurchsahen, als wäre man nichts als eine Nebelschwade. Im Kopf war der Bub nach wie vor nicht reifer als ein Fünfjähriger. So zumindest lautete Wilhelms pädagogische Beurteilung der geistigen Fähigkeiten des Jungen: ein zurückgebliebener Dummkopf, mit keinerlei Aussichten auf sich noch entwickelnden Intellekt im fortschreitenden Alter. Dies hatte Wilhelm vor drei Jahren in der Schulakte über Heinrich Hirscher vermerkt, was unter anderem auch bedeutete, dass er ihn ab diesem Zeitpunkt nicht weiter in seinem Unterricht dulden wollte. Diese vernichtende Einschätzung hatte Heinrich jedoch nicht davon abgehalten, sich hin und wieder ins Klassenzimmer zu stehlen und sich im Schrank hinten an der Wand zu verstecken, der eigentlich den Lehrmaterialien und Büchern vorbehalten war, aber dennoch genug Platz bot, selbst für einen Jungen, der über die Statur eines ausgewachsenen Braunbären verfügte. Ein Vergleich, den nur Wilhelm hatte ziehen können, da es ihm einst vergönnt gewesen war, im Münchner Tierpark Hellabrunn ein solch Respekt einflößendes Raubtier in Augenschein zu nehmen. Selbst Heinrichs Gang erinnere ihn daran, behauptete Wilhelm gerne, sofern man sich den Bären auf den Hinterbeinen gehend vorstellte. Dieses Wanken, weil der verkümmerte Geist ein normales Voranschreiten, wie man es von gesunden Menschen her kannte, nicht zuließ. Ganz abgesehen vom Gestank und den Geräuschen, die der Degenerierte von sich zu geben pflegte.

Elisabeth erinnerte sich, wie sehr Wilhelm sich bezüglich Heinrich Hirscher in eine Raserei hatte hineinsteigern können, vor allen, wenn sich dieses infame Geschöpf wieder einmal herausgenommen hatte, seinen Unterricht zu stören. Besonders grämte ihn dabei, dass er dem Jungen selbst dann keinen Respekt einflößen konnte, wenn er ihm mit dem Rohrstock drohte. Ja, nicht einmal, wenn er damit auf den Buben eindrosch. Aber warum auch hätte Heinrich das schrecken sollen? Elisabeth konnte sich recht gut vorstellen, dass dessen Großvater gewiss keine Gelegenheit versäumt hatte, seine Wut über den minderbemittelten Enkel und dessen geistige Defizite an Heinrich auszulassen. Legte man also in die Waagschale, was der Heinrich in seinem kurzen Leben schon alles hatte aushalten müssen, hatte Wilhelms dünner, biegsamer Stock vermutlich keinerlei beängstigende Wirkung mehr auf ihn.

Und Elisabeth ahnte noch etwas. Wilhelm hätte es natürlich nie zugegeben, selbst wenn sie ihn direkt darauf angesprochen hätte – was sie tunlichst unterließ, allein weil ihren Ehegatten nach dem Unterricht regelmäßig der Zorn packte und er am Mittagstisch wüste Triaden über Heinrich Hirscher ausstieß. Jedenfalls spürte sie dann immer Wilhelms Angst, und das war nicht zwingend die Angst vor einem Braunbären, sondern eine bodenlose Furcht vor dem Leben, das er hier führen musste; eine Furcht, die er in seiner Hilflosigkeit mit der Abneigung gegen Heinrich kompensierte.

Auch wenn Wilhelm immer darauf bedacht war, den gegenteiligen Eindruck zu vermitteln, vermutete Elisabeth schon bald, dass ihr Mann nicht für den Lehrerberuf geschaffen war. Es fehlte ihm an Geduld in jeglicher Form. Er kannte keine Nachsicht gegenüber seinen Schülern, hatte kein Verständnis für die Einfachheit, die sie aus ihren Familien mitbrachten. Stets beklagte er sich darüber, dass sie sich dem gegenüber verweigerten, was er ihnen beizubringen gedachte. Am allermeisten hasste er Störungen des Unterrichts, die er grundsätzlich dem Unverständnis seiner Schüler und ihrer Uneinsichtigkeit gegenüber seinem Bildungsauftrag zuschrieb. Nicht allein die Buben waren es, die nicht in der Lage waren, ihre Konzentration einen Vormittag lang aufrechtzuerhalten. Sogar die Mädchen konnten die Gnade einer Schulbildung kaum so annehmen, wie sie es eigentlich tun sollten. Und all dieses Widerstreben gegen seine Aufklärungsarbeit trieb ihn oftmals an den Rand der Verzweiflung. Bereits kurze Zeit nach Antritt der Lehrerstelle in Talberg musste er feststellen, dass allein der Rohrstock nicht immer ausreiche, um den Unwillen seiner Schüler auszumerzen und sie gefügig zu machen. Also stellte er im zweiten Jahr seiner Amtszeit ein Schülerpult in den Wald. An eine zugige Stelle oberhalb des Dorfes, mit Blick ins Tal. Vermeintlich idyllisch, aber das war natürlich ein Trugschluss. Denn dorthin schickte er die besonders Aufmüpfigen, stets mit umfangreichen Aufgaben, die zu bearbeiten waren, egal welches Wetter gerade vorherrschte. Das Pult verwitterte im Lauf der Jahre schnell unter den Fichten, aber schneller noch geschah dies mit den Gemütern derjenigen, die dort zu sitzen hatten, bis ihre aufgetragenen Schularbeiten erledigt waren. Beziehungsweise bis der Regen ihr Schulheft völlig aufweichte oder im Winter der Frost ihre kleinen Schülerfinger so blau werden ließ, dass sie nicht mehr fähig waren, den Griffel zu halten. Wilhelm brachte jene Strafversetzte natürlich höchstpersönlich dort hinauf und holte sie, nachdem unten im Tal der Unterricht beendet war, wieder ab. Und nie, niemals hatte eines der Kinder dann die auferlegten Aufgaben bewältigt – was prompt zu einer weiteren Strafe in Form von Züchtigung führte. In all der Zeit, in der Elisabeth diese von Wilhelm erdachte Erziehungsmaßnahme mitbekam, stand kein einziges Mal ein Vater oder eine Mutter am nächsten Tag im Klassenzimmer, um sich über die Behandlung ihres Kindes zu beschweren. Damit fühlte Wilhelm sich zusätzlich bestätigt, auch wenn dies zumeist die einzige Bestätigung blieb, da die bestraften Schüler ja nicht gescheiter oder fleißiger wurden. Alles, was er erreichte, waren weniger Störungen im Unterricht, und vermutlich genügte ihm das.

Nun aber Heinrich Hirscher. Der Härtefall. Der Unbeugsame und Uneinsichtige. Derjenige, der alle von Wilhelms Maßnahmen mit einer Abgestumpftheit ertrug, die Elisabeths Mann in die pure Verzweiflung trieb. Nur zu gerne hätte sie ihm einmal gesagt, er solle sich doch darauf besinnen, woher der Junge kam, dann würde ihm vielleicht eine andere Sicht auf dessen Schicksal gelingen. Doch Elisabeth schwieg, weil sie wusste, dass sie damit bei Wilhelm kein Gehör fand. Nichtsdestotrotz verspürte sie auch heute noch eine Mitverantwortung gegenüber Heinrich, die auf ihrer Seele lastete.

Eine ganze Weile hatte der alte Hirscher damals die Schande, die ihm seine Vroni ins Haus gebracht hatte, zu verbergen versucht. Freilich, man erinnerte sich noch daran, dass bei der Vroni irgendwann der Bauch immer mehr anschwoll. Und dass sie bald darauf eine Weile nicht mehr gesehen wurde, von Beginn der Adventszeit an, über die Jahreswende bis weit nach Maria Lichtmess hinaus. Weshalb man sich selbstredend denken konnte, was dort im Hause Hirscher in dieser finsteren Zeit vor sich gegangen war. Auch wenn nie nach der Hebamme verlangt wurde und keiner aus der Familie Hirscher ein Wort zu der Sache verlor. Das verstand sich auch fast von selbst. Zuerst war da nämlich die Schande, dass die einzige Tochter schwanger geworden war, ohne dass es einen Mann in ihrem Leben gegeben hatte. Wohlgemerkt einen ihr kirchlich angetrauten Mann, denn dass sie einen zwischen ihre pralle Schenkel gelassen hatte, daran war wohl kaum zu zweifeln. Jedem im Dorf war schließlich Vronis Lebenslust bekannt.

Veronika Hirscher war nicht besonders schlau zu nennen. Sie war einfach gestrickt und einfältig, gerade mal dazu zu gebrauchen, Bier auszuschenken und nach der Sperrstunde die Gaststube auszukehren. Wobei sie sich bei ersterer Tätigkeit als nicht besonders wehrhaft erwies, wenn es darum ging, schwielige Hände von ihrem Hinterteil zu wischen oder allzu intime Kniffe in ihre Oberschenkel abzuwehren. Nicht vor und auch nicht nach der Niederkunft mit ihrem Heinrich. Ihre Standhaftigkeit bewies sie gewissermaßen nur bei einer einzigen Sache, und zwar, wenn es darum ging, ihrem Vater und allen, die es sonst noch von ihr verlangten, den

Namen desjenigen zu nennen, der seine Saat in ihren Unterleib gepflanzt hatte. Eine Saat, die aufging und der Familie Hirscher das Unglück in Form eines Bärenjungen beschert hatte.

Recht bald deuteten erste Anzeichen darauf hin, dass Heinrich sich nicht wie ein normales Kind entwickelte. Dabei verließ sich Franz Hirscher nicht allein auf das Urteil des Pfarrers oder der örtlichen Geburtshelferin. Niemand sollte davon wissen, und doch verbreitete sich über kurz oder lang die Geschichte, dass der Gastwirt seinen Enkel in dessen zweitem Frühjahr, kaum dass die Straße vom Schnee befreit war, hinunter nach Wegscheid verfrachtet hatte. Eingewickelt in die größte Wolldecke, die er hatte finden können, um den bereits damals schweren und voluminösen Leib des Jungen vor allen Blicken zu verhüllen. Der Großvater brachte Heinrich in die Praxis des Dr. Weishäupl, wo Franz Hirscher nach Begutachtung seines Enkels endgültig jede Hoffnung geraubt wurde, wie man sich erzählte. Danach hatte es lange Zeit gedauert, bis sich der Wirt endlich wieder dazu bereit gefühlt hatte, eine Runde Schnaps zu spendieren – was als Maß für seine Zuneigung zu seinen Mitmenschen betrachtet wurde.

Erst nach und nach erfuhr man im Dorf, dass der Junge in seinen ersten beiden Jahren eigentlich nichts anderes getan hatte, als gierig und unnachgiebig Milch aus den vollen Brüsten seiner Mutter zu saugen und überdies alles zu verschlingen, was man ihm hinhielt. Das führte im Laufe der Zeit dazu, dass er zu einem Ungetüm heranwuchs, das weder sprach noch in irgendeiner Form Anzeichen von Verstand zeigte. Nachdem es Heinrich trotz seiner Körperfülle endlich geschafft hatte, sich auf seine stämmigen Beine zu stellen, musste Franz Hirscher seine Maßnahmen zum Verbergen der

Schande ausweiten. In erster Linie, weil natürlich täglich Gäste in der Wirtsstube hockten, in jenem Schankraum, der für Heinrich nun nicht mehr unerreichbar war. Von Instinkt und stetem Hunger getrieben, zog es ihn nur allzu leicht in diesen von Biergeruch, Zigarettenrauch und männlichen Ausdünstungen geschwängerten Raum, jedoch nicht aufgrund des Aromas oder des lauten, allabendlichen Stimmengewirrs, sondern allein der Aussicht wegen, dass einem der Gäste am Vorabend etwas Essbares in die Sägespäneausstreu unter den Wirtshaustisch gefallen sein könnte, was er sich noch hätte einverleiben können. Der alte Hirscher wollte den Jungen aber nicht nur vom Schankraum fernhalten, sondern eigentlich von allen im Dorf. Heinrich durfte nicht hinaus, und während das Wirtshaus geöffnet war, wurde er in einen Verschlag unter der Stiege gesperrt, die hinauf in den Dachboden führte. Diese von seinem Großvater erteilte Anordnung wurde unter Androhung drakonischer Strafen so lange aufrechterhalten, bis der Bub zu groß und breit für sein Versteck wurde.

Da sich Heinrich niemals beklagte, zumindest nicht mit irrem Geschrei oder Gepolter, wusste im Dorf kaum jemand etwas von alldem. Sein Schicksal zeigte allerdings sehr eindrucksvoll, wie die Leute in Talberg einzuschätzen waren. Einerseits hätte das Leid, das dieses Kind durch seinen erniedrigenden Hausarrest erfuhr, ein gefundenes Fressen sein können, über das sich die Leute bei allen sich bietenden Gelegenheiten das Maul zerrissen. Andererseits war jeder stets so sehr mit sich selbst beschäftigt, dass sich niemand wirklich darum scherte, was aus dem Kind geworden war, das vor unbestimmter Zeit aus der Vroni herausgekommen sein musste, nachdem sie mit einem Mal keinen aufgeblähten Bauch mehr vor sich hergetragen hatte.

Aber manchmal geschehen wunderliche Dinge, und Gott mag ein Einsehen haben, selbst mit einem aus Talberg. Nachdem der Krieg dem Hirscher Franz seine beiden Söhne genommen hatte – und rund zwei Jahre nachdem seine Tochter Vroni ihm einen Enkel geschenkt hatte, der keinen Vater kannte –, wurde Leni Hirscher im hohen Alter von 45 Jahren erneut schwanger und gebar 1923 tatsächlich einen gesunden Jungen, den sie auf den Namen Alfred taufen ließen. Der kleine Alfred war damit der Onkel von Heinrich, welcher ihm zwei Lebensjahre und stets auch das Doppelte an Körpergewicht voraus war. Das waren allerdings bald die einzigen beiden Attribute, in denen Heinrich seinen Onkel Alfred übertraf. Denn während Franz Hirschers Enkel geistig zurückblieb, entwickelte sich der Spätgeborene prächtig.

Franz Hirscher sah in Alfred einen würdigen Erben für Hof und Wirtshaus. Der Kleine ließ ihn seinen Gram über den ungerechten Tod seiner älteren Söhne vergessen und vermochte überdies die Wut und die Scham des Wirts über den zurückgebliebenen Nachwuchs seiner Tochter zu mindern. Doch das Einsehen, das Gott hier zeigte – wie Franz Hirscher nicht müde wurde zu wiederholen –, hielt nur neun kurze Jahre an. Nämlich bis ins Jahr 1933, das nicht allein für die Machtergreifung Hitlers stand, sondern auch für das spurlose Verschwinden des gerade neunjährigen Wirtssohns Alfred Hirscher.

Eine Weile lang kreiste das Gerücht, dass Alfred Hirscher von den Zigeunern geraubt worden war, die just zu jener Zeit in der Gegend waren. Doch die Zigeuner kehrten im Jahr darauf nach Talberg zurück – ein letztes Mal bevor das Dritte Reich dem einen Riegel vorschob –, ohne dass man Alfred unter ihnen sah. Was freilich nichts heißen mochte, denn das ziehende Gesindel konnte ihn ja verkauft haben. So etwas taten diese Schmarotzer schließlich: Kinder stehlen und andernorts wieder verkaufen.

Es gab im Dorf keine Berichte darüber, wie sich der aufgeblähte Heinrich mit dem schmächtigen Alfred vertragen hatte. Nicht einmal, ob sich der jüngere Onkel mit dem älteren Neffen jemals abgegeben hatte. Aber neben den Verdächtigungen gegen die Zigeuner hörte man ein paar Wochen lang auch hin und wieder die Anschuldigung, der Heinrich habe dafür gesorgt, dass Alfred nicht mehr da war. Womöglich gar auf Ansinnen seiner Mutter hin, die mit der Geburt des so viel jüngeren Bruders jegliche Erbansprüche verloren hatte.

Die polizeilichen Ermittlungen blieben erfolglos. Was auch immer sich zugetragen und dazu geführt hatte, dass der Junge weiterhin als unauffindbar galt, ließ die Wut in Franz Hirscher heißer lodern als jemals zuvor, und dieser feurige Zorn richtete sich vor allem gegen seinen Enkel Heinrich. Letztlich war den Eingeweihten klar, so konnte es nicht weitergehen. Vor allem nach Meinung von Hochwürden Korbinian Seibold, obschon er sich sonst eher unsensibel gegenüber Geschöpfen zeigte, die aus seiner Sicht nicht nach dem Ebenbild des Herrn geraten waren. Dennoch bedrängte der Pfarrer Franz Hirscher schließlich, seinen Enkel endlich in die Schule zu schicken. Immerhin lag in diesem Versuch doch auch die vage Hoffnung, Heinrich etwas zu vermitteln, das über Grunzlaute zur Anforderung von Nahrung und Ähnlichem hinausging. Außerdem konnte man es mit der Einschulung des Buben gar nicht besser treffen, jetzt, da Talberg über einen jungen, eifrigen Lehrer verfügte, der frisch von der Universität kam. Dem Studienrat sollte es doch in Anwendung neuster pädagogischer Errungenschaften möglich sein, auch dem schwersten aller Fälle eine Form von Bildung beizubringen. Der Gastwirt ließ sich also breitschlagen, vermutlich nicht vorrangig des Kindswohls wegen, sondern weil man den Rat eines Priesters besser befolgte, um sich nicht dem Unmut des Herrn auszusetzen. Was auch immer die Beweggründe waren, sie führten schließlich dazu, dass der Hirscher seinen unliebsamen Enkel im Alter von mittlerweile zehn Jahren erstmals in Wilhelms Klassenzimmer schob, in der Art, wie man sonst eine Ladung Mist hinaus aus dem Kuhstall beförderte.

So ersetzte Heinrich seinen kurz davor verschwundenen Onkel Alfred, der davor schon das zweite Schuljahr am Unterricht teilgenommen hatte. Ein Ersatz, der sich allerdings einzig und allein in körperlicher Anwesenheit bemerkbar machte.

Seine Zeit im Verschlag unterm Aufgang zum Dach hatte Heinrich ein wenig schief wachsen lassen, weshalb er sich auf eine zwar durchaus flinke, aber doch eiernde Weise fortbewegte, die nicht nur an einen Braunbären, sondern auch an einen mächtigen Granitfindling erinnerte, der einen steilen Abhang hinunterrollte und dabei alles niederwalzte, was sich ihm in den Weg stellte. Jeder im Ort, vor allem die Kinder, lernte sehr schnell, dass man einem derart heranrollenden Stein besser großzügig auswich und ihm keinesfalls in die Quere kam. Mit dem Eintritt von Heinrich ins Schulwesen brach eine schwierige Zeit an. Für Wilhelm ebenso wie für Heinrich. Bereits nach zwei Monaten zeigte sich, dass es der Bub war, der – vermutlich auch aufgrund seines verlangsamten Verstandes – über die anhaltendere Geduld verfügte. Den Studienrat hingegen packten mehr und mehr Verzweiflung und Resignation. So war der Tag absehbar, an dem Wilhelm den Jungen ein für alle Mal aus dem Unterricht warf.

Heinrich verstand das nicht oder sah es vielleicht auch einfach nicht ein. Denn er kam wieder. Und wieder. Und wieder. Und je öfter er wiederkam, desto grausamer wurde er von Wilhelm behandelt. Für Elisabeths Ehegatten eine wahre Sisyphusarbeit, die sich bis weit hinein ins neue Jahr zog und ihm immer noch mehr Wut und Schwermut einbrachte. Dabei trug Wilhelm davon ohnehin genug mit sich herum.

Schließlich war es dann doch Heinrich, der es aufgab, sich einen Platz im Klassenzimmer erobern zu wollen. Und das sicher nicht, weil er einsah, dass er gegen seinen Lehrer auf Dauer den Kürzeren zog. Nein, es lag schlicht daran, dass er eine Beschäftigung fand, die ihm mehr Freude bereitete. Von einem Tag auf den anderen nahm sich Heinrich der Schweine seines Großvaters an und hütete diese mit großer Leidenschaft und Ausdauer, unten in der Au, dort, wo sie sich nach Herzenslust im schwarzen Morast suhlen konnten. Die Schweine betrieben das ebenso wie ihr Hirte, der an manchen Tagen nur noch von den Sauen zu unterscheiden war, weil er zur Abendstunde auf zwei Beinen den Hang heraufgewackelt kam, um das Borstenvieh in den Verschlag zu treiben.

Während der kalten Jahreszeit, in der die Schweine im Stall bleiben mussten, sah man Heinrich Hirscher nahezu täglich in den Wald gehen und mit Armen voller Feuerholz zurückkehren. Natürlich hütete sich sein Großvater davor, ihm zu diesem Zweck eine Axt mitzugeben, denn mittlerweile fürchtete jeder im Dorf den Heinrich und sein eigenwilliges Temperament. Für die meisten im Ort war es schon schlimm genug, ihn frei herumlaufen zu sehen. Ihn mit einem Beil in den Händen anzutreffen hätte gewiss zu einem Aufstand gegen die Wirtsfamilie geführt. Daher arbeitete der Bub ausschließlich mit seinen Händen, denen die Eiseskälte nichts anzuhaben schien und die unermüdlich Klaubholz, Äste, ja halbe Bäume aus dem Wald schleiften, selbst wenn der Schnee meterhoch lag und man darin mit jedem Schritt bis zur Hüfte versank. Dieser unbedingte Wille, sich selbst gegen Wetter und Naturgewalten zu behaupten, war es vermutlich, der Wilhelm dazu bewog, im Frühsommer 1934 den alten Hirscher zu fragen, ob er sich seinen Enkel für den geplanten Turmbau ausborgen dürfe. Die Schweine kämen auch ohne ihn zurecht, unten in der Au, hatte der Gastwirt anscheinend gesagt und wohlwollend genickt. Sehr wahrscheinlich hatte er auch die Hand aufgehalten, und ein paar Münzen hatten den Besitzer gewechselt. Wie auch immer sich der Handel zutrug, danach hatte Elisabeth eine seltene innere Freude in Wilhelms Augen glänzen sehen, weil er für die Errichtung seines Turms nun auch auf jemanden mit Bärenkräften zurückgreifen konnte. Möglicherweise verdankte sich dieses auffällige Funkeln aber auch bloß der Genugtuung darüber, dass Wilhelm letztlich doch einen Weg gefunden hatte, den verhassten Jungen auf eine Weise schinden zu können, die ihm bislang nicht gestattet gewesen war. Was immer Wilhelm auch antrieb, plötzlich war ihm der Heinrich recht. Mit seiner Kraft, die ihn Balken anheben ließ, für die es sonst drei, vier Schüler gebraucht hätte oder mindestens zwei der Zimmerer, die Wilhelm so für die handwerklich anspruchsvolleren Arbeiten einsetzen konnte.

»Himmö«, sagte Heinrich jetzt und riss Elisabeth aus ihren Gedanken. Sie wusste, dass der Bub gegen alle Prognosen doch sprechen gelernt hatte. Wenn auch nur in einzelnen Worten und nicht immer verständlich für all jene, die nicht mit seinem simplen Geist umzugehen wussten. Wie ein Riese stand er da, und sie fragte sich, wo er wohl noch hinwachsen würde. Selbst ihr wurde ein wenig bang vor so viel Riesenhaftigkeit, in der womöglich zu wenig Verstand wohnte, um diese Kraft auch zu zügeln.

»Himmö«, wiederholte Heinrich erneut und deutete nach oben.

Ja, du arme Seele kommst bestimmt in den Himmel, dachte Elisabeth und nickte.

Der Junge rannte los, und diesmal rollte der Granitstein bergauf, denn auch das war an diesem Ort möglich.

16

Als sie bei der Kirche um die Ecke bog, stand ein schwarzes Motorrad der Marke BMW vor dem Haus. Eines mit Beiwagen und einem Hakenkreuzfähnchen auf dem vorderen Schutzblech. Sogleich stachen ihr die Abgase in die Nase, die noch in der Luft hingen. Ein nach wie vor ungewöhnlicher, fortschrittlicher Geruch für Talberg, das nur selten von Vehikeln mit Verbrennungsmotoren durchquert wurde. Freilich, der Waldbauer besaß seit ein paar Jahren einen Traktor, der von Weitem hörbar war und schwarzen, stinkenden Rauch ausstieß. Aber das lärmende Gefährt war zumeist draußen auf den Feldern oder beim Wald im Einsatz und daher selten im Ort selbst zu sehen. Und nach Wegscheid, wo schon mehrere Automobile in Betrieb waren, kam Elisabeth nur alle heilige Zeit, zu selten jedenfalls, um mit dem Anblick solcher Maschinen und deren aufdringlichen Gerüchen vertraut zu sein. Das Motorrad bedeutete, dass die Gendarmerie angerückt und allem Anschein nach auch bereits im Haus war, ohne dass jemand sie hineingebeten hatte. Allerdings war davon auszugehen, dass die Polizei über das Recht verfügte, einfach eine Wohnung betreten zu dürfen, auch wenn niemand daheim war. Für eine Sekunde befiel sie der absurde Gedanke, dass Wilhelm oben in der Küche lag und so betrachtet ja doch jemand zugegen war, der die Polizisten in Empfang genommen hatte. Sie musste sich zusammennehmen, um nicht laut loszulachen, und blickte angelegentlich zu Boden, damit man nicht sah, wie rot ihre Wangen geworden waren. Es konnte ja durchaus sein, dass einer der Polizisten gerade aus dem Fenster zu ihr hinabspähte und sich dann zu Recht wunderte, was die junge Witwe keine zwölf Stunden nach dem Tod ihres Mannes so erheiterte. Zum Glück erlangte sie schnell wieder die Fassung, als sie sich auf die Begegnung mit den Ordnungskräften besann, die ohne Frage eine tiefernste Sache war. Sie hatte noch nie mit irgendwelchen Behörden zu tun gehabt, vom Standesbeamten einmal abgesehen, und überall war zu hören, wie wichtig es war, den Uniformierten in allen Situationen unbedingt Folge zu leisten. Wer nicht spurte, wurde verhaftet, erzählten die Leute. Daher brauchte es sie eigentlich nicht zu verwundern, dass niemand auf ihr Eintreffen gewartet hatte. Doch trotz allem verspürte sie seltsamerweise keine Furcht vor der Begegnung mit der Polizei. Was sie aufwühlte, war lediglich der Gedanke, dass sich fremde Leute in ihrem Heim aufhielten und dadurch eine lästige Unordnung entstand.

Schon unten am Treppenabsatz vernahm sie Stimmen von oben und erkannte darunter auch das raue, grollende Organ ihres Schwiegervaters, was sofort wieder Unbehagen in ihr auslöste. Natürlich musste er dabei sein, was hatte sie erwartet? So leise es die Holzstufen zuließen, stieg sie mit angehaltener Luft in den ersten Stock hinauf. Es wurde laut diskutiert. Am liebsten wäre sie auf halbem Weg wieder umgekehrt, doch bevor sie diesen Entschluss auch nur abwägen konnte, trat jemand aus der Küche in den Flur und blickte dabei in ihre Richtung.

Für ein, zwei Sekunden starrten sie sich an.

»Heil Hitler!«, grüßte der Mann, aber ohne die rechte Hand von sich zu strecken. Er kam ihr flüchtig bekannt vor. Sein dunkles Haar war an den Seiten kurz geschnitten, so wie die Mannsbilder es neuerdings trugen. Die Pomade, mit der das längere Deckhaar in Form gebracht worden war, hatte allerdings gelitten und dem Fahrtwind auf dem Motorrad nicht ganz standhalten können, weshalb es eigenwillig zerzaust aussah. Das verlieh ihm etwas Jungenhaftes. Beinahe hätte sie schon wieder gelächelt und konnte diesen Reflex gerade noch so in ein Husten verwandeln.

»Lisl Steiner, nehme ich an.«

»Elisabeth!«, korrigierte sie ihn und nahm mit durchgestrecktem Rücken die letzten Stufen.

Er musterte sie ein wenig argwöhnisch. »Polizeimajor Leiner, Bayerische Landespolizei«, stellte er sich vor. Es irritierte sie, dass er keine Uniform trug. Aber freilich – das taten nur die von der Gendarmerie, auch wenn die einfachen Leute nicht zwischen Gendarmen und denen von der Kriminalpolizei unterschieden. Seine eher schmächtige Gestalt steckte in einem erdbraunen Anzug, der so schlecht saß, als hätte er ihn von einem wesentlich dickeren und kürzeren Mann übernommen. Natürlich war es nicht ungewöhnlich, dass Leute auftrugen, was andere nicht mehr brauchten. Das Hemd darunter wies einen leichten Gelbstich auf, der Krawattenknoten war schlampig gebunden. Über dem Anzug hatte er einen schwarzen Ledermantel umgeworfen, der ihm beinahe bis zu den Knöcheln reichte und der im unteren Bereich mit Dreck bespritzt war. In Gedanken sah sie ihn auf dem Motorrad von Wegscheid herbrausen, durch die Niederung, in der dichter Nebel lag und wo ihn die morgendliche Kälte trotz seines Mantels hatte zittern lassen.

Leiner ...

Wie der Bäcker im Dorf. Daher kannte sie ihn! Er gehörte zur Verwandtschaft des Talberger Ortsvorstehers. Vage entsann sie sich eines Neffen von Georg Leiner, der in früheren Jahren gelegentlich auf Besuch gewesen war.

»Wo waren Sie?«, fragte er und holte sie damit jäh aus ihren Gedanken. Doch obwohl er einen fordernden Ton anschlug, fühlte sie sich durch ihn nicht eingeschüchtert. Dafür sorgten vor allem seine offenen Züge, die zwar von Autorität, aber nicht von Groll zeugten. Sein Gesicht war ebenmäßig und überhaupt nicht von der pausbäckigen Art, die sonst alle Abkömmlinge der Bäckersfamilie kennzeichnete. Und da war noch etwas. Major Leiner Gesichtsausdruck wirkte grüblerisch, aber auch leicht verträumt und hatte etwas von einer sanften Berührung, die über Elisabeths Herz hinwegstrich. Auch eine Spur von Unsicherheit sprach daraus, und das war es wohl, was er mit ein wenig Gepolter zu kaschieren suchte. Ohne etwas dergleichen zu beabsichtigen, ahnte sie, dass sie ihn nervös machte.

Du bist eine Hexe!

»Draußen«, antwortete sie und wusste sogleich, dass das herablassend klang, was sie eigentlich vermeiden sollte. Männer konnten nicht mit Frauen umgehen, die eine gewisse Widerspenstigkeit an den Tag legten, und für Polizeimajore galt dies gewiss im Besonderen. Ihre Antwort genügte dem Neffen des Bäckers nicht, das war ihm anzusehen, doch ehe er nachhaken konnte, trat der alte Steiner aus der Küche, gefolgt von einem grauhaarigen Mann, der sich auf einen Gehstock stützte und der ihr ebenfalls nicht fremd war. Auch wenn sie ihn bisher nur mit einem Vollbart gesehen hatte, auf den er jüngst zu verzichten schien. Vermutlich, weil der Vollbart inzwischen eher den Marxisten und weniger der Herrenrasse zugeordnet wurde. Doch ob Bart oder nicht, sie hätte ihn überall an diesen eindringlichen, eisblauen Augen hinter den runden Brillengläsern wiedererkannt. Es waren die Augen des Mannes, der ihre Schwester hatte sterben lassen.

»Doktor Weishäupl?«

Der Arzt erwiderte nichts, blickte einfach durch sie hindurch, denn Studierte waren Frauen ihrer Art noch viel weniger zugeneigt als Männer mit schlichtem Gemüt.

Du bist eine Hexe!

Polizeimajor Leiner wandte sich von ihr ab, und es kam ihr so vor, als wäre er erleichtert darüber, sich nicht weiter mit ihr auseinandersetzen zu müssen. »Sie bleiben bei Ihrer vorläufigen Feststellung?«, fragte er den Arzt.

»Wie schon gesagt, bei einem Sturz aus dieser Höhe und so wie der Körper in seiner Gesamtheit zertrümmert ist ... Nein, ich kann Ihnen da keine Gewissheit geben«, sagte Weishäupl.

»Und die Unterarme?«

»Nein, wirklich nicht, Herr Major.«

Elisabeth entging nicht, wie der Waldbauer seine Fäuste ballte. Instinktiv trat sie einen Schritt zurück.

»Wurde der Turm abgesperrt?«, wollte der Polizist wissen.

Josef Steiner schüttelte seinen ergrauten Schädel, ein Grau, das nicht mehr nur in seinen zerzausten Haaren steckte, sondern nun auch seine Gesichtshaut befallen hatte.

Erstmals, seit sie den Waldbauern kannte, kam er ihr krank und damit unerwartet zerbrechlich vor.

»Ich muss unverzüglich dort hinauf«, verlangte Polizeimajor Leiner, der einen halben Kopf kleiner war als ihr Schwiegervater.

Dem Arzt schien das nicht zu passen. »Unmöglich, ich muss zurück in meine Praxis, und ich habe nicht die Zeit und sicher nicht die Absicht, mich dem Komfort eines bäuerlichen Fuhrwerks auszusetzen, das demnächst zufällig in meine Richtung aufbricht.«

»Dann schlage ich vor, Sie warten im Wirtshaus auf mich, bis meine Arbeit getan ist und Sie mit mir zurückfahren können«, erklärte Leiner dem Doktor, dem gegenüber er offenbar deutlich selbstsicherer auftreten konnte als gegenüber einer jungen Witwe. »Das kostet Sie kaum weniger Zeit, als auf eine Pferdekutsche zurückzugreifen.«

Weishäupl verzog mürrisch den Mund, was den Major aber ungerührt ließ. Der Waldbauer nickte, womit er wohl andeutete, dass er dem Major der Bayerischen Landespolizei seine Begleitung auf den Berg anbot. Oder Josef Steiner hatte klarstellen wollen, dass der Polizist keinesfalls ohne ihn den Ort betreten würde, an dem sein Sohn den Tod gefunden hatte.

Für Major Leiner war daraufhin wieder Elisabeth an der Reihe. Offenbar war er sich seiner Position wieder bewusst geworden und funkelte sie nun deutlich beherrschter aus seinen dunklen Augen an. »Sie bleiben bis auf Weiteres zu Hause!« Dann wandte er sich zackig ab und ging die Treppe hinab, die Dr. Weishäupl schon zur Hälfte hinter sich gebracht hatte.

»Ich komm sofort«, rief ihm der Waldbauer hinterher.

Leiner hielt inne und blickte über die Schulter zurück. Elisabeth konnte sehen, dass ihm ein Einwand auf den Lippen lag, und doch verzichtete er darauf, den Mann zurechtzuweisen, der seit letzter Nacht um seinen Ältesten trauerte.

»Ich bin drüben in der Amtsstube und führe schnell noch ein Telefonat«, verkündete der Polizist. »Warten Sie beim Motorrad!«

»Was ist mit der Leiche?«, rief Elisabeth.

»Lasse ich abholen«, erklärte der Polizeimajor, dann folgte er dem übellaunigen Arzt hinaus durch die Tür.

»Abholen ...«, murmelte Elisabeth leise vor sich hin.

»Schicken sie uns ausgerechnet den Leiner«, knurrte der Waldbauer, ohne sie zu beachten, in seinen ungepflegten Bart, der ihm fransig über die Oberlippe hing. Bevor sie sich ihrem Schwiegervater zuwenden konnte, packte der sie unverhofft im Genick. Nur mit größter Mühe konnte sie einen Schrei unterdrücken. Grob schob er sie vor sich her in die Küche, ohne dass sie gegen seine zornige Kraft auch nur die geringste Gegenwehr aufzubringen vermochte. Ein Gefallen, den sie ihm ohnehin nicht tun wollte. Denn ein Instinkt sagte ihr, dass er sich nach ihrem Widerstande sehnte, damit er sich seinem Drang, sie zu züchtigen, vollends hingeben konnte. Immer glomm dieser hemmungslose Zorn in ihm, für den es nur eines leichten Lufthauchs bedurfte, um ein wütendes Feuer in seiner Brust auflodern zu lassen. Und nur weil sie sich des leicht entflammbaren Gemüts vom alten Steiner bewusst war, ließ sie sich so entwürdigend durch ihre Wohnung stoßen, um Schlimmerem zu entgehen. Mit seiner schwieligen Pranke um ihren schlanken Hals, den er vermutlich mit Leichtigkeit auch hätte brechen können, stieß er sie zu Wilhelms Leichnam und drückte ihr Gesicht auf dessen entblößte, mondbleiche Brust.

»Schau's dir an!«, fauchte er, ganz nah bei ihrem Ohr. Ihr war es, als tropften seine Worte wie flüssiges Blei in ihren Gehörgang. »Helfe dir Gott, wenn rauskommt, dass du was damit zu tun hast.«

17

KARL

Die BMW zog problemlos den Berg hinauf, sogar mit dem schweren Gewicht vom Steiner im Beiwagen, der damit beschäftigt zu sein schien, mit der einen Hand seinen Hut und mit der anderen sich selbst festzuhalten. Doch auf seinen Beifahrer achtete Karl vorerst kaum. Stattdessen war er angestrengt darauf konzentriert, nicht mit dem Vorderrad in die ausgewaschenen Rinnen zu rutschen, die das Unwetter von letzter Nacht auf dem sandigen, von Wurzelwerk durchzogenen Weg hinterlassen hatte. Es war kaum davon auszugehen, dass er nach dem Sturzregen noch irgendwelche verwertbaren Spuren dort oben vorfinden würde. Dennoch wollte er sich ein Bild machen. Auch um sich im Nachhinein nicht vorwerfen lassen zu müssen, er hätte nicht gründlich ermittelt.

Sein Augenmerk auf die schwierige Fahrspur zu richten fiel ihm im Moment ohnehin schwerer, als er sich eingestehen wollte. Er hatte Probleme, seine Gedanken zusammenzuhalten. Schon als ihn heute früh der Befehl ereilte, sich eines Todesfalls in Talberg anzunehmen, zog eine dunkle Ahnung heran, die sich seither nur noch verstärkt hatte. Und die bezog sich nicht etwa, wie ursprünglich angenommen, auf die Begegnung mit seinem Onkel Georg Leiner. Diese Begegnung war von vornherein unvermeidlich gewesen, schon allein wegen der Telefonate mit der Dienststelle in Wegscheid, die er von der provisorischen Amtsstube seines Onkels aus führen musste. Dort befand sich nun einmal der einzige Fernsprecher, über den das Dorf verfügte.

Als Ortvorsteher war Georg natürlich bereits darüber informiert gewesen, dass man den Neffen wegen der Todessache Wilhelm Steiner nach Talberg abgeordnet hatte. Daher bedurfte es keiner großen Erklärung, warum er plötzlich in der Backstube stand. Georg hatte ihm lediglich die Tür zum Ortsvorsteher-Bureau aufgesperrt, war dabei äußerst wortkarg geblieben und sogleich zurück zu seinem Sauerteig gewackelt, um diesen mit kräftigen Fausthieben zu bearbeiten. Tante Traudl hatte er überhaupt nicht zu Gesicht bekommen. Wie Karl wusste, wollte Georg nicht, dass sie sich mit ihm unterhielt, weil der langjährige Zwist innerhalb der Familie das nicht duldete. Aber nicht nur wegen der zwischenmenschlichen Unebenheiten innerhalb der Leiner-Sippschaft konnte er sich nur schwer auf den unwegsamen Steig bergwärts konzentrieren. Auch der Unglücksfall an sich, dessen kriminalistische Relevanz er noch nicht wirklich durchschaut hatte, war nicht das Hauptproblem. Nein, was ihn vor allem durcheinanderbrachte, war die junge Witwe, die ihm seit ihrer kurzen Begegnung im Hausflur vor Augen stand und es ihm schier unmöglich machte, die Schlaglöcher und Rinnen, die Steine und Äste, die ihm vors Motorrad kamen, rechtzeitig zu erkennen und zu umfahren.

Elisabeth Steiner, geborene Wegebauer. Wie selbstbewusst sie ihn darauf aufmerksam gemacht hatte, er möchte sie bei ihrem Taufnamen nennen und nicht Lisl, wie ihr Vorname üblicherweise in der Gegend abgekürzt wurde. Er war schlichtweg davon ausgegangen, dass man sie eben so im Dorf rief. Doch stattdessen war es: Elisabeth. So als wäre sie nicht die Tochter eines einfachen Bauern, sondern stammte aus vornehmem Hause. Elisabeth.

Freilich waren sie sich auch früher schon begegnet, wenn auch allenfalls zwei, drei Male, bei irgendwelchen Anlässen, die ihn in seiner Kindheit und Jugend nach Talberg geführt hatten. Familienfeiern, Beerdigungen. Die Anlässe, bei denen Leute seines Schlags aufeinandertrafen. Auch wenn es jetzt kein enges, verwandtschaftliches Verhältnis mehr zwischen seiner Familie und der seines Onkels gab, hatte es früher regelmäßige Zusammenkünfte gegeben. Bis es zu jenem Streit zwischen seinem Vater und dessen Bruder kam. Worum es damals gegangen war, darüber wurde in Anwesenheit der Kinder stets geschwiegen. Selbst jetzt noch war sein Vater nicht bereit, ihm den Grund dafür zu nennen, warum die Brüder jede Begegnung mieden, ja bisweilen sogar so taten, als existierte der andere überhaupt nicht. Vielleicht, so hatte Karl schon überlegt, kannten sie den wahren Grund ihres damaligen Streits selber nicht mehr. Leider waren die Leiners von jeher als störrisch bekannt und jeder für sich zu stolz und zu verbohrt, um eine Aussöhnung zu wagen.

Auch Onkel Georg würde ihm keine Antwort auf diese Frage liefern, so viel stand fest. Erst recht nicht, nachdem der Bäcker nun zum Ortsvorsteher von Talberg ernannt worden war und seither sogar in der Backstube die Armbinde trug, um seiner Parteizugehörigkeit gebührend Ausdruck zu verleihen. Und das vermutlich nicht, weil es verlangt wurde, sondern aus einem Ehrgefühl heraus, das für Karl schwer nachvollziehbar war. Freilich wäre es in seiner Position fahrlässig gewesen, negativ über den Führer zu reden, weshalb er in Sachen Politik generell vorsorglich den Mund hielt. Und zwar immer und überall. Selbst oder gerade, wenn er mit Kollegen zusammen war, denen er eigentlich vertraute. Vorsicht war das oberste Gebot. Und das, was er über Adolf Hitler dachte, ausschließlich seine Sache.

Dem Krieg war er mit seinen damals siebzehn Jahren gerade noch so entkommen, obwohl man ihm Anfang November 1918 den Einsatzbefehl zugestellt hatte. Doch just ein paar Tage später und noch ehe er einrücken musste, fand der Wahnsinn zum Glück ein Ende. Nicht für Deutschland zwar, aber doch für die einzelnen Menschen, die in diesem Land lebten und fünf Kriegsjahre lang gelitten hatten. Ihm zumindest ging es so. Für ihn kam die Kapitulation Deutschlands einer ungeahnten Gnade gleich. Das eiskalte Grauen, das sich mit dem Schreiben vom Reichswehramt um sein Herz gelegt hatte, löste sich in Luft auf. Kein erbarmungsloser, russischer Winter für ihn. Stattdessen hatte er eine Amnestie erfahren – und hätte deswegen eigentlich Freudensprünge machen müssen. Doch schon nach einem kurzen Aufatmen fiel er damals wieder in eine bodenlose Leere. Und er musste für sich feststellen, dass selbst eine Abberufung an die Ostfront mit all ihrer Hoffnungslosigkeit ihm immerhin eine Aufgabe beschert hätte. Eine Aufgabe, die ihm nach Ende der Kriegswirren in Europa einfach fehlte. Irgendwie hatte der Umstand, dass es nun doch nicht dazu kommen würde, Gott und Vaterland zu dienen und mit seinem Blut und seiner Ehre zu verteidigen, eine Leere in ihm hinterlassen. Verschlimmert wurde dieses Gefühl noch durch den Umstand, dass er plötzlich zu den Übriggebliebenen zählte, zu all jenen, die den Krieg unbeschadet überlebt hatten. Und das war etwas, das ihn mehr und mehr beschämte. Recht bald konnte er es nicht mehr ertragen, wie die Leute ihn ansahen, wenn er durch die Straßen ging. So viele hatten jemanden verloren. Ehemänner, Väter, Söhne, Brüder und Freunde waren nicht zurückgekehrt. Er hingegen war immer noch da. Unversehrt, ja, schlimmer noch, ohne jemals in einem Schützengraben gelegen zu haben, ohne je dem Feind, dem Tod ins Auge geblickt zu haben. Das machte seinen Anblick im Spiegel immer weniger erträglich.

Diese Scham wurde er erst los, als er über einen Bekannten seines Vaters die Empfehlung erhielt, beim Königlich Bayerischen Gendarmeriekorps vorstellig zu werden. In deren Reihen hatte das sinnlose Gemetzel der vorangegangenen Jahre große Lücken gerissen, und in Ermangelung von Männern im wehrhaften Alter war es, als wartete man dort nur auf ihn. Tatsächlich war diese Aussicht um Längen besser als die Alternative, nämlich seinem Onkel in der Backstube zu helfen. Mehlstaub war nichts, was er gut vertrug.

Heute wusste Karl, dass sein Entschluss, sich dem Polizeikorps anzuschließen, statt das Bäckerhandwerk zu erlernen, den Graben zwischen seinem Vater und Onkel Georg noch vertieft hatte. Nichtsdestotrotz hatten ihn auch danach gelegentliche Besuche nach Talberg geführt, bei denen er bisweilen auch flüchtig Elisabeth Wegebauer begegnet war. Jenem bezaubernden Geschöpf, das später die Frau des Lehrers Wilhelm Steiner geworden war. Auch daran erinnerte er sich noch. Wie schwer ihm eine Weile ums Herz gewesen war, als er vom Aufgebot zu dieser Hochzeit gelesen hatte, auch wenn er in all der Zeit nie ein Wort mit Elisabeth gewechselt hatte, ja, ihr bei all seinen Besuchen in Talberg nie näher als einige Meter gekommen war. Und dann heute in aller Frühe dieser Einsatzbefehl. Plötzlich musste er sich ausgerechnet um das Dahinscheiden des Mannes kümmern, dem diese Frau vor mittlerweile sechs Jahren angetraut worden war.

Und nun hockte ihr Schwiegervater neben ihm im Beiwagen, eingezwängt aufgrund seiner Körperfülle und mit eisiger Miene dem Fahrtwind trotzend. Der Waldbauer war ein angesehener Mann im Ort und in der Region, was Karls Vorgesetzter ihm vor der Fahrt hier heraus noch einmal eindringlich deutlich gemacht hatte. »Reißen Sie sich zusammen und bemühen Sie sich um Zurückhaltung gegenüber dem Herrn Steiner! Wehe, wenn mir zu Ohren kommt, dass Sie mit unbedachten Äußerungen den Unwillen dieses Mannes erregt haben!« So oder so ähnlich.

Jawohl, Herr Oberstleutnant!

Das Königlich Bayerische Gendarmeriekorps war mittlerweile nicht mehr existent. Seit der Machtergreifung Hitlers gehörte Karl der Bayerischen Landespolizei an, die wie alle Exekutivkommandos des Reichs nun eine paramilitärische Funktion innerhalb der gesamtstaatlichen Ordnungskräfte übernommen hatte und dem Führer unterstellt war. Auch wenn nur innerhalb der höheren Ränge darüber gesprochen wurde, so ahnte er doch, dass der Umgestaltungsprozess innerhalb der Polizeiverbände noch nicht abgeschlossen war. Und dass da Dinge und Entwicklungen auf sie zukamen, über die er lieber nicht nachdenken wollte, zumindest nicht, solange man ihn seine Arbeit machen ließ.

Sie erreichten das Plateau, das die Einheimischen Josefi-Platte nannten. Wer auf den Gipfel wollte, musste von hier aus zu Fuß weiter. Der Sturm hatte den umstehenden Bäumen frühzeitig das Laub genommen. Jetzt streckten sie ihre nackten, schwarzen Äste in einen nahezu wolkenlosen Himmel. Josef Steiner sah ihn von unten her an, das gemeißelte Kinn weit vorgestreckt und mit dieser immerwährenden Wut in den Augen unter den buschigen Brauen. Sie nickten sich zu, und der Waldbauer stemmte sich aus dem Beiwagen. Karl stellte den Motor ab und stieg von der Maschine. Er wäre lieber alleine bis hinauf zum Turm gewandert. Den Weg kannte er ja, hätte sich also zurechtgefunden. Allerdings wusste er, dass er den alten Steiner nicht loswurde, auch nicht, wenn er einen amtlichen Befehl aussprach und ihn zum Hierblieben aufforderte.

»Was hat Ihr Sohn dort oben gewollt, mitten in der Nacht?« Josef Steiner glotzte ihn verständnislos an. »Wilhelm war alt genug, um zu jeder Zeit hingehen zu können, wo er wollte. Oder glauben Sie, er musste bei mir um Erlaubnis bitten, dass er nachts seinen verfluchten Turm oder meinetwegen seine widerspenstige Frau besteigen durfte?« Nach dieser bissigen Antwort wandte sich der Waldbauer dem Berg zu und stapfte los. Dabei legte er ein enormes Tempo vor. Schon nach zwei Minuten merkte Karl, dass er sich anstrengen musste, um mit dem Bauern Schritt zu halten, obwohl dieser rund zwanzig Lebensjahre mehr auf dem Buckel hatte. Es konnte nur an dessen Zorn über die Ungerechtigkeit der Welt und des Herrgotts liegen, der ihn unermüdlich antrieb. Unbeugsam und nicht zu brechen, so wie die haushohen, mit Flechten übersäten Granitsteine, die ihren Weg flankierten. Und doch sah Karl, der sich in den Jahren bei der Polizei eine recht gute Menschenkenntnis erworben hatte, einen Zusammenbruch des Mannes voraus. Er erlebte so ein Verhalten nicht zum ersten Mal. Irgendwann in naher Zukunft, vielleicht nach der Beerdigung, wenn der Sarg des Lehrers mit Erde bedeckt und damit endgültig alles vorüber war, dann würde die Erschöpfung auch den Waldbauer heimsuchen. Aber bis dahin würde Josef Steiner alle vor sich hertreiben, noch wütender, als er es bisher getan hatte. Er war wie das gestrige Unwetter, das über alles und jeden hinweggefegt war. Der Sturm hatte nur eine Nacht angehalten, der Waldbauer hingegen würde weitertoben, so lange, bis er die Antworten erhalten hatte, die er hören wollte. Antworten allerdings, die möglicherweise nicht unbedingt die volle Wahrheit enthielten. Und das war es, was Karl die meiste Sorge bereitete. Josef Steiner würde ihn sehr genau im Auge behalten, argwöhnisch beobachten, was er tat und wie er vorging. Was die Ermittlung, die man ihm übertragen hatte, zwangsläufig erschwerte.

Warum hatte Wilhelm Steiner sterben müssen? Sterben müssen, bevor er einen Nachkommen in die Welt setzen konnte ... Er wusste nicht, woher diese Überlegung plötzlich kam. Noch viel weniger behagte ihm die Empfindung, die darin mitschwang. Erleichterung. Erleichterung darüber, dass Elisabeth Steiner ihrem Angetrauten kein Kind geschenkt hatte. Was denkst du dir da bloß zurecht? Karl stellte fest, dass er keine Reue dabei verspürte, und das beunruhigte ihn für den Moment noch mehr als der Gedanke selbst.

Nachdem sie tief in den Wald eingedrungen waren und das Tageslicht nur noch halb so hell leuchtete, umfing ihn schlagartig ein ungutes Gefühl, das sämtliche Spekulationen über Wilhelm und Elisabeth aus seinem Kopf vertrieb. Obwohl der Weg steil bergan führte, fröstelte er mit einem Mal. Beinahe so wie heute Morgen, als er mit dem Motorrad durch den Nebel knatterte und der Ledermantel ihn nicht mehr vor der feuchten Kälte hatte schützen können. Der Berg. Der Wald. Erinnerungen aus früheren Zeiten drängten in den Vordergrund, und ihm wurde klamm in der Brust.

Natürlich war er schon mehrfach hier oben gewesen, damals, als es noch regelmäßige Besuche gegeben hatte. Als seine Eltern und er ab und an mit dem Gespann hoch nach Talberg gefahren waren, um bei der Ernte zu helfen oder Vorräte abzuholen. Brot, das Onkel Georg gebacken hatte und das lange hielt, auch wenn es nach einer Woche steinhart war. Aber man konnte es in Milch einweichen, in die Rahmsuppe tunken oder ins heiße, zerlassene Schweinefett legen, dann schmeckte es auch nach Tagen noch köstlich.

Wenn Karl an diese Zeit zurückdachte, dann erinnerte er sich zuallererst an unbeschwerte Stunden, selbst aus jenen Jahren, als schon der Krieg ausgebrochen war. Weder Georg noch sein Vater waren einberufen worden, was zu Kriegsbeginn innerhalb ihrer Familien noch als ein Segen galt. Auch wenn schnell danach deutlich wurde, dass Außenstehende das anders sahen. Sehr bald munkelte man hinter vorgehaltener Hand, dass es den Leiners an Patriotismus, Vaterlandsliebe, ja sogar an Ehre fehlte. Mit dreizehn Jahren machte Karl sich darüber jedoch noch keine Gedanken. Er genoss die Tage in Talberg, weil das Dorf zu jener Zeit auf ihn den Eindruck machte, dass der Krieg es nicht erreichen konnte. Für ihn war Talberg aus der Zeit gefallen. Er konnte nie konkret erklären, warum er so empfunden hatte ... und dies eigentlich immer noch tat, auch wenn die Perspektive längst eine andere war. Jedenfalls fragte er sich jetzt, da er so darüber nachdachte, ob sein Onkel nur deshalb so engagiert in der Partei auftrat, um sich nicht noch einmal den Vorwürfen ausgesetzt zu fühlen, nicht für sein Land kämpfen zu wollen.

Während ihm zwischen den hohen Fichten und Buchen eine Kälte unter die Haut kroch, die er rational nicht erklären konnte, erinnerte er sich an Hubert, der ihn damals gelegentlich mit auf den Berg genommen hatte. Hubert war Georgs einziger Sohn, und sie waren oft durch den dichten

Wald gestreift, auf die Art, wie Buben von zehn, zwölf Jahren es eben taten. Hinter jedem Baum auf ein Abenteuer hoffend, angestachelt von ihrer Fantasie und von dem, was sie damals gelesen hatten. Allem voran diese vier Bücher aus der Feder seines Namensvetters, dem großartigen Schriftsteller Karl May. Nur zu gut hatte er die mitreißenden Abenteuergeschichten aus den zerlesenen Bänden noch im Kopf, die immer wieder zwischen Hubert und ihm hin und her gewandert waren und von denen er nicht mehr wusste, wer sie ursprünglich in Umlauf gebracht hatte. *Durchs wilde Kurdistan*, *Im Lande des Mahdi* und natürlich die Indianergeschichten um Winnetou, wobei ihnen hier der erste Band gefehlt hatte, was Karl aber erst später herausfand. In der Mehrzahl ihrer Spiele waren sie furchtlose Indianer. Und als solche jagten Hubert und er durch die Wildnis, auch wenn die Landschaften des Bayerischen Waldes nicht mit der nordamerikanischen Prärie zu vergleichen und klimatisch noch viel weiter entfernt von den trockenen Wüsten Persiens waren. Aber das spielte keine Rolle für sie, schließlich waren sie auch nicht mit Gewehren, sondern lediglich mit angespitzten Halsnussstöcken bewaffnet, und ihre Feinde, die hinter Büschen und Felsen lauerten, waren unsichtbar und dennoch am Schluss stets zu besiegen gewesen.

Während er neben Josef Steiner hinauf zum Gipfel des Friedrichbergs marschierte, kehrte nicht nur die Erinnerung an diese abenteuerlichen Ausflüge zurück, sondern auch das Gefühl der Beklemmung, das er hier stets verspürte und trotz des wilden Treibens an Huberts Seite nicht hatte abschütteln können. Und ihm fiel auch wieder ein, dass er nie wirklich gerne den Berg als Ort für ihre Abenteuer gewählt hatte. Dazu hatte ihn Hubert immer erst langwierig überreden müssen, wenn der mal wieder nicht unten am Bach spielen wollte. Oder am Fischteich beim Hirschbergwald oder im Steinbruch, sonntags, wenn niemand dort arbeitete. Hubert teilte seine Abneigung gegenüber dem Berg nicht, weshalb Karl nicht immer dagegen argumentieren konnte, schließlich wollte er vor seinem Cousin nicht irgendwann als Angsthase dastehen. Dummerweise war es ihm unmöglich, seinen Widerwillen gegen den Veichthiasl und seinen dunklen Wald in Worte zu fassen. Er konnte es einfach nicht, verstand die rätselhafte Aversion bis heute nicht. War vorhin sogar darüber erschrocken, dass er sie auch jetzt wieder zu spüren begann, geradezu körperlich, als bahnte sich eine Erkältung an.

Hubert, der ein halbes Jahr älter gewesen war, hatte noch an die Front müssen. Und zählte seit 1918 zu den weit über zwei Millionen Soldaten, die nicht wieder heimgekehrt waren. Ein schwerer Verlust für die Familie, vor allem für Karls Onkel, der mit dem einzigen Sohn auch seinen Erben verlor. Denjenigen, der die Bäckerei hätte weiterführen sollen. In Georg köchelte deswegen ein tiefer Hass, das wusste Karl. Vermutlich auch auf ihn, weil er verschont geblieben war. Es kam so viel zusammen, was innerhalb der Verwandtschaft nicht mehr geradezurücken war. Es war zwar widersinnig, doch Karl nahm an, dass sein Onkel auch deshalb so ein fiebriger Anhänger des Führers geworden war, um Gram und Zorn über seinen Verlust zu kompensieren.

Neben ihm schnaufte der Waldbauer den letzten, steilen Anstieg hinauf und rammte dabei seinen Gehstock bei jedem seiner Schritte mit solcher Wucht in die aufgeweichte Erde, als wollte er den Berg spüren lassen, welch übermächtige Wut ihn anspornte. Über ihnen ragte der Turm auf. Die Bäume, die dicht um die Holzkonstruktion standen, wogten im steten

Wind, der über den Kamm fegte. Josef Steiner stapfte gezielt zu dem Hauptpfeiler des Turms, wo die Holzstufen den Aufgang zur Aussichtsplattform markierten. Karl brauchte sich nur kurz umzusehen, um wie erwartet festzustellen, dass der heftige Regen der letzten Nacht sämtliche Spuren weggewaschen und fortgespült hatte. Zusammen mit dem Blut des Toten und allem, was sonst noch aus dem zerschmetterten Leib getreten war. Doch es war nicht alleine das Unwetter, das den Fundort der Leiche so zugerichtet hatte. Im Umkreis von drei, vier Metern um den Pfeiler war alles dermaßen niedergetrampelt, als wäre eine Rotte Wildschweine über ein Getreidefeld hergefallen. Dennoch ging er in die Knie und untersuchte den steinigen Grund, auf den der Waldbauer ihn hingewiesen hatte.

»Wie viele Leute waren gestern Nacht hier oben, um Wilhelm heimzuholen?«

»Hm. Wohl um die zehn«, brummte Josef Steiner, dem zu dämmern schien, dass seine nächtliche Prozession, wenn auch angemessen für seinen Sohn, der kriminalistischen Untersuchung wenig dienlich gewesen war. Karl schüttelte resigniert den Kopf, bevor er ihn in den Nacken legte und hinauf zur Turmspitze blickte.

»War jemand da oben, nachdem es passiert ist?«

Steiner schüttelte nun seinerseits den Kopf, aber Karl war klar, dass der Bauer ihm keine Garantie dafür geben konnte. Niemand hatte daran gedacht, den Zugang abzusperren, weder mit Brettern noch mit einem Strick oder was auch immer gerade zur Hand gewesen wäre.

»Wer hat ihn gefunden?«

»Der Schmidinger, der Knecht vom Wegebauer. War sehr wahrscheinlich beim Wildern, der Saukrüppel.«

»Mit dem muss ich reden. Und mit allen anderen, die in der Nacht dabei waren, versteht sich. Und zwar unverzüglich, sobald ich ein Bild von der Lage habe.«

»Von der Lage«, knurrte Josef Steiner. »Gehen Sie etwa nicht von einem Unfall aus?«

»Tun Sie das denn?«

Der Waldbauer mahlte mit dem Kiefer, blieb die Antwort aber schuldig.

»Warum haben Sie die Polizei gerufen, wenn Sie nur ein Unglück vermuten?«, hakte Karl nach.

Der alte Steiner hielt seinem Blick stand. »Ich will mir einfach sicher sein«, knurrte er dann und wandte sich ab.

Karl musste erneut zur Turmspitze hinaufschauen, als würde etwas seinen Blick nach oben ziehen, dem er sich nicht widersetzen konnte. »Warten Sie hier!«, befahl er schließlich und ignorierte diesmal das Gemurre vom Steiner. Er machte sich daran, auf den Turm zu steigen. Zwölf unbearbeitete Stufen bis zum ersten Absatz, insgesamt vier Absätze, dann befand er sich zwanzig Meter über dem Steinplateau und auch oberhalb der Baumwipfel. Ein trockener, kalter Wind blies ihm ins Gesicht, und er stellte den Kragen seines Mantels auf, was jedoch wenig half. Hier oben waren die Bohlen noch nass vom Regen und von tückischer Glätte. Respektvoll trat er an die Brüstung und musste sich festhalten, weil er plötzlich den Eindruck hatte, dass die Konstruktion unter seinen Füßen wankte. Auch das Geländer war nicht abgeschmirgelt, und beinah sofort steckte ein feiner Holzsplitter in seiner rechten Handfläche. Er fluchte. Mit seinen zu kurzen Fingernägeln zupfte und kratzte er vergeblich daran herum, schob den Spreißel dabei nur noch tiefer unter die Haut und gab es schließlich auf. Er gewöhnte sich an den Wind und das

Wanken, auch wenn ein mulmiges Gefühl zurückblieb, weil er Höhen nicht gut aushalten konnte. Wie der Mehlstaub, so raubte ihm auch die Höhe den Atem. Von daher war Kraxeln nie etwas für ihn gewesen, weder auf Bäume noch auf die zahllosen Felsen, die der Herrgott in die Umgebung gestellt hatte. Wenn es nichts mit der Polizei geworden wäre und er vielleicht einmal hätte einrücken müssen, wäre er lieber zur Marine gegangen, statt zu den Gebirgsjägern, und das, obwohl er nicht schwimmen konnte. Karl schüttelte den Kopf, um die sinnlosen Gedanken loszuwerden, die ihn von seiner Aufgabe ablenkten. Er blickte übers Land, hielt sich an Orientierungspunkte in der Ferne, bis sich sein Pulsschlag und Geist beruhigten. Erst dann wagte er es, nach unten zu sehen. Der Waldbauer starrte zu ihm empor, als erwartete er eine sofortige Antwort auf die Frage, warum sein Sohn in die Tiefe gestürzt war. Aufgeschlagen, exakt auf jene Stelle, die der Alte nun mit seinem massigen Körper überschattete.

Die grob gezimmerte Brüstung reichte Karl bis über den Nabel. Er rüttelte daran, doch weder Bretter noch Latten waren locker oder angebrochen. Wilhelm Steiner hatte wohl annähernd seine Größe gehabt, was es quasi unmöglich machte, dass er einfach aus Unachtsamkeit über das Geländer gefallen sein konnte. Selbst dann nicht, wenn man darauf spekulierte, dass der Lehrer von einer Sturmbö erfasst worden war. Es war absolut unwahrscheinlich, dass es den Mann einfach über die Brüstung gehoben hatte. Ganz abgesehen davon schien keinerlei Erklärung dafür zu existieren, warum der Lehrer mitten in der Nacht überhaupt auf den Turm gestiegen war. Noch dazu bei einem Wetter, dass keine Beobachtungen zugelassen hatte, weder was die Umgebung noch den Sternenhimmel betraf. Bislang hatte Karl sich damit zurückgehalten, diese Fragen zu stellen. Einerseits, weil er den Leuten noch etwas Zeit geben wollte, den Schrecken über Steiners Tod zu verdauen. Andererseits, weil er sich zuerst seine eigenen Gedanken machen wollte, bevor er sich die der anderen anhörte.

Behutsam trat er einen Schritt rückwärts und sah sich erneut das Geländer an. Auch von dem neuen Standpunkt aus erregte nichts seine Aufmerksamkeit. Die Plattform fiel kaum merklich nach Westen hin ab, damit das Regenwasser ablaufen konnte. Dazu kam der Wind, der seinen Teil dazu beisteuerte, dass hier oben nichts lange liegen blieb. Er hatte mit Dr. Weishäupl kurz die Hämatome im Brustbereich des Opfers diskutiert, aber der Doktor wollte sich nicht festlegen. Auch nicht, was mögliche Abwehrverletzungen an den Armen des Lehrers betraf. Da Josef Steiner während seiner Unterhaltung mit dem Arzt direkt hinter ihm gestanden hatte, war er aus Pietät nicht in der Ausführlichkeit auf den Zustand der Leiche eingegangen, wie er es gerne getan hätte. Nun; er wusste ja, wo er Dr. Weishäupl fand, sobald er hier oben fertig war; dessen pathologisches Urteil würde er schon noch einfordern.

Laut Aussage von Josef Steiner hatte man die Leiche auf dem Rücken liegend gefunden, und auch das widersprach der Möglichkeit, dass er von sich aus gesprungen war. Außer natürlich, er hatte sich auf dem Weg nach unten verwunden wie eine Katze, aber das klang ziemlich abstrus.

Und wenn ihn einer umgedreht hat? Das galt es natürlich zu prüfen, sobald er demjenigen gegenübersaß, der die Leiche gefunden hatte.

Ein paar Minuten suchte er noch akribisch die Aussichtsplattform ab, ohne auf irgendetwas zu stoßen, mit dem er etwas hätte anfangen können. Dennoch wusste er – und das sagte ihm nicht allein seine Intuition –, dass auf dem Turm ein Kampf stattgefunden hatte. Ein Kampf, den Wilhelm Steiner nicht für sich hatte gewinnen können.

18

ELISABETH

Es war nicht auszuhalten. Nach nur wenigen Minuten alleine in der Wohnung wusste sie, sie würde es nicht schaffen, der polizeilichen Anweisung von Polizeimajor Leiner Folge zu leisten. Wegen der Leiche ihres Mannes auf dem Küchentisch. Aber vor allem auch wegen der Drohung, die ihr Schwiegervater vorhin ausgestoßen hatte.

Wenn rauskommt, dass du was damit zu tun hast ...

Fortan würde man noch mehr ein Auge auf sie haben. Egal ob vom Waldbauer angeordnet oder nicht. Sobald sie einen Fuß vor die Tür setzte, würde es jemand bemerken, es weitertragen, und die Dinge würden ihren Lauf nehmen, so wie es im Dorf üblich war.

Aber hatte sie sich davon jemals beeindrucken lassen? Und konnte man ihr einen Vorwurf machen, wenn sie hinüber in die Kirche ging, um für ihren verstorbenen Mann zu beten? Sie behielt an, was sie am Leib trug, und machte sich auf den Weg, bevor die Zweifel über den Eigensinn siegen konnten, den man ihr von jeher nachsagte. Sie schlug die Haustüre besonders kräftig hinter sich zu, damit es auch ja alle mitbekamen und damit nicht der Eindruck entstand, dass sie etwas verheimlichen wollte. Es fiel ihr auch nicht ein, den

Blick zu senken, als sie sich der Kirche zuwandte. Die grauen Granitquader, aus denen man sie einst errichtet hatte, erinnerten Elisabeth stets an die unüberwindbaren Mauern einer mittelalterlichen Wehranlage. Eine Festung Gottes, die nicht einzunehmen war. Die betont abweisend wirkte, statt diejenigen willkommen zu heißen, die Trost oder Zuflucht beim Schöpfer suchten. Ihrer Meinung nach war der sakrale Bau das Gegenteil dessen, was einem der Gottesglaube versprach: Liebe, Vergebung, Seelenheil.

Sündenerlass.

Nichts davon sah sie, wenn sie die trutzigen Mauern des Gotteshauses betrachtete. Wie so viele Überlegungen, die ihr tagtäglich durch den Kopf gingen, hatte sie auch ihre Empfindungen gegenüber der Dorfkirche noch nie mit jemandem geteilt. Unter anderem, weil diese vermutlich blasphemisch waren und sie nicht wollte, dass man sie noch mehr für eine hielt, die den Herrgott und die heilige, katholische Kirche schmähte. Dabei wusste sie wahrscheinlich mehr über ihre Dorfkirche als viele der scheinheiligen Kirchenbankdrücker, die sich bei einer Begegnung mit ihr zum Schlagen des Kreuzzeichens genötigt fühlten. Ihr Wissen über das Talberger Gotteshaus rührte von einem Aufsatz her, den sie einst im Religionsunterricht hatte verfassen müssen. Ein Aufsatz, der nicht dazu beigetragen hatte, in ihr eine Zuneigung zu den stets feucht wirkenden Mauern mit den bescheidenen Rundbogenfenstern zu wecken. Sie konnte demnach mit Fug und Recht behaupten, dass die Zeit, die sie darauf verwandt hatte, sich mit der Geschichte der Kirche auseinanderzusetzen, bei ihr nicht den Effekt erzielte, den sich Pfarrer Seibold vermutlich versprochen hatte. Gewiss hatte sie lernen sollen, den Sakralbau zu würdigen und zu ehren. Aber abgesehen davon, dass sie seither genau über den Bau Bescheid wusste, stellte sich keinerlei Verbesserung ein. Die Pfarrkirche Maria Unbefleckte Empfängnis war 1893 erbaut worden, im neuromanischen Stil, und Hochwürden Seibold hatte sich nicht die Mühe gemacht zu erklären, woher diese Begrifflichkeit stammte oder was gerade diese Bauweise von anderen unterschied. So war ihr nichts anderes übrig geblieben, als sich selbst ihre Gedanken zu machen, auch wenn diese schließlich ins Gotteslästerliche abdrifteten.

Der Stil und die Verwendung der Materialien spiegeln eigentlich nur unsere Lebensweise wider, erkannte Elisabeth jetzt, als sie auf die Kirche zuschritt. Die Talberger hatten ihre Kirche aus dem harten, spröden Stein errichtet, der ihr Dasein prägte und den die Leute in der Region seit Jahrhunderten unter größter Mühe aus den umliegenden Bergen schnitten und sprengten: Granit, einst vor Millionen Jahren heraufgefahren aus den Tiefen der Erde, so wie der Teufel bisweilen herauffuhr aus seiner Unterwelt, um nach frischen Seelen zu fischen. Der Stein hatte sich aufgefaltet und aufgetürmt in Schichten, übereinanderliegend, Millionen von Tonnen schwer. Kalt und übersät von genügsamen Sporen und Flechten, wo Wind und Wetter ihn freigelegt hatten. Blank und scharfkantig, wenn ihn der Mensch aus dem Erdreich holte und mit Geduld, Ausdauer und blutenden Fingern in Form brachte. Kein Stein, der nachgab, auch nicht vor der Übermacht Gottes. Weshalb es wahrscheinlich genau dieses widerspenstige Material hatte sein müssen – das dem Teufel in der Hölle stets näher gewesen war –, um daraus dem Allmächtigen im Himmel einen Tempel zu errichten. Um Gott zu zeigen, was die einfachen Menschen aus diesem Ort vollbringen konnten, wenn nur der Wille stark genug war. Auch was die Größe der Kirche anging, die für ein so überschaubares Dorf viel zu auffällig geraten war, hatte man sämtliche umliegenden Orte übertroffen. Schaut nur her, was wir haben und können! Auch wenn wir sonst kaum etwas besitzen, an Steinen mangelt es uns nicht! Und wir werden diesem Stein Herr, auch wenn ihn einst das ewige Feuer der Hölle geformt hat. Amen!

Im Jahre 1904 wurde das Dorf mit seiner Granitsteinkirche ein selbstständiger Seelsorgebezirk und weitere sechzehn Jahre später eine eigenständige Pfarrei, rekapitulierte Elisabeth, was sie damals in ihrem Aufsatz verfasst hatte. Kopiert aus den Büchern, die der Pfarrer ihnen in den Bücherschrank gestellt hatte und die nur wenige jemals wirklich in die Hand genommen hatten. Jetzt noch erinnerte sie sich der scheelen Blicke ihrer Mitschüler, immer dann, wenn sie ihre Nase in diese Bücher gesteckt hatte, die nicht für den üblichen Unterricht relevant waren. Bauernmädchen lasen keine Bücher, die sie nicht lesen mussten – wenn sie denn überhaupt lasen ... oder man es ihnen erlaubte. Schließlich war Schulbildung im Allgemeinen nach wie vor etwas, das bei einigen Familien im Dorf für die Weiberleut nicht als zwingend erforderlich erachtet wurde.

Elisabeth unterschied sich auch hier von den anderen Kindern im Dorf. Seit sie des Lesens mächtig war, hatte sie in sämtlichen Druckwerken geschmökert, die ihr in die Finger gekommen waren. Nicht alles davon war lesenswert gewesen, dennoch wollte sie es nicht versäumen, das in Büchern und Pamphleten gesammelte Wissen in sich aufzunehmen. Sie verstand nämlich recht bald, dass ihr mit all diesen Wörtern und Sätzen die Welt erklärt wurde, die so völlig anders zu sein schien wie das, was sie bislang kannte.

Elisabeth steuerte forschen Schritts auf die nach Westen gerichtete Kirchentür zu. Das Mauerwerk über dem Eingang war bis hinauf zum First mit Schindeln versehen, ebenso wie die Südseite des Glockenturms. Auf der Wetterseite trotzte dagegen der blanke Stein der Nässe, dem Wind und dem Frost. Hier war die Granitfassade von dunklem, unansehnlichem Grau, ähnlich den Unwetterwolken, die oftmals aus dieser Richtung heranzogen. Elisabeth drückte gegen die massive Eichenholztür mit den schmiedeeisernen Beschlägen, die von jeher schwer zu bewegen gewesen war, egal wie oft der Mesner die Angeln und Scharniere schmierte. Aber ihr reichte ein schmaler Spalt, durch den sie hineinschlüpfen konnte. Von außen abweisend, von innen kalt, dachte sie, als sie den Vorraum betrat. Auch eine Erkenntnis, die nicht neu war. Wie immer wehte durch den zugigen Sakralbau eine Mischung aus feuchtem Moder, verdampftem Kerzenwachs und Weihrauchduft. Die dicken Granitmauern isolierten nach innen und außen, hielten das ganze Jahr über eine empfindliche Kühle im Inneren fest und die versöhnliche und ohnehin stets spärliche Sommerwärme fern.

Im Bücherschrank des Klassenzimmers hatte damals auch ein bebildertes Druckwerk mit Illustrationen von lichtdurchfluteten Kathedralen wie Notre Dame in Paris oder dem Kölner Dom gestanden. Selbst der Stephansdom zu Passau war dort abgedruckt, und seit sie dieses Buch zum ersten Mal durchgeblättert hatte, wünschte sie sich sehnlichst, wenigstens diesen Dom einmal zu Gesicht zu bekommen, der nur dreißig Kilometer von ihr entfernt im Donautal in den Himmel gebaut worden war. Ihr den imposanten Kirchenbau zu zeigen war eines der Versprechen, das Wilhelm nun nicht mehr würde einlösen können.

Elisabeth fühlte deswegen kein Bedauern. Stattdessen wurde ihr plötzlich klar, dass sie Wilhelm nicht dazu brauchte, um irgendwann den Passauer Dom zu besuchen. Oder ein anderes dieser himmelwärts strebenden Gebäude, die in jenem Buch präsentiert wurden. Warum nicht Paris – selbst wenn man mit den Franzosen bis aufs Blut verfeindet war – oder gar Rom?

Die sechs an jeder Seite befindlichen Fenster der Dorfkirche reichten nicht aus, um auch nur im Ansatz die Vorstellung einer lichtdurchfluteten Kathedrale zu vermitteln. Natürlich fiel Licht durch die schlichte Verglasung herein, aber es fehlte jeder Vergleich zu dem, was in dem Bildband zu sehen war. Was sicherlich vor allem daran lag, dass der Architekt, der die Kirche einst entworfen hatte, die Rundbogenfenster bescheiden klein angelegt hatte. Vielleicht hatte ihn der Mut verlassen, als es darum ging, die massiven Steinmauern der beiden Längsseiten mit Einlässen zu durchbrechen.

Elisabeth verzichtete darauf, ihren Finger ins Weihwasser zu tunken, trat unter der Säulenreihe des Mittelgangs hervor, die den Chor trug, und bewegte sich zwischen den beiden Bankreihen langsam nach vorn zum Altar. Drei Abschnitte von schlichten Kreuzgewölben spannten sich hier über die Köpfe der Gläubigen, von denen nicht erst seit Kurzem der Putz bröckelte. Links der Apsis befand sich eine Marienstatue an der Wand, rechts in gleicher Höhe und Größe der heilige Benedikt. Zu ihrer Linken, zwischen den Gewölbebögen der Längsseite, war überdies noch eine Schnitzfigur des heiligen Bruder Konrad angebracht. Wie auch die anderen Statuen stand er auf einem Granitsockel, der aus dem sonst verputzten Mauerwerk ragte. Elisabeth verweilte gerade so lange im Haus des Herrn, wie es brauchte, um ein Vaterunser zu beten, da wusste sie auch schon, dass es kein guter Einfall gewesen war, sich hierherzuflüchten. Nicht einmal, um den Blicken ihrer Nachbarn zu entkommen oder den toten Blicken ihres Ehemannes, die sie selbst durch seine geschlossenen Lider hindurch auf sich gespürt hatte, immer wenn sie in die Küche ging. Auch hier war nicht der richtige Platz für sie. Eigentlich war das schon vorher klar gewesen. Kein einziges Mal waren Gefühle von Verständnis und Geborgenheit in ihr aufgekommen, wenn sie diese Kirche betreten hatte. Jedenfalls nicht mehr seit ihrer Zeit im Wald – und vermutlich auch niemals davor. Was wollte sie also hier, außer sich verstecken? Hatte sie sich bloß vergewissern wollen, dass auch Gott ihr nicht helfen konnte?

Dieser Gedanke hallte nach, als hätte sie ihn laut ausgesprochen, und sie hörte sein Echo unter dem Kreuzgewölbe. Für die Dauer von drei Herzschlägen fühlte sie sich eingeschüchtert. Sie musste hier raus. Unter den hohen Decken der Pfarrkirche gab es für sie nichts außer Scheinheiligkeit und jede Menge Tote, nur dass diese nicht auf irgendwelchen Tischen herumlagen wie bei ihr zu Hause.

»Elisabeth!«

Sie wirbelte herum und versuchte nicht allzu erschrocken dreinzuschauen. Unter dem Chorstuhl trat Pfarrer Schauberger zwischen die Kirchenbänke. Die Soutane wehte um seine Knöchel, als er schnell heraneilte, als ahnte er ihren Wunsch nach einer raschen Flucht.

»Auch wenn der Anlass ein tragischer ist, es freut mich, dass du auf der Suche nach Beistand und Liebe endlich wieder einmal in die Kirche gefunden hast.« Die Spitze war nicht zu überhören. Sie war wahrlich nicht als die fleißigste Kirchgängerin bekannt. »Komm, beten wir gemeinsam für Wilhelm!«, schlug er vor, kaum dass er an sie herangetreten war. Schon lagen seine schlanken Priesterfinger um ihren Oberarm, und sie wusste, seinem Angebot zum gemeinsamen Gebet konnte sie sich nun nicht mehr entziehen.

In Viktor Schauberger wohnte die Zartheit eines Chorknaben, verwoben mit der Ebenmäßigkeit einer antiken Heldenstatue. Sie hatte durchaus schon gehört, dass manche lästerten, auch die Seele des Priesters sei aus Marmor, aber das war freilich nur wieder neidiges Gerede. Natürlich gab es auch Stimmen, und zwar ausnahmslos weibliche, wie man hörte, die ihm zugestanden, dem Jesusbild zu gleichen, das neben dem Zugang zur Sakristei hing. Abgesehen vom Bart und den langen Haaren, verstand sich. Aber die Beseeltheit in seinen Zügen und das strahlende Leuchten der blauen Augen wich keine Spur von der Darstellung des Gottessohns ab, wagte manch eine zu behaupten. Elisabeth hingegen sah meist nur Kälte in den Augen des jungen Pfarrers, der sich nun nahe an ihre Seite beugte. Erstmals war sie froh über ihr Kopftuch, das zwischen ihrer Haut und seinen stets etwas zu feuchten Lippen lag. »Doch vor unserem Gebet rate ich dir dringend, jetzt in dieser schwersten deiner Stunden die Beichte abzulegen!«, raunte er ihr ins Ohr. Selbst durch das gewebte Leinen konnte sie seinen Atem spüren. Nun bereute sie endgültig ihren Entschluss, die Kirche aufzusuchen. Sich vor Gott für ihre Vergehen zu rechtfertigen war gewiss das Letzte, was sie dabei beabsichtigt hatte.

19

Polizeimajor Leiner trat vor sie. Mitten auf dem Platz vorm Kirchenportal tauchte er plötzlich auf. Diesmal allein. Eine Erkenntnis, die nach dem ersten Schreck auch Erleichterung brachte. Gerade war sie dem Pfarrer entronnen, ohne dass sie noch so recht nachvollziehen konnte, was sie Viktor Schauberger während der Beichte anvertraut hatte. Was sie Gott anvertraut hatte ... Sie war durcheinander, klare Gedanken fanden keinen Halt in ihrem Kopf, als hätten die Weihrauchdämpfe sie betrunken gemacht. Oder das einlullende Gesäusel des Priesters. Die Enge und Düsternis im Beichtstuhl hatten das Gegenteil von dem bewirkt, was der Priester im Namen Gottes versprochen hatte. Sie fühlte sich durchaus nicht von jeglicher Last befreit. Aber womöglich war diese aufgeblähte Schwere in ihrer Seele ja auch bloß deshalb nicht gewichen, weil sie die dunkelste aller Sünden für sich behalten hatte. Dieses Vergehen hatte sie verschwiegen, denn es betraf eine Angelegenheit, die Gott nicht zu vergeben hatte. Jedenfalls war sie danach eine Weile über die Felder gestreunt, hatte den Kontakt zur Natur gesucht. Wollte ihre Erdverbundenheit spüren. Es half ein wenig, doch nach wie vor fühlte sich ihr Schädel an, als wäre er mit Sägespänen gefüllt. »Herr ... Major«, stammelte sie. Nun war ohne Zweifel sie es, die unsicher und gehemmt wirkte.

Erst jetzt fiel ihr auf, dass das Motorrad wieder vorm Schulhaus parkte. Er stand so stramm da, als versuchte er den Anzug auszufüllen. Den Mantel hatte er aufgeknöpft, die Schöße flatterten leicht im Wind. Hatte er sie abgepasst?

Er holte eine Packung Zigaretten aus der Innentasche seines Jacketts, klopfte zwei Stück heraus und hielt ihr die Schachtel entgegen. Sie schüttelte den Kopf, also schob er eine wieder zurück. Vom Wind abgewandt, hielt er gleich darauf die Zigarettenspitze in die Flamme eines Sturmfeuerzeugs. Er inhalierte tief und blies den Rauch schließlich von ihr weg in den Mittagshimmel.

»Sagte ich nicht, Sie sollen zu Hause bleiben?«

Eindeutig hatte er sich nun besser im Griff. Bei ihrer ersten Begegnung hatte sie ihn noch überraschen können. Nun war er besser vorbereitet.

»Aber die Leiche ...«, begann sie und stockte, als sie kein Verständnis in seinen graublauen Augen fand. Rauch strömte zwischen seinen Lippen hervor, die etwas trocken und rau aussahen. Dennoch mochte sie seinen Mund.

Du bist eine Hexe!

»Jemand ist auf dem Weg, um Ihren Mann zu holen. Ich habe eine Autopsie angeordnet.«

»Autopsie«, wiederholte sie leise. Sie wusste, was das bedeutete, und konnte es dennoch nicht einordnen.

Leiner zog noch einmal an der Zigarette, dann warf er sie, kaum angeraucht, zu Boden, trat sie aus und blickte sich um. Vermutlich ahnte er, dass man sie beobachtete. Irgendwer sah hier immer aus dem Fenster oder spähte um eine Hausecke.

Die Sonne kam um die Kirchturmspitze gewandert und verscheuchte die Schatten. »Gehen wir!«, sagte der Polizeimajor und deutete auf das Schulhaus. Sie folgte seinem Befehl und ging voran. Dabei spürte sie seinen Blick in ihrem Rücken und wie dieser langsam ihre Wirbelsäule hinab und wieder hinaufwanderte, bis sie vor der Haustüre standen. Auch die Treppe hoch ließ er ihr den Vortritt und rannte sogar in sie hinein, als sie im Türrahmen zur Küche abrupt stehen blieb.

»Was?«, murrte er hinter ihr, drängte sie zur Seite und schnappte dann laut nach Luft.

»Wo ist er?«, hörte Elisabeth sich fragen.

20

Der Küchentisch war leer, das Leintuch, das den Leichnam bedeckt hatte, lag auf dem Boden. Sie fing seinen verwirrten Blick auf.

»Offensichtlich hat man ihn bereits abgeholt«, sagte er, aber es wirkte nicht besonders überzeugend. Ihm war anzusehen, dass er nicht mit so einem raschen Abtransport gerechnet hatte.

»Wie lange haben Sie ihn allein gelassen?«

Allein gelassen? Die Formulierung befremdete sie. Es klang, als hätte Wilhelm eine Aufsicht benötigt. »Eine Stunde vielleicht«, schätzte sie, weil sie nicht auf die Kirchturmuhr gesehen hatte, als sie das Haus verließ. »Es hat doch alles seine Ordnung?«, hakte sie vorsichtig nach.

Leiner nickte. Ein wenig zu hektisch nach ihrem Befinden. Eine seiner dunklen Haarsträhnen fiel ihm in die Stirn, aber das schien ihn nicht zu kümmern. »Man hätte auf mich warten oder mir zumindest Bescheid sagen können.«

Unschlüssig umrundete er den Küchentisch und trat wieder hinaus in den Flur. Die Holzdielen knarzten unter seinem Gewicht. Er machte einen Schritt Richtung Treppe und überlegte es sich dann doch anders. Er kaute auf seiner Unterlippe herum, steckte die Hände in die Hosentaschen und nahm sie wieder heraus. Woraufhin er seine rechte Handfläche betrachtete, kurz daran herumdrückte, sie schüttelte und wieder in der Tasche verbarg.

»Ich sollte noch mal in der Dienststelle anrufen«, murmelte er, bewegte sich aber keinen Millimeter. Stattdessen suchte er ihren Blick. »Was wollte Wilhelm nachts auf dem Turm?«

Schweigend stand sie vor ihm.

»Nennen Sie mir einen triftigen Grund, weshalb er gestern dort hinaufgestiegen ist.«

»Das kann ich nicht.«

»Hat er Ihnen seine Absichten nicht mitgeteilt?«

»Er holte sich keine Erlaubnis von mir ein, wenn Sie das meinen«, erwiderte Elisabeth. Sie hatte sich vom Schreck über die fehlende Leiche so weit gefangen, dass sie wieder Kraft hinter ihre Stimme brachte.

»War er oft noch weg, abends, zu später Stunde?«

»Er ist schon viel herumgestreift, hat Zerstreuung nach dem Unterricht gesucht. Da konnte es auch gelegentlich später werden. Wilhelm war ein Denker, und das tat er am liebsten allein.«

»Ging er auch ins Wirtshaus?«

Sie versuchte sich zu erinnern, wann er zuletzt nach Bier und Zigaretten gerochen hatte, in der aufdringlichen Weise, wie Männer dies taten, wenn sie beim Wirt vertraut und eng zusammenhockten, um sich und ihr Leben zu bedauern. »Eher selten«, antwortete sie schließlich. Sie wollte ihren Ehemann nicht unbedingt als Außenseiter darstellen, als eine der Ausnahmen, die dem Drang nach Vergessen und Erleichterung nicht in Form von Schnaps und Bier nachgingen. Wilhelm suchte sein Verlangen auf andere Art zu stillen …

»Selten also«, wiederholte Leiner und warf erneut einen Blick in die Küche. Dunkle Flecken zeichneten sich dort auf der Tischplatte ab, wo Wilhelm gelegen hatte. Aber vielleicht war es auch nur der Rest von Feuchtigkeit, die noch vom Unwetter stammte und nicht hatte verdunsten können, solange der Körper dort lag.

»Und wie war er sonst, wenn er nicht alleine unterwegs war, um nachzudenken?«

»Was wollen Sie hören, Major Leiner? Wie er seine Ehefrau behandelt hat?« Sie hatte ihn nicht so forsch angehen wollen, aber schon fiel es ihr wieder schwer, ihr Temperament zu zügeln. Gelegentlich siegte es eben über die Vernunft.

Leiner wirkte unbeeindruckt. »Wie hat er sie denn behandelt?«, hakte er mit ruhiger Stimme nach. Offenbar hatte er sich mittlerweile mit ihrem auffälligen Verhalten arrangiert. Hatte eingesehen, dass sie nicht zu den duckmäuserischen Weibern gehörte, wie man sie in der Regel im Dorf und vermutlich im ganzen Land antraf.

»Er ... wusste sich zu benehmen«, sagte sie schließlich, als die Stille erdrückend wurde. Wenn auch nicht immer, hätte sie der Wahrheit wegen hinzufügen müssen. Aber vermutlich konnte sich selbst ein Polizeimajor ausmalen, dass eine Ehefrau ab und zu in ihre Grenzen gewiesen wurde. Noch dazu, wenn sie sich als so aufmüpfig herausstellte wie die kleine Hexe vom Wegebauer-Hof.

Wilhelm hatte sie gezüchtigt, in der Weise, wie er auch seinen Schülern Anstand und Respekt in den Leib geprügelt hatte. Gerade dann, wenn er sich nicht ausreichend an seinen Zöglingen hatte auslassen können. Sechs Jahre lang hatte er immer wieder einmal die Hand gegen sie erhoben, aus nichtigen Gründen und wenn er seiner Wut nicht mehr anders Herr geworden war. Dabei ging es selten darum, dass sie etwas falsch gemacht hatte, das Essen nicht schmeckte oder die Hemden schlecht gebügelt waren. Dass Wilhelms Zorn sie traf, lag in den meisten Fällen allein daran, dass sie sich in diesem Moment in seiner Nähe befand und die Katze zu flink war, um sich einen Tritt von ihm einzufangen. Vermutlich war er, was diese Gefühlsausbrüche anging, nicht anders als sein Vater, von dem er es nicht besser gelernt hatte. Aber das alles brauchte Major Leiner nicht von ihr zu erfahren. Vermutlich ging er sowieso davon aus, denn auch ihm hatte man sicherlich beigebracht, wie ein Mann mit seiner Ehefrau umzugehen hatte ... obwohl sie annahm, dass er selber nicht verheiratet war, da er keinen Ring trug. Sie sah auf den eigenen hinab, der noch an ihrem Finger steckte, und ertappte sich bei der Frage, wann es wohl angemessen war, ihn abzunehmen.

Wilhelms Zorn war verflogen. Und das nicht erst, seit der Sturz vom Turm ihn das Leben gekostet hatte. Eigentümlicherweise hatte es damit schon vor gut drei Wochen ein Ende gehabt, und sie hätte schwören können, dass der Zustand weiter angedauert hätte, wenn er nicht letzte Nacht gestorben wäre. Dabei war sie anfangs, nachdem sich ihr Verdacht bewahrheitet und sie sich ihm aus purer Verzweiflung heraus anvertraut hatte, davon ausgegangen, dass seine Wut zügellos über sie hereinbrechen würde. Doch zu ihrer Überraschung war exakt das Gegenteil eingetreten. Der so leicht zum Aufbrausen neigende Wilhelm war binnen Minuten zum sanften Lamm geworden. Jedenfalls ihr gegenüber. Aber sie konnte natürlich nicht für andere sprechen und wusste sehr wohl, wen seine Wut nach ihrer Unterhaltung vor einem knappen Monat besonders hart getroffen haben mochte. Und weil sie dies wusste, musste sie sich fragen, ob es nicht genau diese Raserei gewesen war, die zu seinem Tod geführt hatte. Aber auch diesen Gedanken behielt sie für sich, denn falls dem so gewesen war, konnte es auch der Herrgott nicht wieder richten und ganz gewiss kein Polizeimajor, der einen so sanftmütigen Blick besaß.

21

KARL

Das Gerede der Männer, die um den runden Tisch saßen, verstummte, als er die Gaststube betrat. Es war erst früher Nachmittag, dennoch wunderte sich Karl nicht, dass schon ein halbes Dutzend im Wirtshaus beieinanderhockte. Natürlich am großen Stammtisch, den vom Ausschank nur ein Durchgang trennte; soweit Karl sich erinnerte, führte dieser hinaus in die Wirtshausküche und von dort weiter zum Abgang in den Bierkeller. In der Tat war das nicht sein erster Besuch in der Dorfwirtschaft, die bereits in dritter Generation zum Hirscher-Hof gehörte. Hubert hatte einmal die verwegene Idee gehabt, sich ins Wirtshaus zu schleichen, damals, als ihnen noch nicht einmal Flaum auf der Oberlippe spross. Also hatten sie zwei von Onkel Georgs abgetragenen Jacken aus einer Truhe auf dem Dachboden stibitzt, die modrig rochen und viel zu weit waren – beide hätten leicht in einer davon unterkommen können. Zu groß waren auch die Hüte gewesen, die sie sich ungefragt ausborgten und die ihnen bis hinunter aufs Nasenbein rutschten, wenn sie den Kopf zu schnell bewegten. In diesem Aufzug waren sie hinüber in die Gaststube marschiert, auf den Fußballen balancierend, um noch ein paar Zentimeter an Körpergröße herauszuschinden. Eine Finte, die in keiner Weise funktioniert und lediglich zu Gelächter bei den Wirtshausgästen und einem tüchtigen Arschtritt vom Hirscher geführt hatte. Jahre später dann, als man ihnen die zu erwartende Männlichkeit schon ansehen konnte und sie auch keine Verkleidung mehr brauchten, durften sie sich endlich an einen der Tische setzen und jeder einen Krug Bier bestellen. So einen Wirtshausbesuch hatten sie noch einmal wiederholt, bevor der Streit ihrer Väter und bald darauf auch der Krieg dafür sorgten, dass es keine gemeinsamen Unternehmungen mehr zwischen den Leiner-Cousins gab.

Die Gaststube war so, wie er sie in Erinnerung hatte, und doch auch wieder nicht. Sie kam ihm unglaublich eng und niedrig vor, was zweifelsohne daran lag, dass er seither noch einmal gewachsen war. Körperlich, aber auch geistig, was den Blickwinkel auf viele Dinge erheblich veränderte. Hier drinnen war es von jeher verraucht und stickig gewesen. Während der Sommerzeit allein schon durch die Anwesenheit der Männer, die sich um die Tische scharten, im Winter zusätzlich durch den Holzofen, der in einer Ecke stand und dessen Abzug noch nie besonders gut funktioniert hatte. Die vor ungewisser Zeit weiß getünchten Wände zeigten sich oberhalb einer unansehnlichen Holzvertäfelung in einem schmutzigen Gelb, das partiell bereits in einen Braunton überging. Dazu kamen unzählige Flecken von nicht mehr zu definierenden Flüssigkeiten, die zum Teil schon vor Jahrzehnten in den Verputz getrocknet waren. Ebenfalls nicht zu übersehen waren die Stockflecken an den der Wetterseite zugewandten Außenmauern. Aber all das nahm Karl nur am Rande wahr. Hinter der Theke stand die Hirscher Vroni, mit leerem Blick und einem kurz vor der Auflösung stehenden Haarknoten auf ihrem runden Kopf. Die Schürze, die sie um ihren arg aus der Form geratenen Leib gebunden hatte, war speckig und verdreckt, wie auch das aus grobem Leinen gewebte Kleid, das sie darunter trug. Sie nickte kurz in seine Richtung, als er eintrat, wobei sich Nichterkennen in ihren wässrigen Augen spiegelte. Sie hatte sich in jeder Hinsicht zum Schlechten verwachsen, wie es so schön hieß. Ihm war klar, dass sein Gesicht ihr nichts sagte und sie ihm von daher den Argwohn entgegenbrachte, den man einen Fremden hier ungeniert spüren ließ.

Dr. Weishäupl saß einsam an einem Tisch direkt an einem der drei Fenster, die hinaus auf den Dorfplatz zeigten und die so dick mit Fliegenschiss verschmiert und verrußt waren, dass die frühnachmittägliche Sonne kaum den Weg hereinfand. Vor ihm stand ein nahezu unberührter Krug Bier. Kaum hatte er Karl entdeckt, sprang der Allgemeinarzt auf, so schnell sein steifes linkes Knie es zuließ. Es hieß, es wäre eine Kriegsverletzung, der Dr. Weishäupl diese Gehbehinderung verdankte. Allerdings konnte man davon ausgehen, dass der Arzt allenfalls in einem Feldlazarett gedient hatte, was die Frage aufwarf, wie man sich dort eine Kugel oder einen Granatsplitter im Bein einfangen konnte. »Na endlich!«, rief er und kam Karl, auf seinen Gehstock gestützt, entgegen.

»Sie sind noch hier?«, fragte Karl.

»Natürlich! Wie aufgetragen, warte ich hier auf Sie und ertrage das sinnentleerte Geschwätz und den Gestank«, maulte der Arzt und warf einen abschätzigen Blick hinüber zu den Männern am Stammtisch.

»Ich dachte, die Kollegen hätten Sie mitgenommen«, entgegnete Karl.

»Kollegen? Welche Kollegen?«

»Na, die die Leiche abgeholt haben. Die hätten Sie doch sehen müssen, von Ihrem Platz aus.«

Der Arzt zuckte zusammen, als wäre er in einen rostigen Nagel getreten. »Beim besten Willen, aber da ist niemand vorgefahren. Das wäre mir nicht entgangen. Ein Automobil, das ins Dorf einfährt, hätte ich selbst unter diesen Umständen vernommen.« Wieder sah er zu den Stammtischbrüdern hinüber, die ihrerseits griesgrämig zurückstarrten; sie hatten keinen Mucks mehr von sich gegeben, seit Karl hereingekommen war. Einerseits, weil man im Allgemeinen besser das Maul hielt, wenn die Polizei zugegen war. Andererseits, weil sie freilich hören wollten, was zwischen dem Herrn Doktor und dem Polizeimajor gesprochen wurde.

»Habt ihr ihn schon, den Saukrüppel?«, schallte es nun doch vom Stammtisch herüber. Anscheinend gab es einen besonders Mutigen unter denjenigen, die sich schon kurz nach dem Mittag an ihren Bierkrügen festhielten. Karl, immer noch irritiert davon, dass die Kollegen offenbar unbeobachtet die Leiche hatten abtransportieren können, während er mit dem alten Steiner auf dem Berg war, wandte sich den Zechern zu, die dem Anschein nach allesamt vom selben Schlag waren. Tagelöhner, Taugenichtse und armselige Existenzen, die nach dem Krieg nicht mehr auf die Beine gekommen waren. Vielleicht auch zweit-, dritt- und viertgeborene Bauernsöhne, für die kein Erbe mehr übrig blieb; oder die Nachkommenschaft von Knechten und Mägden, die ohnehin nichts hatten, was sie an ihre Kinder hätten weitergeben können. Gestrandete und vom Schicksal Gestrafte, die sich durchs Leben schleppten, nie wirklich etwas von Wert besaßen, was sie hätten verlieren können, und denen nur Bier und Schnaps über ihre elenden Tage halfen. Es gab zu viele von ihnen in diesem

Land, auch jetzt noch, obwohl die oben in Berlin begonnen hatten aufzuräumen. Aber von der Reichshauptstadt bis hier herunter war es ein weiter Weg, und ob der nationalsozialistische Kehraus überhaupt einmal durch diesen hintersten Winkel des Bayerischen fegen würde, durfte bezweifelt werden.

Die Männer, denen der Gestank von Zigarettenrauch, altem Schweiß und Aussichtslosigkeit aus den schäbigen, verschlissenen Hemden, Hosen und Jacken dünstete, steckten jetzt schon wieder die Köpfe zusammen, und so konnte er nicht beurteilen, wer die provokante Frage ausgestoßen hatte. Er ließ den Doktor stehen und trat an den Tisch der Stammtischbrüder.

»War einer von euch in der Nacht dabei?«

Zögerlich drehten sich die nach ihm um, die ihm den Rücken zukehrten, und die anderen hoben ansatzweise ihre rot geäderten Zinken; keiner von ihnen schaffte es jedoch, ihm in die Augen zu sehen.

»Niemand war dabei«, sagte einer, der ihm irgendwie bekannt vorkam.

»Sprichst du für alle hier am Tisch?«, hakte Karl nach und ließ seinen härtesten Polizistenblick von einem zum anderen wandern. Sie murmelten vage in die Bierkrüge hinein; nur der aus der Gruppe, der scheinbar an der Absicht festhielt, sich als Rädelsführer hervorzutun, erwiderte etwas. »Vielleicht tät eine Runde Schnaps unserem Gedächtnis helfen?«

Karl holte aus und drosch auf den Tisch, dass das Bier aus den frisch gezapften Krügen schwappte. Die Männer zuckten zurück. »Das wird mir jetzt zu dumm mit euch! Macht das Maul auf, oder ich lass euch alle einkassieren, und dann sitzt ihr so lange auf dem Revier, bis ich von jedem eine amtlich protokollierte Aussage habe, wo er zu der Zeit gewesen ist, als der Herr Steiner vom Turm gefallen ist.«

»Gefallen«, echote einer dumpf.

»Wir wissen doch gar nicht, wann genau das war«, kam es von einem anderen kleinlaut zurück.

»Die genaue Uhrzeit sage ich euch dann schon, wenn's nötig wird, meine Herren. Aber zuerst noch eine Frage, die ihr mir sicherlich beantworten könnt. Wann ist denn der Studienrat Steiner in letzter Zeit hier bei euch im Wirtshaus gesessen?«

Zuerst nur ein Durcheinandermurmeln, in das sich unterdrücktes Gelächter mischte. »Unser Herr Lehrer war keiner, den es besonders oft ins Wirtshaus verschlagen hat. Dafür war er sich zu fein, genau wie der werte Herr Doktor dort«, ließ schließlich einer verlauten und deutete hinüber zum Weishäupl, der immer noch wie angewurzelt mitten in der Wirtsstube stand.

Karl drehte sich nicht nach dem Arzt um, der vor Ungeduld gewiss schon von einem Fuß auf den anderen trat. So zäh, wie die Dinge sich hier entwickelten, war zu befürchten, dass er noch länger in Talberg ausharren musste.

»Was war er denn für einer, der Steiner?«, insistierte er.

»Hat der Hiasl doch gerade gesagt, der hat sich für was Besseres gehalten, wie alle vom Waldbauer-Hof. Das war von jeher so«, sagte nun wieder der Erste.

»Wenn's so weitergeht, sind zum Glück bald nicht mehr viele übrig«, warf der ein, den sie Hiasl nannten.

Karl musste nicht nachfragen, woher die Antipathie kam. Josef Steiner und seine Sippe gaben im Dorf den Ton an, aus dem simplen Grund, weil sie über ausreichend Geld verfügten. Der Waldbauer besaß den größten Anteil an Wald und Ackerland in der Gegend, hatte die meisten Rinder und Schweine im Stall und damit auch die von einigen im Ort so dringend benötigte Arbeit. Wobei man nichts Gutes darüber hörte, wie Josef Steiner mit denen umging, die bei ihm in Lohn und Brot standen. Aber solange es zum Monatsersten etwas auf die Hand gab, würde niemand von denen groß aufbegehren.

»Am gescheitesten wäre es, beim Herrn Lehrer zu Haus mal ein paar Fragen zu stellen«, schlug der Hiasl vor.

»Ja, bei dem Weib, das er daheim hat«, stimmte ein anderer zu.

Karl hielt an sich. Jetzt, da die Taugenichtse so schön ins Plaudern kamen, wäre es falsch gewesen, sie zu unterbrechen.

»Geh, Sepp, kommst uns jetzt wieder mit deiner Schnapsidee daher, von wegen, warum der Herr Lehrer den Turm wirklich gebaut hat?«

Gehässiges Gelächter brandete auf.

»Der Aussicht wegen«, presste der Hiasl hervor und wischte sich die Tränen aus den faltigen Augenwinkeln. »Was ist denn deine Meinung zu unserer schönen Aussicht da oben, Herr Wachtmeister?«, wollte er dann wissen.

Ehrlicherweise hatte Karl sich bislang keine ernsthaften Gedanken darüber gemacht, wozu dieses Dorf so einen überdimensionierten Turm brauchte.

»Der Sepp meint jedenfalls, der Herr Lehrer hat den Turm nur gebaut, um seine unliebsame Frau loszuwerden. Ist doch so, oder?«, meldete sich der Erste wieder zu Wort. Daraufhin erfolgte ein kurzer Austausch wüster, aber scherzhaft gemeinter Beleidigungen unter den Männern.

»Ist doch wahr.« Sepp war offenbar so weit, seine Theorie zum Besten zu geben. »Sechs Jahre in einer Kammer, und immer noch keine kleinen Lehrerkinder, da kann doch was nicht stimmen. Und vor allem wird bei einem wie dem alten

Steiner die Verzweiflung schon gewaltig angewachsen sein, denn wer vom Waldbauer abstammt, muss doch beweisen können, dass er ein echtes Mannsbild ist.«

»Und wenn sich rausstellt, dass was nichts taugt, wird man's besser früher als später los«, fuhr der Hiasl dazwischen, und wieder schüttete sich die Runde aus vor Lachen.

»Genau!«, stimmte der Sepp ein, nachdem sich alle wieder beruhigt und ausgiebig Bier nachgekippt hatten. »Und wenn man nicht den Schneid aufbringt, dass man nach der Axt oder dem Gewehr langt, damit man den Ballast loswird, und wenn man noch dazu genug Geld in der Tasche hat ...«

»Dann baut man halt einen Turm, der hoch genug ist«, vollendete der Hiasl.

»Nur dass es beim Herrn Lehrer nicht einmal dafür gereicht hat. Im Gegenteil, der Spieß ist umgedreht worden.«

»Ihr fantasiert euch einen rechten Schmarrn zusammen. Statt seine Frau zu verdächtigen, frag doch lieber den Schraz von der Vroni. Der hat ihn doch am wenigsten leiden können, den Wilhelm Steiner«, schlug einer vor, der bislang geschwiegen hatte.

»Genau, der Heinrich«, stimmte einer zu.

»He, he, langsam! Lasst mir meinen Bub in Ruh!«, mischte sich Veronika Hirscher ein, die sich seit Karls Betreten der Gaststube nicht von ihrem Platz hinter dem Ausschank wegbewegt hatte.

»Brauchst dich nicht echauffieren, bring mir lieber noch ein Bier!«, schrie einer der Zecher zurück. Der Rest lachte schon wieder.

»Was ist denn mit dem Heinrich?«, fragte Karl dazwischen. Er musste die Stimme heben, um sich erneut Aufmerksamkeit zu verschaffen.

»Nix ist mit dem Heinrich!«, kreischte die Vroni nun deutlich aufgebracht.

»War's nicht so, Vroni, dass der Heinrich deinen kleinen Bruder gefressen hat?«, warf einer der Männer ein.

»Du Hornochs, du damischer«, giftete die Wirtstochter zurück.

»Der Steiner wollt ihn halt nicht mehr in seinem Unterricht«, warf ein anderer ein.

»Das war dem Heinrich doch wurscht. Sein Hass auf den Lehrer kommt doch vielmehr daher, dass der ihn gequält und gehänselt hat, wann immer der werte Studienrat eine Gelegenheit dafür gefunden hat. Und ganz besonders, als er den Turm hat bauen lassen. Da ist keiner mehr geschunden worden als der Hirscher-Bub«, wusste ein Dritter.

»Weil er zu nichts hat Nein sagen können«, rief ein weiterer.

»Bis tief in die Nacht hinein hat der Herr Lehrer den Bub schuften lassen und ihn dann als Dank mit einem Arschtritt heimgeschickt«, ergänzte der Vorredner.

»Mei, er hat halt gemerkt, dass er diesem depperten Buben nix beibringen kann. Aber andererseits hat er ihm klarmachen müssen, wer das Sagen hat. Das ist genauso wie bei einem Hund. Wenn der Köter nicht von Anfang an lernt, wer der Herr ist, musst du womöglich später Angst davor haben, dass du gebissen wirst. Das hat der Wilhelm erkannt, bestimmt auch, dass man Angst haben muss vor diesem riesigen Viech, wenn man es nicht ordentlich dressiert. Mir wird's ja auch immer ganz anders, wenn mir der Heini übern Weg läuft.«

»Da brauchst keine Angst haben, du Hornochs!«, fauchte die Wirtstochter, trat mit einem furiengleichen Funkeln in den Augen an den Tisch und stemmte die Fäuste in die ausladenden Hüften.»Reißt euch jetzt bloß zusammen, sonst schmeiße ich euch hochkant raus, alle miteinander!«

»Eher wirft dein Vater dich raus, samt deinem missratenen Schraz, der ihn nur Geld kostet. Wir dagegen lassen die Kasse klingeln ... Und außerdem, du willst uns doch nicht weismachen, dass dein Bub keinem was antun könnt'? Ich seh ihn oft genug, wie er unten in der Au wie wild mit einem Haselnussstecken auf alles einschlägt, was ihm unterkommt. Ich möchte eine Runde Schnaps darauf verwetten, dass er sich dabei vorstellt, wie er den Herrn Lehrer verdrischt.«

Dieser Beitrag erntete zustimmendes Kopfnicken in der Runde.

»Er hat ja sogar davon geredet, das habe ich schon gehört«, ergriff nun wieder der Hiasl das Wort. »Also, wenn man es überhaupt reden nennen kann, was da aus ihm rauskommt. Aber ich bin mir sicher, dass ich den Namen vom Steiner gehört hab, wenn er um sich geschlagen oder wie im Wahn gegen alles Mögliche getreten hat.«

»Wie vom Teufel angestachelt«, fügte ein anderer hinzu.

»Nein, nein!«, schrie die Vroni hysterisch. »Das ist alles gelogen. Glauben Sie nichts davon, Herr Major!«

»Besser, wir kümmern uns gleich um den Heinrich, dann ist die Sache vom Tisch«, tönte es aus der Runde der Zecher.

»So, jetzt reicht's!«, fuhr Karl dazwischen. Er packte die Wirtstochter und schob sie zurück hinter den Tresen. Dort beugte er sich an ihr Ohr: »Der Heinrich, wo steckt er?«

Sie zuckte zurück und schaute ihn aus großen Augen an. »Glauben Sie diesen besoffenen Trotteln bloß nichts von dem, was sie erzählen!«

»Was ich glaube oder besser nicht glaube, müssen Sie schon mir überlassen!«

Vroni schnappte nach Luft.

»Ich muss einfach allen Hinweisen nachgehen.« Karl versuchte nachsichtig zu klingen. »Es kann dem Heinrich nur zugutekommen, wenn ich mir selber ein Bild von ihm mache.« Dann ließ er von ihr ab und wandte sich dem Arzt zu, der sich schwer auf seinen Gehstock stützte. Er drängte ihn ein wenig weg von den Stammtischbrüdern, weil er sich gut vorstellen konnte, dass die sofort wieder große Ohren bekamen.

»Kennen Sie den Buben?«, fragte er Weishäupl mit gesenkter Stimme.

»Heinrich Hirscher, in der Tat ein trauriges Geschöpf vor dem Herrn. Medizinisch betrachtet ist das Kind enorm entwicklungsgestört, beträchtlich defizitär im Geiste.«

»Aber ist er auch gewaltbereit? Können Sie sich vorstellen, dass er jemandem ... dass er jemandem was antun könnte?«, wollte Karl nun noch leiser wissen.

Weishäupl zögerte mit seiner Antwort. »Falls er diese schändliche Tat begangen hat, dann aus seiner Unzurechnungsfähigkeit heraus. Und das halte ich grundsätzlich nicht für ausgeschlossen«, flüsterte der Arzt schließlich.

Ehe Karl etwas erwidern konnte, wurde die Tür der Wirtsstube aufgerissen, und Tante Traudl erschien schwer atmend im Türrahmen. »Telefon für dich«, keuchte sie. »Die Präfektur.«

22

ELISABETH

Die Luft war klar. Der Wind hatte sich schlafen gelegt. Auf dem First der Kirche hockten ein paar Raben und glotzten aus schwarzen Augen auf sie hinab. Sie stand an der Friedhofsmauer. Kalt lief es ihr über den Rücken, und das lag nicht allein daran, dass sich eine Wolke vor die Sonne geschoben hatte. Verdeckt vom Feuerwehrschuppen, hatte sie das Wirtshaus im Blick, ohne dass sie selbst gesehen wurde. Das hoffte sie jedenfalls. Gerade eben war die Frau vom Leiner aus der Bäckerei gekommen und über die Straße ins Wirtshaus geeilt, in einem Tempo, das man der Frau mit ihrem Übergewicht gar nicht zugetraut hätte. Einige Minuten davor war der Major dort hineingegangen. Elisabeth hatte sich nicht näher herangewagt, um durch eines der Fenster zu spähen. Schließlich hatte sie sich wieder nicht nach den Anweisungen des Polizisten gerichtet, sondern war ihm hinterhergeschlichen, kaum dass er bei ihr aus der Türe getreten war. In ihrem Kopf wirbelten einfach zu viele Fragen herum, weswegen sie es erneut nicht lange in der Wohnung ausgehalten hatte, und das, obwohl Wilhelms Leichnam gar nicht mehr hier war. Außerdem wollte sie unbedingt wissen, was der Major jetzt vorhatte, konnte ihm jedoch unmöglich bis hinein ins Wirtshaus folgen.

Es vergingen keine zehn Sekunden, dann kam die Bäckersfrau wieder heraus. Der Leiner folgte ihr auf dem Fuß. Und mit etwas Abstand hinkte der Doktor hinterher. Die Raben auf dem Kirchendach krächzten, aber niemand schenkte ihnen Beachtung.

»Wann geht es denn jetzt endlich zurück?«, rief Weishäupl dem Major nach, doch der fuchtelte nur mit den Armen, ohne sich umzudrehen. Er hatte es eilig. Elisabeth vermutete, dass in der Amtsstube ein Anruf für ihn eingegangen war. Jetzt überholte der Polizist seine Tante und verschwand nach einigen langen Schritten in der Bäckerei. Die Leiner Traudl quälte sich noch über die Dorfstraße, die sie, schlammig vom Regen, ein wenig aus dem Tritt brachte. Hatte der Georg dem Dorf nicht auch eine gepflasterte Straße versprochen? Elisabeth meinte sich zu erinnern, dass Wilhelm sich erst kürzlich darüber ausgelassen hatte, dass nichts voranging und dass das Gerede vom Ortsvorsteher nur heiße Luft wäre, ähnlich der, die aus seiner Backstube ins Freie entwich, nur bei Weitem nicht so aromatisch.

Sie blieb, wo sie war, bis der Doktor kopfschüttelnd wieder ins Wirtshaus zurückgekehrt und die Tür hinter ihm zugefallen war. Augenblicklich setzen sich ihre Beine daraufhin in Bewegung, und ehe sie sich ihres Handelns so recht bewusst wurde, stand sie vor der Bäckerei. Im Auftrag von Wilhelm war sie einmal in Leiners Amtsstube gewesen – eine allzu hochtrabende Bezeichnung für die Kammer, die er nach seiner Ernennung freigeräumt hatte. Früher hatte er dort seinen Gesellen untergebracht. Der hatte sich eine andere Bleibe suchen müssen, weil sein durchgelegenes Bett für einen mehr schlecht als recht zusammengezimmerten Schreibtisch hatte weichen müssen. Und ein Regal, in dem jetzt Aktenordner standen. Klägliche drei an der Zahl boten nun den Dokumenten Platz, die der Herr Ortsvorsteher über das Dorf anlegte. Niederschriften über die Leute, die ihm unterstellt waren. Elisabeth hatte keine Vorstellung, was in diesen Papieren vermerkt war, ging aber davon aus, dass sie nichts Erfreuliches verzeichneten. Er dokumentiert unsere Vergehen, hatte Wilhelm gemutmaßt, und sie hatte keinen Grund, an der Einschätzung ihres Mannes zu zweifeln. Was derlei Dinge anging, hatte Wilhelm ein gutes Gespür besessen. Allerdings ein rationales, das sich völlig vom dem ihren unterschied. Wenn es Wilhelm geschafft hatte, den Leuten in den Kopf zu schauen, so konnte sie in ihre Herzen sehen. Und im Gegensatz zu ihr hatte Wilhelm es leider auch nur selten verstanden, seine Fähigkeit sinnvoll zu nutzen. Nun, jedenfalls hatte sein Gespür ausgereicht, um dem Leiner nicht zu trauen. So wie eigentlich die meisten Leute im Dorf. Nicht, dass sie je mit irgendwem darüber gesprochen hätte, aber dennoch war sie sich sicher, denn die Leute mussten nicht unbedingt reden, um von ihr gehört zu werden.

Von ihrem Botengang ins Amtszimmer wusste sie, dass es ebenso wie die Backstube nach hinten hinaus lag. Ein Umstand, der ihr nun gelegen kommen mochte. Ohne Umschweife machte sie sich zum rückwärtigen Teil des Leiner-Hofs auf. Das war leicht, denn links davon gab es nur freies Feld. Eine abgegraste Kuhweide, von der die Zäune bereits entfernt worden waren. Falls sie jetzt zufällig jemand beobachtete, konnte sie vorgeben, sie wolle auf der Wiese hinterm Anwesen nach Kräutern suchen, oder irgendeine ähnliche Ausrede erfinden.

Wie bei den meisten Gebäuden im Ort schloss der Stall direkt an das Wohnhaus an. Folglich befand sich auf der

Rückseite der Misthaufen, in den man außerdem sämtliche Ausscheidungen aus dem Haus leitete. Elisabeth wurde von einem dementsprechenden Geruch empfangen, aber Gestank kannte sie auch vom Hof ihrer Eltern. Hühner staksten auf dem Misthaufen herum, ohne Notiz von ihr zu nehmen, während sie sich durch Unkraut und Gestrüpp kämpfte, immer darauf bedacht, nicht in eine von Fäkalien durchweichte Stelle zu treten. Trotz des herbstlichen Wetters wuchsen die Brennnesseln noch nahezu hüfthoch bis an die Hauswand heran. Doch weder Gestank noch Schlammlöcher oder Brennnesselstauden hielten sie davon ab, sich dem Fenster zu nähern, bei dem es sich ihrer Meinung nach um das des Ortsvorsteher-Bureaus handeln musste. Auch bei den Leiners war noch nicht die Winterverglasung eingesetzt worden, weshalb nur ein einfaches Sprossenfenster zwischen ihr und dem winzigen Kabuff stand. Sie war noch nicht einmal ganz herangetreten, da konnte sie bereits die Stimme des Majors hören. Geduckt und ganz eng an die gekalkte Mauer gepresst, schlüpfte sie bis unters Fensterbrett.

»... bleibe vor Ort, zu Befehl!«, sagte der Polizist gerade. »Ja, Herr Oberstleutnant, ich will die Sache auch schnell vom Tisch haben. Selbstverständlich!«

Pause.

Elisabeth stellte fest, dass sie die Luft angehalten hatte, und ließ sie nun leise aus ihrer Lunge strömen.

»Nein, noch keinen konkreten Verdacht«, meinte der Major, und sein Bedauern darüber war nicht zu überhören. »Selbstverständlich! Jawohl, Herr Oberstleutnant!« Nach einem scharfen Einatmen etwas zögerlicher: »Sie gestatten, ich hätte noch eine Frage meinerseits.«

Pause.

»Die Leiche, wer hat die abgeholt?«

Pause. Dann voller Unglauben: »Niemand? Aber ich verstehe nicht ...«

Pause.

»Nein, Herr Oberstleutnant.« Wieder folgte ein tiefes Atmen. »Und wir haben sie wirklich nicht?«

Pause

»Sind erst vor einer halben Stunde aufgebrochen, aha ...«

Elisabeth stellte sich vor, wie Karl Leiner über ihr, vor dem Schreibtisch stehend, mit seiner Rechten den Hörer des Telefonapparates umkrampfte. Nach etlichen Sekunden hörte sie ihn resigniert sagen: »Nein, Herr Oberstleutnant, das zweifle ich mitnichten an. Aber dann muss ich zu meinem Bedauern vermelden, dass uns der Leichnam abhandengekommen ist.«

23

Es war höchste Eisenbahn zu verschwinden. Nur zu leicht ließ sich ausrechnen, was Polizeimajor Leiner als Nächstes tun würde. Ohne Rücksicht auf die Brennnesseln raffte sie ihren Rock nach oben und drängte mit großen Schritten durch das Unkraut. Beinahe sofort fingen ihre nackten Knöchel an zu brennen und zu jucken. Doch sie hatte nicht einmal genug Zeit, um die Nesseln zu verfluchen. Sie musste zurück in der Wohnung sein, bevor der Polizist aus der Bäckerei kam.

Bei all dem Gestrüpp konnte sie nicht sehen, wohin sie in ihrer Eile trat, und blieb prompt mit der Fußspitze in einem Erdloch hängen. Elisabeth fiel der Länge nach ins immer noch feuchte Gras. Zum Glück weit genug entfernt von der Sickergrube und den stinkenden Ausläufern des Misthaufens. Auch standen dort, wo sie bäuchlings landete, keine Brennnesseln mehr, dafür aber Disteln, und das war kaum besser. Mit viel Mühe konnte sie einen Aufschrei hinunterschlucken. Ihre Schmerzen ignorierend, rappelte sie sich sogleich wieder auf, klopfte sich notdürftig ab und hastete um die Hausecke – nur um gleich darauf zu Eis zu erstarren. Denn da stand er. Major Leiner. Die Hände in den Hosentaschen. Grimmig blickte er ihr entgegen. Wie hatte er so schnell sein können?

»Hab ich mich doch nicht geirrt«, sagte er.

»Wobei?«, fragte sie und schaffte es, schnippisch zu klingen, obwohl ihr so gar nicht danach war. Mein Gott, wie sie aussehen musste. Grünzeug am Rock, Dreck an den Händen. Eine Haarsträhne im Gesicht, die unter dem Kopftuch herausgerutscht war.

»Ich hatte kurz den Eindruck, es wäre jemand vorm Fenster, als ich telefoniert habe.«

»Ja, hinterm Haus laufen jede Menge Hühner herum«, bemerkte sie leichthin.

Er wartete, bis sie zu ihm auf die Straße getreten war. »Was haben Sie dort hinten gemacht?«

»Wiesenkräuter«, gab sie zurück, wie sie es sich zurechtgelegt hatte.

»Ich sehe aber keine.«

»Hab nicht die richtigen gefunden, ist wohl schon zu spät im Jahr.«

»Das ist kein Spiel, Frau Steiner«, entgegnete er mit strengem Ton und tat einen Schritt auf sie zu. »Wo ist Wilhelm, wo ist die Leiche?«

Sie runzelte die Stirn. »Sie wollten ihn doch abholen lassen. Oder glauben Sie, ich verstecke meinen Mann vor Ihnen?«

Er packte sie am Oberarm und zog sie dicht zu sich heran. Sie roch den Tabakrauch in seinem Atem. »Und, verstecken Sie ihn?«

»Was hätte ich davon?«, gab sie zurück, ohne einen Versuch zu unternehmen, sich aus seinem Griff zu befreien. Im Gegenteil, sie drückte sich sogar noch enger an ihn und spürte zufrieden, dass ihn ihr unerwarteter Vorstoß in die Defensive zwang. Die Männer waren grundsätzlich davon überzeugt, die Frauen zu kennen, hatten aber in Wirklichkeit keine

Ahnung und konnten daher auch nicht damit umgehen, wenn eine Frau vom üblichen Verhalten ihrer Geschlechtsgenossinnen abwich. Diese Erkenntnis hatte Elisabeth schon erlangt, bevor sie mit Wilhelm die Ehe eingegangen war. Als stille Beobachterin bei jenen seltenen Gelegenheiten, die ihr das Dorf geboten hatte: Kirchweihen, Schützen- und Erntedankfest. Immer dann, wenn Leute zusammenkamen und die Mannsbilder es bei diesen Gelegenheiten besonders wichtig hatten, so wie die Gockel auf ihren Misthaufen. Und später war ihr Angetrauter in seinen Reaktionen auf ihr Benehmen ein hervorragendes Objekt gewesen, um ihre Studien über das andere Geschlecht zu verfeinern. Dabei war es ihr nie darum gegangen zu lernen, wie man den Männern den Kopf verdrehte. Im Gegenteil, sie wollte herausfinden, wie man sich als Frau ihrer Aufdringlichkeit am einfachsten entzog. Oder – noch besser – erst gar nicht von ihnen wahrgenommen wurde, wenn man das nicht wünschte. Leider hatte sie schon erfahren müssen, dass es nicht immer so gut lief wie bei Major Leiner. Vorsorglich war dieser nämlich einen großen Schritt zurückgewichen.

»Zum Beispiel könnten Sie so verhindern, dass wir näher untersuchen, was kurz vor seinem Sturz von der Aussichtsplattform vorgefallen ist«, erklärte er jetzt.

»Trauen Sie mir das wirklich zu?«

Er zögerte. Blickte sich ein wenig pikiert um, als wollte er sicherstellen, dass niemand ihre eigenwillige Unterhaltung mitbekam.

»Besser, wir gehen zu Ihnen!«, entschied er dann und wies ihr den Weg zum Schulhaus.

Elisabeth ging fügsam voraus. Oben in der Lehrerwohnung angekommen, streifte er seinen Mantel ab und hängte ihn an den Haken im Flur, genau an jenen, den sonst immer Wilhelm benutzt hatte. Danach suchte er ihren Blick und nach der Wahrheit in ihren Augen.

»Hat ihn vielleicht Ihr Schwiegervater heimholen lassen?«

»Fragen Sie ihn!«, entgegnete Elisabeth. »Mehr kann ich dazu nicht sagen. Ich habe keine Erklärung dafür.«

Er sah betroffen aus. Fast verzweifelt. Er hatte die Leiche verloren, und das setzte ihm zu. Sie empfand Bedauern für ihn. Wie schon vorhin einmal warf er einen unbehaglichen Blick in seine hohle Hand. »Erzählen Sie vorerst niemandem davon! Es ist immens wichtig, dass Wilhelms Verschwinden nicht die Runde macht.«

»Ist das ein Befehl?«

»Ja, Himmelherrgott noch mal. Verstehen Sie denn nicht? Im Moment wissen nur wir davon – und derjenige, der die Leiche fortgeschafft hat. Das ...« Er stockte und schüttelte den Kopf, dann bog er mit grimmiger Miene in die Küche ab, zog sich ungefragt einen Stuhl heran und setzte sich an den Küchentisch, der immer noch feuchte Flecken aufwies. Doch offenbar störte er sich nicht daran. Er holte einen Notizblock und einen Bleistift aus seiner Jackeninnentasche und legte beides vor sich ab. Dann beschäftigte er sich wieder mit seiner Hand.

Elisabeth trat zu ihm, packte seine Finger, bog sie auf und betrachtete die kleine Wunde auf dem Handballen. Unter der Haut steckte deutlich sichtbar ein Holzsplitter. »Warten Sie!«, gebot sie ihm, eilte hinüber in die Stube und zog eine Nähnadel aus einer der Zwirnspulen, die aufgereiht neben der Nähmaschine auf dem Fensterbrett standen. Er zuckte leicht zusammen, als sie damit zurück in die Küche kam. Wortlos griff sie sich seine Hand und stach mit der Nadel neben dem Splitter flach unter die Haut. Er ächzte und machte sich steif, als beabsichtigte sie, ihm die Nadel mitten durch die Hand zu rammen. »Seien Sie nicht so wehleidig!«, mahnte sie und hebelte im nächsten Moment mit der Nadelspitze das winzige Holzstück heraus. Dann spuckte sie auf die Stelle und verrieb ihren Speichel mit dem Blutstropfen, der aus der kleinen Wunde gesickert war. Die ganze Operation hatte keine Minute gedauert.

Der Major sah sie aus großen Augen an und ließ seinen Blick dann vorsichtig zu seiner Handfläche wandern. Sie zeigte ihm den Splitter, der nun auf ihrer Fingerspitze lag. Als wollte sie ihm das Stückchen Holz als Andenken anbieten. Er schüttelte den Kopf.

»Brauchen Sie einen Verband?«, fragte sie und bereute gleich darauf, dass es etwas spöttisch geklungen hatte.

»Wird schon gehen«, meinte er und leckte dann seinerseits über die blutende Stelle.

Elisabeth stecke die Nähnadel in den Gürtel ihrer Schürze.

»Könnten Sie mir wohl einen Kaffee machen?«, fragte er zurückhaltend.

»Wenn's der Gesundung dient. Aber es gibt nur Malzkaffee«, ließ sie ihn wissen, obwohl nicht damit zu rechnen war, dass er etwas anderes erwartete. Allenfalls die Steiners konnten sich in diesen Zeiten echten Bohnenkaffee leisten. Immerhin, was sie anzubieten hatte, war besser als das Gebräu aus zerriebenen Eicheln, dass sich die meisten im Dorf aufbrühten. Er nickte, wohl eher mechanisch. Hockte da und zog die Stirn in Falten. Dann begann er, mit kräftigem Strich und etwas ungelenk etwas auf das oberste, schon leicht vergilbte Blatt seines Blocks zu schreiben, das bereits Eselsohren aufwies. Der vertraute Moment, als sie ihm eben noch den

Spreißel entfernt hatte, schien vergessen. Vielleicht war ihm die Operation, mit der sie ihn gewissermaßen überrumpelt hatte, nun plötzlich schrecklich peinlich. Was hatte sie sich nur dabei gedacht?

Elisabeth ließ ihn, wo er war, ging hinüber zum Ofen, feuerte diesen nach und setzte Wasser auf. Dann gab sie in zwei Blechtassen je einen Teelöffel des fein gemahlenen Pulvers und wandte sich wieder dem Major zu. Überlegte sich, ob er nicht auch hungrig war, wagte aber nicht danach zu fragen. Außer Brot mit Butter hätte sie ihm ohnehin nichts anbieten können. Sie würde es nicht vermeiden können, bald hinüber zum Hof der Schwiegereltern zu gehen und um Eier, Kartoffeln, Gemüse und vielleicht auch ein Stück Fleisch zu bitten. Oder was auch immer der alte Steiner ihr noch überlassen würde, jetzt, da sie seinen Sohn nicht mehr zu bekochen brauchte. Würde er seine Schwiegertochter tatsächlich Hunger leiden lassen?

Um auf andere Gedanken zu kommen, versuchte sie zu erkennen, was Leiner da aufschrieb. Doch seine sorgfältig gesetzten Buchstaben waren zu klein, und der Tisch zwischen ihnen verhinderte, dass sie näher treten konnte. Plötzlich blickte er auf und ihr direkt ins Gesicht. Sie fühlte sich ertappt und spürte, wie ihr die Hitze in die Wangen stieg.

»Wer aus dem Dorf kann mir Ihrer Meinung nach Auskunft über Wilhelm geben? Ich meine damit nicht nur seine Eltern oder die Geschwister. Gibt es noch andere ... einen Vertrauten, mit dem er öfter zusammentraf? Einen ... einen Freund?«

»Der Pfarrer«, platzte sie heraus. »Ich würde sagen, der war der Einzige, den Wilhelm wirklich ernst genommen hat.«

24

KARL

Der Pfarrer, dachte Karl und setzte ihn auf seine Liste. Studierte unter sich. War dem so? Konnte der Studienrat mit den Bauern, Waldarbeitern, Steinhauern und Webern, diesen einfachen Leuten, die über eine geringe oder gar keine Schulbildung verfügten, nichts mehr anfangen? Was war mit seiner Familie? Nun, natürlich ebenfalls Bauern. Der Vater mochte durchaus findig sein, was das Geschäftemachen anging. Besaß ein ordentliches Maß an Bauernschläue, um über die Jahre all diesen Besitz, den umfangreichen Viehbestand und weiß der Teufel was noch alles für Güter anzuhäufen. Der Waldbauer hatte schon als der Geldige im Ort gegolten, als Karl noch ein Kind war. Josef Steiner war derjenige, der den anderen das abkaufte, was sie hergeben mussten. Oftmals aus der puren Verzweiflung heraus, um einen weiteren Winter zu überleben. So gesehen konnte man durchaus sagen, dass der Waldbauer einer war, der sich das Leid anderer zunutze machte. Aber konnte man ihm das vorwerfen? Wäre nicht jeder andere im Dorf auf dieselbe Weise vorgegangen, wenn er hätte tauschen können mit dem Steiner und seinem Wohlstand?

 Karl schrak auf, als ihm die junge Witwe eine Tasse Kaffee hinstellte. So tief war er in seine Überlegungen versunken gewesen, dass er für einen Moment vergessen hatte, wo er sich befand. Er blickte erst auf den dampfenden Malzkaffee und dann hoch zu Elisabeth Steiner, die am Spülstein stand und Zucker in ihr Gebräu rührte. Er fühlte immer noch ein leichtes Brennen in der Hand, dort wo sie ihn mit der Nähnadel malträtiert hatte. Aber auch wenn sie nicht zimperlich gewesen war, so wusste er, dass er diesen Moment nicht in schlechter Erinnerung behalten würde. Niemand anders wäre ihm als Helfer bei der Sache mit dem Splitter lieber gewesen. Mit einem Mal befiel ihn die träumerische Vorstellung, wie schön es wäre, jeden Morgen auf diese Weise einen Kaffee serviert zu bekommen. Von einer Ehefrau, die sich um ihn sorgte. Warum hatte er noch keine gefunden?

Das war genau die Frage, die sonst seine Mutter stellte. Und immer lautete ihr nächster Satz, dass er doch ein fescher Bursche sei, weshalb sie noch viel weniger verstehen könne, wieso er kein Weib fand. Noch dazu als Beamter. Karl konnte ihr nie eine gescheite Antwort darauf geben und musste sich oft in fadenscheinige Ausflüchte retten. Aber er hatte einfach keine gute Rechtfertigung parat.

Freilich traf er sich gelegentlich mit Frauen. Oder besser gesagt, er wurde ihnen vorgestellt. Bei Verwandtenbesuchen oder wenn er sich ab und an mit seinen Kameraden verabredete. Mit ihnen zusammen auf die Jagd ging, wie sie es nannten, auch wenn immer welche darunter waren, die bereits eine Ehefrau zu Hause hatten. Irgendwie waren diese Unternehmungen mit den Männern aus dem Polizeikorps in letzter Zeit seltener geworden. Er fand auch immer häufiger einen Grund, nicht mit ihnen auf die Pirsch zu gehen. Vielleicht weil sie ihn gerne damit aufzogen, dass er keine daheimsitzen hatte, die auf ihn wartete. Er konnte diese ewige Leier nicht mehr hören. So wie er nicht ständig beteuern wollte, dass er eben die richtige Frau noch nicht gefunden hatte. Eine Frau, von der er sich vorstellen konnte, dass sie ihm jeden Morgen seinen Kaffee aufbrühte. Eine Frau wie Elisabeth Steiner, die so anders war als alle, mit denen er bisher flüchtig Bekanntschaft geschlossen hatte. Wieder besann er sich des Moments, wie sie den Holzspreißel aus seiner Hand geholt hatte. Und darauf, wie sie ihm vorhin, unten auf der Dorfstraße, nahe gekommen war. Wie ihr schlanker Leib sich an ihn gepresst hatte. Auf provokante Art hatte sie auf seine unverhältnismäßige Grobheit reagiert, die er nur an den Tag gelegt hatte, weil er sich ihr gegenüber nicht anders zu helfen wusste.

»Zucker? Milch?«, fragte sie, und er schüttelte den Kopf. Allerdings bezog er sich damit weniger auf ihre Frage, denn er hätte sehr gerne Zucker in das bittere Gesöff gelöffelt. Vielmehr hatte sein Kopfschütteln den eigenen Gedanken gegolten. Doch nun musste er den Kaffee leider schwarz trinken.

Mit ihr könnte er wohl sogar über seine Bedenken sprechen, was die politische Entwicklung des Landes betraf, überlegte er. Was sofort für noch mehr Verwirrung in seinem Kopf sorgte. So weit hatte er tatsächlich noch nie gedacht ...

Der Knall einer Fehlzündung ließ ihn auffahren. Prompt vernahm er auch das typische Knattern des Zweizylindermotors der BMW, die seine Dienststelle ihm in der Früh zur Verfügung gestellt hatte, um nach Talberg zu fahren. Er sprang auf, so heftig, dass er gegen den Tisch stieß und der Kaffee aus der Tasse schwappte. Von unten heulte die Maschine. Der Motor lief inzwischen rund, was nur bedeuten konnte, dass sie soeben in Bewegung gesetzt wurde. Karl stürzte hinaus in den Flur und die Treppe hinab. Mit der Schulter rammte er die Haustüre auf und war mit einem Satz im Freien. Dort wo er die Maschine abgestellt hatte, waberte nur noch eine blaue Abgaswolke über dem gestampften Kiesgrund. Er hetzte am Schulgebäude entlang bis zur Dorfstraße. Bereits an die fünfzig Meter voraus Richtung Wegscheid hin sah er das Motorrad entschwinden. Auf dem Bock, erkennbar an seiner weißen, im Fahrtwind wehenden Mähne, hockte Doktor Weishäupl.

»Hundling, verreckter!«, brüllte Karl ihm hinterher und stampfte vor Wut dermaßen in den Boden, dass er sich schmerzhaft den Knöchel verrenkte, was ihm die Tränen in die Augen trieb. Mit getrübtem Blick starrte er dem sich schnell entfernenden Arzt nach, hinter dem eine Sandfahne aufstieg. Wie konnte es diesem impertinenten Menschen nur einfallen, sich einfach das Dienstmotorrad anzueignen?

Nehmen Sie den Weishäupl mit, der wird erkennen, was zum Tod geführt hat, hatte der Oberstleutnant befohlen. Dann sparen wir uns ein mehrfaches Hin und Her, und die Untersuchung ist schnell erledigt, der Akt vom Tisch.

»Scheißdreck!«, fluchte er. Himmelherrgott, wie sollte er das jetzt dem Oberstleutnant erklären? In einem wilden Urschrei brüllte er seinen Zorn in den wolkenverhangenen Himmel. Als er wieder bei Atem war, stürmte er mit geballten Fäusten über die Straße und hinein ins Haus seines Onkels. Er fand ihn in der Backstube. Georg Leiner war damit beschäftigt, den Arbeitstisch sauber zu wischen. Ein unverkennbarer Duft zeugte davon, dass eine letzte Ladung Brotlaibe im Ofen aufbuk, womit die Arbeit des Bäckers für den heutigen Tag weitgehend getan war. Georg starrte seinen vor Zorn schäumenden Neffen an. »Ist was passiert?«

Karl mahlte stumm mit dem Unterkiefer. Nein, er mochte vor seinem Onkel nicht zugeben, dass ihm sowohl die Leiche von Wilhelm Steiner als auch das Motorrad abhandengekommen war. Im Moment musste er sich sogar beherrschen, um nicht nach dem Brotschieber zu greifen und damit auf alles einzuschlagen, was hier herumstand.

»Ich werd jetzt mit allen reden, also sorg dafür, dass ich drüben beim Hirscher einen Raum krieg, in dem ich die Verhöre durchführen kann. Alle finden sich gefälligst in einer Stunde im Wirtshaus ein!«, knurrte er.

»Wer alle?«, fragte sein Onkel und klang dabei deutlich eingeschüchtert.

»Alle, die auf der Liste stehen!«, fauchte Karl. Er fasste in die Innentasche seiner Jacke, fand aber nicht, was er suchte. Irritiert klopfte er die anderen Taschen ab und konnte einen weiteren Fluch nicht zurückhalten. Jemand tippte ihm auf die Schulter, und er wirbelte herum. Schluckte dann aber augenblicklich hinunter, was ihm auf der Zunge lag.

Sie stand vor ihm. Sie lächelte sanft, und allein dieses Lächeln führte dazu, dass seine weit hervorgetretenen Halsschlagadern wieder abschwollen.

»Sie haben Ihre Notizen liegen lassen«, sagte sie und reichte ihm seinen Block samt Bleistift.

Karl bedankte sich mit einem Kopfnicken und wandte sich seinem im Mehlstaub stehenden Onkel zu. Selbst die Hakenkreuzbinde war weiß bepudert, und darüber hätte er sich gewiss amüsiert, wäre er nicht so geladen gewesen. Er riss das erste Blatt von dem Block und hielt es dem Bäcker vor die fleischige Nase. »Die hier alle, zusätzlich zu denen, die gestern Nacht mit oben am Turm waren, um die Leiche abzutransportieren. Da du mit bei dem Ausflug warst, wirst du sicher wissen, wer noch fehlt.«

Georg, der seinen Neffen noch nie so erlebt hatte, wischte sich die Hände an der Schürze sauber, ehe er den Zettel mit zitternden Fingern entgegennahm. Er blinzelte mehrfach, während er las.

»Sie sollen sich vollständig in einer Stunde drüben beim Hirscher einfinden!«

»Auch die Weibsbilder ...?«

»Selbstverständlich. Von denen will ich erfahren, wann und ob ihre Männer gestern zu Hause waren. Und vor allem, ob einer schon unterwegs war, bevor die Leiche entdeckt wurde.«

»Aber ... ich mein, die Weiber im Wirtshaus ... Du weißt doch, wenn es nicht gerade einen feierlichen Anlass gibt, wird das nicht gern gesehen ...«

»Darauf kann ich keine Rücksicht nehmen, oder glaubst du, ich hab Zeit, von Hof zu Hof zu marschieren?«

Georg rann der Schweiß von der Stirn und zog deutliche Bahnen über seine bepuderten Backen.

Karl atmete tief durch. »Also gut, meinetwegen kannst du sie mir auch irgendwo anders zusammenholen!«

»Vielleicht in der Schule«, schlug Elisabeth vor. »Ich kann das Klassenzimmer aufschließen.«

»In Ordnung! So machen wir's«, sagte Karl. Er fühlte Erleichterung darüber, dass sie neben ihm stand. Ihre Anwesenheit wirkte seiner Wut entgegen, von der er nicht sagen konnte, woher sie kam. Vielleicht ist es ja dieser Ort. Aber das war Unsinn. Kopfschüttelnd wandte er sich wieder seinem Onkel zu. »Du weißt also, was zu tun ist!«

»Ich ... ich steh auch auf der Liste?« Georg runzelte unsicher die Stirn.

»Du warst gestern Nacht dabei«, erinnerte ihn Karl.

»Ja, aber ... nur um zu helfen, nachdem alles vorbei war.«

»Wer hat dich informiert?«

»Mich informiert?« Der Blick des Ortsvorstehers zuckte hin und her. »Mei, in der Aufregung, was weiß ich ... einer von den Waldbauer-Knechten halt.« Er sah erneut auf das Blatt und bekam noch größere Augen. »Oje, der Waldbauer und seine Buben. Die etwa auch?«

»Alle!«, wiederholte Karl eindringlich. »Und jetzt muss ich schleunigst telefonieren!«

Der Bäcker nickte. Offenbar erkannte er, dass es im Moment besser war, alles zu tun, was sein Neffe in seiner Funktion als Vertreter des Deutschen Reichs von ihm verlangte. Georg zwängte seine Leibesfülle an ihnen vorbei und eilte voraus durch den kühlen, im Halbdunkel gelegenen Flur bis vor sein Bureau. Dort fummelte er einen Schlüsselbund aus der Hosentasche. Karl rückte nahe an seinen Onkel heran, was diesen offensichtlich nervös machte. Zumindest brauchte er einige Sekunden, bis er endlich den richtigen Schlüssel an dem Metallring fand. Und danach wiederum einige Zeit, um das Schlüsselloch zu treffen. Kaum war die Tür offen, drängte Karl ihn zur Seite und betrat die Amtsstube. Am Schreibtisch angekommen, packte er den Telefonhörer. Er hielt ihn ans Ohr, lauschte. Tippte dann mehrmals auf die Gabel des Fernsprechers, bevor er den Blick seines Onkels suchte.

»Was?«, fragte dieser beinahe tonlos.

»Die Leitung ist tot«, antwortete Karl.

25

ELISABETH

Der Major wirkte wie vor den Kopf geschlagen. Immer wieder tippte er auf die Hörergabel des schwarzen Apparats. »Was geht hier vor?«, verlangte er zu wissen, ohne dass die Frage an jemand Bestimmtes gerichtet war.

»Mei, das kommt ab und an vor«, meinte sein Onkel. »Wenn ich raten soll, würde ich sagen, der Sturm hat einen Baum auf die Leitung geworfen.«

»Raten«, wiederholte Karl Leiner abschätzig und funkelte den Bäcker böse an. »Ich entsinne mich, dass das Unwetter gestern Nacht war und ich den Fernsprecher heute bereits zweimal verwendet habe.«

»Vielleicht ist der Baum auch mit Verzögerung umgefallen«, schlug der Ortsvorsteher wenig überzeugend vor.

»Unsinn!«, fuhr der Polizist ihn an. »Kümmere dich darum, dass das Telefon wieder funktioniert! Und hol mir die Leute zusammen! Ausnahmslos! Lass keine Ausreden zählen und dir vor allem nicht vom Steiner reinreden! Und schick jemanden nach Wegscheid auf die Polizeiwache. Lass dort ausrichten, man soll den Weishäupl verhaften, wegen Diebstahls von Reichsgütern!«

»Aber ... ich ...«, stammelte der Bäcker.

»Tu, was ich dir sag, oder du bist deinen Posten schneller los, als dir lieb ist!« Damit drosch er den Hörer auf das Telefon, den er immer noch gepackt gehalten hatte. Karl Leiner war im Begriff zu gehen, doch nun hielt er abrupt inne. »Hast du nicht ein Motorrad?«, fragte er seinen Onkel.

Der japste erneut, bevor er antworten konnte. »Kaputt. Der Schmied meint, es liegt am Vergaser und dass er es reparieren kann, wenn er mal wieder im Dorf ist.«

»Der Schmied?«

Der Bäcker nickte eifrig. »Der kennt sich damit aus.«

»Herrgottsdonnerwetter«, schimpfte der Major. »Und sonst hat niemand hier ein Gefährt, das nicht ausschließlich von Pferden gezogen wird?«

»Dem Steiner sein Traktor fährt nicht schneller als eine Kutsche«, erklärte der Bäcker mit gesenktem Blick.

Ohne noch ein Wort zu sagen, wandte der Major sich ab und stürmte aus dem Büro. Der verstörte Blick von Georg Leiner blieb an Elisabeth hängen, die die ganze Zeit über still in der Ecke gestanden hatte. Sie erkannte, dass der Ortsvorsteher ihrer erst jetzt wirklich gewahr wurde.

Er schnappte nach Luft, als hätte er eine Fliege verschluckt, und richtete sich jäh auf. »Was willst du noch hier?«, fauchte er sie an.

Elisabeth raffte ihren Rock und rannte aus der Dorfbäckerei und hinüber zum Schulhaus. Obwohl die Leiche nun nicht mehr in ihrer Küche lag, war ihr das Haus nach wie vor unheimlich, also beeilte sie sich. In Wilhelms Studierzimmer suchte sie im Sekretär nach dem Schlüssel fürs Klassenzimmer, das ihr Ehemann stets sorgsam abgesperrt hatte. Sie wusste eigentlich, wo er den Schlüsselbund verwahrte, und musste dennoch eine Weile suchen, weil er nicht in der dafür vorgesehenen Schublade lag wie sonst. Das war ungewöhnlich für Wilhelm, der normalerweise eine pedantische Ordnung pflegte. Als sie den Stahlring, an dem alle Schlüssel für das Schulgebäude hingen, endlich in die Finger bekam, streifte sie erneut das flüchtige Gefühl, dass etwas nicht stimmte. Ohne sich weiter damit zu befassen, rannte sie aus dem Studierzimmer, den Gang entlang – die Augen von der Küche abgewandt – und hastete die Treppe hinunter. An der Front zur Straße hin schloss sie den Haupteingang zur Schule ab und das Klassenzimmer auf. Als sie den Schlüsselbund danach erneut betrachtete, wurde ihr klar, was ihr daran seltsam erschienen war. Ein oder gar zwei Schlüssel fehlten. Kurz rang Elisabeth mit sich, ob sie das Klassenzimmer betreten sollte, doch dann konnte sie sich nicht dazu überwinden. Oder etwas hielt sie davon ab.

26

Sie entdeckte den Major zwischen Kirche und Feuerwehrschuppen. Er hatte sich eine Zigarette angezündet und wirkte ein wenig verloren. Die Raben hockten jetzt auf der Friedhofsmauer und sahen aus, als lauerten sie auf Aas. Sie überquerte die Dorfstraße und näherte sich vorsichtig dem Polizisten. So wie die Wut in der Amtsstube aus ihm herausgebrochen war, wollte sie ihm nicht begegnen. Doch sie erkannte sogleich, dass er sich bereits etwas beruhigt hatte.
»Das Klassenzimmer steht jetzt zur Verfügung. Ihrem Onkel habe ich Bescheid gegeben. Er hat die Pfarrersköchin damit beauftragt, es den Frauen auszurichten. Das dürfte ein gefundenes Fressen für die alte Dorfratsche sein, alle Häuser und Höfe abzuklappern, und diesmal sogar in amtlichem Auftrag.«

Er grinste schief und bot ihr erneut eine Zigarette an, die sie wiederum ablehnte. So verzichtete auch er darauf, sich eine weitere anzustecken. Gemeinsam betrachteten sie die Kirche. Die Glocke schlug die dritte Stunde. Jene Kirchenglocke, die im Kriegsjahr 1917 abgeholt und eingeschmolzen werden sollte. Elisabeth war damals gerade sieben Jahre alt gewesen, und doch erinnerte sie sich noch gut an den Aufruhr, für den diese Nachricht im Dorf sorgte. Ein Aufruhr, der sich steigerte, als die Glocke plötzlich verschwunden war, was nicht nur den Abgesandten des bayerischen Kriegsministeriums erzürnte, sondern auch für große Verwunderung innerhalb der Dorfgemeinde sorgte. Noch heute fragte man sich, wer die Glocke damals in Sicherheit gebracht hatte und sechs Jahre lang verwahrte, bis sie am Fronleichnamstag 1923 plötzlich wieder vor dem Kirchentor stand. Gehüllt in wetterfestes Öltuch und umschlugen von einem daumendicken Strick. Die einen priesen die Rettung ihrer Kirchenglocke und ihre unversehrte Wiederkehr. Die anderen hielten es für Teufelswerk, weil niemand sich dazu bekannte, sie ein halbes Dutzend Jahre bei sich untergestellt zu haben. Ausgerechnet ein halbes Dutzend – nachdem doch jedermann bekannt war, dass die Zahl sechs dem Höllenfürsten zugeschrieben wurde.

»Ich weiß nicht, wo die Zeit hingekommen ist«, sagte Karl Leiner und holte Elisabeth damit in die Gegenwart zurück. »Mir ist, als wäre ich erst vor einer Stunde hier eingetroffen.«

»Das ist der Ort«, erwiderte Elisabeth, deren Gedanken über die Kirchenglocke noch in ihrem Kopf nachhallten. Der Major sah ihr fragend in die Augen; er verstand nicht, was sie meinte. Aber er verlangte auch nicht nach einer Erklärung. Was hätte sie ihm auch für eine geben können? Wie hätte sie ihm verständlich machen sollen, dass dieser verfluchte Ort und seine Dämonen einem die Sinne vernebelten? Wenn er es verstehen wollte, musste er es selbst erfahren. Ich war dreizehn, als mich drei Tage und Nächte ein Fels gefangen hielt ... ich habe den Worten der Mutter gelauscht, die mich stark machten ... ich habe einem Trud getrotzt ... Dinge erfahren ... die Zeit vergessen ... bin vermutlich sogar gestorben und wieder auferstanden ... ich bin eine Hexe ... Nein, sie konnte ihm nicht helfen.

»Bevor ich mit den Leuten rede, die gestern auf dem Berg waren, suche ich den Pfarrer auf. Derweil würde ich Sie gerne um einen Gefallen bitten«, sagte er überraschend.

»Einen Gefallen?«

Er nickte. »Ich muss mit Heinrich Hirscher sprechen. Können Sie ihn für mich finden?«

Elisabeth krauste die Brauen. »Wieso ich?«

»Ich denke, Sie sind ein aufmerksamer Mensch und wissen daher eine Menge darüber, was hier im Dorf vorgeht. Und daher glaube ich auch, dass Sie ahnen, wo er stecken könnte. Aber das ist nicht der einzige Grund. Ich möchte vor allem niemandem den Eindruck vermitteln, dass ich Heinrich verdächtige. Da soll bloß keiner auf den Gedanken kommen, er müsste sich eigenhändig um das kümmern, was Aufgabe der Polizei ist.«

»Wenn Sie mich fragen, ich denke nicht, dass Heinrich schuld an Wilhelms Unglück ist.«

»Nach meinem Eindruck gibt es hier allerdings Leute, die da anderer Meinung sein könnten. Und daher halte ich es für besser, Sie finden ihn, bevor es andere tun, die womöglich weniger besonnen vorgehen als ich.«

»Vorhin in der Backstube sind Sie mir auch wenig besonnen vorgekommen.«

Er warf den Stummel der aufgerauchten Zigarette fort, ohne seinen Ausbruch weiter zu diskutieren.

»Warum fragen wir nicht einfach seine Mutter?«, schlug Elisabeth vor und deutete über Leiners Schulter.

Der wandte sich in Richtung Wirtshaus, wo Veronika Hirscher eben aus der Tür getreten war. Sie trug zwei Eimer, und es war klar, dass sie zum Dorfbrunnen wollte, der sich unmittelbar hinter dem Feuerwehrschuppen befand.

Vroni tat, als stünden sie nicht mitten auf dem Dorfplatz herum, machte aber trotzdem einen großen Bogen, um ihnen nicht zu nahe zu kommen. Der Major schüttelte den Kopf.

»Sie wird uns nicht verraten, wo ihr Sohn steckt«, mutmaßte er leise, dann folgten sie der Wirtstochter, die ihre Eimer bereits in den Steintrog tunkte, um sie mit Wasser zu füllen.

»Wo ist Heinrich?«, richtete Elisabeth ihre Frage an Vroni, die ihnen ihr fülliges Hinterteil entgegenstreckte.

»Geht dich nichts an!«, raunzte die Frau, ohne sich ihnen zuzuwenden.

Nun versuchte es der Major. »Es wäre von großem Vorteil für ihn, wenn er unverzüglich zu mir kommt.«

Vroni drehte sich abrupt um und kippte ihm dabei einen vollen Eimer Wasser über die Schuhe. »Mei, das tut mir jetzt aber leid, Herr Wachtmeister.«

Leiner holte aus, aber Elisabeth war schnell genug, um seinen Arm einzufangen. Zornentbrannt funkelte er sie an.

»Das sind nicht Sie!«, sagte sie so leise, dass nur er es hören konnte. »Es ist der Ort.« Nach zwei Sekunden gegenseitigen Belauerns schien er zu verstehen, was sie ihm eben zugeflüstert hatte. Er nickte, und sie ließ ihn wieder los. Karl Leiner blickte an sich hinab; so fest, wie er die Lippen aufeinanderpresste, hatte er wohl gerade einen Fluch unterdrückt. Auch die Hosenbeine waren nass, beinahe bis hinauf zu den Knien. Einzeln schüttelte er die Füße aus, und das Wasser tropfte ihm aus den Schuhen. Sein Atem ging schnell.

»Wir wollen dir und Heinrich nur helfen«, sagte Elisabeth zu Vroni, die erneut damit beschäftigt war, Wasser aus dem Grand zu schöpfen.

»Einen Scheißdreck wollt ihr«, gab die Wirtstochter mürrisch zurück.

Der Major packte Vroni an der Schulter und wirbelte sie herum. Dabei rutschte ihr der Eimer aus den nassen Händen und fiel zurück in den Steintrog. Wasser spritzte nach allen Seiten. »Sie sagen mir jetzt, wo er ist!«, verlangte Leiner laut. »Das ist eine polizeiliche Anordnung. Wenn Sie nicht kooperieren, nehme ich Sie fest. Dann können Sie in der Zelle in Wegscheid so lange schmoren, bis es Ihnen wieder einfällt.«

Veronika Hirscher sackte in sich zusammen, so als erwartete sie einen heftigen Schlag ins Gesicht. »Wenn ... wenn er nicht gerade die Schweine hütet, treibt er sich herum. Ich weiß nicht, wo er dann seinen Tag verbringt. Im Wald? Unten am Bach? Er scheut die anderen Leute, was ich ihm nicht verdenken kann. Darum ist er lieber für sich. Und meistens kommt er erst bei Anbruch der Nacht heim.«

»Geht er auch auf den Berg?«

Vroni äugte hinauf zum Gipfel des Veichthiasl. Dann zuckte sie mit den Schultern.

»Ach, da schau her, haben die Verhöre schon angefangen?«, ertönte es hinter ihnen. Der Polizist und Elisabeth drehten sich gleichzeitig um.

Sie waren zu fünft, und üblicherweise hockten sie um diese Zeit beim Hirscher zusammen. Allesamt dahergelaufene Lumpen, denen man grundsätzlich besser aus dem Weg ging. Abgerissene, verschlagen dreinblickende Gesellen, die in schäbigen, mehrfach geflickten Hosen steckten, schmutzige Hemden trugen und denen die fadenscheinigen Jacken übergroß an den ausgemergelten Leibern hingen. Elisabeth warf einen Seitenblick zu Karl Leiner, doch den schienen diese zerlumpten Gestalten nicht zu beunruhigen.

»Ist dem Hirscher das Bier ausgegangen?«, fragte er bissig. »Oder was treibt euch auf die Straße?«

Ihre Unterhaltung mit Vroni war nicht unbemerkt geblieben, erkannte Elisabeth. Anscheinend konnte man durch die verdreckten Fenster des Wirtshauses doch noch etwas sehen.

»Wär gescheiter gewesen, der Herr Wachtmeister hätte gleich auf uns gehört. Jetzt hatte der Heinrich genug Zeit gehabt, sich zu verstecken oder gar die Flucht anzutreten«, begann einer der Taugenichtse.

»Aber unser Angebot steht, wir können ihn gern für Sie suchen.« Offensichtlich hatten die Männer, obschon schwer angetrunken, verstanden, worum es in dem Gespräch mit der Wirtstochter ging.

»Womöglich gibt es sogar eine Belohnung«, mutmaßte ein anderer.

»Untersteht euch! Keiner tut dem Buben was!«, herrschte die Vroni ihre Wirtshausgäste an.

»Wie ich draußen beim Schiffen war, hab ich genau gehört, dass die Vroni zum Heini gesagt hat, er soll sich ja nicht blicken lassen, solange die Gendarmerie da ist«, petzte der, der als Erster das Wort ergriffen hatte. »Das ist noch keine halbe Stunde her. Schau, dass du verschwindest, hat sie zu ihm gesagt, weil sie dich sonst verhaften.«

»Alles gelogen«, plärrte die Vroni, der innerhalb von Sekunden Tränen in den Augen standen.

»Außerdem hat der Hiasl gehört, was der Doktor Weishäupl zum Herrn Wachtmeister gesagt hat. So in der Art, dass der Heinrich sich gut als Mörder eignen tät.«

»Das reicht jetzt!« Mit aller Autorität, die er aufzubringen vermochte, gebot der Major den Männern, sich unverzüglich zu entfernen. Widerwillig und zögerlich trollten sie sich Richtung Wirtshaus. Veronika Hirscher schloss sich mit etwas

Abstand den Zechern an und eierte ihnen mit ihren vollen Wassereimern hinterher.

Elisabeth sah ihm an, dass er mit der Entwicklung seiner Untersuchung nicht zufrieden sein konnte.

»Ich rede jetzt mit dem Pfarrer«, ließ er sie wissen, da sie mit ihm am Dorfbrunnen zurückgeblieben war. »Wenn Sie möchten, können Sie mit den anderen Frauen im Klassenzimmer auf mich warten. Oder eben beim Hirscher, falls Sie sich das antun wollen.«

»Ich wüsste nicht, was schlimmer ist«, erwiderte sie, keineswegs im Spaß. Wenn er so aufmerksam war, wie es sein Beruf verlangte, würde er ohnehin bald dahinterkommen, dass sie bei den Weibern im Dorf keinen guten Stand hatte. »Außerdem dachte ich, ich sollte den Heinrich suchen.«

Er schüttelte den Kopf. »Besser nicht. Nach dem Vorfall eben kann ich nicht mehr garantieren, dass sich dieses angetrunkene Lumpenpack nicht doch aufmacht, um den Buben aufzustöbern. Und in dem Zustand, in dem sich diese Männer befinden, ist ihnen alles zuzutrauen. Mir wäre es arg, wenn Sie sich dabei in Gefahr bringen.«

27

Ihre Blicke trafen sich. Lange genug, dass man es für unschicklich halten konnte. Es war der Major, der als Erster wegschaute, sich dann hastig umdrehte und mit forschem Schritt um die Friedhofsmauer herum aufs Kirchenportal zustrebte. Sie sah ihm nach, bis er um die Ecke gebogen war. Vor dem Wirtshaus hatten sich nun schon einige Leute versammelt. Scheinbar schaffte es der Ortsvorsteher tatsächlich, all diejenigen pünktlich zusammenzutreiben, die der Major zu sprechen wünschte. Sie zögerte. Dachte an den Heinrich und hoffte darauf, dass er sich nicht aus seinem Versteck rührte. So, wie er es auch lange Jahre in seiner Kindheit getan hatte, eingepfercht in den Verschlag unter der Treppe. Sie stellte fest, dass Heinrichs Schicksal ihr ans Herz ging. Mehr, als der Tod ihres Mannes es tat. Nicht eine einzige Träne hatte sie bis jetzt wegen Wilhelm vergossen. Was war davon zu halten? Sie scherte sich nicht darum, was die Dörfler deswegen über sie dachten. Oder ihr Schwiegervater. Oder der Pfarrer. Oder der Major. Obwohl, beim ihm machte sie eine Ausnahme. In der Tat interessierte es sie, was Karl Leiner über die Witwe dachte, die nicht in Trauer aufgelöst daheim im Herrgottswinkel oder in der Kirchenbank hockte und einen Rosenkranz nach dem anderen für ihren verstorbenen Mann betete. Ja, seine Gedanken würde sie schon gerne hören, gestand sie sich ein. Aber sonst? Sonst fragte sie sich im Moment lediglich, was sie von sich selbst zu halten hatte.

Hexe!

Es war der Wind, der ihr die Entscheidung erleichterte, sich endlich in Bewegung zu setzen. Denn mit einem Mal blies er kalt und heftig über den Dorfplatz und fegte selbst die Raben von der Friedhofsmauer. Die schwarzen Vögel erhoben sich krächzend und ließen sich davontragen, um die Kirche herum und hin zum Berg. Elisabeth zog sich die Strickjacke enger um die Schultern.

Klassenzimmer oder Wirtshaus?

Sie entschied sich für Letzteres. Auch weil die Gespräche dort wohl deutlich aufschlussreicher waren als das nichtssagende Gegacker der Dorfweiber.

In der Gaststube herrschte bereits Gedränge. Die Luft war zum Schneiden dick. Das Stimmengewirr ein heilloses Durcheinander, auch wenn ihr Erscheinen für eine kurze Unterbrechung des Lärms sorgte. Aber das währte nur ein, zwei Atemzüge, dann schwollen das Palaver und Gelächter zu neuer Lautstärke an.

Selbstredend waren nicht nur jene in der Gaststube erschienen, die Georg Leiner auf Geheiß seines Neffen zusammengetrommelt hatte, sondern auch einige andere aus dem Dorf und der Umgebung. Darunter auch die zerlumpten Zecher von vorhin. Sie erkannte ihre verhärmten, unrasierten Gesichter und erschauerte erneut unter ihren lüsternen Blicken. Hier wussten alle, dass das Spektakel, das Wilhelms Tod nach Talberg gebracht hatte, hier und jetzt seine Fortsetzung fand, und das wollte sich keiner entgehen lassen.

Mitten in dem Getümmel fuchtelte der Ortsvorsteher erfolglos herum, vergeblich darum bemüht, Ordnung zu schaffen.

»Was suchst du denn hier?«, fauchte Franz Hirscher sie von der Seite her an. Er hatte je vier volle Bierkrüge in seinen Wirtspranken. Schaum lief ihm über die Finger und tropfte von dort auf die mit Sägespänen eingestreuten Dielenbretter. Elisabeth stellte sich ihm in den Weg, und er musste abrupt bremsen, sodass noch mehr Bier aus den Krügen schwappte.

»Falls du es vergessen hast, es geht um meinen Mann«, konterte sie angriffslustig.

Franz Hirscher knirschte mit den Zähnen. »Als hättest du dich jemals für was anderes als für sein Geld und sein Ansehen interessiert. Und jetzt geh mir aus dem Weg, du gottloses Weib!«, verlangte er. Sie blieb zwei weitere Herzschläge stehen, ehe sie zur Seite wich. Die Szene führte zu neuem überlauten Gelächter, was dem Hirscher noch mehr Röte in das feiste Gesicht trieb.

Elisabeth drängte sich zwischen den Knechten ihres Schwiegervaters hindurch, die in der Nacht mit ihr auf dem Berg gewesen waren, und suchte sich einen Platz an einem der Fenster, in der Hoffnung, dass dort ein klein wenig frische Luft von draußen hereinzog.

Immerhin konnte sie aus dieser Ecke heraus alles recht gut überblicken. Sie verfolgte, wie Georg Leiner zu erklären versuchte, dass die Verhöre der Zeugen in dem von Franz Hirscher zur Verfügung gestellten Nebenraum erfolgten. Da er aber nicht angeben konnte, in welcher Reihenfolge der Polizeimajor diese durchzuführen wünscht, wurden alle angehalten, hier in der Gaststube auszuharren, bis sie aufgerufen wurden. Nach dieser Ankündigung wurden noch mehr Stimmen laut, und es hagelte Proteste. Diejenigen, die eine Arbeit zu verrichten hatten, wollten diese nicht zu lange warten lassen. Die, die keine hatten, maulten aus Solidarität.

Den Wirt selbst schien es zu freuen, dass ihm die Ermittlungen zu Wilhelms Tod ein volles Haus mit Gästen bescherte, die ausnahmslos einen guten Bierdurst mitbrachten. Allerdings zog er auch immer wieder eine dermaßen griesgrämige Miene, dass die Gefahr zu bestehen schien, das Bier könnte davon sauer werden.

Ein Teil der ins Wirtshaus Abkommandierten stand noch unschlüssig herum, während andere bereits an den Tischen saßen und nach mehr Bier sowie dem einen oder anderen Schnaps verlangten. Draußen schienen die Wolken nun endgültig den Himmel eingenommen zu haben, was sich auf die Lichtverhältnisse im Schankraum auswirkte. Die Elektrifizierung des Ortes reichte bislang nur bis zum Haus des Bäckers. Auf der anderen Straßenseite war außerdem eine Leitung zum Schul- und zum Pfarrhaus gespannt worden. Natürlich hatte der Waldbauer darauf beharrt, dass auch sein Hof mit Strom versorgt wurde. Bis zum Ende des Dorfes und damit dorthin, wo das Wirtshaus und der Hirscher-Hof standen, waren die Arbeiten, die von den Ostbayerischen Stromwerken in Auftrag gegeben wurden, noch nicht vorgedrungen. Daher half man sich im Wirtshaus nach wie vor mit Petroleum- und Karbidlampen aus. Doch noch sah Franz Hirscher keinen Anlass, die Gaststube zu erhellen, weshalb die Gesellschaft zunehmend im Halbdunkel verschwand, zu dem die verrauchten Wände das Übrige beitrugen.

Als ein weiteres Mal die Türe aufgestoßen wurde, betraten Josef und Johannes Steiner die Gaststube. Ihr Erscheinen sorgte erstmalig für eine Ruhe, die ein wenig länger Bestand hatte. Gespräche wurden mitten im Satz unterbrochen, das Klirren der Bierkrüge verstummte, ebenso die Rülpser und das Gelächter. Es war ihr einarmiger Schwager, der Elisabeth sofort ausmachte und ihr einen hasserfüllten Blick zuwarf. Doch dann schob ihn sein Vater zu einem Tisch, an dem noch Platz war, ganz als hätte man ihn für sie frei gehalten. Elisabeth war sich noch unschlüssig, was es bedeuten mochte, dass sich selbst der Waldbauer dazu herabgelassen hatte, der Aufforderung des Gendarmen zu folgen. Andererseits war er derjenige gewesen, der persönlich dafür gesorgt hatte, dass die Polizei ins Dorf kam, und nun musste er auch seinen guten Willen gegenüber der kriminalistischen Ermittlung zeigen. Elisabeth hielt das Ganze nach wie vor eher für ein perfides Spiel ihres Schwiegervaters als für ernsthafte Wahrheitssuche. Eine dunkle Vorahnung beschlich sie, die sie jedoch nicht richtig fassen konnte. Erst recht nicht hier, wo es viel zu laut war und nach ungewaschenen Männern stank. Es war ein ausgesprochen unangenehmer Ort, der sämtliche Kräfte der Natur, die ihr sonst so zugetan waren, auszusperren schien.

Kaum saß Josef Steiner auf seinem Stuhl, reichte ihm Franz Hirscher ein Bier, das der Waldbauer mit einem süffisanten Grinsen entgegennahm. Sogleich hob er den Humpen und prostete in die Runde. »Auf unser schönes Talberg!«, rief er, und die Anwesenden stimmten ein.

»Aufs schöne Talberg!«, tönte es wie aus einer Kehle.

»Und dass unser Herr Polizeimajor bald zu einem Abschluss seiner Untersuchung kommt«, fügte der Waldbauer hinzu, was neues Gejohle unter den Anwesenden auslöste.

Nachdem alle ihre Krüge an die Lippen geführt und ausgiebig getrunken hatten, wandten sich die Männer wieder ihren Gesprächen zu. Beinahe gleichzeitig begann man sich auch erneut zu beschweren, dass von einem verlangt wurde, hier auf unbestimmte Zeit zu warten. Als käme es einer unerträglichen Strafe gleich, mit einem Bier vor der Nase im

Wirtshaus sitzen zu müssen. Auch die Spitze, die der Waldbauer in Richtung des Polizisten losgelassen hatte, zeigte Wirkung. Schnell ging die Frage durch den Raum, wo er denn überhaupt steckte, der Herr Wachtmeister.

Georg Leiner versuchte indessen sein Bestes, die Gemüter zu besänftigen. Auch im Sinne des Verstorbenen und seiner Angehörigen, wie er sagte. Eine Bitte, die allerdings nach hinten losging, als der alte Steiner klarstellte, dass er keine Zeit für geduldiges Ausharren habe, da auf dem Hof und im Wald eine Unmenge an Arbeit auf ihn wartete. Er gehöre keinesfalls zu denen, die es sich leisten könnten, den Tag im Wirtshaus zu verbringen. Damit zwang er den Ortsvorsteher in die Defensive, und die Lautstärke in der Gaststube schwoll noch einmal an. Elisabeth, die still in der Ecke ausharrte und darauf bedacht war, möglichst unauffällig zu bleiben, überkam der Gedanke, dass sie zusammen mit all diesen Männern in einem Pulverfass steckte. War Karl Leiners Plan, alle hier auf einen Haufen zu versammeln, wirklich so gut durchdacht? Es war doch vorherzusehen, dass es in der aufgeheizten Stimmung nicht mehr allzu lang dauern würde, bis man sich gegenseitig Anschuldigungen an den Kopf warf. Vielleicht gerade weil Josef Steiner mit im Raum hockte. Wer im Dorf wollte schon mit dem Waldbauern über Kreuz geraten? Sicher schien es dem einen oder anderen ratsam, einen Verdächtigen zu benennen, um seine Loyalität gegenüber dem Großbauern kundzutun. Einen zu benennen, den man für den Tod von Wilhelm verantwortlich machen konnte, würde womöglich nicht nur wieder für Ruhe in Talberg sorgen, sondern auch dazu beitragen, sich dem Steiner gegenüber in ein gutes Licht zu rücken. Und womöglich ganz nebenbei den eigenen Hals zu retten.

Elisabeth kam mit sich überein, das Weite zu suchen, sobald erste Namen genannt wurden. Vor allem, weil sie sich denken konnte, dass einige dabei auch wieder auf Heinrich Hirscher und seinen Groll gegen seinen ehemaligen Lehrer hinweisen würden.

Bevor jedoch irgendetwas in dieser Art passieren konnte, stand mit einem Mal der Major in der Tür, und auch sein Auftritt sorgte für Schweigen. »Weiß jemand, wo der Pfarrer ist?«, fragte er laut in die Runde.

28

»Steckt bestimmt in einem von seinen Beichtstühlen, unser Dorfmessias«, tönte es nach zwei, drei Sekunden gebannter Stille.

»Oder in der Pfarrersköchin«, ergänzte ein anderer, was mit brüllendem Gelächter kommentiert wurde. Nun wurde nach mehr Bier und Schnaps verlangt, und einer schlug ein Kartenspiel vor. Dem Polizisten gelang es nicht mehr, sich erneut Gehör zu verschaffen, selbst als er sich mitten in die Gaststube stellte, laut auf den Fingern pfiff und dem Hirscher untersagte, weiter auszuschenken. Was prompt noch mehr Aufruhr zur Folge hatte. Die Männer verstummten erst, als der Waldbauer aufstand und gebieterisch die Hand hob.

»Nun, Major Leiner, Sie haben uns hierherbestellt, und wir sind bereitwillig gekommen, aber Ihnen fällt nichts Besseres ein, als uns hinzuhalten. Sofern Sie also nicht selbst vorhaben, die Beichte abzulegen, wüsste ich nicht, womit unser Herr Pfarrer Ihnen behilflich sein kann. Also, statt hinter dem Rockzipfel unseres Geistlichen herzujagen, tun Sie endlich Ihre Arbeit, damit wir alle wieder an unser Tagwerk zurückkehren können.«

Karl Leiners Einwand ging im Beifall und Jubel unter. Elisabeth sah, wie seine Schultern nach vorne sackten. Wie er sich dem Willen Josef Steiners fügte, der das von allen im Dorf gewohnt war. Der Polizist nickte, und der alte Steiner sorgte mit einer Geste erneut für Ruhe.

»Wo ist der Schmidinger, der die Leiche gefunden hat?«, fragte der Major; er klang um einiges weniger kraftvoll. »Mit dem rede ich zuerst.«

Das Stimmengewirr wuchs wieder an. Köpfe drehten sich. Schultern zuckten.

»Ich bin statt seiner hier«, rief jemand aus der hintersten Ecke, dort, wo das spärliche Licht nicht mehr hinreichte.

»Papa?«, entfuhr es Elisabeth, die sofort die Stimme ihres Vaters erkannte. Sie hatte ihn bislang nicht bemerkt, so als hätte er sich hinter ihrem Rücken ins Wirtshaus geschlichen und sich seitdem klein gemacht, um nicht erkannt zu werden. Für ein paar stille Augenblicke hatte Elisabeth alle Aufmerksamkeit für sich.

»Statt seiner? Was soll das?«, fragte der Major, nun wieder laut genug, um Respekt einflößend zu klingen. »Herr Wegebauer, waren Sie denn gestern auch dabei, als die Leiche von Wilhelm Steiner aufgefunden wurde?«

Elisabeths Vater erhob sich und schüttelte den Kopf.

»Dann nützt mir Ihre Anwesenheit überhaupt nichts. Abgesehen davon, dass Sie mir jetzt eine einfache Frage beantworten werden! Wo ist Ihr Knecht?«

»Er wollte rüber ins Österreichische. Mehr weiß ich nicht.«

»Während es noch ein Haufen Arbeit zur Vorbereitung auf den Winter gibt, lässt du deinen einzigen Knecht einen Ausflug über die Grenze machen?«, hakte der Waldbauer ein, der sich noch nicht wieder niedergelassen hatte.

»Er war nicht aufzuhalten«, erklärte ihr Vater, klang dabei jedoch alles andere als überzeugend.

Elisabeth musste sich beherrschen, um ihm nicht über sämtliche Köpfe hinweg zu widersprechen. Hatte ihr doch der Flori erzählt, ihr Vater selbst hätte ihn fortgeschickt, weil er keine Schwierigkeiten haben wollte. Was stimmte denn nun? Gleichzeitig ärgerte sie sich, dass ihr Vater keine bessere Erklärung für die Abwesenheit seines Knechts vorbrachte. Ihre Gedanken rasten. Warum hatte er den Florian fortgeschickt? Weil der mehr gesehen hatte, als er hätte sehen dürfen? Was war gestern Nacht dort oben auf dem Berg wirklich passiert? Und warum hatte sie heute Morgen bei der Pferdekoppel, als sich die Gelegenheit bot, nicht genauer nachgefragt?

Nach einigen Sekunden lauernden Schweigens regten sich wieder erste Zwischenrufe.

Erneut war es der alte Steiner, der diese mit einer kleinen Geste unterband. Vor allem, weil er selbst etwas zu sagen hatte. Dabei sprach er Karl Leiner direkt an. »Nun, Herr Major, erscheint das Verhalten vom Schmidinger nur mir undurchsichtig, oder ergeht es Ihnen genauso?«

»Bislang habe ich den Schmidinger lediglich als wichtigen Zeugen erachtet. Sein unverhofftes Verschwinden macht ihn aber in der Tat zu einem Verdächtigen«, bestätigte der Polizist und wandte sich dann wieder direkt an Elisabeths Vater. »Wenn Sie mir nicht noch mehr zu Ihrem Knecht sagen können, lasse ich augenblicklich die Fahndung nach ihm einleiten.«

Elisabeth musste sofort daran denken, dass es vor einer Stunde keine Telefonverbindung mehr gegeben hatte. Wie wollte der Major da eine Fahndung bewerkstelligen? Und noch etwas beunruhigte sie. Plötzlich wusste sie, dass da noch einer fehlte, der gestern mit ihr durch die Sturmnacht gezogen war. Am liebsten hätte sie den Ortsvorsteher aufgefordert, die

Liste der Namen durchzugehen, um die Anwesenheit aller zu prüfen, da er offenbar nicht selbst draufgekommen war. Doch der nervöse Lärm ihrer Überlegungen wurde von etwas viel Lauterem übertönt.

»Auf geht's, Burschen, stöbern wir den Sauhammel auf!«, schrie einer in die Runde, und mehrere Männer sprangen mit ihm auf.

»Weit kann er noch nicht sein«, meinte ein anderer. »Den kriegen wir, selbst jenseits der Grenze.«

Schnell meldeten sich weitere Männer, die sich zu einem Suchtrupp formieren wollten.

»Das ist allein Sache der Polizei«, rief Karl Leiner, aber dieser mehrfach vorgebrachte Einwand ging in dem Geschrei der Bauern, Knechte und Arbeiter unter, die sich nun allesamt als Ordnungskräfte sahen und sogar bereit schienen, ihr Bier stehen zu lassen, um sofort loszustürmen.

Wieder hob der Waldbauer gebieterisch die Hände und hatte nach wenigen Sekunden die Aufmerksamkeit aller Anwesenden. »Halt, halt! Bevor wir aufbrechen, um den Schmidinger zurückzuholen, sollten wir uns doch fragen, warum der Wegebauer seinen Knecht so einfach hat ziehen lassen! Gerade so, als hätte er selber was zu verbergen.«

Bleierne Stille.

Elisabeth fuhr ein Stich ins Herz, und sie presste sich noch enger an die Holzvertäfelung in ihrem Rücken.

Doch es waren nicht die krakeelenden Stimmen der Männer, die diese Stille zerrissen. Es war die Tür zur Gaststube, die so heftig aufgestoßen wurde, dass sie gegen den nächsten Tisch krachte. Im Türrahmen stand Michael Steiner, der jüngste Sohn des Waldbauern, schwer atmend, mit rotem Kopf und Schweiß auf der Stirn.

»Der H-H-Heinrich«, japste er.
Alle Augen im Schankraum starrten ihn an.
»Was ist mit meinem Buben?«, fragte die Vroni bleich in diesen gespenstischen Moment hinein, als alle wie zu Eis gefroren schienen.
»Oben ... am Turm«, presste der jüngste Steiner-Bub heraus. »Da hängt er.«

BUCH JOHANNES

1
JOHANNES

Er hatte im Nebel gelebt. Lange Zeit und ohne es zu merken. Man konnte auch sagen, er war erst vor Kurzem erwacht. Jetzt sah er klar. Wenigstens meistens. Sein Blick war so ungetrübt wie die Luft an jenen Tagen, da man vom Veichthiasl bis zu den Alpen sehen konnte. Eine Fernsicht, die selbst ihn bisweilen demütig werden ließ, vor so viel höheren Bergen als dem ihren. Welche Macht die erst haben mussten über die Menschen, die am Fuße jener Giganten lebten.

Was den Veichthiasl anging, besagte eine Legende, dass man auf dem Gipfel einst eine Kirche hatte errichten wollen. Nachdem Fürstbischof Wenzeslaus von Thun im 17. Jahrhundert die Besiedelung der Region zwischen Friedrichsberg und Dreisessel freigegeben hatte, hielt sich einige Jahrzehnte lang der Wunsch, die markante Erhebung in deren Mitte mit der Errichtung eines Gotteshauses zu krönen, als weithin sichtbares Symbol des einzigen und wahren Glaubens. Während sich unten am Berg die ersten Wagemutigen ansiedelten, die mit Gottes Segen und wankender Zuversicht Jahr um Jahr ihren Feldern karge Erträge abrangen oder sich mit der Arbeit im Wald und in den Steinbrüchen abplagten, blieb der Gipfel ein weiteres Vierteljahrtausend unbebaut. Gerade so, als hätte der Berg etwas dagegen, ein christliches Zeichen in den Himmel zu heben. Stattdessen sollte es, wenn es nach Ortsvorsteher Leiner und der Partei ging, demnächst eine Hakenkreuzflagge sein, die auf der Turmspitze im Wind wehte.

Heinrich Hirscher, der vor knapp eineinhalb Jahren unter zweifelhaften Umständen mitgeholfen hatte, den Turm zu errichten, hing nicht an der Turmspitze. Er baumelte weiter unten. Der Strick, der sich um seinen dicken Hals schlang und ihm dabei tief ins Fleisch schnitt, war an einem der Querbalken befestigt, die den ersten Absatz der Holztreppe trugen. Wieder ein Hirscher weniger, dachte Johannes, ohne dass ihm dieser Umstand sonderlich naheging.

»Ein Schuldeingeständnis«, murmelte der Alte neben ihm. Laut genug, dass alle Umstehenden es hören konnten.

Johannes' Vater tat selten etwas unüberlegt, selbst wenn es sich nur um eine scheinbar beiläufige Bemerkung handelte. Der Polizeimajor warf einen tadelnden Blick in ihre Richtung. Der Leiner-Neffe hatte sich von den Anwesenden Abstand zum Turm erbeten und näherte sich nun mit weit ausholenden Schritten und in einem Halbkreis dem Erhängten, als durchquere er ein mit Stacheldraht abgestecktes Minenfeld. Dabei hatte der Polizist sicher keine Ahnung, wie es in Wirklichkeit war, sich über solches Gelände zu bewegen. Soweit Johannes wusste, hatte Karl Leiner nicht im Krieg gekämpft, auch wenn er vermutlich das Alter dafür gehabt hatte. Wieso war dem Major wohl diese Erfahrung erspart geblieben? Diese schmerzhafte, schreckliche Erfahrung, die er selbst hatte durchleiden müssen, gerechtfertigt mit jener Lüge von Patriotismus und Ehre ...

Sie hätte ihm nicht geschadet, dachte Johannes bitter. Mehr noch, er hätte sie ihm sogar gewünscht. Nicht allein die grauenvollen Schlachten, die Nächte in den Schützengräben, den stets eiskalten Schlamm, der nachts in einen hineinkroch und tagsüber zu einer tönernen Kruste auf der Haut aushärtete. Auch die Stacheldrähte, die Granateinschläge. Überhaupt, das immerwährende Artilleriefeuer. Die Schreie der Kameraden. Und ganz besonders den Schmerz einer Verwundung. Diesen Schlächter von einem Lazarettarzt, der kein Morphium mehr herausgab, weil er es für sich selbst brauchte. Ja, das alles wünschte Johannes diesem wichtigtuerischen Polizisten, so wie er diese Qualen jedem an den Hals wünschte, den der Krieg verschont hatte. Auch seinem Bruder. Ja, auch den hatte er bisher nie ausgenommen, wenn er diejenigen verfluchte, die nicht dasselbe Leid wie er selbst hatten ertragen müssen. Ein Leid, das ihn in den meisten Nächten immer noch heimsuchte.

Aber Wilhelm war tot. Die Höllenqualen, die Johannes sich für ihn oft ausgemalt hatte, würde er nun ohnehin erfahren. Nicht sein zerschmetterter Leib, aber seine Seele – sofern er überhaupt je eine gehabt hatte. Johannes war sich da nicht so sicher. Nicht bei Wilhelm, nicht bei seinem Vater und auch nicht bei Michael. Ob die Steiners überhaupt jemals so etwas besessen hatten, darüber war er mit sich im Zwist. Vielleicht hatte irgendeiner seiner Vorfahren seine Seele und gleichzeitig die aller Nachkommen an den Teufel verschachert. Für Ruhm und Reichtum, Ansehen und Macht oder schlicht für dieses Stück vermaledeites Land, das sie seit Generationen bewirtschafteten.

Von sich selbst wusste er jedenfalls mit Gewissheit, dass er über keine Seele mehr verfügte. Und dieser Umstand beunruhigte ihn immer weniger, je mehr Zeit verstrich, seit er sie unwiederbringlich verloren hatte. Zusammen mit seinem linken Arm, dem herzseitigen, den ein Granatsplitter zerrissen hatte. Unrettbar, wie der Lazarettarzt ihm mitteilte, als er willenlos und im Fieberwahn auf der Pritsche lag, eingehüllt von Schreien und einer tränentreibenden Mischung aus Kampfer und dem Gestank nach altem Blut, fauligem Fleisch und Fäkalien. Völlig unfähig zu irgendeiner Reaktion, bevor die Knochensäge angesetzt wurde, drei Zentimeter unterhalb des Schultergelenks.

Niemand, auch nicht der Pfarrer, hatte ihm jemals verraten, dass die Seele im linken Arm wohnte. Er fragte sich, ob das außer ihm überhaupt jemand wusste. Vielleicht steckte sie auch bei jedem Menschen in einem anderen Körperteil. Und bei manchen in einem so unscheinbaren, dass es nicht auffiel, wenn es fehlte.

Johannes schalt sich, weil er seine Gedanken nicht besser beieinanderhalten konnte. Erst gut zwölf Stunden waren vergangen, seit er zuletzt hier oben gewesen war. Zusammen mit einigen anderen. In ähnlicher Mannstärke wie jetzt, wenn man so wollte. Und wie es aussah, würde auch der Regen bald wieder einsetzen, so wie es schon in der Nacht der Fall gewesen war. Der Berg und dieser verfluchte Turm darauf waren wie ein Magnet, der einen beständig anzog. Nun, diesmal verlangte die Anwesenheit des Polizisten mehr Sorgfalt in der Behandlung des Ortes, an dem jemand den Tod gefunden hatte. Darüber hatte in der vergangenen Sturmnacht niemand nachgedacht. Darüber, dass Spuren vernichtet und unbrauchbar gemacht wurden, wenn ein Dutzend Paar Stiefel darauf herumtrampelten. Aber das konnte ja durchaus auch beabsichtigt gewesen sein. Also, wer hatte entschieden, dass es so viele sein mussten? Sein Vater, gab er sich selbst die Antwort, verwarf aber seine Theorie, noch bevor er sie zu Ende gedacht hatte. Der Alte hatte keinen Grund, Spuren zu vernichten, denn es verlangte ihn ja danach zu erfahren, wie Wilhelm umgekommen war.

Oder liege ich damit falsch? Wie eh und je fühlte er sich hin- und hergerissen. Die Emotionen, die in ihm mahlten und brodelten, machten es ihm stets schwer, einen klaren Kopf zu behalten. Dazu quälten ihn höllische Schmerzen in seinem Arm. In dem, den er nicht mehr hatte.

Gerade steckte Major Leiner seinen handtellergroßen Schreibblock, auf dem er fortwährend etwas notiert hatte, in die Manteltasche und kam auf sie zu. Offenbar hatte er genug gesehen. Sein Blick wanderte von einem Mann zum anderen. Die meisten, die mit heraufgekommen waren, senkten verlegen die Köpfe.

»Wo ist Michael?«, herrschte der Polizist die Runde an. Der Alte sah überrascht neben sich, wo sein Jüngster eben noch gestanden hatte. Auch Johannes war nicht aufgefallen, dass Michl sich verzogen hatte. Still und heimlich.

»Können wir ihn abschneiden?«, fragte der Hirscher dazwischen, heftig schnaubend wie ein Gaul, der eben einen Baumstamm von zwanzig Metern Länge aus dem Wald gezogen hatte. Johannes vermutete, dass es der rasche Aufstieg hier herauf war, der ihm nach wie vor den Atem raubte, und weniger der Anblick seines strangulierten Enkels.

»Noch nicht«, sagte der Polizist, ohne den Alten aus den Augen zu lassen. Sie starrten einander an, bis Leiner sich abwandte.

»Ich muss mir noch das Seil anschauen«, sagte er und ging hinüber zur Treppe. Johannes beobachtete ihn dabei, wie er bedächtig Stufe für Stufe nahm, als erwartete er auf

Schritt und Tritt eine Gefahr. Wahrscheinlich hielt der Major auf seinem Weg hinauf nach etwas Verdächtigem Ausschau. Das lernte man wohl so beim Polizeikorps – eher das als den Umgang mit der Waffe.

Johannes hatte ausprobiert, mit seinem verbliebenen Arm zu schießen. Mit dem Gewehr war es unmöglich, und eine Pistole hatten sie nicht im Haus. Auch bei Major Leiner hatte er noch keine Waffe gesehen. Vielleicht trug er sie gut verborgen unterm Mantel. Oder der Polizist meinte, dass er keine brauchte. Dass er mit den Leuten aus dem Dorf auch so fertig wurde. Selbst mit demjenigen unter ihnen, der ein Mörder war. Der Wilhelm vom Turm gestoßen und diesen hohlköpfigen Hirscher-Buben aufgehängt hatte. Johannes stellte fest, dass er der Meinung seines Vaters nicht folgen konnte. Er glaubte nicht daran, dass Heinrich den Tod seines Bruders verschuldet hatte.

Aber das war nur ein Bauchgefühl, und natürlich würde er das Maul halten. Sollten sie es doch diesem Dorftrottel anlasten, dachte er. Er würde schön schweigen.

2

Unverhofft tauchte der Priester inmitten der Gruppe auf, die nach der Verkündung des grausamen Funds in aller Eile vom Wirtshaus aus aufgebrochen war. Johannes hatte nicht darauf geachtet, dennoch war er sicher, dass der Mann nicht von Anfang an dabei gewesen war. Wo kommt der Pfaffe auf einmal her?

Und hatte der Polizist vor einer Stunde nicht noch nach dem Priester gesucht? Jemand musste dem Geistlichen die neue Schreckensnachricht zugetragen und ihn damit auf den Berg gelockt haben. Er schüttelte den Kopf, konnte sich nicht erklären, warum ihn das Erscheinen von Viktor Schauberger überhaupt beschäftigte. Es gab Wichtigeres. Vielleicht sollte er diese Ablenkung einfach dafür verwenden, sich ohne Einmischung seiner Schwägerin zu widmen. Ja, hier sollte er keine Zeit verstreichen lassen und endlich klarstellen, wie die Dinge von nun an liefen.

Obwohl er fest dazu entschlossen war, sie sich vorzunehmen, blieb er, wo er war. So wie sonst sein linker Arm oftmals ins Leere griff, weil er eben nicht mehr an seinem Leib hing, sein Verstand ihn jedoch trotzdem zu benutzen gedachte, waren es nun seine Beine, die nicht gehorchen wollten. Er schielte tatsächlich nach unten, um sich zu vergewissern, dass er sie noch hatte. Natürlich endeten sie wie gewohnt in seinen dreckverschmierten Stiefeln. Was reimte er sich da bloß wieder für einen Unsinn zusammen? Er musste sich endlich beherrschen, seinen Geist zügeln, bei der Sache bleiben. Durch Wilhelms Tod war etwas ins Wanken geraten, und es war wichtig zu wissen, wo er stehen sollte, wenn dieses Etwas in sich zusammenstürzte. So wie man bereit sein musste, wenn ein Baum gefällt wurde, und man die richtige Seite zu wählen hatte, um nicht erschlagen zu werden.

Major Leiner kam jetzt die Treppe wieder herunter. Er wählte vier Männer aus und befahl ihnen, den Toten abzunehmen. Dabei erteilte er genaue Anweisungen, vor allem auch, wie mit dem Seil umzugehen war, das den Hirscher-Buben erwürgt oder ihm gar das Genick gebrochen hatte. Johannes konnte selbst auf die Entfernung sehen, dass es mit einem fachmännischen Knoten versehen worden war. Einem Knoten, den hier viele knüpfen konnten. Alle, die es verstanden, mit Vieh umzugehen, das auf die Weide oder auch zum Schlachter geführt werden sollte. Er hätte geschworen, dass Tierhaare in diesen Strick verwoben waren und Kuhmist an ihm klebte, wie an Hunderten anderer solcher Stricke, die ringsum auf den Bauernhöfen zu finden waren. Doch dieser Polizeimajor stellte sich an, als hinge der Heini an irgendetwas ganz Besonderem. Er hasste diesen Wichtigtuer.

Dem Herrn sei's gedankt, wenigstens hatten sie die Weiber im Dorf gelassen. Vor allem die Vroni, die unten in der Wirtschaft schon losgeschrien hatte, als sein Bruder noch die Kunde über seine Entdeckung herausstammelte. Sich das Geplärre auch noch hier oben anhören zu müssen hätte seinen Nerven vermutlich den Rest gegeben. Plötzlich kam ihm ein Gedanke, der ihm noch weniger gefiel als die Vorstellung der greinenden Weiber über den neuen Toten. Der Michl ... Was hatte der eigentlich hier oben verloren? Hatte ihn der Alte nicht dazu abgestellt, auf dem Hof zu bleiben und sich ums Vieh zu kümmern? Arbeiten, welche die Knechte nicht erledigen konnten, weil der wichtige Herr Wachtmeister sie befragen wollte. Gerade so, als hätten diese hohlköpfigen Nichtsnutze auch nur irgendetwas zu berichten.

Seine Wut auf den Leiner-Neffen wuchs. Wenn er nur daran dachte, was sich dieser Mann anmaßte, Amtsperson hin oder her. Wie unverschämt er mit ihnen umsprang. Selbst mit dem Alten. Warum hatte der ihn nur antanzen lassen? Ohne das Zutun seines Vaters hätte es für die Polizeibehörde doch vermutlich keinerlei Anlass gegeben, Wilhelms Tod überhaupt zu untersuchen. Johannes schüttelte den Kopf. Es war allerdings nicht bloß das autoritäre Auftreten des Leiner-Sprösslings, das ihn so rasend machte. Es waren die Blicke, die seine Schwägerin diesem dahergelaufenen Wichtigtuer zugeworfen hatte. Das hatte er ganz genau gesehen, unten beim Hirscher in der Gaststube. Dieses kleine Miststück hatte den Kerl schon fast angehimmelt. Sein Bruder war noch nicht einmal einen Tag hinüber, schon machte sie einem anderen schöne Augen. Zum Teufel, das war es, was die Adern in seinen Schläfen wirklich zum Anschwellen brachte!

Die Leiche des Jungen lag inzwischen auf dem Boden, nicht unweit der Stelle, wo sie in der Nacht Wilhelm gefunden hatten. Der Polizist hatte sich über die Leiche gebeugt und tastete sie ab. Verstohlen schaute Johannes sich um, doch die, die neben ihm standen, glotzten geschlossen auf das Geschehen am Turm. Niemand würde seine Zornesröte bemerken. Dennoch war es besser, er beruhigte sich. Und zwar schnell, denn schon kam der Major auf sie zu, und er hatte gewiss nicht vor, sich verdächtiger als alle anderen zu benehmen.

»Brauchen Sie diesmal auch den Doktor, um die Todesursache zu klären?«, lästerte der Alte neben ihm.

Leiner blieb gelassen. »Wie kommen Sie darauf, Herr Steiner?«

»Nun, jetzt, da sich derjenige, der meinen Wilhelm in den Tod stieß, selber gerichtet hat, dürfte sich Ihre Arbeit bei uns ja erledigt haben.«

»Machen Sie es sich da nicht etwas zu leicht?«

»Wieso denn? Der Tod, den der Bub freiwillig gesucht hat, zeugt ja wohl vom Gegenteil.«

»Zügle bloß deine Zunge, Waldbauer!«, ging der Hirscher dazwischen.

Johannes sah, wie das Gesicht seines Vaters zu einem dreckigen Grinsen auseinanderlief.

»Tu nicht so, Hirscher, in Wahrheit bist du doch heilfroh, dass du diese Missgeburt los bist.«

»Es ist besser, wenn Sie sich nun allesamt wieder runter in den Ort begeben!«, ordnete der Gendarm an.

»Und wie wollen Sie diesen feisten Leib da ins Dorf schaffen, Herr Wachtmeister? Wollen Sie ihn etwa den Berg runterkugeln lassen?«, fragte der Alte süffisant.

Der Major funkelte ihn angriffslustig an, was ihn unter anderen Umständen für Johannes beinahe sympathisch gemacht hätte. Er kannte nicht viele, die sich seinem Vater so entgegenstellten.

»Ich denke, ich schaffe das mit den Männern, die mir vorhin zur Hand gegangen sind, um ihn herunterzulassen. Und wie ich sehe, hat sich ja nun auch der Herr Pfarrer eingefunden. Erneut kein freudiger Anlass, trotzdem bin ich froh, Sie endlich zu treffen, Hochwürden!«

Schauberger nickte kurz, faltete die Hände und legte die Fingerspitzen an sein rasiertes Kinn, so wie er es häufig tat, sicher ohne dass ihm diese Geste bewusst war. Auf ein Zeichen des Majors hin rückte der Pfarrer mit dem Polizisten ein paar Schritte von den anderen ab. Sogleich schob Johannes sich so unauffällig wie möglich in ihre Richtung.

»Hat er sich selbst erhängt?«, hörte er den Geistlichen leise fragen.

»Schaut nicht danach aus«, flüsterte der Major.

»Dann darf ich der armen Seele sicher zuerst die Sterbesakramente zukommen lassen, bevor wir weitersprechen, nicht wahr?«, fragte der Priester.

Der Major ließ auffällig lange den starren Blick auf dem Geistlichen ruhen, ehe er zur Seite trat und ihn vorbeiließ.

»Wir sollten ihn schleunigst nach unten schaffen, solange es noch Tag ist!«, rief der Hirscher dem Pfarrer hinterher, als machte es ihm tatsächlich etwas aus, nach allen Söhnen jetzt auch noch seinen Enkel verloren zu haben. Johannes wusste, dass diese Forderung ebenso an den Polizisten gerichtet war.

»Alles zu seiner Zeit«, stellte dieser klar. »Zuerst verschwinden alle, die hier oben nicht mehr gebraucht werden!« Diese Aufforderung galt eindeutig Johannes' Vater.

»Das ist mein Berg, und ich entscheide, wann ich wohin gehe, Herr Major«, konterte der Alte.

Leiner blieb unbeeindruckt. »Wir sehen uns nachher im Wirtshaus. Dort erscheinen Sie in einer Stunde mit Ihrem Sohn Michael!«

»Mit dem Michl? Warum?«

»Nun, weil es mich doch arg interessiert, was Ihr Jüngster hier oben auf dem Berg zu schaffen hatte, wo er doch bei der Zeugenbefragung beim Hirscher hätte sein sollen.«

3

Dass der Major im Michl nun einen Verdächtigen sah, damit hatte sein Vater nicht gerechnet. Entsprechend heftig war seine Wut, die sie während des Abstiegs begleitete. Johannes trottete neben ihm her, achtete aber nicht wirklich auf seine Fluch- und Schimpftiraden. Das, was der Tag an Licht noch übrig hatte, befand sie nun auf der anderen Bergseite. Es war deutlich kälter geworden, und man musste genau achtgeben, wohin man trat. Der starke Regen hatte Geröll freigespült, sodass sie immer wieder wegrutschten. Er nahm an, dass der Alte froh um seinen Stock war, auch wenn er stets darauf pochte, ihn nicht als Stütze zu benötigen. Wenn man nur noch einen Arm hatte, war es jedenfalls nicht so einfach mit dem Gleichgewicht. Doch er würde sich genauso wenig beschweren wie sein Vater. Denn das hätte geheißen, eine Schwäche einzugestehen, und das war eines Steiners nicht würdig.

Johannes überlegte, wie er den Michl allein zur Rede stellen konnte. Am besten noch, bevor der Alte es tat. Was hatte seinen einzig noch verbliebenen Bruder geritten, auf den Berg zu gehen? Wollte er womöglich sicherstellen, dass er nichts auf dem Turm gelassen hatte, was auf ihn zurückfallen konnte? Und zwar, wenn alle anderen einbestellt im Wirtshaus hockten? War der Michl letzte Nacht zusammen mit

Wilhelm auf dem Turm gewesen? Aber wenn ja – warum? Die beiden hatten selten etwas miteinander zu tun gehabt. Zwanzig Jahre trennten sie, da fand man in der Regel keine großen Gemeinsamkeiten. Johannes sah eigentlich nur einen Grund, wieso die zwei sich hätten austauschen sollen. Und zwar, um über die Erbfrage zu diskutieren. Dieser Gedanke trieb auch ihn selbst um. Nicht, dass sie bisher offen darüber gestritten hatten. Das hätten sie niemals gewagt. Wenn der Alte mitbekommen hätte, dass hinter seinem Rücken schon um den Hof geschachert wurde ... Da wäre keiner von ihnen heil davongekommen. Folglich hatten sie es zwischen sich nie offen angesprochen. Und eigentlich musste dem Jüngsten der Steiner-Söhne ja auch klar sein, dass es für ihn nicht viel zu erben gab. Ein paar Hektar Wald vielleicht, aber ganz gewiss nicht den Hof. Nicht, solange Johannes noch da war.

Und jetzt, da der Wilhelm hinüber war? Johannes ließ den Atem aus der Lunge strömen. War es nicht so gewesen, dass der Herr Lehrer ohnehin nichts haben wollte, wovon er dreckige Hände bekam? Freilich, den Hof hätte sein werter Herr Bruder schon genommen. Dann hätte er wohl gnädigerweise Johannes die Bewirtschaftung überlassen und einfach seinen Anteil an allem kassiert. Tatsächlich hatte es so auch der Alte bestimmt. Dafür hatte er in Wilhelm investiert. Er durfte zuerst aufs Gymnasium nach Passau, wo er bei einer Tante unterkam. Einer Schwester seiner Mutter, die selber kinderlos geblieben war. Sie kam ab und an auf Besuch, doch Johannes hatte sie noch nie gemocht. Sie war ihm schon immer zu affig gewesen. Meinte, sie sei was Besseres, nur weil sie in der Stadt wohnte. Und wie sie Wilhelm immer verhätschelt hatte! Er konnte sich gut vorstellen, wie das damals gewesen war, als die beiden unter einem Dach hausten. Wie er sich hatte bedienen lassen, sein werter Bruder – dem hatten sie es ja schon immer vorn und hinten hineingeschoben. Und dann später das Studium in München. Mit dem ganzen Geld, das der Alte ihm monatlich hatte transferieren lassen, ließ Wilhelm es sich vermutlich gut gehen, und alles lief genauso weiter wie in Passau.

Johannes war schließlich bloß der Einarmige. Der Krüppel. Der Notnagel. Wenn der Michl wirklich dahintersteckte, war sein Plan womöglich doch nicht so blöd. Zuerst den Wilhelm loswerden und dann den Bruder, der nur noch die Hälfte der Arbeit erledigen konnte, da ihm für mehr die zweite Hand fehlte ...

Johannes tat sich schwer, von seinem jüngeren Bruder so etwas zu glauben, aber er konnte es nicht ausschließen. Zumal er wusste, dass sein Vater ihm nicht zutraute, den Hof zu führen. Er hielt ihn für nicht schlau genug, so als hätte er im Krieg statt seines Arms den Verstand verloren. Mehrfach hatte Johannes ihn schon so reden hören. Dass er ihm weniger zutraute als dem Wilhelm. Oder sogar dem Michl. Der Krieg hat dich zu sehr durcheinandergebracht, Bub, hieß es manchmal. Das war wohl tröstend gemeint, aber in Johannes' Ohren klang es wie das genaue Gegenteil. Und der Krieg war ohnehin nur ein Vorwand für seinen Vater. Johannes konnte sich erinnern, dass er auch davor nicht so hoch in der Gunst des Alten gestanden hatte wie seine Brüder. Obwohl er damals noch über zwei gesunde Arme verfügte.

Der Michl ... Das Nesthäkchen, achtzehn Jahre jünger als er selbst. Ihre Mutter ging damals schon auf die vierzig zu, als der Nachzügler kam. Wenn es je ein Kind geschafft hatte, das Herz seines Vaters zu erweichen, dann war es der Michael. Er durfte all das, was den älteren Geschwistern nie erlaubt gewesen war. Wurde mit Nachsicht behandelt, bekam den weichsten Kanten Brot, den letzten Rest Wurst. So reifte der jüngste Bruder zu einem verzogenen Bürschchen heran, dem der Alte selbst jetzt noch schwer etwas ausschlagen konnte. Vielleicht also doch der Michl? Nur wie zur Hölle passte der Heinrich Hirscher zu alldem? Dieser Gedanke sorgte für zusätzliches Hirnsausen in seinem Schädel. Hatte Heini etwas beobachtet? Es war bekannt, dass der Zurückgebliebene sich auch gelegentlich auf dem Berg herumtrieb.

Aber halt – verfügte ein einzelner Mann überhaupt über die Kraft, diesen Brocken von Mensch mit einem Seil über den Querbalken in die Höhe zu hieven? Besaß der eher schmächtige Bruder dafür ausreichend Armschmalz? Wo er doch nicht einmal einen Baumstamm von zwei Metern Länge und dem Durchmesser von zwei Fäusten allein tragen konnte? Und wenn es ihm trotz allem gelungen wäre, warum sollte er dann sein Verbrechen vor allen Leuten im Wirtshaus verkünden? Weil man genau das nicht von einem Mörder erwartet, gab er sich zur Antwort und war dennoch unsicher. War Michael wirklich so gerissen?

Das waren einfach zu viele Spekulationen, um sie richtig zu sortieren. Auch weil ein Teil von ihm immer an dieses Miststück denken musste. Die war doch an allem schuld! Sie – und Wilhelm natürlich. Wilhelm, der immer gekriegt hatte, was er wollte. Wenigstens das war vorbei. Er hatte es ihm heimgezahlt. Auf die perfideste Art, die überhaupt möglich war. Für ein paar Sekunden lachte er in sich hinein und war froh, dass sein Vater einen halben Schritt vorausging und das Leuchten in seinen Augen nicht sehen konnte.

Endlich kam der Hof in Sicht. Im Stall brannte Licht. Michael und die Knechte fütterten sicher das Vieh, so wie es ihnen der Alte aufgetragen hatte. Diesmal konnte es sich der jüngere Bruder nicht erlauben, den Anweisungen des Alten nicht zu folgen.

Johannes hätte seinen Vater gerne gefragt, was er davon hielt. Von diesem Verdacht, den der Leiner-Neffe gegen Michael ausgesprochen hatte. Aber er traute sich nicht. »Glaubst du wirklich, dass es der Heini war, der den Wilhelm vom Turm gestoßen hatte? Und dass er sich deshalb aufgehängt hat«, fragte er stattdessen und hörte selbst, wie duckmäuserisch er klang. Das war immer so, wenn er sich an seinen Vater wandte, und dafür hasste er sich. Doch der Alte hatte ihn von klein an genau darauf abgerichtet. Dafür war sein Stock immer gut gewesen, oder einer der Lederriemen aus dem Pferdegeschirr. Oder was sein Vater sonst in Griffweite hatte, wenn es schnell gehen musste mit der Züchtigung.

Der Alte blieb stehen. Sah ihn an und schürzte die Lippen. Es war ein abfälliger Blick. »Wie soll einer, der keinen Verstand hat, begreifen, was er getan hat? Einer, der keine Schuld kennt, so wie ein Hund keine Schuld kennt, nachdem er dich gebissen hat. Benutz dein Hirn, Johannes, dann brauchst du keine so depperten Fragen stellen.«

Doch er konnte nicht anders, auch auf das Risiko hin, dass er sich wegen seiner dummen Fragerei einen weiteren Rüffel einfing. Oder gar eine Maulschelle. »Und doch lässt du die Leute glauben, dass du den Heinrich für schuldig hältst?«

Sein Vater blieb erneut stehen und wandte sich ihm zu. Johannes musste sich arg zusammennehmen, um nicht zurückzuweichen, auch weil von dem Alten eine unnatürliche Hitze auszugehen schien. Obwohl das sicher Einbildung war, trieb sie ihm den Schweiß aus den Poren. Der Grund, warum er dennoch nicht ein, zwei Schritte nach hinten machte, um sich dieser bedrohlichen Ausstrahlung zu entziehen, lag darin, dass er auch noch etwas anderes registrierte. Und das nicht zum ersten Mal. Was da in so scharfem Kontrast zu der immensen Kraft und Körperlichkeit stand, die der Waldbauer seit jeher verströmte, war Schwäche. Verfall. Die zwiespältige Empfindung, dass sein Vater nicht mehr unverwundbar war.

»Ich will, dass der Mörder sich in Sicherheit wiegt«, flüsterte sein Vater. »Wenn er glaubt, dass ihm keiner was anhaben kann, wird er unvorsichtig ... und dann kriege ich ihn zu fassen, das kannst du mir glauben, Bub. Ich krieg ihn, bei allem, was mir heilig ist.«

4

Er kam 1922 zurück. Da war der Krieg bereits seit vier Jahren Vergangenheit. Bislang hatte er niemandem auch nur ein Sterbenswort darüber verraten, wo er diese vier Jahre zugebracht hatte. Aus Scham. Aus Schmerz. Aus Wut. Er fand viele Gründe, um nicht darüber zu reden. Über die Gefangenschaft. Über das, was danach kam.

Im Lager hatten sie ihm seinen Rang gelassen, in den man ihn mit seinen neunzehn Jahren im bayerischen Heer kurz vor seiner Gefangennahme noch befördert hatte. Gefreiter Steiner. Er fand nie eine Erklärung, warum sie einen Einarmigen noch zum Gefreiten ernannt hatten. Aber vermutlich war die Verzweiflung innerhalb der bayerischen Armee damals schon zu groß gewesen, sodass er als Geringversehrter eingestuft wurde. Einer mit nur noch einem Arm konnte zwar nicht mehr effektiv schießen, aber er konnte Befehle weitergeben. Und das wurde wohl als ausreichend für den Dienst an der Front betrachtet.

Gefreiter Steiner. Der Rang hatte ihm dennoch nicht mehr viel genutzt im Lager Fort d'Asnières in der Nähe von Dijon. Ihm fehlte nach wie vor die Erinnerung daran, wie er dort hingeraten, ja sogar daran, wie es überhaupt zu seiner Gefangennahme gekommen war. Er vermutete, dass er, in einem Schützengraben kauernd, durch ein unmittelbar in seiner

Nähe einschlagendes Geschoss einer Feldhaubitze die Besinnung verloren hatte. Wieso ihn der Feind nach der anschließenden Erstürmung der Stellung nicht einfach tief im Schlamm versunken liegen gelassen oder mit einem gezielten Bajonettstoß für sein Ende gesorgt hatte, dafür gab es nie eine Erklärung. Höchstens die, dass die Franzosen so noch eine Weile ihre perversen Freuden an ihm hatten ausleben können.

In der Zeitung hatte er einmal gelesen, dass bis zu acht Millionen Soldaten während des Kriegs in Gefangenschaft geraten waren. In diesem Artikel hatte auch gestanden, dass der Umgang mit Kriegsgefangenen durch die Haager Landkriegsordnung geregelt wurde, die besagte, dass Menschlichkeit gegenüber den Gefangenen geboten war und eine Gleichbehandlung hinsichtlich Nahrung und Unterbringung gewährleistet sein musste. Davon hatte er in den beinahe zwei Jahren, in denen er im Fort d'Asnières festgehalten worden war, nicht viel zu spüren bekommen. Seiner Erfahrung nach wurde das Völkerrecht bewusst nicht eingehalten. Dabei war der knochenharte Arbeitsdienst, zu dem er und seine Mitgefangenen gezwungen worden waren, noch das geringste Übel. Wobei er mit seinem einen Arm und der Wunde, die damals immer noch nicht zur Gänze verheilt war, nicht das zu leisten vermochte, was seine Leidensgenossen schafften, die noch einigermaßen vollständig waren. Zumindest, was ihre Körper anbelangte. Weil er oft nicht so konnte, wie es verlangt wurde, egal, zu welcher Arbeit sie ihn abstellten, musste er mehr Repressionen ertragen als viele seiner Mitgefangenen. Hinzu kam die mangelhafte Versorgung mit Essen, das niemals ausreichte, um wieder zu Kräften zu kommen. Viele starben. Er nicht. Er ertrug alles. Hunger, Schlafmangel, Beschimpfung und Verhöhnung. Schläge, Tritte und die noch viel schlimmeren Formen der Erniedrigung, die er durch die Franzosen erfuhr. Er vermochte nicht zu sagen, wie lange er all das noch durchgestanden hätte, doch dann führte die 1920 erfolgte Ratifizierung des Versailler Vertrags zu seiner überraschenden Freilassung.

Zu dieser Zeit war er allerdings bereits auf andere Art gefangen. In seinem Inneren. Und das war ein Zustand, der es ihm unmöglich machte, einfach nach Talberg zurückzukehren. Diese Erkenntnis erlangte er schon in dem Lastwagen, der sie zur Grenze brachte. Von dort aus waren die paar Männer, welche die Gefangenschaft überlebt hatten, auf sich selbst gestellt.

Plötzlich befand Johannes sich also auf dem Heimweg. Zu Fuß. Er hatte kein Geld für eine Zugfahrkarte und nicht den Mut, seinem Vater zu schreiben und ihn um Geld zu bitten. Vermutlich hätte man ihn sogar umsonst im Zug mitfahren lassen, ihn, den Kriegsheimkehrer. Aber so war es einfacher, seine Heimkehr hinauszuzögern. Er war verloren. Seine Seele zermahlen zwischen seinen Gefühlen. Wer sollte einen in sich verlorenen und einarmigen Mann gebrauchen können?

Johannes nahm die Orte und Städte, durch die er kam, nicht wirklich wahr. Allerdings spürte er bei vielen von den Leuten, die ihm zufällig beggneten, dass sich unter die Resignation, die Verzweiflung und die Trauer über ihre Verluste auch wieder Zuversicht gemischt hatte. Ein Durchatmen nach den vernichtenden Kriegsjahren, eine vage Aussicht auf Besserung. Ja, er konnte es fühlen bei denen, die ihm begegneten. Nur konnten sie ihn damit nicht anstecken. Egal, wie hell die Sonne vom Himmel oder aus den Herzen der Menschen schien, ihr Licht erreichte ihn nicht. Er trug den ewigen

Schmerz mit sich. Den, der seinem linken Arm entsprang, der gar nicht mehr vorhanden war. Den, der in seiner Brust brannte.

Schließlich sammelte ihn eine Schaustellertruppe auf. Das fahrende Volk. Zigeuner. In dem Zustand, in dem er sich damals befand, hatte er nicht bemerkt, woher sie kamen. Natürlich hätte er sich unter normalen Umständen niemals Zigeunern angeschlossen. Es war Ende März. Die größte Kälte lag zwar hinter ihm, doch gab es noch nichts auf den Feldern und in den Wäldern, wovon er sich hätte ernähren können. Daher war er bis zu seiner Begegnung mit den Gauklern dazu verdammt gewesen, Essen zu stehlen. Zumeist aus den Vorratskammern von Bauernhöfen. Die Anwesen im Südwesten waren kaum anders angelegt als dort, wo er aufgewachsen war. Daher kannte er sich aus, wusste, wo er schnell etwas fand, ohne aufzufallen oder gar entdeckt zu werden. Dennoch war seine Ausbeute stets kläglich. Der Winter war lang gewesen, die Kammern nur noch spärlich gefüllt oder bereits leer. Johannes war den Hunger eigentlich aus dem Lager gewohnt und hätte daher nie vermutet, dass dieser noch schlimmer werden konnte als während der zwei Jahre im Fort d'Asnières. Doch das wurde er – und er zwang ihn mehr und mehr in die Knie. Die täglichen Strecken, die er zurücklegte, wurden immer kürzer, bevor er erschöpft am Straßenrand zusammensank.

Dennoch wäre er nicht einfach auf einen der Wagen dieser Zigeuner gestiegen. Tatsächlich wollte er sie weiterscheuchen, als ihr Tross seinetwegen anhielt und sich neugierig um ihn scharte. Doch da war diese Alte. Eine runzlige, gebeugte Frau, die aussah, als wäre sie zweihundert Jahre alt. Kaum mehr als einen Meter groß. Doch wie sehr sie die Zeit, die sie auf Erden verbracht hatte, auch gezeichnet hatte, ihre hellen, bernsteinfarbenen Augen schienen von all den Jahrzehnten oder gar Jahrhunderten unberührt. Und mit diesen Augen blickte sie ihm direkt in die Seele, ohne dass er es verhindern konnte. Sie sagte nichts, zeigte keinerlei Regung, doch er wusste, sie hatte alles gesehen, bis in die dunkelsten Winkel seiner selbst. Sie wusste alles über ihn. Und mit diesem Wissen konnte er sie einfach nicht davonkommen lassen.

5

Sie zogen von Westen nach Osten. Und sie zogen langsam, was ihm gelegen kam.

Für jede Arbeit, die sie ihm auftrugen, brauchte er zweimal so lang wie einer von ihnen. Trotzdem bekam er dieselbe Menge an Essen wie alle anderen. Das war aber auch das Einzige, worin sie keinen Unterschied zu ihresgleichen machten. Ansonsten erfolgte eine Ausgrenzung, unauffällig und doch spürbar. Man sprach mit ihm nur, wenn es nötig war, man wich ihm aus, wenn kein Bedarf für eine Konfrontation bestand. Die Alte mit den ewigen Augen bekam er nicht mehr zu Gesicht. Doch auch wenn ihm das keiner aus der Truppe bestätigte, fand er heraus, dass sie es war, die entschieden hatte, ihn aufzulesen. Nur wollte ihm keiner erklären, warum. Wieso hatte sie ihn nicht einfach dort am Straßenrand liegen lassen wie ein angefahrenes Stück Wild oder einen räudigen Hund? Das war nur eines der Mysterien, die ihn fortan beschäftigten.

Nicht in allen Ortschaften machten sie halt. Johannes kam recht schnell dahinter, nach welchen Kriterien sie die Ansiedlungen auswählten. Sie mussten groß genug sein, damit man genügend Leuten Geld aus der Tasche ziehen konnte, aber gleichzeitig klein genug, um behördlichen Einrichtungen und den damit verbundenen Nachfragen aus dem Weg zu gehen.

Am wichtigsten war jedenfalls, dass sie so schnell wie möglich wieder wegkamen, wenn es nötig war. Wurde ein passender Ort ausgemacht und war man sich mit den Anwohnern einig – oder wenigstens mit einem Bauern, der ihnen zwei, drei Tage lang für teures Geld eine Wiese vermietete –, ließen sie sich dort nieder. Dann errichteten sie mit ihren Kutschen und Gespannen eine Wagenburg und in deren Mitte ein Ensemble aus drei Zelten, in dem Verlockungen der anrüchigen Art geboten wurden. Im größten der Zelte traten die Gaukler auf. Ein Jongleur, ein Feuerschlucker und ein Zauberer. Eines der Zelte diente der Zuschaustellung von Kuriositäten. Neben einem Kleinwüchsigen und einer widernatürlich gewachsenen Frau mit einem schmerzhaft verkrümmten Rückgrat waren es hauptsächlich Versehrte wie Johannes, denen etwas fehlte. Oder aber Leute, die etwas zu viel hatten. Leiden und Abnormitäten, die diese Menschen jedoch nicht einem Krieg verdankten, sondern dem Schicksal ihrer Geburt.

Im dritten Zelt wartete die Wahrsagerin auf die Wagemutigen, die sich ihr Schicksal aus der Hand oder den Tarot-Karten lesen lassen wollten. Johannes stellte fest, dass die Leute durchaus bereit waren, Geld für derartigen Humbug auszugeben. Obwohl die meisten von diesen Leuten immer noch mit dem Scherbenhaufen zu kämpfen hatten, den der Krieg zurückgelassen hatte.

Johannes erkannte bald, dass diese Menschen schlicht nach Hoffnung dürsteten, so sehr, dass sie offenbar glaubten, sie bei einem Haufen verlauster Zigeuner zu finden und aus dem zahnlosen Mund einer greisen Wahrsagerin gute Nachrichten zu hören.

Die Alte mit den ewigen Augen. Für Johannes war sie wie eine Spinne im Netz. Dort drinnen, im Halbdunkel des mit astronomischen Symbolen verzierten Zelts, umwoben von den exotischen Düften, von Kerzen und Räucherwerk. Wer sich traute und bezahlte, den ließ man zu ihr hinein. Er selbst hatte jedoch keinen Zutritt in dieses Zelt. Immer wenn er seinen Mut zusammennahm und sich den schweren, verstaubten Brokatvorhängen näherte, stellte sich ihm einer der Zigeuner in den Weg. Und zwar einer der jungen Burschen im engen Leibchen, das selbst an kühlen Tagen getragen wurde und den Blick auf gut ausgebildete Muskeln und Sehnen lenkte. Ebenso wie auf die Bilder, die überall in die lehmfarbene Haut gestochen waren. Junge Männer mit kräftigen Armen, unnachgiebigen Blicken und bedrohlichem Schweigen. Aus den Schützengräben heraus hatte er täglich dem Tod ins Auge gesehen und damit auch einer Furcht, dieses Entsetzen und die nasse Kälte für alle Zeit mit in sein Grab zu nehmen. Auch im Lager hatte er fortwährend Angst davor gehabt, was der Franzose ihm als Nächstes antun würde. Und lange Zeit vor all den vielfältigen Schrecken des Kriegs war es die Angst vor seinem Vater gewesen, die ihn vor sich hergetrieben hatte. Damals, als er noch geglaubt hatte, ein normales Leben führen zu können.

Doch all diese Ängste, die ihn bisher begleitet hatten, waren nicht zu vergleichen mit dem Unbehagen, das er gegenüber den Zigeunern empfand. Sie hatten ihn vorm Verhungern gerettet und bei sich aufgenommen, und dennoch hielt ihn hier eine Furcht in Atem, die ihn schlecht schlafen ließ und ihn jede Minute seiner wachen Zeit auf quälende Weise beschäftigte. Er konnte sie nicht beschreiben, diese Furcht. Sie war unterschwellig, nicht zu fassen und noch weniger zu benennen. Es war die Angst vor dem Unbekannten, vor den Dingen, die außer den Zigeunern niemand zu wissen schien.

Vor ihren Bräuchen und Ritualen, die er nicht verstand und auch nie verstehen würde, egal wie viele Jahre er unter ihnen zubrachte. Das machte ihn mit jedem Tag nervöser, vor allem, als er feststellte, dass er damit nicht alleine war. Auch die Leute aus den Orten, durch die sie zogen und in denen sie sich immer nur für kurze Zeit niederließen, wurden von ähnlichen Ängsten heimgesucht. Und trotzdem kamen sie immerzu angelaufen. In einzelnen Fällen war es sicher der Wagemut, doch meistens eher die Verzweiflung, die sie trotz aller Bedenken zu den Zigeunern trieb. Hinein in das Zelt, das eine Vorhersage über ihr Schicksal bereithielt.

Nur ihm verwehrte man die Gelegenheit, seine Ungewissheit loszuwerden.

Wollten die Zigeuner nicht, dass er ihrer Unterhaltung folgte, redeten sie einer Sprache, die so befremdlich in seinen Ohren klang wie nichts, was er bisher gehört hatte. Die Männer aus der Gemeinschaft empfand er in ihrer Art, ihrem Verhalten und vor allem in ihrem Aussehen als abstoßend. Es waren kleine, gedrungene Gestalten und dennoch schnell und wendig in ihren Gebärden. Auf ihren runden Köpfen wucherte zumeist dichtes, gekraustes Haar von einem so satten Schwarz, das es je nach Lichteinfall blau schimmerte. Das Lächeln der Männer war ihm gegenüber stets schmallippig und undurchsichtig, ihre Zähne gelb und löchrig, die Bärte um ihre geschwungenen Münder meist wild zerzaust. Waren ihm die Männer ein Graus, so war er bei den Frauen eher zwiegespalten. Töchter und Eheweiber waren oft so reizvoll und grazil, dass ihm ganz anders wurde, wenn er sie beobachtete. Es schien Verführung in jeder Bewegung und jedem Blick zu liegen, gab er sich auch noch so teilnahmslos.

Doch unter all den gottlosen Weibern dieses Volks gab es eine, die ihn nach und nach an den Rande des Wahnsinns brachte. Ruzanna war die schönste Frau, die ihm in seinem jungen Leben bisher begegnet war. Ihre Gegenwart war wie ein Gift, das langsam seinen Verstand auffraß. Erst recht, als er herausfand, dass sie im Sinne der Bräuche seiner Gastgeber noch nicht verheiratet war. Dennoch war sie unerreichbar für ihn, das wusste er so gut wie sie. Weshalb er ihre Anspielungen, ihre betörenden Gesten und die Augenaufschläge, die sie in seine Richtung sandte, als pure Verhöhnung empfand. Bisweilen, wenn er sie sah – oder nur an sie dachte –, verspürte er einen größeren Schmerz als in seinem nicht mehr vorhandenen Arm. Schon bald wusste er, dass er entweder diese Frau besitzen oder innerlich verbrennen musste. So durchlitt er Woche um Woche höllische Qualen, und dennoch färbten sich bereits die Blätter der Bäume, als er endlich genug Entschlossenheit aufbrachte, um dagegen anzugehen. Was natürlich einer gewissen Planung bedurfte. Vor allem, weil er nicht wollte, dass jemand aus der Sippschaft mitbekam, wie sehr er Ruzanna begehrte. Aus diesem Grund war es unumgänglich, sie alleine anzutreffen, weit genug entfernt von neugierigen Augen und Ohren. Da ihm bewusst war, dass ihm nicht viel Zeit für seine Werbung blieb, legte er sich seine Worte schon Tage im Voraus immer und immer wieder zurecht.

Am entscheidenden Tag, an dem sämtliche Voraussetzungen zu passen schienen, bot er an, ihr beim Wasserholen von einem etwas entfernt gelegenen Bach zu helfen. Ja, er hatte alles genau durchdacht. Die sich dem Horizont entgegensenkende Sonne tünchte den Himmel in berauschenden Rot- und Goldtönen. Die Luft war für einen Herbsttag erstaunlich lau. Sie waren weit genug vom Lager weg. Allein mit der

Natur, die das Ihre dazu tat, Ruzanna milde und empfänglich für sein Werben zu stimmen. Es musste einfach gelingen. Nur allzu schnell holte ihn die Ernüchterung ein. Es wurde ein einseitiges Gespräch, das in erster Linie aus seinem Gestammel und lediglich einem bedauernden Lächeln ihrerseits bestand. Als er genug gesagt hatte, strich sie ihm mit dem Zeigefinger über die unrasierte Wange, lachte ihr unvergleichliches Lachen und nannte ihn einen einfältigen Narren.

Kaum eine Woche später war Ruzanna verschwunden. Sofern ihr Verschwinden große Aufregung unter den Zigeunern verursachte, ließen sie sich nichts anmerken. Allerdings suchten sie zwischen und nach den Vorstellungen vier volle Tage nach ihr, rund um das Dorf, bei dem sie sich gerade niedergelassen hatten. Dann zogen sie weiter. Mussten weiterziehen, da sie es nicht riskieren konnten, zu lange am selben Ort zu verweilen. Selbst wenn das bedeutete, jemanden aus ihrer Mitte aufzugeben und zurückzulassen, hielten sie an ihren eisernen Regeln fest. Da wurden zwar bisweilen heftige Diskussionen geführt, aber Johannes konnte keine Trauer in den schwarzen Augen dieser Leute erkennen.

Ruzanna war gegangen. Ohne Abschied.

Und kein einziges Mal sprach jemand einen Verdacht gegen ihn aus.

6

Längst hatte er sich körperlich so weit erholt, dass er allein seinen Weg Richtung Heimat hätte antreten können. Doch nach wie vor mochte er sich nicht dazu durchringen, zu seiner Familie zurückzukehren. Er schaffte es nicht einmal, ihnen ein Lebenszeichen zu senden. Dabei wusste er gar nicht genau, was ihn davon abhielt. In ihrem Zickzackkurs nach Osten hatten die Schausteller während des Frühjahrs und Sommers Baden und das Württembergische durchquert und erreichten im Herbst die bayerische Landesgrenze. Er schnappte Gespräche auf, in denen darüber beraten wurde, wo man sich ein Winterquartier suchen sollte, und fügte sich insgeheim und widerstandslos darein, bei den Zigeunern zu überwintern.

Das Gauklervolk fand schließlich Zuflucht auf dem Grund eines Großbauern nahe Augsburg. Neben ihren Wagen stand ihnen ein verfallener Schuppen zu Verfügung, in dem sie zusammensitzen konnten, wenn das Schneetreiben draußen zu heftig war, um sich am fortwährend brennenden Lagerfeuer aufzuhalten. Doch das waren Ausnahmen. Die Zigeuner, auch wenn sie aus der Wärme des südöstlichen Europas stammten, schienen vertraut zu sein mit der Kälte des Winters, ähnlich wie er selbst. Wenn sie ums Feuer saßen, sangen sie Lieder oder erzählten sich Geschichten in ihrer Sprache. Und wie immer lachten sie viel, als gäbe es keinen morgigen

Tag, der neue Sorgen und Nöte brachte. Johannes sah endgültig ein, dass er diese ungehobelten Fremden niemals verstehen würde, selbst wenn er es schaffen sollte, ihre bizarre Sprache zu lernen.

Über Ruzanna wurde nicht mehr gesprochen. Manchmal gaukelte er sich vor, dass sie nie existiert hatte, auch wenn er wusste, dass er sich damit selbst betrog. Dann wiederum kam es ihm vor, als wäre er der Einzige, der noch an sie dachte. An solchen Tagen ließ er die Sehnsucht ungehindert in sich brennen, ohne zu wissen, ob diese Qual ihn zugrunde richtete oder ob er sich daran ergötzte.

Es gab noch andere Frauen in der Sippe, die sein Verlangen befeuerten, aber er wagte keinen neuen Versuch. Ohnehin schien er für die meisten unsichtbar zu sein, und nun, da er nicht mehr ständig gebraucht wurde, da es keine Zelte mehr auf- und abzubauen galt, die Wagen nicht mehr an- und umgespannt werden mussten und auch die Pferde weniger Aufmerksamkeit benötigten, wurde diese Unsichtbarkeit zu seiner ärgsten Bürde. Was auch damit zusammenhing, dass er nun mehr Zeit für sich zur Verfügung hatte. Zeit, mit der er nicht umzugehen wusste. Bekam er keine Aufgaben übertragen, nötigte ihn diese Zeit zum Nachdenken, was ihm unbehaglich war. Oft wusste er nicht, ob ihm sein Status der Ausgrenzung seitens der Zigeuner gefiel oder ob ihn ihre Nichtbeachtung von innen auffraß.

Seit Beginn seiner Reise mit dem fahrenden Volk schlief er auf einem löchrigen Strohsack in einem der Wagen, in dem die Einzelteile der Zelte befördert wurden. Im Winterquartier richtete er sich einen Schlafplatz im Schuppen ein, in der Nähe der Pferde, die dort untergestellt waren und die ihre Wärme mit ihm teilten. Das war ein kleiner Trost. Nicht allein die Wärme, sondern auch die simple Anwesenheit der Tiere, denn es tat gut, anderes Leben in seiner Umgebung zu fühlen.

Während der langen, dunklen Nächte, wenn er, grübelnd und mit sich hadernd, wach lag und ein eisiger Wind durch die Ritzen und Astlöcher der Schuppenwand pfiff, wurde er allmählich immer unaufmerksamer. Er achtete weniger auf Geräusche und Stimmen oder gar auf Schritte, die sich in seine Richtung bewegten. Je länger der Winter andauerte, desto mehr kam er zu der Erkenntnis, dass man ihn in seinem Verschlag bei den Pferden vergessen hatte. So wie die Zigeuner scheinbar Ruzanna vergessen hatten, dachte wohl auch keiner mehr an den Einarmigen, den man letztes Frühjahr aufgelesen hatte. Unsinn eigentlich, denn jeden Tag stellte man ihm Essen hin. Aber vielleicht war dieses Essen ja eher für die Pferde gedacht? Er wusste es nicht mehr. An manchen Tagen wusste er nicht einmal, ob er überhaupt noch am Leben war, denn es war so kalt, wie er sich den Tod vorstellte. So kalt und so einsam.

So kam es, dass er eines Nachts in höchster Panik hochschreckte, als unvermittelt jemand über ihm stand und ihn mit einer Laterne anleuchtete. Sein Herz setzte einen weiteren Schlag aus, als er erkannte, wem der Schatten gehörte, der sich aus dem Dunkeln der Unterstellplätze geschält hatte. Die Alte trat noch einen Schritt näher. Zu nah für sein Empfinden, aber er wagte nicht, sie darauf hinzuweisen. Stattdessen rückte er so weit wie möglich von ihr ab, bis er sich gegen die Bretterwand drückte, die seinen Verschlag begrenzte. Trotz des immerwährenden Gestanks nach Pferdemist, der ein vertrauter Geruch geworden war, nahm er die Ausdünstung der Alten wahr.

»Was wollen Sie?«, krächzte er. Sein Hals war wie ausgetrocknet, seine Stimme spröde, weil er sie seit ewigen Zeiten nicht mehr benutzt hatte. Während er auf eine Antwort wartete, stellte er fest, dass er keine Ahnung hatte, ob er sich damals aus eigenem Willen entschieden hatte, sich diesen Leuten anzuschließen, oder ob sie ihn gezwungen hatten, in einen ihrer bunt bemalten Wagen zu steigen. Vermutlich war es gleichgültig, denn er hatte niemals die Kontrolle darüber gehabt, was seine Anwesenheit hier anging. Es war letztlich nicht anders als im Kriegsgefangenenlager. Nur dass über sein Leben jetzt nicht mehr der Lagerleiter bestimmte, sondern die allsehende Hexe, die ihm vor einem Dreivierteljahr in seine Seele geschaut hatte. Die Alte bestimmte sein Schicksal, daran war nicht zu rütteln.

Die Wahrsagerin hob die Laterne und leuchtete ihm ins Gesicht. Plötzlich konnte er ihre Worte hören, ohne dass sie mit ihm sprach. Was sie sagte, kam nicht aus ihrem faltigen Mund, sondern hallte direkt in seinem Kopf wider. »Du trägst sie in dir«, sagte sie mit ihrem eigenwilligen Akzent, der deutlich ausgeprägter war als bei den anderen ihrer Sippe.

»Was?«, keuchte er.

»Qualen, schreckliche Qualen«, fuhr sie fort, und ihr Blick bohrte sich dabei immer tiefer in ihn hinein. »Ich habe den anderen gesagt, dass das Strafe genug ist. Selbst für einen wie dich.«

»Was ... meinst du?«

»Stell dich nicht dumm. Ohne mein Zutun würdest du längst mit durchgeschnittener Kehle irgendwo verscharrt unter einem Baum liegen.«

Daraufhin erwiderte er nichts. Instinktiv wusste er, dass jedes Wort falsch gewesen wäre.

»Bist du dir je gewahr geworden, dass wir alle eine Familie sind? Allesamt aus demselben Schoß.«

»Was wollen Sie von mir?«, presste er hervor.

Die Alte rückte noch näher. Ihr stechender Blick wurde allmählich zur Tortur. Trotz der Winterkälte trieb es ihm den Schweiß aus den Poren.

»Die Familie gibt niemals einen von uns auf.«

Er schüttelte den Kopf so heftig wie ein kleines Kind.

Doch sie schien seine Botschaft nicht zu verstehen und sprach einfach weiter: »Meine Vorfahren kamen aus Armenien.« Er hatte noch nie von Armenien gehört und versuchte sich vorzustellen, wo er dieses Land auf einer Landkarte suchen würde. »Es ist ein heiliges Land. Frühchristlich, wie es heißt. Darum mussten Leute wie ich gehen. Der Gott der armenisch-apostolischen Kirche duldet keinen Andersglauben. Aber natürlich ist das nur die Ausrede derer, die ihn anbeten. Eigentlich wissen sie, dass ihr Glaube schwach ist, dass sie nicht standhalten können, wenn der wahre Herr über die Menschheit seinen Tribut fordert. Doch das ist jetzt nicht wichtig. Im Augenblick zählt nur, dass wir deine Qualen nicht erlöschen lassen, denn diese Seelenpein ist es, die uns den Herrn gewogen macht. Deshalb will ich dich noch eine Weile behalten. Und vor allem will ich wissen, wo du herkommst.«

Die Angst war nun eine Schraubzwinge, die seinen Brustkorb zusammenquetschte. »Wo ich herkomme?«, ächzte er. Bislang hatte danach noch keiner der Zigeuner gefragt.

Sie nickte.

»Aber ... wieso?«

Die Alte streckte ihre von der Gicht gekrümmten und knotigen Finger nach ihm aus und legte ihre Hand über sein Gesicht, ohne dass er sich dagegen wehren konnte. Er spürte, wie gleichzeitig Hitze und Kälte aus der erdbraunen Handfläche der Alten strömten. Der Mensch, zu dem diese Hand gehörte, hatte niemals den Leib Christi empfangen. Dennoch kam diese Geste einer Segnung gleich. Ebenso wie einer Antwort auf seine Frage, die keiner weiteren Erläuterung bedurfte.

7

Nach dieser Begegnung wurde er nicht noch einmal von der Alten behelligt. Rückblickend erschien ihm ihr Besuch wie ein Fiebertraum, weshalb er bald nicht mehr wirklich glaubte, dass er je stattgefunden hatte. Zu all den Ängsten, die ihn ohnehin bereits quälten, gesellte sich nun eine kalte Furcht, die nicht mehr aus seinem Inneren wich, die er aber auch nicht benennen konnte. Das Selbstvertrauen, das er als Sohn des herrischen Waldbauern mit in die Wiege gelegt bekommen hatte und das nach den Schrecken des Krieges und dem Verlust seines Arms ohnehin schon erheblich geschrumpft war, schien damit endgültig verloren. Später konnte er sich nicht mehr erklären, wie er diesen Winter der Einsamkeit überstanden hatte, mit all den langen dunklen Tagen, in denen er sich wieder in einen Schützengraben wünschte, nur um ein paar lebendige Menschen neben sich zu haben. Selbst wenn diese in jeder Sekunde zum Sterben verdammt waren. So wie er selbst. Aber lieber hätte er diese Gefahr auf sich genommen als die Abgeschiedenheit, die ihm die Zigeuner aufzwangen. Oder die er sich selbst auferlegte, denn keiner aus der Truppe hatte ihn je weggeschickt oder ihm den Zutritt zum Lager verweigert. Aber so wie die Alte mit Bildern in seinem Kopf sprechen konnte, so konnten dies auch ihre Söhne, Töchter, Enkel und Enkelinnen, Urenkel und

Urenkelinnen. Sie besaßen vielleicht nicht die Macht ihrer Anführerin, doch ihre gesammelte teuflische Kraft reichte aus, um einen unsichtbaren Wall um sie her zu errichten, den er nicht in der Lage war zu durchdringen.

Kaum hatte der Winter begonnen, ein wenig dem nahenden Frühling zu weichen, rief man zum Aufbruch. Schon eine Woche zuvor hatten die Pferde unruhig in der mit Sägespänen und Stroh ausgelegten Stallung gescharrt und damit auch ihm das Signal gegeben, dass das Leben nach der Winterstarre nun doch weitergehen würde.

Der Tross benötigte nur einen Tag, um sich für die Abreise vorzubereiten, und setzte sich an einem frühen Morgen Mitte März nach Osten hin in Bewegung. Noch zweimal bremste ein unvorhergesehener Wintereinbruch mit Schnee und Frost sie aus und verlangsamte ihr Vorankommen. Doch im April verfielen sie wieder in den Rhythmus, den Johannes vom vergangenen Jahr her kannte. Er fand auch in der neuen Gauklersaison nicht heraus, wie genau sie die Dörfer und Städtchen auswählten, in denen sie es wagten, den Menschen ihre Künste und Kuriositäten darzubieten.

Sie teilten Johannes nun wieder Aufgaben zu, und das machte seine Tage erträglicher. Er kam mehr und mehr zu Kräften. Die Energie, die der Winter ihm aus dem Leib gesogen hatte, kehrte zurück. Was blieb, war die Angst, und die war noch größer als im Jahr davor. War die Zeit im Winter wie eingefroren gewesen, verging sie im Frühjahr und Sommer umso schneller. Und damit auch die Wegstrecke, die sie hinter sich legten. Spät im Oktober erreichten sie Passau, ohne dort haltzumachen. Die Dreiflüssestadt war zu groß und zu sehr in bischöflicher Obhut, als dass man ein heidnisches Wandervolk dort groß willkommen geheißen hätte.

So kurz vor dem Winter scheuten die Zigeuner allerdings die Anhöhen des Bayerischen Waldes und den dort bald zu erwartenden Frost. Auch wenn Johannes wie üblich nicht in ihre Pläne eingeweiht wurde, bekam er mit, dass sie vorhatten, im Donautal zu bleiben. Dort wollten sie noch eine Weile flussabwärts zu ziehen, um sich im milderen Mühlviertel oder gar in der Wachau ein Winterlager zu suchen.

Zwangsläufig musste er sich daher fragen, was mit ihm geschehen sollte. Ob sie ihn seines Weges ziehen lassen würden, jetzt, da er keine dreißig Kilometer mehr von seinem Heimatort entfernt war. Er selbst fühlte sich endlich bereit dazu. Also nahm er allen Mut zusammen und verlangte die Alte zu sprechen. Sie ließen ihn nicht zu ihr. Seit sie im Frühling aufgebrochen waren, hatte er sie nicht mehr zu Gesicht bekommen. Lebte sie überhaupt noch? Hatte sie jemals existiert?

Statt ihm eine Audienz bei der Matriarchin des Clans zu gewähren, warfen sie den Strohsack aus dem Wagen, in dem er seit dem Winterlager wieder geschlafen hatte. Diese abfällige Geste war deutlich genug. Die Stunde seines Abschieds war gekommen. Sie schickten ihn zurück an den Straßenrand, wo sie ihn aufgelesen hatten. Niemand reichte ihm die Hand oder sprach einen Dank für die Arbeit aus, die er in knapp zwei Jahren für sie geleistet hatte. Wieso auch? Sie hatten ihm in all der Zeit zu essen und mehr oder weniger auch ein Dach über dem Kopf gegeben. Auch er verspürte keinerlei Dankbarkeit. Ohnehin hatte er nur eins zu sagen, und dazu musste er ordentlich Schneid aufbringen. Während sie an ihm vorbeizogen, untersagte er ihnen mit lauter Stimme, jemals nach Talberg zu kommen. Er brüllte ihnen diese Forderung regelrecht hinterher, wohl wissend, dass sie sich einen Dreck darum scherten. Zumal ihm die Alte bereits ganz andere Pläne offenbart hatte. Damals, als sie ihm die Hand auf die Stirn gelegt hatte.

Wir sinnen auf Rache!

Diese Worte hallten als ehernes Versprechen noch immer in ihm wider. Rache. Rache für das, was er ihnen genommen hatte. Deshalb hatte sie wissen wollen, woher er kam. Sie hatte offenbar nicht vor, Vergeltung an ihm selbst zu üben, sondern an denjenigen, die ihm nahestanden. Jetzt, nach einem Dreivierteljahr, verlor die Drohung der Alten und die damit verbundene, immerwährende Angst jedoch plötzlich ihre Wirkung. Denn ihm fiel ein, dass sie in Talberg niemanden finden würden, der diese Voraussetzung erfüllte. Keiner dort stand Johannes so nahe, dass die Rache der Zigeuner ihm Schmerzen bereiten konnte.

Es kam, wie es kam. Die Zigeuner warteten mit einer ähnlichen Geduld, wie Zecken sie an den Tag legten. Diese lästigen Milbentierchen, die eine Ewigkeit im Verborgenen lauern konnten, bis endlich jemand dort, wo sie hockten, durchs Gras strich und sie sich an ihn heften konnten. Und selbst dann beeilten sie sich nicht, sondern suchten und krabbelten und suchten und krabbelten, bis sie eine geeignete Stelle an ihrem Opfer fanden, wo sie sich festbissen. Zu einem Zeitpunkt, da der Unglücksrabe, den sie sich auserkoren hatten, überhaupt nicht mehr daran dachte, sich nach dem Ungeziefer abzusuchen.

Ebenso verhielten sich die Zigeuner. Sie lauerten. Lauerten etliche Jahre, bis sie endlich das Versprechen der Alten wahr machten.

8

Was er sein Eigen nennen konnte, trug er am Leib. Der größte Teil seines Marschgepäcks bestand aus Erleichterung darüber, diesen Leuten und vor allen den Bernsteinaugen der Alten entronnen zu sein. Diese Erkenntnis machte sich mit jedem Meter, den er zwischen sich und die Zigeuner brachte, mehr in seinem Bewusstsein breit. Freude empfand er allerdings nicht. Im Moment durchströmte ihn nur eine einzige, kümmerliche Gefühlsregung, und das war Genugtuung.

Was vor allem an dem Andenken lag, das er von seiner Zeit bei den Gauklern behalten hatte. Dieses Andenken trug er nahe am Herzen. Nicht, weil es ihm das Gefühl innerer Wärme verlieh, sondern aus seinem eigenen Rachebedürfnis heraus, dafür, wie die Armenierin und ihre Sippschaft ihn behandelt hatte. Ja, es war ihm gelungen, es direkt aus ihrer Mitte zu reißen.

Entgegen seines ursprünglichen Plans, der Donau unverzüglich den Rücken zu kehren und sich an den Aufstieg hoch in den Bayerischen Wald zu machen, entschied er sich, nun doch zuerst in die Domstadt hineinzumarschieren. Bisher war er in seinem Leben erst zweimal in Passau gewesen. Mit seinem Vater, allerdings nicht eines Ausflugs wegen oder um den Dom zu sehen. Bei beiden Anlässen ging es um den Handel mit Holz und die Verschiffung der Baumstämme, die sie bis hinunter an die Donau lieferten. Nur zu gerne wäre er im Anschluss an dieses geschäftliche Treffen, das an irgendeinem Schiffskai stattgefunden hatte, noch in ein Wirtshaus oder gar ein schönes Lokal gegangen. In eines, das so einen klangvollen Namen trug wie *Zur blauen Donau*, *Zum Passauer Wolf* oder *Schloss Ort*. Dort hätte er die Gelegenheit genutzt, um von jenen exquisiten Speisen zu kosten, von denen Wilhelm ab und an schrieb, wenn er einen seiner seltenen Briefe aus München schickte. Ja, selbst ein Besuch in der Löwenbräu-Gaststätte hätte seine Neugier und seinen Hunger schon befriedigt. Aber der Alte drängte nach getaner Verhandlung jedes Mal rasch zum Aufbruch, weil er mit dem Pferdegespann nicht in die Nacht hineinkommen wollte. Heute war es dennoch nicht die Sehnsucht nach der Stadt und ihren Verlockungen, die ihn anzogen. Eigentlich konnte er überhaupt nicht erklären, was ihn lenkte. Vielleicht scheute auch er den Winter, der sehr bald über das Land kommen würde und im Donautal bekanntermaßen gemäßigter ausfiel als auf den schroffen, windigen Höhen des angrenzenden Mittelgebirges. Aber hatte er tatsächlich vor zu verweilen?

Verunsichert von dem Wirrwarr in seinem Kopf, überquerte er die Donaubrücke und erreichte die Altstadt. Es war später Nachmittag. In den Kopfsteinpflastergassen tummelten sich viele Leute. Sofort fühlte er sich unwohl. Er spürte zahllose Blicke auf sich, dabei sollte ein Versehrter hier doch kein ungewöhnliches Bild abgeben. Vielleicht sah er mittlerweile ja selber aus wie ein Zigeuner? Von jeher hatte er dunkles, dichtes Haar gehabt, und da er seine Zeit meistens im Freien zubrachte, war auch seine Haut honigbraun geworden. Dabei fiel ihm ein, dass er gar nicht wirklich wusste, wie er aussah. Wie lange hatte er in keinen Spiegel mehr geblickt, abgesehen von der angelaufenen Scherbe, die man ihm überlassen hatte, um sich zu rasieren? Ihm wurde immer unbehaglicher zumute.

Schließlich orientierte er sich an den Anlegestellen der Donauschifffahrt, weil er meinte, sich dort von früher her auszukennen. Doch nichts an den gemauerten Kais kam ihm bekannt vor. Und zu seinem Pech herrschte hier besonderer Trubel. Frachtkähne reihten sich an Ausflugsschiffe. Wieso, was war heute für ein Tag? Er überlegte. Nein, nicht einmal das war ihm bekannt. Am Rathaus vorbei flüchtete er von diesem Ort und den Menschen, die hier flanierten, auf Schiffspassagen warteten oder Handel trieben. Zu seinem Leidwesen war auch hinauf Richtung Domplatz die Straße voll mit Karren, Automobilen und Fußgängern.

Über die nächste schmale Gasse, die rechts abzweigte, konnte er dem allen erst einmal entkommen, und er stürzte sich hinein wie ein Taschendieb, der der Gendarmerie zu entkommen versuchte. Da er sich unwillkürlich immer wieder umwandte, um zu sehen, ob ihm jemand folgte, stolperte er buchstäblich über eine Holztafel, die mittig in der Gasse aufgestellt worden war. Johannes schlug der Länge nach hart auf das Kopfsteinpflaster. Wieder hatte er sich zu sehr auf seinen nicht mehr vorhandenen Arm verlassen, und nun hatte er eine schmerzhafte Schürfwunde im Gesicht. Laut fluchend sprang er wieder auf die Beine und trat wütend gegen das Schild, das ihn zu Fall gebracht hatte.

»He, he!«, mahnte eine Stimme neben ihm, doch es schien weniger ernst gemeint, als es sich anhörte. Der wuchtige Kerl mit den roten Pausbacken, der im Türrahmen eines Ladens lehnte, musste sich offenbar anstrengen, nicht laut loszulachen, wie Johannes sogleich erkannte.

»Hast du es denn so eilig, bei mir anzufangen?«, fragte der Mann schließlich, immer noch schmunzelnd. Erst jetzt fiel Johannes die blutverschmierte Lederschürze auf, die sich der Kerl um den mächtigen Leib geschlungen hatte. Johannes' Blick wanderte über den Kopf des Mannes hinweg und hoch zu dem Schild, das über dem Eingang angebracht war. Pferdemetzgerei stand dort in eigentümlich geschwungenen Lettern, rechts und links eingerahmt von einem stilisierten Pferdekopf.

»Sie suchen jemanden?«

Der Pferdemetzger betrachtete zunächst den leeren Ärmel seiner verschlissenen Jacke, den Johannes mit ungeschickten Nadelstichen vor geraumer Zeit angeheftet hatte. Dann sah er ihm lange in die Augen. »Ein einarmiger Metzger also«, murmelte er, bevor er laut und aus voller Brust loslachte.

Dieses kuriose Aufeinandertreffen führte zu guter Letzt dazu, dass Johannes im darauffolgenden Winter lernte, wie man mit nur einer Hand Pferde häutete und deren Fleisch entbeinte. Mehrfach und voller Anerkennung wurde ihm dabei sein Talent im Umgang mit dem Schlachtermesser bestätigt.

9

Als Johannes zurück nach Talberg kam, war er zweiundzwanzig Jahre alt. Ihm fehlte der linke Arm, und bald sagte man ihm nach, dass man ihm damit auch seine Seele abgeschnitten habe. Wenn ihn jemand fragte, wo er so lange gewesen war, antwortete er knurrig: Im Krieg. Was ja auch stimmte. Zuerst war er in dem Krieg gewesen, den Deutschland gegen den Rest der Welt geführt und verloren hatte, und danach in einem Krieg, den er mit sich selbst ausfocht. Nur war Letzterer noch nicht vorüber, und er besaß keine Vorstellung davon, wie in dieser inneren Schlacht ein Sieger oder gar ein Verlierer aussehen könnte.

Sein Vater fand keinen Grund, ihn zu umarmen. Seine Mutter weinte, auch noch nach Tagen, immer wenn sie ihn zu Gesicht bekam. Er untersagte jegliche Festivität anlässlich seiner Heimkehr. Man überlegte, seinen Namen, der offensichtlich wegen einer Falschmeldung der Wehrmachtauskunftsstelle für Kriegerverluste und Kriegsgefangene dorthin geraten war, von dem Ehrenmal für gefallene Soldaten zu entfernen. Doch bevor Steinmetz Hauser seinen Meißel ansetzen konnte, unterband sein Vater dieses Vorhaben. Ja, er verbot es sogar, mit der Begründung, dass sein Sohn nicht mehr vollständig wieder heimgekehrt war und auch ein verlorener Arm dazu berechtigte, auf jenem Denkmal verewigt zu sein. Vor allem, wenn man Steiner hieß und die Familie des betroffenen Soldaten diesen Mahnstein mit einer großzügigen Spende mitgetragen hatte.

Die Folgezeit verbrachte Johannes in jenem heimtückischen Nebel, der zwar nicht seine Sicht, aber seinen Verstand trübte. Die Leute von früher, denen er jetzt wieder begegnete, egal ob bei der Arbeit, im Wirtshaus oder auf dem Kirchplatz vor dem sonntäglichen Gottesdienst, waren nicht mehr dieselben. Zwar sahen sie noch aus wie einst, wenn zum Teil auch gealtert, so wie er selbst, doch waren es nur noch die Hülsen derer, die einst darin gesteckt hatten. Das traf nicht nur auf Bekannte, einstige Freunde, ehemalige Schulkameraden oder die Arbeiterschaft zu, welche die Steiners beschäftigten. Es traf vor allem auch auf die Familie zu. Die Eltern, die Geschwister. Er fühlte nichts mehr für diese Menschen, mit denen er einst so eng zusammengelebt hatte. Natürlich erkannte er, dass dieses vernebelte Gefühl von Fremdheit nicht von den Leuten herrührte. Nicht sie waren anders geworden, er selbst war es. Er war der Außenstehende. Der Fremde. Und so war es nun für ihn in Talberg wie schon bei den Zigeunern. Das war sein Schicksal. Er hatte nicht nur einen Arm verloren, sondern auch sich selbst. Die Person Johannes Steiner, die einst dem Aufruf zur Verteidigung des Vaterlands gefolgt war, hatte den Krieg nicht überlebt. Von daher empfand er es auch selbst als richtig, seinen Namen unter den Gefallenen auf dem Kriegerdenkmal lesen zu können, immer wenn er dort vorbeiging.

Es verstrichen Jahre der Eintönigkeit, in denen er sich in die Arbeit stürzte. Arbeit, die man dem Einarmigen zutraute. Um zu beweisen, dass er ebenso zupacken konnte wie jeder, der noch vollständig war, schuftete er härter und länger als die Leute seines Vaters. Egal ob auf dem Bauernhof, bei der

Ernte oder im Wald. Der Alte sollte merken, dass er Johannes brauchte. Mehr noch, er sollte erkennen, dass sein Zweitgeborener unentbehrlich war. Vor allem, weil er aus dem älteren Bruder einen Studenten gemacht hatte. Wilhelm, der ohnehin nie besonders erpicht darauf gewesen war, sich die Hände mit Kuhmist oder Baumharz schmutzig zu machen.

Die Schinderei, die er sich auferlegte, ließ ihn nach und nach wieder klarer sehen. Immer weniger dachte er an den Krieg. Was ihm blieb, war der fortwährende Schmerz in seinem Stumpf, der ihn daran erinnerte, aber das auch nur, sofern er sich eine Pause von der Arbeit gönnte. Weshalb er das höchstens tat, wenn die Erschöpfung ihn übermannte. Er wusste, dass die meisten, welche die stumpfsinnigen Schlachten in Frankreich oder Russland überlebt hatten, das Vergessen im Alkohol suchten. Aber das schien für ihn keine Lösung zu sein. Er hatte es ausprobiert, doch statt Trost und Betäubung zu erfahren, wühlte ihn das maßlose Trinken nur noch mehr auf. Außerdem fürchtete er sich davor, dass der Nebel ihn wieder vollständig einfangen würde.

So wie er die Schrecken des Krieges zu verdrängen suchte, versuchte er auch seine Zeit bei den Zigeunern aus seinem Gedächtnis zu verbannen. In der Regel gelang ihm das sogar – bis auf eine Ausnahme. Und daran war er selber schuld, denn er beschwor diese eine Sache ja immer wieder herauf. Genau dafür hatte er schließlich sein Andenken, das er versteckt in einem kleinen Leinensäckchen an einem schmalen Lederriemen um den Hals immer bei sich trug. Und das mit jedem Schritt, den er tat, gegen seine Brust schlug.

So gingen die Jahre ins Land, in denen er sich, soweit es ging, von allen fernhielt, mit denen ein Umgang nicht zwingend notwendig war. Wilhelm kehrte aus München zurück und übernahm die Stelle des Dorflehrers. Dafür hatte er also studiert? Nur um doch wieder in Talberg gefangen zu sein? Johannes konnte das nicht verstehen, fragte aber auch nie nach. Ihm reichte die Erkenntnis, dass sein Bruder darunter litt. Gerade so, als hätte auch Wilhelm eine Extremität eingebüßt. Nur eben eine, die man nicht mit bloßem Auge erkennen konnte.

Beinahe gleichzeitig mit der Rückkehr seines Bruders stellte Johannes fest, dass er sich doch wieder für einen Menschen in Talberg zu interessieren begann. Dass jenes Fieber des Begehrens zurückgekehrt war, das er zuletzt innerhalb der Wagenburg der Zigeuner verspürt hatte.

Was er zufällig von den Gesprächen der Männer mitbekam, mit denen er im Wald oder auf den Feldern zugange war, schienen auch diese, egal ob ledig oder verheiratet, durchweg von ihrer Anmut begeistert. Und was ihr Aussehen anging, konnte er ihnen nur zustimmen. Er musste sich eingestehen, dass in ihr eine ähnlich verführerische Schönheit wohnte wie einst in Ruzanna. Und das, obwohl die beiden Frauen unterschiedlicher nicht hätten sein können. Die Zigeunerin, die nur noch in seiner Erinnerung existierte, war schwarzhaarig und mit einer samtigen, bronzefarbenen Haut gesegnet gewesen, die mit niemandem in Talberg zu vergleichen gewesen wäre. Auch nicht im Sommer, wenn die Leute viel Zeit auf den Feldern verbrachten und die Sonne ihre Gesichter bräunte. Ruzanna hatte niemals die Sonne gebraucht, um schön zu sein.

Dachte er an Ruzanna, brannte nach wie vor das Verlangen in seiner Brust und seinen Lenden. Dann umfasste er den Leinenbeutel an seinem Hals, und wenn die Sehnsucht besonders heftig aufglühte, entnahm er die schwarze Haarlocke, um ausgiebig daran zu riechen. An der Front hatten sie einen Kameraden gehabt, der manchmal von den französischen Legionären in Afrika erzählte. Von gewissenlosen Männern, welche die Ohren derer sammelten, denen sie im Kampf das Leben genommen hatten. Trophäen, die sie sich aufgefädelt um den Hals hängten. Vielleicht hatte das Johannes zu seinen eigenen Trophäen inspiriert? Denn weitaus intensiver als der Duft von Ruzannas Haarlocke war natürlich der Geruch der beiden Brustwarzen, auch wenn diese in dem Lederbeutel schon arg vertrocknet waren. Daher schüttelte er sie nur noch sehr selten heraus, immer in Sorge, dass sie zwischen seinen Fingern zu Staub zerfallen könnten.

Im Frühjahr 1925 ereilte ihn schließlich eine neue Begierde. Eine, für die er sich anfangs schämte – und doch war sie stärker als jedes Gefühl von Reue. Dieses Verlangen fühlte sich anders an als jenes nach der Zigeunerin. Doch es loderte nicht weniger heiß in ihm.

Oft wenn er die damals kaum vierzehnjährige Elisabeth Wegebauer aus der Ferne beobachtete, erinnerte er sich zurück, wie Ruzanna damals aus der Dunkelheit gekommen war. Dieses noch viel zu junge Mädchen hingegen, das er ab und zu lachend über die Wiesen laufen sah, musste aus dem Licht kommen. Und genau dieser Umstand machte ihm klar, dass sie ohne jede Frage die bessere Wahl sein würde, sobald sie endlich alt genug war, um sie nicht nur heimlich begehren zu können. Wieder brach eine schwere Zeit für ihn an, denn immer häufiger, wenn er ihr zufällig oder auch nicht so zufällig begegnete, überfiel ihn der Gedanke, dass er doch auch jetzt schon alles von ihr nehmen konnte, wonach er verlangte. Elisabeth Wegebauer war pures Licht und vollendeter Liebreiz, und deshalb musste er sie besitzen. Bald bildete sich in ihm die Gewissheit, dass sie das Gegenstück zu ihm selbst verkörperte. Ohne zu wissen, woher diese Überzeugung kam, ahnte er, dass sie es war, die den Schatten von ihm nehmen konnte, der einfach nicht weichen wollte. Sie war es, die ihn aus dem Nebel führen würde. Dieses strahlende Wesen würde einen Ausgleich für ihn und sein Leben schaffen.

Aber es war nicht allein ihr Licht, dass ihn anlockte und wie eine Motte in die Kerzenflamme stürzen ließ. Johannes erkannte es selbst auf die Distanz, die er stets unter Aufbringung größter Selbstbeherrschung zu Elisabeth wahrte. Es steckte nicht nur Herzensgüte in dem fohlengleichen Bauernmädchen, das er schon von klein auf kannte und das so unerwartet zu purer Verführung herangereift war. Johannes sah auch, dass in Elisabeth etwas verborgen lag. Er fühlte sich an den dunklen Mystizismus erinnert, den er bei den Zigeunern erlebt hatte, und das befeuerte seine Leidenschaft für die junge Frau ins Unendliche. Er begriff, dass er ohne sie ganz sicher sterben würde.

Noch bevor er die Courage aufbringen konnte, mit dem Alten über seine Absicht zu sprechen, Elisabeth Wegebauer zu ehelichen, verkündete sein Vater, dass der Schmetterling für seinen Bruder Wilhelm vorgesehen war und bereits alle nötigen Schritte eingeleitet waren.

10

Nach Westen hin war noch ein schwacher Schimmer des schwindenden Tages zu sehen. Das Licht reichte gerade so aus, um zu beobachten, wie sie den dicken Heinrich hinunter ins Dorf schleppten. Johannes stand abseits, verborgen hinter einer breiten Fichte, und verfolgte mit zu Schlitzen verengten Augen, wie sich die Männer unter der Last der Leiche talwärts quälten. Nach seinem Gespräch mit dem Alten hatte es ihn noch einmal hinaus aus der Stube getrieben. Die alte Unruhe, wie er sie von seiner Zeit bei den Zigeunern kannte, war zurück. Und nicht erst seit den beiden Toten, die dem Dorf innerhalb von vierundzwanzig Stunden beschert worden waren. Während er so auf den Leichenzug starrte, bemerkte er, dass sich seine Finger fest um den Stoffbeutel krallten, der um seinen Hals hing.

Als sie weit genug voraus waren, schlich er hinterdrein. Nicht, weil er wissen wollte, was sie mit der zweiten Leiche machten, sondern um zu erfahren, was der Polizist als Nächstes zu tun gedachte. Sein Hass gegen diesen Mann wuchs von Stunde zu Stunde, vor allem wenn er daran dachte, wie Elisabeth ihn angesehen hatte. Er musste sich jetzt wirklich zusammenreißen, um nichts Unüberlegtes zu tun, wenn er die Lage wieder unter Kontrolle bringen wollte. Und er musste hoffen, dass es der Polizeibrigade in Wegscheid jetzt nicht einfiel, weitere Männer zu schicken. Nun, da ihr Abgesandter einen weiteren Toten zu vermelden hatte. Da war es womöglich gar nicht schlecht, dass der Major seinen Bruder unter Verdacht hatte. Denn nun würde sein Vater alles daransetzen zu unterbinden, dass hier noch mehr herumschnüffelten. Oder er sorgte dafür, dass einer kam, der das im Sinne des Waldbauern tat. Der erledigte, was der Alte ihm auftrug, und nicht aus der Spur lief wie der Leiner, dieser Dreckhammel.

Johannes umrundete den Feuerwehrschuppen und postierte sich mit der Friedhofsmauer im Rücken so an der Ecke, dass er gute Sicht auf das Wirtshaus hatte, ohne selbst entdeckt zu werden. Er musste den Kragen seiner Jacke hochschlagen, so schneidend fegte der Wind über den Dorfplatz.

Es war offensichtlich, dass die Versammlung in der Schankstube, die der erneute Leichenfund unterbrochen hatte, wieder fortgesetzt werden sollte. Diejenigen, die nicht mit auf dem Berg gewesen waren, hockten ohnehin noch in der Wirtsstube. Und alle anderen würden sich nach und nach wieder einfinden, so viel war klar. Selbst wenn es dem einen oder anderen arg war, stand fest, dass jetzt keiner mehr den weiteren Verlauf dieses Spektakels verpassen wollte. Selbst wenn im Stall eine Kuh kalbte, würde man die eher verrecken lassen, als hier und heute etwas zu versäumen.

Er war sich noch unschlüssig, worauf genau er hier eigentlich lauerte. Aber es war auf jeden Fall schlauer, zu warten und als einer der Letzten zu der Zusammenkunft zu stoßen. So, wie sie es auch schon nachmittags getan hatten. Die Steiners kamen, wenn schon alle da waren, und genossen ihren Auftritt und die Genugtuung, mit anzusehen, wie man ihnen ohne Zögern einen Platz in vorderster Reihe einräumte.

Er fragte sich, wann der Alte von seinem Hof herabsteigen würde. Und ob er den Michl mitbrachte, wie ihm der Gendarm aufgetragen hatte. Würde er seinen Jüngsten wirklich dem Verhör durch den Polizisten aussetzen? Vor allen Leuten womöglich, was zu einer erbärmlichen Demütigung werden konnte ... Johannes glaubte nicht, dass sein Vater das riskierte und sich damit vor allen anderen aus dem Dorf bloßstellen ließ. Das würde er nicht ertragen.

Nicht mehr. Der Alte ist nicht mehr unverwundbar.

Plötzlich entsann er sich der Unterhaltung, die er vor ein paar Tagen mit Wilhelm geführt hatte und die ihm aufgrund der sich überschlagenden Ereignisse der letzten Stunden entfallen war. Wilhelm war bei ihnen am Hof aufgetaucht, was in den letzten Jahren immer seltener vorgekommen war. Es war an dem Tag, als sein Vater dem Sägewerk vom Eidenberger unten am Osterbach einen Besuch abgestattet hatte. Für die üblichen Holzgeschäfte oder vielleicht weil es dem Alten nicht mehr passte, wie der Sägewerksbetrieb seine Arbeit verrichtete. Dabei hatte er doch vor Jahren arrangiert, dass seine jüngste Tochter Kathie den Junior vom Eidenberger heiratete. Der Geschäfte wegen und damit er seinen Einfluss auf dem Sägewerksbetreiber noch stärker geltend machen konnte. Was offenbar dennoch nicht immer reibungslos funktionierte.

Jedenfalls war Johannes klar geworden, dass Wilhelm genau diesen Tag abgepasst hatte, an dem er ihren Vater nicht auf dem Hof antreffen würde. Und so stand er plötzlich in der Tür zu seiner Kammer, unangemeldet und mit finsterer Miene. Im ersten Moment glaubte Johannes, dass Wilhelm Bescheid wusste. Dass sie es ihm gebeichtet hatte und sein Bruder hier war, um ihn damit zu konfrontieren. Johannes machte sich sogar für ein, zwei Sekunden darauf gefasst, ihn anzuspringen, ihm die Schulter in den Magen zu rammen und dann, wenn der verweichlichte Lehrer in sich zusammensank, auf ihn einzutreten, bis er sich nicht mehr rührte. Ja, dazu wäre er in dem Augenblick bereit gewesen, aber dann schaute er in Wilhelms Augen, und sein Herzschlag beruhigte sich.

»Was willst du?«

Auch Wilhelm suchte nach Erkenntnis oder Verständnis. Mit einem Mal begriff Johannes, dass nicht nur ein Geheimnis in dieser Familie existierte. Das war freilich nicht weiter verwunderlich.

»Reden«, sagte Wilhelm.

»Der Alte ist Geschäfte machen und Mutter mit den Mägden bei der Obsternte. Wie praktisch für dich«, stellte Johannes mit hörbarer Gehässigkeit fest.

»Ich bin nicht zum Streiten gekommen«, sagte sein Bruder. Er betrat die Kammer und stellte sich ans Fenster. »Hat er's dir also noch nicht gesagt?«, begann Wilhelm schließlich mit ihm zugekehrtem Rücken.

»Was? Dass er ein Auto gekauft hat?«

»Ein Auto?«

»Einen Opel. Den hat er bestellt, als er zuletzt in Passau war.«

»Das ist verrückt.«

»Verrückt? Weil sie uns dann noch mehr hassen werden im Dorf? Na und, drauf geschissen!«

»Verrückt, weil er nicht nur wegen des Erwerbs eines Autos in der Stadt war.«

»Was willst du damit sagen?«

Obwohl Wilhelm sich ihm nicht zuwandte, konnte er an der Art, wie sich die Muskeln in seinem Nacken verkrampften, dessen Anspannung erkennen. »Ich will sagen, dass er kein Auto mehr braucht, weil er verreckt. Der Arzt in Passau hat gemeint, dass er den Winter wahrscheinlich nicht überleben wird.«

11

KARL

Erneut war die Luft im Wirtshaus so dick, dass es Karl anfangs den Atem nahm. Die Stimmung wirkte entsprechend angespannt, und Karl sandte Dr. Weishäupl einen neuen stummen Fluch hinterher. Die Mauser, Kaliber 7,6 steckte in der Gepäcktasche des Motorrads.

Langsam schob er sich durch die Leute hinein in die vom Zigarettenrauch vernebelte Gaststube. Das laute Grölen und Lachen, das haltlose Durcheinanderreden, das noch am Nachmittag kaum zu übertönen gewesen war, hatte einem gedämpften Raunen und Flüstern Platz gemacht, wodurch die Atmosphäre im Schankraum noch bedrohlicher wirkte. Karl ging davon aus, dass die Männer vor allem aus Respekt vor Franz Hirscher auf das provokante Gerede verzichteten. Er selbst wusste vage Bescheid über die Schicksalsschläge, die das Ehepaar Hirscher getroffen hatte. Zwei von ihren Söhnen hatte der Krieg genommen, und was aus dem späten Nachwuchs geworden war, lag nach zwei Jahren immer noch im Dunkeln. Er konnte sich gut vorstellen, wie die Hoffnung auf das Wiederauffinden des jüngsten Sprösslings bei den Wirtsleuten dahinschmolz, je mehr Zeit ins Land ging. Der Kummer darüber hatte dafür gesorgt, dass man Leni Hirscher seither immer seltener zu Gesicht bekam und sich ihr Mann mehr und mehr in einen knurrigen, in sich gekehrten Gesellen verwandelte. Wenn jemand über die Jahre so gebeutelt wurde, schuf das Anteilnahme – die sich in diesem Fall darin ausdrückte, dass die meisten Gäste jetzt stumm vor ihren Bierkrügen hockten: diejenigen, die auf seiner Liste standen, aber auch jene, die eigentlich gar nichts hier drin zu suchen hatten, weil sie für die Ermittlungen vorerst nicht relevant waren. Aber sie aufzufordern, das Wirtshaus zu verlassen, hätte vermutlich nur erneut zu unnötigem Tumult geführt, auf den er lieber verzichtete. So lange sie ihr Maul hielten, sollten sie sich in Gottes Namen an diesem Schauspiel und an ihrem Bier laben. Er warf einen scharfen Blick auf die Saufkumpane, die vorhin noch so laut getönt hatten. Eigentlich allesamt Verdächtige, da sie ihm vorgeschlagen hatten, sich selbst um den Heinrich zu kümmern. Nur wusste er ziemlich sicher, dass keiner der betrunkenen Lumpen in den letzten Stunden auf dem Berg gewesen war; stattdessen hatten sie hier in der Gaststube gehockt. Womit er sie als Mörder des Buben ausschließen konnte.

Sein Onkel trat neben ihn, verschwitzt und schwer atmend.

»Sind noch alle da?«, fragte er leise.

»Der Wegebauer ist verschwunden. Und natürlich nach wie vor der Schmidinger.«

Karl sah sich um. Auch Elisabeth war nicht mehr anwesend. »Hol mir den Wegebauer her. Und am besten bringt er gleich seinen Knecht mit, sonst lasse ich morgen früh seinen Hof stürmen.«

Georg nickte und zupfte gleichzeitig an seiner Armbinde, als wollte er deutlich machen, dass er eigentlich nicht der Mann für Botengänge war.

»Ist noch was?«, fauchte er, weil sein Onkel sich nicht in Bewegung setzte.

»Die Weiber ...«

Herrgott, die hatte er völlig vergessen. »Sind sie noch drüben in der Schule?«

Georg schüttelte den Kopf. »Ich habe deine Tante abgeordnet, sie dort zu halten, aber irgendwann waren sie des Wartens überdrüssig.«

Karl funkelte ihn böse an. Ohne ein weiteres Wort ließ er ihn stehen und durchquerte den Schankraum. Franz Hirscher saß ganz hinten in der Ecke. Trotz des Platzmangels hatte man ihm den Tisch alleine überlassen. Vor ihm stand eine entkorkte Flasche Schnaps, um die er seine Finger gelegt hatte. Karl ging zu ihm, zog sich einen Stuhl heran und setzte sich dem Wirt gegenüber. In seinem Rücken spürte er die Blicke der Männer, welche die Gaststube füllten.

»Wo ist Ihre Tochter?«

Franz Hirscher hob seinen Kopf. Sein Unterkiefer mahlte. Er trank aus der Schnapsflasche, dann deutete er damit nach oben. »In ihrer Kammer«, knurrte der Wirt.

Karl nickte. »Ich habe angeordnet, dass man Heinrich ins Haus meines Onkels bringt und ihn dort verwahrt, bis ...« Er brach ab, weil ihm wieder bewusst wurde, dass immer noch niemand aus der Dienststelle angerückt war, um die Leiche des Lehrers abzuholen. Die genau genommen gar nicht mehr abgeholt werden konnte ... Wo steckten seine Kollegen bloß? Ihm fiel ein, dass er auch vergessen hatte, seinen Onkel wegen der Telefonleitung zu ermahnen. Und was war überhaupt mit dem Doktor? Der musste doch längst wieder in Wegscheid sein und Bescheid gegeben haben. Freilich konnte es sein, dass Dr. Weishäupl darauf verzichtet hatte, um dem Oberstleutnant nicht erklären zu müssen, wieso er ohne Major Leiner und dafür mit dessen Dienst-Motorrad zurückgekehrt war.

Himmelherrgott, diese Untersuchung hier war ihm entglitten. Oder er hatte sie nie wirklich in Griff gehabt. Ja, das traf wohl eher zu.

»Ist er freiwillig gegangen?« Das war die raue Stimme des Wirts.

»Freiwillig?«, wiederholte Karl und suchte Hirschers getrübten Blick. Entdeckte er da tatsächlich Trauer um den ungeliebten Enkel, der angeblich nur eine Last und zum Schämen gewesen war? Karl schüttelte kaum merklich den Kopf. »Wenn er von dem Treppenabsatz, an dem das Seil befestigt war, gesprungen wäre, hätte das erhebliche Gewicht des Buben bewirkt, dass sein Genick gebrochen wäre. Immerhin ist er rund zwei Meter gefallen. Aber soweit ich es ertasten konnte, waren die Halswirbel intakt. Ich denke, er wurde langsam nach oben gezogen und dadurch stranguliert, bis der Tod eintrat.«

Franz Hirscher trank von dem Schnaps.

»Muss sich wenigstens der Hitler nicht mehr drum kümmern«, maulte einer gehässig vom Stammtisch herüber.

Offenbar hatte Karl nicht leise genug gesprochen. Wütend fuhr er herum, doch die Zecher schauten alle unbeteiligt in ihren Bierschaum. Er erhob sich und trat mit geballten Fäusten an den Stammtisch. Ja, verdammt noch mal, jetzt hätte er wirklich gerne seine Pistole aus dem Holster gezogen. Dabei war er bisher immer sehr zurückhaltend mit dem Griff zur Waffe gewesen, hatte in all seinen Dienstjahren nie auf jemanden geschossen. »Noch so eine Entgleisung, und ich werfe euch allesamt raus«, drohte er, und diesmal gab es keine Widerworte, selbst von denen nicht, die schon das Stadium schwerer Trunkenheit erreicht hatten. Fast wünschte er sich, dass einer es wagte, das Maul aufzumachen. Nur damit er einen Grund gehabt hätte, seine Fäuste einzusetzen, und zwar so fest er nur konnte. So lange, bis Blut floss. Er verspürte ein immenses Verlangen, seinem Zorn Luft zu machen. Ein Gefühl, dass er so gar nicht an sich kannte. Es ist der Ort.

Offenbar bemerkten auch die Taugenichtse die Rage in seinen Augen und begriffen selbst in ihrem benebelten Zustand, dass jede weitere Provokation üble Folgen haben würde.

Bevor die Situation in die eine oder die andere Richtung kippen konnte, betraten der Waldbauer und sein einarmiger Sohn die Gaststube. Karl überkam sofort eine weitere heiße Welle tiefsten Grolls. Welche Arroganz der Steiner an den Tag legte! Das war heute schon der zweite herausfordernde Auftritt, der Karl verdeutlichen sollte, dass der Großbauer gesellschaftlich über allen anderen stand. Was er jetzt zusätzlich noch damit unterstrich, dass er seinen jüngsten Sohn nicht wie angeordnet mitbrachte. Karl sagte nichts. Er stand bloß da und ließ die Steiners an sich vorbeigehen und die Stühle einnehmen, die man diensteifrig für die beiden frei gemacht hatte.

Wieder war es still geworden, und damit bot sich für ihn ein guter Moment, diese verbohrten Dörfler wachzurütteln. Karl postierte sich so, dass er den verwaisten Ausschank im Rücken und damit alle Anwesenden im Blick hatte.

»Zwei Tote hatte dieser Ort in den letzten Stunden zu beklagen«, begann er mit erhobener Stimme. »Zwei Tote, deren Dahinscheiden nicht natürlicher Art war. Jemand hat nachgeholfen. Sowohl bei Wilhelm Steiner als auch bei Heinrich Hirscher.« Er hob die Hand, um jeglichen Einwand von vornherein zu unterbinden.«Und ich behaupte außerdem, dass ein Zusammenhang zwischen den beiden Morden mehr als wahrscheinlich ist.«

Keiner der rund zwei Dutzend Männer, die im Halbkreis um ihn herumsaßen, konnte nun mehr an sich halten. Karl ließ sie eine Minute wild durcheinanderreden, bis er hart den Absatz auf die Holzdiele donnerte und gleichzeitig mit einem lauten Schrei Ruhe einforderte, auch wenn der Qualm, der unter der niedrigen Decke waberte, ihn bereits schmerzhaft im Hals kratzte.

»Ihr hattet genug Zeit. Und jetzt werde ich nicht weiter darauf warten, bis jemand freiwillig was Brauchbares zu sagen oder eine Beobachtung zu melden hat.« Er deutete auf seinen Onkel. »Ortsvorsteher Leiner hat eine Liste mit Namen, und wer aufgerufen wird, begibt sich unverzüglich zu mir in den Nebenraum.«

Er sah hinüber zu seinem Onkel, der knapp und entschlossen nickte. Ihm war klar, dass Georg nicht etwa wegen ihres familiären Verhältnisses Einsatz zeigte. Nein, der Bäcker wollte lediglich seine Loyalität der Partei gegenüber herausstellen, was natürlich auch die enge Zusammenarbeit mit der hiesigen Polizeibehörde umfasste.

»Mit Ihnen fange ich an, Herr Steiner.« Karl deutete auf den Waldbauern. Ohne auf dessen Reaktion zu warten, drehte er sich um und marschierte zwischen Ausschank und Stammtisch hinaus in den finsteren Gang. Während er die Tür zur Küche und den Toiletten passierte, vernahm er hinter sich Gemurmel und Stühlerücken. Dann erreichte er den Eingang zum Nebenzimmer, einem kleinen Raum, der an drei eng platzierten Tischen nur wenig Raum bot und ebenfalls weitgehend im Dunkeln lag. Nur auf einen der Tische hatte ihm Franz Hirscher eine schwach leuchtende Petroleumlampe gestellt. Er setzte sich dorthin, den Blick zur Tür gerichtet, und drehte den Docht hoch, was ihm ein klein wenig mehr Helligkeit einbrachte. Für seine Notizen würde es ausreichen.

Die fettig glänzende Tischplatte wies unzählige Scharten auf. Er wollte nicht darüber nachdenken, wann sie zum letzten Mal gesäubert worden war, und legte stoisch Block und Bleistift vor sich ab.

Josef Steiner ließ sich Zeit, aber damit hatte Karl gerechnet. Es verging eine volle Minute, bis er endlich im Türrahmen auftauchte. Er trug nach wie vor seinen zerknautschten Hut, als wäre ihm dieser am Kopf festgewachsen. Unweigerlich musste man sich fragen, ob er ihn wenigstens beim Betreten der Kirche absetzte. Oder ob er sich selbst über seinen Herrgott erhaben fühlte.

»Nehmen Sie Platz!«, verlangte Karl.

Das Licht der Lampe zeichnete tiefe Schatten in das wettergegerbte Gesicht des Bauern. Der Widerwille, hier mit Karl allein zu sein, war hart in die Züge des alten Steiner gemeißelt. Er atmete überlaut. Erst jetzt, da er ihm so nahe war, fiel Karl auf, dass dem Waldbauer ein starker, unangenehmer Körpergeruch anhaftete, der über das übliche Maß hinausging. Daher beugte er sich dem alten Tyrannen nur widerstrebend entgegen. Doch er wollte nun einmal sichergehen, dass ihm kein Zucken entging, und so versuchte er, der Dunstfahne seines Gegenübers keine Beachtung zu schenken.

»Wagen Sie es nicht, mich zu diesem zurückgebliebenen Trottel vom Hirscher zu befragen!«, knurrte Josef Steiner.

»Die Wahl meiner Fragen werden Sie mir überlassen lassen müssen, Herr Steiner.«

»Ihren Vorgesetzten, den Oberstleutnant Ruckdeschl, kenne ich sehr gut, und ich bin sicher, er wird nicht erfreut darüber sein, wenn ich ihm zutrage, was sich einer seiner Untergebenen mir gegenüber herausnimmt.«

Karl hielt dem Blick vom Waldbauer stand und wartete so lange, bis das wortlose Belauern für ihn selbst unerträglich wurde. »Wer hatte einen Grund, Ihren Sohn vom Turm zu werfen?«

Josef Steiner stieß einen abgehackten Lacher aus. »Keiner«, behauptete er dann.

»Ihnen fällt nicht ein einziger Name ein? Niemand, der auch nur andeutungsweise etwas gegen Wilhelm hatte? Soll ich Ihnen das wirklich abkaufen?«

»Was denken Sie denn, Sie Narr? Seit Generationen bestimmt unsere Familie, was hier im Dorf geschieht. Wir halten das Heft in der Hand, ohne uns würde dieser Ort überhaupt nicht existieren. Freilich, damit kann nicht jeder hier umgehen. Von daher können Sie sich sicher denken, dass nicht alle mit allem einverstanden sind. Die Folge ist, dass wir fortwährend der Missgunst anderer ausgesetzt sind. Sie werden also zweifellos genug Leute finden, die schlecht über uns reden.«

»Erwarten Sie bitte kein Mitleid«, sagte Karl und wartete ab, ob Steiner noch etwas hinzufügen wollte.

Das war ein praktikables Vorgehen bei Verhören: auszuharren, bis das Schweigen das Gegenüber erdrückte und es nicht mehr anders konnte, als es zu brechen. Doch der Waldbauer schien diese Taktik zu durchschauen – er schwieg.

»Ihr Sohn Michael wird nicht umhinkommen, sich einer Befragung zu unterziehen«, fuhr Karl schließlich fort. »Sorgen Sie dafür, dass er hier erscheint. Alles andere kann seine Lage nur verschlechtern.«

»Lage, welche Lage? Der Bub hat nichts verbrochen!«, fuhr Steiner ihn an, dessen Augen weit aus den Höhlen getreten waren.

Er steht unter Dampf, jeden Moment wird er explodieren. »Dann hat er auch nichts zu befürchten«, erklärte Karl und versuchte, so gelassen wie möglich zu wirken.

Der Waldbauer musterte ihn noch einen Moment lang, während seine Brust sich hob und senkte. »Sind wir fertig?«, presste er zu guter Letzt zwischen seinen gelben, angefaulten Zähnen hervor.

Karl wartete einige weitere Sekunden, bis er seine nächste Frage stellte: »Wie war Ihr Verhältnis zu Wilhelm?«

Steiner fuhr von seinem Stuhl hoch. Die unerwartete Agilität, die er dabei an den Tag legte, überraschte Karl aufs Neue. Ehe er überhaupt reagieren konnte, langte Josef Steiner nach seinem Hemdkragen, krallte die Pranke in den Stoff und riss ihn auf die Beine und zu sich heran. Da war nicht nur raubtierhafte Beweglichkeit, sondern auch Kraft. Aber es war vor allem der von dem Alten ausgehende Gestank, der Karl die Luft raubte.

»Wie können Sie es wagen«, zischte Josef Steiner. Dann ließ er ihn los. So unvermittelt, wie er vor drei Sekunden noch nach ihm gegriffen hatte. Der Waldbauer plumpste unbeholfen zurück auf den Stuhl, der Atem rasselte in seiner breiten Brust. Karl stand da wie angewurzelt, ohne genau zu wissen, auf was er wartete. Vielleicht darauf, dass den Steiner der Schlag traf, denn im Moment sah es sehr danach aus. Was wohl der Oberstleutnant davon halten würde, wenn ihm der Alte beim Verhör wegstarb?

Er kam nicht mehr dazu, sich dieses Drama auszumalen, denn auf einmal kehrten die Lebensgeister in den Körper des

Waldbauern zurück und damit auch das vernichtende Funkeln in seine Augen. Er fluchte kaum hörbar in seinen wirren Bart.

Karl richtete sich auf. »Wo ist Wilhelm? Haben Sie ihn heimgeholt?«, fragte er streng.

12

JOHANNES

Sein Vater kehrte in die Gaststube zurück, mit derart starrer, wutverzerrter Miene, als trüge er eine Perchtenmaske. Aber das war zu erwarten gewesen, nachdem ihn der Major so vorgeführt hatte. Im nächsten Moment erkannte Johannes, dass es nicht nur der Zorn darüber war, nicht angemessen behandelt worden zu sein. Nein, da war noch etwas anderes. Die ungewohnt wächserne Haut stand in scharfem Kontrast zum dunklen Schatten der Hutkrempe, der das versteinerte Gesicht des Alten teilte. Rasch stand er auf und ging ihm entgegen, der plötzlichen Eingebung folgend, dass sein Vater erstmals und wahrhaftig seine Hilfe benötigte. Eine Stütze, um sich weiterhin aufrecht zu halten. Nichts wäre schlimmer, als wenn die verfluchte Meute hier in der Gaststube den sonst so unbeugsamen Waldbauern straucheln sähe. Eine Schwäche bemerkte, die nicht sein konnte. Nicht sein durfte! Johannes stellte sich ihm in den Weg, bereit, ihn zu umarmen.

Der Alte wirkte verwirrt darüber, wo er auf einmal herkam. Warum er vor ihm stand wie ein Ölgötze. »Du bist dran!«, fauchte er ihm entgegen. »Und jetzt geh mir aus dem Weg, Kreuzkruzifix!« Damit stieß der Alte ihn von sich und stürmte aus dem Schankraum.

Vereinzelt waren Lacher zu hören, und Johannes musste sich zusammennehmen, um nicht wahllos auf diese Mistschädel einzudreschen, die da an den Wirtshaustischen hockten. Erwartungsvoll glotzten sie ihm entgegen. Die meisten hatten zweifellos mitbekommen, dass der Major ihn als Nächstes zum Verhör beordert hatte. Und nun glaubte doch tatsächlich der Hirscher, der sich wieder hinter seinen Ausschank geschleppt hatte, mit einer Handbewegung andeuten zu müssen, wohin er sich zu begeben hatte.

Mit dem Handrücken wischte er sich den Speichel aus dem Mundwinkel, der sich da plötzlich angesammelt hatte, wie bei einem ausgehungerten Hund, dem man einen Wurstzipfel vor die Schnauze hielt. Unfähig zu widerstehen und mit jeder Faser des Körpers gierig darauf, danach zu schnappen. Ja, er fühlte sich bereit, zuzubeißen und Fleischfetzen aus dem grindigen Hals vom Hirscher zu reißen, dass das Blut nur so spritzte ...

Der Gedanke, so wahnwitzig er sein mochte, hatte auch etwas Besänftigendes an sich. Er trug dazu bei, dass er sich wieder fing und die Klarheit in seinen Verstand zurückströmte. Ohne auch nur einen der Männer anzusehen, marschierte er los und folgte dem dunklen Korridor bis zum Nebenzimmer. Die Tür stand offen. Der Major saß an einem der Tische, angeleuchtet von einer armseligen Petroleumlampe. Vorgeblich unscheinbar, in Wirklichkeit nur darauf lauernd, die Mächte des Bösen zu entfesseln. Und war das nicht genau das hinterhältige Wesen des Teufels? Die harmlose Maske, hinter der man die Wahrheit nicht erkannte, bis es zu spät war?

Doch Johannes verspürte keinerlei Furcht vor diesem Abgesandten der Hölle. Er kann da ruhig hocken und nach meiner Seele gieren. Nur um am Schluss festzustellen, dass die überhaupt nicht mehr vorhanden ist. Im Geiste lachte er über die Ahnungslosigkeit dieses kleinen Wachtmeisters und darüber, wie ihm gleich die Augen aufgehen würden. Dann schüttelte er den Kopf. Reiß dich zusammen, verdammt!

»Hinsetzen!«, befahl der Gendarm, als glaubte er wirklich, er hätte hier etwas zu sagen, dieser Wicht.

Dennoch gehorchte Johannes. Schon rein aus Neugier, was der Leiner wohl von ihm wissen wollte.

»Wo waren Sie letzte Nacht?«

Johannes schenkte dem Major ein Grinsen, bevor er antwortete. »Im Bett.«

»Die ganze Nacht?«

»Zumindest, bis der Schmidinger Flori auf den Hof gestürmt ist und Alarm geschlagen hat.«

»Sie wirken nicht sonderlich bestürzt wegen Wilhelms Tod. Wie eng war Ihre Verbindung?«

Johannes zuckte die Achseln. »Ich hab ihn nicht umgebracht. Das wollen Sie doch wissen, oder? Was hätte ich auch für einen Grund haben sollen?«

»Nun, ich vermute, dass Sie jetzt nach Wilhelms Tod an die Stelle des Hoferben rücken.«

»Wilhelm hat der Hof nicht interessiert. Wir wären uns auch so einig geworden.«

»Einig darüber, dass er Ihnen alles überlässt? Die Landwirtschaft? Das Holzgeschäft? Ich wage zu behaupten, dass er seinen Anteil an allem verlangt hätte. Und dann hätten Sie möglicherweise einen Teil Ihres Besitzes veräußern müssen. Kein erbaulicher Gedanke, finde ich.«

»Dummes Geschwätz! Sie wissen nichts über uns! Halten Sie sich mit solchen Unterstellungen gefälligst zurück, wenn die nur auf Ihren Hirngespinsten beruhen!«

»Hatte er Feinde, Ihr Bruder?«

Johannes begann den sachlichen Ton des Polizisten mehr und mehr zu fürchten. So kariertes Zeug redet der Teufel, der mich in die Falle locken will. Wie hatte sein Vater das hier bloß ertragen? Vielleicht sollte er dem Gendarmen etwas zu denken geben, damit er das Maul hielt? »Den Wirt«, sagte er.

»Franz Hirscher? Was hatte der gegen Wilhelm?«

»Der Hirscher hat seine zwei Söhne im Krieg verloren und seither einen Hass auf alle, denen es besser ergangen ist. Allen voran uns Steiners, weil wir ... jedenfalls ...« Er geriet ins Stocken. Seine Gedanken zerfielen. Er konnte sie nicht richtig zusammenhalten, und das ärgerte ihn dermaßen, dass er beinahe mit der Faust auf den Tisch gedonnert hätte. »Wilhelm war ja nicht einmal im Krieg ...«, fuhr er fort, und dann traf ihn ein unerwarteter Geistesblitz. Im Krieg ... »Sie ja wohl auch nicht, Herr Major!« Die Gehässigkeit, mit der er dem Gendarmen plötzlich Konter geben konnte, zerlief wie Butter über seinem erhitzten Gemüt. Und auf einmal sprudelte es aus ihm heraus, so wie es aus dem Granitstein sprudelte, dem oben am Hirschenberg der Osterbach entsprang. »Jedenfalls dürften Ihnen die scheelen Blicke von denen, die unser Vaterland bis aufs Blut verteidigt haben, nicht fremd sein. Kann Ihnen Ihr Onkel vielleicht deshalb nicht in die Augen schauen? Weil auch er mit dem Schicksal von seinem Hubert hadert, besonders wenn Sie ihm begegnen? Mei, der Hubert, das einzige Kind. Nach dessen Geburt hat die Traudl ja keins mehr kriegen können. Deshalb hat er sie auch betrogen, der Georg ... «

»Lenken Sie nicht ab. Es geht nicht um meine Familie in dieser Unterhaltung!«, unterbrach ihn der Major lautstark, klang jedoch mit einem Mal nicht mehr so besonnen wie noch vor einer Minute.

Johannes setzte ein Grinsen auf, das ohne Zweifel so scheinheilig wirkte, wie es sich anfühlte. »Mir war nur wichtig, dass Sie verstehen, wie im Dorf über diejenigen gedacht wird, die keine Kriegsopfer zu beklagen haben.«

»Das ist ein dürftiges Argument, um jemanden des Mordes zu bezichtigen ...«

Neben den Worten des Majors war plötzlich deutlich zu hören, wie ein motorisiertes Vehikel vorfuhr. »Endlich«, entfuhr es dem Polizisten, und er sprang auf. »Das muss der Wagen sein, der die Leiche holen kommt«, murmelte er auf dem Weg aus der düsteren Kammer.

»Das denke ich nicht«, rief ihm Johannes hinterher. Was dort draußen vor dem Wirtshaus dröhnte, war zwar ohne Frage ein Automobil, aber so, wie es sich für ihn anhörte, war es der schnittige 200er-Mercedes, mit dem für gewöhnlich der Teufel in Talberg vorfuhr.

13

Er ließ sich Zeit. Hatte nicht vor, sich als blöder Gaffer dazuzugesellen, um den schwarzen Wagen zu bewundern, wie es die anderen nur zu gerne taten, immer wenn der Steinbruchbesitzer in den Ort kam. Das geschah in der Regel einmal die Woche, weshalb Johannes nicht verstand, wieso ein paar Dummköpfe jedes Mal aufs Neue diesen Affenzirkus veranstalteten. Dann standen diese Deppen dumm um den Wagen herum, traten gegen die Reifen, um den Luftdruck darin zu prüfen, und redeten daher, als verstünden sie etwas von der Technik eines Automobils. Wo doch allen klar war, dass dieses Buckeln vor dem Geschäftsmann aus Passau nur dazu diente, sich bei ihm anzubiedern, in der vagen Hoffnung, eine Anstellung oder etwas Ähnliches zu ergattern. Johannes interessierte das nicht. Aber er wollte unbedingt das enttäuschte Gesicht des Majors sehen, wenn dieser feststellte, dass nicht die sehnsüchtig erwarteten Kollegen angekommen waren. Von der Schadenfreude gelenkt, trat er in dem Moment ins Freie, als der Teufel seinen massigen Leib aus dem Gefährt wuchtete.

»Wer sind Sie?«, hörte er den Leiner fragen, der sich durch die Schaulustigen gedrängt hatte.

Ludwig Teufel baute sich vor dem Polizisten auf. »Und wer bist du, Bürscherl?« Seine Stimme grollte so dunkel wie der Motor seines Wagens.

»Polizeimajor Karl Leiner!«

»Aha! Und was will die Schmier in meinem schönen Talberg?«

»Dein Talberg! Soweit kommt's noch«, schallte es über den Dorfplatz. Johannes blinzelte hinüber zur Kirche, wo sich aus der Dunkelheit die Umrisse seines Vaters schälten, der sich jetzt mit raumgreifenden Schritten näherte. Warum war er nicht schon längst daheim? Was hatte ihn aufgehalten, nachdem er vorhin fluchtartig das Wirtshaus verlassen hatte?

»Sieh an, heute ist das Empfangskomitee ja besonders hochrangig besetzt.« Der Geschäftsmann aus Passau feixte.

»Was will der hier?« Die Frage des Polizisten war an den Hirscher gerichtet, der ebenfalls aus dem Wirtshaus gekommen war.

»Übernachten. Wie jedes Mal, wenn er nach seinem Steinbruch geschaut hat«, erklärte der Wirt.

Doch die allgemeine Aufmerksamkeit galt inzwischen dem Aufeinandertreffen von Steiner und Teufel.

»Da ist Wald abgerutscht, oberhalb vom Bruch. Du zahlst mir jeden Baum, Teufel! Jeden einzelnen Baum, der in das verfluchte Loch fällt, das du in unseren Berg gesprengt hast!«

Der Geschäftsmann lachte laut. »Du jammerst! Dabei solltet ihr froh sein! Wenn der Steinbruch weiterhin so ergiebig ist, trag ich euch noch den ganzen Berg ab, dann habt ihr bald freie Sicht runter bis Wegscheid.«

»Einen Scheißdreck wirst du!« Der Alte schwang drohend seinen Stock, doch der Teufel, der größer und auch deutlich breiter als sein Vater war, wich keinen Millimeter zurück.

»Solange die droben in Berlin mit meinem Granit immer noch mehr Prachtbauten hochziehen, liefere ich selbstverständlich fleißig und getreu weiter. Die brauchen mich für ihre Heimatschutzarchitektur, das verstehst du doch, Waldbauer, oder? Stell dir vor, womöglich legen sie euch deswegen sogar die Eisenbahn bis hier herauf, damit der Führer noch schneller an den begehrten Stein kommt, den er so gerne anschaut ...«

»Halt endlich dein Schandmaul, Teufel!«, fauchte sein Vater.

Johannes war beunruhigt darüber, wie schwer er sich offensichtlich tat, seine aufrechte Haltung zu wahren. Der Teufel grinste ihm unverfroren ins Gesicht. Das würde den Zorn des Alten noch mehr aufkochen lassen. Er fragte sich, ob die ewige Wut seines Vaters dazu ausreichte, dass er seinen Prügel auch gegen den Steinbruchbesitzer einsetzte. Und ob der Major dann dienstbeflissen dazwischenging und sich bestenfalls selber eine einfing. Noch während er sich an der Vorstellung weidete, nahm das Wortgefecht eine unerwartete Wendung.

»Wie wär's, bereit für eine Runde Schafkopfen, Waldbauer?«, fragte der Teufel mit süffisanter Miene. »Wir haben noch nie gegeneinander gespielt. Du könntest deinen Berg einsetzen und ich meinen Steinbruch. Na, wie schaut's aus? Hast den Schneid? Wenn du gewinnst, bist du mich los und kannst gleichzeitig dem Führer Granit verkaufen.«

Sein Vater stand dem Passauer gegenüber. Johannes konnte sehen, wie sein Oberkörper bebte. Wie er mit sich rang, um den anderen nicht einfach so davonkommen zu lassen. Er fühlt sich zu schwach, begriff Johannes mit einem Mal. Darum greift er nicht weiter an, egal ob mit Worten oder Taten. Schließlich spuckte der Alte zu Boden, und das schien alles zu sein, was er noch zustande brachte. Dann wandte er sich ab und schleppte sich davon.

Der Teufel lachte ihm gehässig hinterher. »Irgendwann spielen wir noch um den Berg, Waldbauer, das riech ich. Aber gut, wie mir scheint, gibt es heute Abend noch andere Herausforderungen beim Hirscher als ein Kartenspiel mit ein paar Verzweifelten.« Er warf einen abschätzenden Blick auf den Major, der damit beschäftigt war, diejenigen Leute zurück ins Wirtshaus zu scheuchen, die er noch zu befragen gedachte. Doch es war vermutlich nicht die Aufforderung des Polizisten, der die Männer folgten. Johannes ahnte, dass sie vielmehr die Aussicht auf ein Spiel mit dem reichen Geschäftsmann wieder zurück in die Räucherkammer vom Hirscher trieb. Die Aussicht auf ein Spiel und die damit verbundene klägliche Hoffnung, ein paar Reichspfennige einzustreichen. Dabei war doch allgemein bekannt, dass man gegen den Teufel nicht gewinnen konnte. Eine Tatsache, die auch schon dazu geführt hatte, dass einige im Dorf horrende Spielschulden bei dem Steinbruchbesitzer hatten und bisweilen dazu gezwungen waren, diese mit irgendwelchen Diensten abzuarbeiten.

Johannes war hin- und hergerissen, ob es sich auszahlte, das weitere Geschehen im Wirtshaus zu verfolgen, oder ob er besser dem Alten hinterherging. Er drehte sich um und spähte in die Finsternis jenseits des Dorfplatzes, von wo er das Plätschern des Dorfbrunnens vernahm. War da ein Schatten? Stand er noch dort und wartete auf ihn? Wenn ja, dann musste er zu ihm. Das wünschte sich der Alte von ihm, auch ohne es eigens zu betonen. Widerwillig marschierte er los, hin zu dem Schemen, der sich beim Näherkommen tatsächlich als sein Vater entpuppte. Schwer auf seinen Stock gestützt, den er heute offensichtlich nötig hatte.

»Dreckhammel, allesamt«, knurrte er, als Johannes ihn erreicht hatte. »Wir müssen aufpassen, Bub!«

»Was meinst du?«

Sein Vater streckte den Arm nach ihm aus und zog ihn zu sich heran. Johannes war es von jeher schwergefallen, diese Nähe zu ertragen, aber im Moment konnte er nichts dagegen machen.

»Ich brauch dich«, murmelte der Alte, und Johannes wäre vor Überraschung fast zurückgezuckt. So etwas hatte er noch nie von seinem Vater gehört. »Genauso wie den Michl. Wir müssen jetzt zusammenhalten.«

»Was soll ich tun?«, fragte er und hoffte gleichzeitig, dass sein Vater die Unsicherheit in seiner Stimme nicht hörte.

»Fragt die Leute aus. Und seid nicht zimperlich!«

»Worüber?«

»Irgendwer muss einfach was wissen. Hier im Ort bleibt nichts verborgen.«

»Was? Wer muss was wissen?«

Der Atem seines Vaters ging schwer, doch diesmal wohl weniger aus Wut. »Jemand hat die Leiche deines Bruders gestohlen.«

14

KARL

»Braucht der Herr Wachtmeister den Nebenraum noch?«, wollte der Hirscher wissen.

Karl sah sich um. Im Schankraum hockten nur noch Besoffene. Und die Schafkopf-Runde, zu der Teufel eingeladen hatte. Der Geschäftsmann thronte breitbeinig auf seinem Stuhl und mischte gerade die Karten für eine neue Runde. Vor ihm auf dem Tisch türmten sich vier Münzstapel. Die drei Männer, die heute gegen ihn antraten, sahen schon recht abgebrannt aus. Keiner besaß mehr als nur noch drei, vier Reichspfennige, und damit war abzusehen, dass die Kartenrunde sich bald auflösen würde. Vorausgesetzt, der Steinbruchbesitzer begann nicht damit, Schuldscheine zu verteilen, um sich noch eine Weile am Pech seiner Gegner ergötzen zu können. Ab und an schallte sein donnerndes Lachen durch die Gaststube. Karl mochte ihn nicht. Die herablassende Art, die der Passauer den Leuten in Talberg entgegenbrachte, war ihm zuwider. Zu deutlich zeigte dieser feiste Mann damit, dass die einfachen Bauern und Arbeiter in seinen Augen nichts wert waren.

Karl wandte sich von dem Tisch mit den Kartenspielern ab und seinem Onkel zu, der, unruhig auf den Sohlen wippend, neben dem Wirt stand. »Wo ist der Wegebauer?«

Schulterzucken. »Da hat keiner auf mein Klopfen geantwortet. Und Licht habe ich auch nirgendwo mehr brennen sehen.«

»Du warst selbst dort?«, hakte er nach.

»Wie aufgetragen«, gab sein Onkel etwas spitz zurück.

»Dann gehe ich mal davon aus, der Schmidinger taucht heute auch nicht mehr auf?«

Wieder hüpften die Schultern des Bäckers. Alle anderen hatte Karl so weit befragt, ohne dass auch nur einer etwas brauchbar Neues beigesteuert hatte. Jeder erzählte nur das, was ohnehin schon bekannt war. Als hätte man die Männer kollektiv eingeschüchtert und vorab klargestellt, dass der Polizei gegenüber keine verfänglichen Aussagen gemacht werden durften. Ja kein falsches Wort, also halt besser gleich ganz dein Maul!

Für Karl kam nur einer infrage, der dies von allem und jedem im Dorf verlangen konnte. Und der sich zudem das Privileg herausnahm, auch seinen Sohn vom Verhör fernzuhalten. Denn auch Michael Steiner war nicht mehr erschienen. Dieses Fernbleiben konnte man natürlich als Schuldeingeständnis auslegen. Aber so dumm, dass er Karl seinen Sohn aus diesem Grund entzog, war der alte Steiner nicht.

»Was ist jetzt mit dem Nebenraum, kann ich da zusperren?«

»Von mir aus!«, knurrte Karl. »Und richten Sie mir eine Kammer her, ich muss heute hier übernachten!«

Franz Hirscher schaute zwischen Georg und ihm hin und her. Offenbar wunderte sich der Wirt darüber, warum er nicht ein Quartier bei seinem Onkel bekam. Dabei musste er doch wissen, dass das Verhältnis zwischen den Leiner-Brüdern zerrüttet war.

»Gegen eine Quittung kriegen Sie auch Geld dafür, sofern mir das Bett zusagt«, fügte Karl mürrisch hinzu.

Franz Hirscher hob ergeben die Wirtspranken. »Eine Kammer habe ich noch, Herr Major. Also, wenn es Sie nicht stört, dass nebenan der Teufel schnarcht. Damit müssen Sie halt zurechtkommen.«

Karl starrte ihn bloß stumm und durchdringend an, bis der Wirt sich schließlich abwandte.

»Dann schüttle ich mal Ihr Bett auf, Herr Wachtmeister.«

Karl wandte sich seinem Onkel zu. »Was ist mit dem Telefon?« Er ahnte, dass nicht mit einem positiven Bescheid zu rechnen war.

»Ich hab dem Ferdl, meinem Gesellen, aufgetragen, er soll den Verlauf der Leitung abgehen, aber bis zum Einbruch der Nacht hat er nichts gefunden, was nach einer Beschädigung ausschaut.«

»Nur enttäuschende Nachrichten für den Führer«, kommentierte Karl bissig und folgte dem Hirscher, der mit schweren Schritten bereits die Holzstiege zu den Kammern für Übernachtungsgäste hochstampfte.

Fünf Minuten später lag er angezogen auf dem Bett. Nur die immer noch feuchten Schuhe, die er der Hirscher Vroni verdankte, hatte er abgestreift und unter das winzige Fenster gestellt, über das die Gästekammer verfügte. Er hoffte, dass sie bis morgen früh einigermaßen trockneten. Das Bett war zu kurz und knarzte bei jeder Bewegung. Obendrein entstieg ihm auch noch ein äußerst unangenehmer Geruch. Einer von vielen, mit denen dieses schimmlige Zimmerchen aufwartete, das kaum größer als ein Schweinekoben und auch kaum weniger verdreckt war. Er versuchte nicht darüber nachzudenken, wie viele Betrunkene schon in die Strohmatratze uriniert hatten. Von sonstigen Ausscheidungen ganz zu schweigen.

Selbst das Wasser in der Kanne, die zusammen mit einer gesprungenen Waschschüssel auf dem Tischchen unterm Fenster stand, roch so abgestanden, dass man sich fragen musste, warum nicht längst alles verdunstet war. Aber vermutlich war die Luft im Raum schlicht zu feucht, um noch mehr Flüssigkeit aufzunehmen.

Er entschied, sich möglichst wenig zu bewegen und nur das Nötigste anzufassen. Obwohl eine bleierne Müdigkeit auf seinem Geist lastete, wurde ihm sehr bald bewusst, dass er in dieser Zumutung von einem Bett kein Auge zutun konnte. Zwei Morde innerhalb weniger Stunden – und alles, was er hatte, waren Mutmaßungen. Die Dorfleute weigerten sich, mit der Wahrheit herauszurücken. Der Waldbauer untergrub nicht nur seine Integrität, sondern auch seine Ermittlungen. Egal, mit wem er sprach, keiner hinterließ auch nur im Ansatz den Eindruck, an einer Aufklärung der Morde interessiert zu sein. Außer vielleicht Elisabeth Steiner.

Als das Bild der jungen Witwe wieder vor seinem geistigen Auge auftauchte, war die Müdigkeit endgültig vergessen.

Ich sollte nach ihr sehen!

Auch wenn es sein eigener Gedanke war, fühlte er sich davon überrumpelt. Dennoch zögerte er kaum eine halbe Minute, bevor er die Beine aus dem Bett schwang und die kalten Zehen zurück in die feuchten Lederschuhe steckte.

15

JOHANNES

Er hatte den Alten heimgebracht. Noch nie war ihm sein Vater so müde und ausgelaugt vorgekommen. Nachdem er ihm die Haustüre geöffnet hatte, gab er vor, noch nach dem Vieh sehen zu wollen. Sein Vater erkannte entweder keinen Widersinn in diesem Vorhaben – oder er konnte schlichtweg nicht mehr dagegen aufbegehren und ihn darüber belehren, dass man den Kühen ihre Nachtruhe lassen musste, damit die Milch nicht sauer wurde. Oder eine andere seiner Weisheiten, die er unter normalen Umständen zu hören gekriegt hätte. Doch der Alte sagte nichts dergleichen, schlurfte einfach nur den Flur entlang und hinein in die Dunkelheit der Bauernstube.

Johannes blickte ihm kurz hinterher und wandte sich dann ab. Ihm leuchtete immer noch nicht ein, wieso jemand Wilhelms zerschmetterte Leiche hatte verschwinden lassen. Und wie sollte das überhaupt vonstattengegangen sein? Unter aller Augen im Dorf. Und warum eigentlich? Aus Angst, dass man an dem Toten noch etwas finden möchte, etwas Belastendes für denjenigen, der ihn beiseitegeschafft hatte? Oder war es gar nicht der Täter gewesen? Wer noch trieb hier sein perfides Spiel mit ihnen?

Er fand keine Antworten auf seine Fragen, während er darauf wartete, dass oben in der Schlafkammer seiner Eltern die Kerze erlosch. Erst dann wagte er sich über den Hof. Im Vorbeigehen ermahnte er den Hofhund, keinen Ton von sich zu geben, und bog dann erneut auf den Weg hinunter ins Dorf ein. Es war bloß so ein dummes Gefühl, das ihn antrieb. Dass in dieser Nacht noch irgendetwas geschehen würde. Dass noch nicht alle zur Ruhe gefunden hatten. Für diese Ahnung fand er keine Erklärung, dennoch war er nicht davon abzubringen. Es würde noch etwas passieren heute Nacht, und er musste dabei sein und gegebenenfalls dazwischenfahren. Die Zügel wieder an sich reißen. Die Dinge durften nicht noch einmal so aus dem Ruder laufen wie in der Nacht zuvor.

Vom schwarzen Himmel schien kein Mond. In den Stallungen brannte immer ein Licht, seit man eine Leitung zu ihnen heraufgelegt hatte, doch unterhalb des lang gestreckten Gebäudes wurde es sogleich stockdunkel um ihn. Egal, er kannte den Weg, gewissermaßen jeden Stein und jede Wurzel, die einem Fuß zum Verhängnis werden konnten. Womöglich verdankte er dieses Erahnen und Erfühlenkönnen ja auch seiner Einarmigkeit. Zu straucheln und hinzufallen war das eine, es mit nur einem Arm zu tun das andere. Und vermutlich prägte sich ihm die jeweilige Umgebung besser ein als jemandem, dem beide Arme zur Verfügung standen, um den Sturz abzufangen.

Unten angelangt, orientierte er sich am Plätschern des Dorfbrunnens und fand schließlich die Friedhofsmauer, an der er sich entlangtastete, bis er die Dorfstraße erahnen konnte, auf die schwach das Licht aus den Wirtshausfenstern fiel. An der Ecke hielt er inne. Zwar wusste er, dass er mit den schwarzen Schatten ringsumher verschmolz, solange er sich nicht rührte, doch war er immer noch unsicher, was genau er hier überhaupt zu entdecken hoffte. Schnell bereute er es, sich keine Jacke übergezogen zu haben. Nun, immerhin hatte er einen Arm weniger, an dem er fror.

Länger als beabsichtigt, stand er, umgeben von beißendem Wind, in der Dunkelheit. Doch seine Hartnäckigkeit wurde schließlich belohnt. Der Major trat aus dem Wirtshaus. Johannes musste sich zusammenreißen, damit ihm kein Laut entfuhr. Der Wolf knurrt nicht, wenn er seine Beute abpasst.

Der Polizist schien ebenfalls gut mit der Dunkelheit zurechtzukommen. Doch während Johannes eng an der Friedhofsmauer blieb, hielt sich der Gendarm auf der Straße. Dass er zum Schulhaus wollte, war keine Frage.

In der Lehrerwohnung brannte noch Licht. Genau genommen in der Schlafkammer, wo nun das blonde Miststück das Bett für sich alleine beanspruchte. Zwischen Kirche und Schulhaus stand eine über den Dachfirst hinausragende Tanne, die Johannes zusammen mit der Dunkelheit genug Schutz bot, um sich bis auf fünf, sechs Meter an den Ermittler heranzupirschen. Der Leiner-Neffe klopfte indessen in unverfrorener Polizistenmanier an die Eingangstüre, ganz als würde es sich um einen amtlichen Besuch handeln. Dreckiger Hund, dreckiger!

Es brauchte nur ein zweimaliges Klopfen, bis sich oben das Fenster öffnete, gerade so, als hätte das Luder nur auf dieses Signal gewartet. Ja, so musste es sein. Die ganze Zeit, seit der Major im Dorf umherstiefelte, hatte sich das schon angekündigt. Diese Hexe konnte nicht einmal vierundzwanzig Stunden der Trauer ins Land gehen lassen, bevor sie sich ein neues Mannsbild ins Haus bestellte. Johannes ballte die eine Faust, die ihm geblieben war.

Seine Schwägerin streckte eine Laterne aus dem Fenster und leuchtete auf ihren nächtlichen Besucher hinab. Schnell zog Johannes sich hinter die Tannenzweige zurück und atmete flach, damit ihm kein Wort entging.

»Herr Major?«, tönte es in überraschtem Flüsterton von oben. Wie sie sich verstellen konnte!

»Wollte nur noch mal nach Ihnen sehen«, erklärte der Polizist.

»Machen Sie sich Sorgen, ich könnte ebenfalls verschwinden?«

»Sie sollten diese Angelegenheit nicht auf die leichte Schulter nehmen!«, mahnte der Major. »Ist so weit alles in Ordnung?«

»Bei mir ja! Und bei Ihnen? Sind Sie mit den Verhören vorangekommen?«

»So schlecht, wie ich vermutet hatte. Bisher habe ich niemanden gefunden, dessen Aussage mir weiterhelfen konnte.«

Das wird auch so bleiben, dachte Johannes hämisch.

»Wollen Sie hochkommen? Ich mache Ihnen gerne noch einen Kaffee«, fragte das Miststück unverblümt.

»Es liegt mir fern, Sie vom Schlafen abzuhalten«, erwiderte der Gendarm.

Johannes empfand ihre Unterhaltung zunehmend als niederträchtiges Ränkespiel, als scheinheiliges Theaterstück. Als führten sie dieses Gespräch in der böswilligen Absicht, ihn zu demütigen.

»Ach, Unsinn, Sie können sich doch denken, dass ich mich schwertue, überhaupt ein Auge zuzumachen. Warten Sie, ich komme runter und schließe Ihnen auf.« Und schon verschwand das Licht oben in der Kammer.

Nein, nein, nein!

Es kostete ihn immense Willenskraft, nicht auf der Stelle aus seinem Versteck zu springen und dem verfluchten Major sein Messer zwischen die Rippen zu rammen. Es dauerte nur wenige Sekunden, bis der Schlüssel im Schloss gedreht und die Türe geöffnet wurde. Augenblicklich überfiel ihn eine brennende Hitze, die jede Zelle seines Körpers zum Glimmen brachte. Gleichzeitig wich die Kraft aus seinen Beinen, und er musste sich an einen der Äste klammern, um nicht einfach umzufallen. Die Nadeln der Tanne stachen ihm tief in die Handfläche. Doch er hieß den Schmerz willkommen, denn er vertrieb die Schwäche aus seinen Beinen. Im selben Augenblick wurde ihm klar, dass endlich die Zeit für ein zweites Leinensäckchen um seinen Hals nahte.

Mit einer neuen Haarlocke darin, diesmal in Blond.

16

Ein Hämmern holte ihn aus einem Traum, dessen vernebelte Bilder wie von einer heftigen Windböe auseinandergefegt wurden, kaum dass er die Augen aufgeschlagen hatte. Er fühlte sich, als wäre der Schlaf erst vor wenigen Minuten über ihn gekommen, um ihn von seiner durchwachten Nacht zu erlösen. Jemand klopfte laut gegen die Tür seiner Kammer.

»Johannes, bist du wach?«, hallte es von draußen. Es war Michael, der die Tür in ihren Angeln erbeben ließ.

»Hör auf!«, krächzte er schließlich und wälzte sich mit der geübten Gewandtheit eines Einarmigen von seiner Strohmatratze. Kaum stand er aufrecht, packte ihn allerdings ein Schwindel, und er suchte Halt am Bettgestell. Das Klopfen hatte aufgehört.

»Geh, mach auf!«, verlangte sein Bruder vom Flur her. Johannes schlurfte über die Dielen. Bei der Tür angelangt, stellte er fest, dass er abgeschlossen hatte. Er drehte den Schlüssel, die Tür sprang auf. Der Michl stand vor ihm. Nass und bleich. Dicke Tropfen rollten über seine ausgeprägten Wangenknochen. Erst jetzt vernahm Johannes den Regen, der gegen das Fenster trommelte.

»Was?«, fauchte er.

Sein jüngerer Bruder lächelte verdruckst. »Der Schmidinger liegt tot im Wald.«

17

Der Regen enthielt bereits jene Herbstkälte, die bis hinein ins Knochenmark kroch und Schmerzen in den Gelenken verursachte. Sie bewegten sich am Waldrand entlang, doch der Wind peitschte die harten Tropfen so schräg vor sich her, dass das Blattwerk über ihnen keinen Schutz davor bot. Johannes' Blick war auf den bleichen, ausrasierten Nacken seines Bruders gerichtet. Er hatte ihn nicht gefragt, woher er das mit dem Schmidinger wusste. Nicht einmal, ob er ihn gefunden oder gar selber dazu beigetragen hatte, dass der Knecht vom Wegebauer tot im Wald lag. Johannes hatte lediglich sein Hemd übergestreift, war in seine Beinkleider gestiegen und hatte nach der Jacke gegriffen, die am Haken an seiner Zimmertüre hing. Dann war er dem Michl gefolgt. Barfuß waren sie durchs Haus geschlichen und erst draußen im Innenhof in ihre Stiefel geschlüpft. Eigentlich ein unsinniges Verhalten, nachdem Michael vorhin so einen Radau vor seiner Kammer veranstaltet hatte. Allerdings lag die im hinteren Hausteil, der unmittelbar an den Stall grenzte. Weit genug entfernt vom Schlafzimmer der Eltern, die aus ihrem Fenster nicht auf den Misthaufen schauten, so wie er es tun musste. Den Alten gebührte der Blick hinunter ins Tal, übers Dorf hinweg und hinüber bis zum Dreisessel – sofern das Wetter es zuließ. Heute würden sie freilich auch nicht mehr zu sehen kriegen als eine grauschwarze Wand. Es war noch dämmrig, aber das konnte täuschen, denn der Regen tünchte den Himmel in der Farbe von angelaufenem Silber. Einen Vorteil hatte das Sauwetter zumindest; es trieb ihm die Müdigkeit aus Kopf und Knochen.

Der Hofhund hatte auch diesmal an sich gehalten und ihnen nur mit halb geöffneten, rot geränderten Augen hinterhergeblickt, als sie hinaus in den Wald gestapft waren. Johannes hatte weder eine Vorstellung, wie spät es war, noch konnte er sich erklären, warum oder wozu der Michl schon im Wald unterwegs gewesen war.

Was tu ich hier? Wohin bringt er mich?

Für einen kurzen Moment wallte Angst in ihm auf, und er fragte sich, ob er seinem Bruder nicht allzu sorglos folgte. Was, wenn es dem Michl gar nicht darum ging, ihm einen Toten zu zeigen? Was, wenn es vielmehr sein eigener Tod war, zu dem der Michl ihn hier im Wald führte? Ihn, den Einarmigen, der als Einziger noch zwischen Michael und dem Erbe stand ...

Johannes schüttelte so heftig den Kopf, dass das Regenwasser aus seinem Haar spritzte. Das würde der Michl nicht wagen. Außerdem hätte er Johannes dann nicht die ganze Zeit den Rücken zugekehrt. Es war keine Frage, dass Michael ein Sackmesser einstecken hatte, aber damit konnte er nichts gegen seinen älteren Bruder ausrichten. Diese Lektion hatte er schon gelernt, nicht lange nachdem Johannes aus dem Krieg heimgekehrt war. Unterschätze nie den Einarmigen.

Jetzt hob Michl die Hand, und er blieb stehen. Tief duckte sich sein Bruder unter die Haselnussstauden, die triefnass bis fast zum Boden hingen. Er zeigte den Hang hinab. Dort unten verlief der Weg, der ins Österreichische führte. Ein

Schmugglerpfad, mehr nicht. Und es waren Stimmen zu vernehmen. Michael drehte sich zu ihm um und drückte den Finger auf seine immer noch knabenhaft vollen Lippen. Diese Lippen, die den Weibern so gut gefielen.

»Sie haben ihn schon gefunden«, flüsterte sein Bruder.

Johannes rückte näher an ihn heran. »Warum gehen wir nicht einfach runter und gesellen uns dazu?«, murmelte er ihm ins Ohr.

»Spinnst! Da steht der Gendarm dabei. Dem soll ich nicht unter die Augen kommen, hat der Vater gemeint.«

Warum eigentlich nicht?

Johannes spähte durch Geäst und Regen, konnte aber nichts als Schemen ausmachen. Offenbar verfügte sein jüngerer Bruder über Adleraugen. Oder er war vorhin schon einmal hier und dabei deutlich näher am Geschehen gewesen.

»Ein paar Meter weiter können wir uns noch trauen«, wisperte der Michl zuversichtlich. »Dann hören wir auch, was gesprochen wird.«

Johannes zögerte.

»Geh, wir stehen im Wind, da bleiben wir unbemerkt. Schon allein wegen dem Regen.«

»Was willst du denn erfahren?«, erkundigte sich Johannes im Flüsterton. Eigentlich brannte er nicht weniger als Michl darauf mitzubekommen, was dort unten geredet wurde. Aber im Moment wollte er gegenüber dem Bruder noch ein wenig den Uninteressierten mimen. Und so tun, als wüsste er nicht, was es bedeutete, nun noch eine Leiche im Ort zu haben.

Michael wartete nicht auf seine Zustimmung, sondern arbeitete sich geduckt weiter den Hang hinunter, bis er sich zwischen die Wurzeln einer alten Buche hocken konnte.

Johannes folgte ihm auf gleiche Weise. Schulter an Schulter konnte so einer rechts, der andere links um den Baumstamm herumlugen. Tatsächlich war die Sicht von hier auf den Waldweg deutlich besser. Und wie Michael versprochen hatte, verstand man auch nahezu jedes Wort, das dort unten auf dem Hohlweg gesprochen wurde. Nun zweifelte Johannes nicht mehr daran, dass sein Bruder schon vorher in diesem Versteck gekauert hatte.

Hundling, elendiger!

Auf dem Schmugglersteig standen vier Männer zusammen. Der Wegebauer, der Ortsvorsteher Leiner, dessen Geselle, der Ferdl, und natürlich der Major, dessentwegen er die halbe Nacht in der Kälte vor dem Schulhaus herumgelungert hatte. Er gönnte es dem Polizisten, dass er nun noch ungeschützter als er selbst im eiskalten Regen stand. Bis weit nach Mitternacht hatte der Leiner seiner Schwägerin noch Gesellschaft geleistet.

Mindestens ein Dutzend Mal war er so weit gewesen, einfach die Treppe zur Lehrerwohnung hochzustürmen, um dem Techtelmechtel Einhalt zu gebieten. Doch immer hatte ihn die Vernunft zurückgehalten. Jetzt, da der heftige Regen sein Gemüt kühlte, wusste er noch mehr zu schätzen, dass er sich in der Nacht nicht dem Wunsch nach Vergeltung hingegeben hatte. Oder der Eifersucht, diesem ohnmächtigen Gefühl, das von allen am schwersten zu bekämpfen war.

»Das war der Teufel, der hat's ihm angedroht«, tönte die Stimme vom Ferdl zu ihm herauf und riss ihn aus seinen Überlegungen.

»Der Teufel?«, fragte der Major, der über die Leiche gebeugt damit kämpfte, etwas auf seinen Notizblock zu kritzeln, ohne dass ihm der Regen das Papier aufweiche.

»Nein, nein Herr Wachtmeister, nicht der Sparifankerl.« Der Bäckergeselle lachte verlegen. »Den Ludwig Teufel mein ich, den vom Steinbruch. Sie haben ihn doch gestern beim Wirtshaus vorfahren sehen.«

Der Polizist erwiderte etwas, das nicht zu verstehen war, in erster Linie, weil er Johannes den Rücken zukehrte.

»Ich spiel ja auch manchmal bei denen mit, wenn mich der Leichtsinn überkommt«, fuhr der Bäckergeselle fort. »Der Schmidinger hingegen, der war wie besessen, wenn es darum ging, gegen den Teufel zu karteln. Dabei hat er ständig verloren. Niemand im Dorf dürfte höher bei dem Passauer verschuldet sein als der Flori.«

»Einen Schuldner bringt man nicht um, sonst sieht man sein Geld nie wieder«, belehrte der Ortsvorsteher seinen Mitarbeiter.

Der Major beugte sich zu der Leiche hinab, die mittlerweile in tiefem, schwarzem Schlamm zu schwimmen schien.

»Jedenfalls hat er ein Messer zwischen die Rippen bekommen«, erklärte der Gendarm und sah mürrisch zu den ihn umringenden Männern auf.

18

KARL

Albrecht Wegebauer hatte die Mutmaßung geäußert, dass sein Knecht bei der Rückkehr von Österreich seinem Mörder begegnet war. Irgendwann in der Nacht. Karl teilte diese Meinung nicht. Dem Zustand der Leiche nach hatte Florian Schmidinger dort, wo man ihn gefunden hatte, schon eine ganze Weile gelegen. Vermutlich seit er gestern noch vor der Mittagsstunde stiften gegangen war, um nicht mit der Polizei sprechen zu müssen. Und er war nicht besonders weit gekommen. Nicht einmal einen Kilometer, so schätzte Karl, waren sie vom Wegebauer-Hof entfernt, zu dem sie nun unterwegs waren. Er, sein Onkel und Elisabeths Vater, der stur geradeaus blickte und seine Lippen so heftig aufeinanderpresste, dass sie schon ganz blutleer waren.

Noch immer fehlte Karl eine Antwort darauf, wer den Wegebauer aus dem Schlaf gerissen und den Waldweg entlang gelockt hatte, bis er im Regen und im kaum vorhandenen Dämmerlicht quasi über den Toten gestolpert war. Der Bauer hatte die Stimme dessen nicht erkannt, der vor dem Hof aufgetaucht war, um den schrecklichen Fund kundzutun; jedenfalls lautete so seine Aussage.

Für Karl wirkte das fadenscheinig, und er hatte nicht vor, den Wegebauer damit davonkommen zu lassen, so viel stand fest. Aber zuerst musste er ins Trockene, denn mittlerweile war selbst der Ledermantel durchweicht, und die schaurige Nässe sickerte mit jeder Minute tiefer in seine Haut.

Um sicherzustellen, dass die Leiche von Florian Schmidinger – notdürftig von einer mitgebrachten Ölplane abgedeckt – nicht auch verschwand, bevor er Männer ausschicken konnte, um sie zu bergen, hatte er den Gesellen seines Onkels dort gelassen. Eine Aufgabe, welcher der Ferdl offensichtlich nur mit äußerstem Widerwillen nachging. Heute würde es daher vielleicht kein frisches Brot geben, dafür gab es einen weiteren Mord. Drei Leichen in vierundzwanzig Stunden. Zwei Männer und ein Zurückgebliebener. Er musste nachsehen, ob Heinrich Hirscher noch im Kartoffelkeller seines Onkels lag. Er wurde dort auf Karls Anweisung hin verwahrt, und außer ihnen beiden wusste niemand darüber Bescheid.

Drei Tote.

Wo ist der Zusammenhang?

Es musste einen geben. Und wenn man darüber nachdachte, blieben nicht allzu viele Szenarien, die eine Verbindung zwischen den drei Morden schufen. Der Schmidinger hatte wohl nicht nur die Leiche von Wilhelm Steiner entdeckt, als er, von dessen Todesschrei angelockt, hinauf zum Turm gerannt war. Sehr wahrscheinlich hatte er auch noch denjenigen oben auf dem Berg angetroffen, der den Lehrer von der Aussichtsplattform gestoßen hatte. So ließ sich auch das Verhalten von Schmidinger erklären. Sein Drang zu verschwinden, bevor Karl ihn hatte befragen können. Wollte der Knecht nicht in die Verlegenheit kommen, ihm den Namen des Mörders zu nennen? Nein, das war zu einfach gedacht.

War Schmidinger also aus Angst ums eigene Leben davongelaufen? Weil er ahnte, dass der Mörder ihn erkannt hatte? Und auch darüber Bescheid wusste, bei wem er wohnte und in Lohn und Brot stand? Nun, er hatte es jedenfalls nicht geschafft, seinem Mörder zu entrinnen, der auch beim Schmidinger nicht gezögert hatte, als sich die Gelegenheit ergab.

Womöglich galt Gleiches auch für Heinrich Hirscher. Vielleicht war auch der Bub ein Augenzeuge gewesen. Einer, der beobachtet hatte, was mit seinem Lehrer geschehen war. Oder mit dem Schmidinger, der ja mit hoher Wahrscheinlichkeit noch vor Heinrich das Zeitliche gesegnet hatte.

Der Wegebauer, der vor ihm hertrottete, hielt abrupt an, und er musste einen Schritt zur Seite machen, um ihn nicht anzurempeln. So tief in Gedanken, wie er war, hatte er gar nicht gemerkt, dass sie angekommen waren. Nicht einmal den Regen, der nach wie vor wütend auf sie niederprasselte, hatte er in den letzten Minuten noch wahrgenommen. Leicht irritiert blickte er sich um. Der Bauer öffnete ihnen die Haustür und bat sie hinein.

»Die Magd wird im Stall sein«, sagte er und ließ sie im rund gemauerten Flur stehen.

Sie hatten vereinbart, dass der Wegebauer gleich seine Magd ins Dorf schickte, um die Anweisungen zur Bergung des Toten auszurichten. Karl schätzte, dass sein Onkel diese Aufgabe deshalb nicht selbst in die Hand nahm, weil er unbedingt der anstehenden Befragung des Wegebauern beiwohnen wollte.

Schweigend warteten sie, während der Regen aus ihren Kleidern lief und auf den uneben verlegten Steinboden tropfte. Zum Glück kehrte der Hausherr nach kaum einer Minute zurück und nickte ihnen zu, ihm zu folgen. Als sie die

Kuchel betraten, wurden sie von der Hitze aus dem Holzofen begrüßt. Die Gerüche in dem niedrigen Raum mit den offen liegenden Deckenbalken waren so vielschichtig, wie man sie in einer Bauernstube erwartete. Herbe Süße, beißender Rauch, zerlassenes Schweineschmalz, dazu die Ausdünstungen von Vieh und Mensch und darunter etwas Würziges, das er nicht zuordnen konnte. Am Ofen stand eine dürre, etwas krumm gewachsene Frau, die in einem Topf mit Milch rührte. Ihr ergrautes Haar hatte sie streng nach hinten gebunden und zu einem Dutt hochgesteckt. Sie grüßte die Besucher lediglich mit einem Nicken. Ihr Blick war misstrauisch, aber Karl erkannte in ihren Augen eine starke Ähnlichkeit mit denen von Elisabeth. Das war sie also. Die Hexe. Unter anderem davon hatte Elisabeth erzählt, als sie die halbe Nacht bei ihr in der Küche verbracht hatten. Den Kaffee hatte er diesmal mit Zucker trinken können, während sie ihm an dem Tisch, auf dem vormittags noch die Leiche ihres Mannes gelegen war, gegenübersaß. Aufmerksam hatte er ihren Geschichten gelauscht, über sich und darüber, wie schwer es stets für sie im Dorf gewesen war. Unter anderem wegen des Rufs ihrer Mutter.

Zwischendrin hatte auch Karl von sich erzählt – sogar von der schweren Zeit nach dem Krieg – und dabei von Empfindungen gesprochen, die er davor noch nie jemandem anvertraut hatte. Gut und gerne hätte er mit ihr dort bis zum Sonnenaufgang sitzen und reden können ...

»Machst uns einen Kaffee?«, fragte der Wegebauer seine Frau und klang ungewohnt sanft, was zu seinem sonst so ruppigen Auftreten gar nicht passte. »Setzt euch!« Er deutete zum schartigen Esstisch rüber, der einer großen Familie Platz bieten konnte.

»Stimmt's also?«, fragte die Wegebäuerin, ohne sich nach ihnen umzudrehen. »Ist er hin, der Flori?«

Ihr Mann murmelte etwas in ihre Richtung, was ihr als Antwort auszureichen schien.

»Das muss aufhören!«, sagte Georg und zwängte seinen Ranzen in die Eckbank, ohne seine vor Nässe triefende Jacke abzustreifen. Als er saß, schaute er herausfordernd zu seinem Neffen auf.

»Wir werden bald wissen, wer es ist«, erklärte Karl unterkühlt, schlüpfte aus seinem Mantel, hängte ihn sorgfältig über die Stuhllehne und setzte sich ebenfalls. »So kann er nicht lang weitermachen.«

»Himmelherrgott, er soll überhaupt nicht weitermachen!«, fuhr Georg ihn an.

»Hier wird nicht rumgeschrien!«, sagte die Wegebäuerin, die so leise neben ihn an den Tisch getreten war, dass er es nicht bemerkt hatte.

Sein Onkel zuckte deutlich zusammen, was ihm in der Sekunde darauf peinlich war. Seine feisten Wangen, gerötet von der Kälte draußen, färbten sich noch etwas dunkler.

Karl sah zu Elisabeths Mutter hoch, die ihnen einen Krug heiße Milch hingestellt hatte. »Ihr Mann, war der gestern die ganze Nacht zu Hause?«

Der Wegebauer, der immer noch unschlüssig herumstand, schnappte scharf nach Luft.

»Wenn es nicht so gewesen wäre, glauben Sie wirklich, ich würde es Ihnen sagen?«, fragte die Bäuerin mit leisem Spott. »Verdächtigen Sie niemanden aus diesem Haus, Herr Major, das spart Ihnen Zeit.«

Auch in ihrer offenen Art erkannte er Elisabeth wieder. Die Tochter der Hexe ...

»Hat der Florian Ihnen irgendwas erzählt, bevor er seine Flucht angetreten hat?« Die Frage ging an beide Eheleute.

Der Wegebauer schüttelte nur stumm den Kopf und starrte zu Boden.

Seine Frau blickte Karl weiter gelassen an. »Er hat offenbar was gesehen, sonst wäre er jetzt nicht tot«, stellte sie fest.

»Hilde!«, japste ihr Mann.

»Wenn der Herr Major sein Geschäft versteht, wird er da schon von allein draufgekommen sein«, sagte sie, ohne dass die Ruhe aus ihrer Stimme wich.

»Und heute in der Früh, haben Sie da wie Ihr Mann gehört, wie vorm Hof jemand lauthals verkündet hat, dass die Leiche im Wald liegt?«

Hilde Wegebauer warf einen schnellen Blick auf ihren Mann, bevor sie antwortete: »Ich hab noch geschlafen.« Sie ging wieder hinüber zum Ofen, in dem laut das Holz knackte, und setzte einen Topf mit Wasser auf die gusseiserne Herdplatte.

Karl wandte sich dem Hausherrn zu, der verlegen seine schwieligen Hände knetete. »Sie waren es also selber«, sagte er schließlich.

Der Wegebauer zuckte zusammen. »Was?«

»Sie haben ihn gefunden, geben Sie es endlich zu.«

Obwohl über Georg Leiners Kopf der Gekreuzigte im Winkel der Stube hing, fluchte er in die Stille hinein.

Karl fuhr fort. »Bisher bezichtige ich Sie nur dieser einen Lüge, Herr Wegebauer. Überzeugen Sie mich, dass Sie ein ehrbarer Mensch sind, sonst muss ich davon ausgehen, dass Sie Ihren Knecht nicht nur tot aufgefunden haben, sondern ihn auch am Tag zuvor leblos dort draußen haben liegen lassen. Vielleicht in der Hoffnung, dass man ihn schneller findet.«

Die vom bullernden Ofen erhitzte Luft sorgte dafür, dass die Nässe allmählich aus ihren Kleidern dampfte, was das Atmen anstrengend machte. Karl fühlte einen leichten Schwindel, der jedoch auch von seiner inneren Aufregung herrühren konnte. Auch in ihm brannte nun das Feuer, und er wusste nicht, wie lange er den kühlen Blick noch wahren konnte, mit dem er Albrecht Wegebauer fixierte.

Der räusperte sich jetzt. »Ich hab nicht mehr schlafen können, also bin ich früh raus. Es war noch dunkel, aber es hat noch nicht geregnet. Ich kann nicht erklären, warum ich den Waldweg genommen habe. Oder was ich geglaubt hab, das ich finden werde. Vielleicht wäre ich bis runter nach Kohlstatt, bis zur Grenze. Dann hätte ich dort nach dem Flori fragen können. Ich weiß nicht, was mich geritten hat, aber den Rest kennen Sie, und das ist die Wahrheit, das schwör ich bei Gott. Weil da hat er auf einmal gelegen, der Florian, und ich hab sofort kehrtgemacht und bin ins Dorf, um euch zu holen ...« Seine Stimmer war immer leiser geworden und brach nun endgültig ab. Mit gesenktem Haupt starrte er auf seine ineinander verschränkten Finger, die schmutzig waren von der Erde, die er Jahr aus, Jahr ein beackerte.

Karl entsann sich dessen, was ihm Elisabeth gestern Nacht erzählt hatte. Florian Schmidinger habe ihr gegenüber behauptet, ihr Vater würde ihn fortschicken. Das widersprach dem, was Albrecht Wegebauer nachmittags im Wirtshaus verkündet hatte. Diese Kluft zwischen den Aussagen legte Karl nun offen und verlangte eine Erklärung.

Der Wegebauer schüttelte den Kopf. »Ich hab gesagt, wie es war, oder besser, wie es mir der Flori erzählt hat. Warum er meiner Tochter eine andere Geschichte aufgetischt hat, kann ich nicht beantworten.«

»Was davon soll ich nun glauben ...«, setzte Karl an, doch dann ließ ihn eiliges Getrappel verstummen, das vom Hauseingang her den Flur entlanghallte. Schon flog die Türe auf, und Elisabeth stürmte herein.

»Stimmt es, was im Dorf erzählt wird?«, verlangte sie zu wissen und sah dabei wild in die Runde. Prompt blieb ihr Blick an ihm hängen. Ihr Mund stand zwei Herzschläge lang offen. Das blonde Haar klebte ihr nass am Kopf, doch auch das konnte ihre Schönheit nicht beeinträchtigen.

»Lässt dich auch mal wieder blicken!«, sagte ihre Mutter nicht unfreundlich und brach so das Schweigen. Hilde Wegebauer trat zu ihrer Tochter und umarmte sie. Löste sich dann aber so abrupt wieder von ihr, als hätte sie in ein Nadelkissen gegriffen. Stirnrunzelnd machte sie zwei Schritte rückwärts und musterte ihre Tochter von oben bis unten.

»Nicht jetzt!«, gebot ihr Elisabeth mit Schärfe in der Stimme und wandte sich ihrem Vater zu. »Warum hast du den Flori fortgeschickt?«

Der Bauer wich nun seinerseits zurück, bis ihm das Fensterbrett gegen die Wirbelsäule drückte. »Er wollte von sich aus weg, weil er Angst vor dem Teufel hatte. Seine Schulden waren fällig, und der Teufel hat ihm gedroht, einen seiner Tschechen nach ihm zu schicken. Ich sollte niemandem was davon sagen, weil er sich für seine Spielsucht geschämt hat.«

»Geh, Vater! Und du lässt ihn einfach so fort?«

»Hätte ich ihn festbinden sollen wie unseren Stier? Außerdem wäre es nur so lange gewesen, bis der Teufel wieder in die Stadt gefahren wäre. Spätestens bis morgen also, denn der bleibt doch nie länger als zwei Tage.«

»Ich glaub dir nicht!«, sagte Elisabeth. »Abgesehen davon, dass die Tschechen ja nicht mit dem Teufel verschwunden wären – und damit auch nicht die Gefahr für den Flori –, wo hätte er sich denn verstecken sollen?«

Der Wegebauer zuckte die hängenden Schultern. Dann blickte er auf. »Der Flori hat gemeint, dass der Pfarrer was für ihn wüsste. Dem hat er sich offenbar anvertraut.«

»Der Pfarrer«, murmelte Karl vor sich hin, dem in diesem Moment wieder in den Sinn kam, dass der Geistliche laut Elisabeth ein enger Vertrauter ihres verstorbenen Gatten gewesen war. Ein Verwandter im Geiste, ein Gelehrter wie Wilhelm selbst. Viktor Schauberger war überdies der Einzige, den Karl nicht von seinem Onkel ins Wirtshaus hatte vorladen lassen. War das ein Fehler gewesen?

19

Johannes

»Hat er dir was gesagt?«

»Was meinst du damit?«, fragte der Michl zurück. Sie kauerten im strömenden Regen hinter einer Hollerstaude, während der feiste Bäcker und sein Neffe seit einer halben Ewigkeit beim Wegebauern in der Stube hockten. Lediglich die Magd des Wegebauern war kurz nach dessen Heimkehr hinaus in den Regen gerannt. Richtung Dorf, vermutlich um jemanden zu holen, der den Schmidinger aufsammelte. Zumindest diese Leiche konnte man mit dem Ochsenkarren abtransportieren, was bei den anderen beiden nicht möglich gewesen war.

Sie waren den Leiners hinterhergeschlichen und starrten jetzt durch den Regen auf den Wegebauer-Hof. Vor Kurzem hatte sich eine Gestalt aus der Regenwand geschält und war zum Bauernhaus geeilt. Sie war in eine Decke gehüllt, aber Johannes hatte sie trotzdem erkannt. Und da sein Bruder nicht nachgefragt hatte, schien auch dieser zu wissen, dass es sich um ihre Schwägerin handelte.

»Was meinst du denn jetzt, wer soll was gesagt haben?«, hakte Michl nach und holte ihn damit in die Gegenwart zurück.

»Der Alte.«

»Der Vater? Und was soll er gesagt haben?«

»Nix«, knurrte er und fragte sich doch, ob er nicht direkt ansprechen sollte, was Wilhelm ihm offenbart hatte.

Er wird den Winter nicht überleben.

So begriffsstutzig, wie Michael nachfragte, war der Lieblingssohn des Alten wohl doch nicht eingeweiht. Hatte der Alte ihn womöglich schonen wollen? Das passte allerdings wenig zu seinem Charakter und der Vorstellung, dass ein Mann alles ertragen musste, was das Leben für ihn bereithielt. Oder konnte es sein, dass sein jüngerer Bruder doch Bescheid wusste und sich nur dumm stellte? Vielleicht weil er eigene Pläne verfolgte, die gar nichts mit einer Aufteilung der Waldbauer-Besitztümer zu tun hatten?

»Mir wird's jetzt bald zu blöd«, verkündete Michael. »Außerdem friert es mich wie einen nackten Hund!«

»Du hast mich doch hierhergeschleppt.«

Michael zuckte die durchnässten Schultern. »Hab halt gedacht, es interessiert dich, was der Major so treibt, wenn er nicht gerade bei unserer Schwägerin rumsitzt.«

Johannes funkelte ihn böse an. »Woher hast du das?«

»Ach komm, meinst du, du bist der Einzige, der nachts rumschleicht wie ein Strauchdieb?«

»Reiß dich bloß zusammen, Bürscherl!«

»Geh, leck mich!«, maulte Michael zurück, sprang auf und verschwand die Böschung hinauf, die ihn zurück in den Wald brachte.

Johannes sah ihm nach, bis er von Bäumen und Sträuchern verschluckt wurde. Besser, er machte sich ebenfalls aus dem Staub, bevor er sich bei diesem Dreckswetter noch einen Katarrh holte. Doch bevor er die Absicht in die Tat umsetzen konnte, holten ihn seine Gedanken von vorhin wieder ein. Warum hatte der Alte es nicht allen in der Familie erzählt? Offenbar nicht einmal der Mutter, die damit gewiss nicht hinterm Berg hätte halten können. Wilhelm hatte felsenfest behauptet, dass bislang nur er Bescheid wusste. Und ihn dann ermahnt, es ja nicht auszuplaudern. Johannes sollte sich zusammenreißen, wenigstens ein paar Tage noch. »Warum hast du es mir denn überhaupt erzählt?«, hatte er Wilhelm daraufhin angefaucht. Er konnte nicht sagen, was ihn so wütend gemacht hatte. Der Umstand, dass der Alte sterben würde oder dass er nicht von Anfang an darüber informiert gewesen war. Die Wut darüber war bis jetzt nicht vergangen. Freilich war das nicht ungewöhnlich. Sein Gemüt war wie bei seinem Vater immerzu am Köcheln, und es brauchte nicht viel, um ihn aus der Haut fahren zu lassen. Selbst auf nichtige Dinge reagierte er zumeist ungehalten, und man konnte wohl kaum behaupten, dass der nahe Tod des Alten eine Nichtigkeit darstellte.

Drüben beim Wegebauern ging die Haustür auf. Er zuckte hoch. Endlich tat sich wieder etwas. Der Major tauchte als Erster aus dem dunklen Hausflur auf, gefolgt vom Bäcker. Dahinter kam Elisabeth und zuletzt der Wegebauer. Sie machten sich auf Richtung Dorf.

Johannes schloss die Augen und zählte bis fünfzig, dann folgt er ihnen in den Herbstregen hinein.

20

Mit dem Ostwind im Rücken war es einfacher, da der harte Regen ihm nun nicht mehr direkt ins Gesicht schlug. Er musste sich auch nicht beeilen, schließlich kannte er das Ziel der Vorauseilenden. Es war also nicht notwendig, sie im Auge zu behalten. Freilich hätte er gerne gehört, was sie sich zu sagen hatten. Aber das Risiko, entdeckt zu werden, war es sicher nicht wert. Wer konnte zudem wissen, ob sie während der Viertelstunde bis zum Dorfplatz überhaupt miteinander sprachen ...

Eigentlich hätten ihnen auf dem Weg dorthin zwei, drei Männer mit einem Karren begegnen müssen, die den Schmidinger abholten. Doch offenbar wirkte das Wetter zu abschreckend, als dass man sich aufmachen wollte. Wäre der Schmidinger die erste Leiche gewesen, hätte man sich gewiss trotz des starken Regens beeilt. Aber nachdem das Schicksal dem Dorf bereits zwei Tote hinterlassen hatte, schien ein dritter nicht mehr so bedeutungsvoll zu sein. Die Gier nach Tragödien hatte unter den Bewohnern von Talberg schneller nachgelassen als die Standhaftigkeit, die man nach erfolgter Absolution aus dem Beichtstuhl mit hinaus in die Welt nahm.

Sein untrügliches Gefühl, dass die jüngsten Ereignisse bald in einem Ende gipfeln würden, trieb ihn vorwärts. Vor allem, weil sich in ihm die unerklärliche Vermutung festigte, dass dieses Ende ganz nach seinem Geschmack ausfallen würde. Die alte Zigeunerin hatte ihm das mitgegeben. Ihm die Gabe der Vorausschau zu übertragen war damals sehr wahrscheinlich nicht ihre Absicht gewesen. Aber irgendetwas von den mystischen Fähigkeiten der Wahrsagerin hatte auf ihn abgefärbt. Vielleicht hatte dieses Talent auch schon immer in ihm geschlummert und war durch die Berührung der alten Vettel bloß geweckt worden. Ein Talent, dessen er sich erst nach und nach bewusst geworden war. Er konnte immer noch nicht den Finger darauf legen, doch er fühlte die Gewissheit, dass nun endlich seine Zeit gekommen war. Die Zeit des Einarmigen.

Seine Freude über das, was er kommen sah, wurde nur von den Gedanken an die Zigeunerin geschmälert. Waren sie und ihre Sippschaft erst einmal in seinem Kopf, fiel es ihm schwer, sie wieder zu vergessen.

Sie waren hier gewesen, diese dreckigen Zigeuner. Zu einem Zeitpunkt, da er nicht mehr damit gerechnet hatte. Ganze sechs Jahre nachdem er sie verlassen hatte, standen sie mit ihrem bunt bemalten Wagen plötzlich vor dem Dorf.

Freilich, es waren auch schon früher hin und wieder Zigeuner in die Gegend gekommen, vor allem um die Jahrhundertwende, doch hatte man nie sagen können, ob es sich stets um dieselben handelte. Und auch diesmal schauten die Fremden für die Leute aus Talberg vermutlich alle gleich aus. Nur Johannes hatte sie natürlich sofort wiedererkannt. Nahezu alle von ihnen. Hatte sich sogar an ihre fremd klingenden Namen erinnert. Und so merkwürdig das auch wirkte, sie schienen kein Stück älter geworden zu sein, sondern sahen aus wie an jenem Oktobertag vor einem halben Dutzend Jahren, an dem er von ihnen Abschied genommen hatte. Selbst bei den Kindern, die sich einst gerne den Spaß erlaubt hatten, um ihn herumzutanzen und ihn mit Worten zu verhöhnen, deren Sinn er nicht verstand, war er nicht sicher, ob sie seither gewachsen waren. Aber das spielte natürlich alles keine Rolle, als sie die Talberger um Einlass ins Dorf baten. Alles, was für ihn zählte, war, dass sie nicht bleiben durften. Dabei ging es nicht darum, dass er Furcht vor ihrer angekündigten Rache verspürte. Nein, er hatte sie schlicht deshalb nicht in der Nähe haben wollen, weil sie die Wahrheit über ihn kannten.

Jeder einzelne Talberger, den er zu fassen bekommen und mit dem er gesprochen hatte, war dagegen, diesem zwielichtigen Volk einen Lagerplatz zuzugestehen. Der Hirscher, der Pfarrer, sämtliche Mitglieder des damals noch bestehenden Ortsrates, der Feuerwehrkommandant, sein Vater. Alle hatten sie den Kopf geschüttelt. Niemand wollte die Fremden im Ort wissen – doch andererseits war man auch zu neugierig, um die Zigeuner sofort wieder zu verscheuchen. So hatte er letztlich nur noch Georg Leiner auf seiner Seite; allerdings stellte sich heraus, dass der Bäcker nichts zu sagen hatte. Damals noch weniger als in seinem jetzigen Posten als Parteifunktionär. Weder Leiner noch ihn bezog man schließlich mit ein, als man entschied, die Zigeuner hinauf auf die Josefi-Platte zu schicken, wo man ihnen vier Tage gewährte, um allen, die es interessierte, ihre Gauklereien vorzuführen. Unter strengsten Auflagen natürlich und gegen einen hoch angesetzten Obolus, der in die Dorfkasse floss. Selbst der Alte war ihm dabei in den Rücken gefallen, weil er den größten Teil der Pacht für die Wiese selber eingestrichen hatte – immerhin war es sein Grund, den die Zigeuner besetzt gehalten hatten.

Seither waren sie alle zwei Jahre wiedergekehrt, wurden jedes Mal mehr zur Kasse gebeten und willigten trotzdem ein, auch wenn die kläglichen Einnahmen, die die wenigen Schaulustigen aus dem Ort ihnen einbrachten, niemals aufwogen, was die Dorfgemeinschaft und sein Vater wieder zurückverlangten. Nur Johannes allein wusste, sie kamen ausschließlich, um ihn zu quälen. Um ihn an Ruzanna zu erinnern. Was überhaupt nicht nötig war, trug er sie doch stets bei sich.

Solange die Zigeuner ihr Lager auf der Josefi-Platte aufgeschlagen hatten, scheute Johannes den Berg. Wenn es sich verhindern ließ, blieb er in seiner Kammer oder ging allenfalls in den Stall, um das Vieh zu versorgen. Schickte ihn sein Vater zum Arbeiten in den Wald, täuschte er eine Krankheit vor, selbst wenn er dann Häme und wüste Beleidigungen ertragen musste. Er tat alles, um zu verhindern, dass er ihnen zu nahe kam – oder umgekehrt. Nur damit die Alte unter keinen Umständen erneut in sein verdorrtes Inneres blicken konnte. In den lichtlosen Brunnenschacht, der einst seine Seele beinhaltet hatte.

Zuletzt waren die Zigeuner im vergangenen Frühjahr durch Talberg gezogen. Diesmal blieben sie aber nicht, denn sie waren bereits auf der Flucht vor den Nazis. Er erfuhr, dass sie hinüber in die Tschechoslowakei wollten und von dort weiter in den Süden. Zurück dorthin, wo sie vor Generationen einst unter Steinen hervorgekrochen waren wie nichtsnutzige Kellerasseln. Als Johannes davon hörte, spürte er eine Erleichterung in seiner Brust aufwallen, die er von früher her zu kennen glaubte, damals, als er noch zwei Arme hatte. Zu diesem Zeitpunkt konnte er natürlich nicht ahnen, dass sich die Dinge noch weitaus besser für ihn fügen sollten. Dem Führer sei Dank!

Adolf Hitler hatte einer Rückkehr der Zigeuner mit seinen Nürnberger Gesetzen, die er am 15. September dieses Jahres erlassen hatte, einen endgültigen Riegel vorgeschoben. Johannes hatte darüber in der Zeitung gelesen und auch Ludwig Teufel davon reden hören, letzte Woche, als der Geschäftsmann zuletzt beim Hirscher untergekommen war. Endlich sei die rechtliche Grundlage geschaffen und gesetzlich verankert, sämtliches Pack, das nicht hierhergehörte, aus dem Land zu werfen, hatte der Steinbruchbesitzer getönt. Die Juden und genauso die Zigeuner. Es sei die Pflicht aller, dem Blutschutzgesetz Folge zu leisten.

Er wäre beinahe aus der Deckung geraten, so sehr hatte er sich in Gedanken verloren. Im letzten Moment fiel ihm auf, dass die Leiners, der Wegebauer und dessen Tochter vor den Treppen hinauf zur Kirche stehen geblieben waren. Gerade noch konnte er sich hinter der Friedhofsmauer verbergen. Der Regen hatte nachgelassen, wie auch der Wind, der nun leicht in seine Richtung wehte und die Worte an sein Ohr trug, die dort gesprochen wurden. Zuerst die Stimme seiner Schwägerin, die offenbar im Zwist mit ihrem Vater lag.

»Seit wann gibst du was drauf, was der Pfarrer sagt? Ich erinnere mich an eine Zeit, da hast du zuallererst mit Mutter gesprochen, wenn du um eine Entscheidung gerungen hast.«

»Deiner Mutter geht es nicht gut.«

»Nicht gut? Was heißt das?« Sie klang entsetzt.

»Das wüsstest du, wenn du dich mehr um sie kümmern würdest. Stattdessen hockst du daheim in deinem warmen Schulhaus.«

»Du hast mich dorthin verheiratet«, erinnerte sie ihn wütend.

»Das führt doch jetzt zu nichts«, ging der Bäcker dazwischen und wandte sich dann an seinen Neffen. »Sag uns, wie es weitergeht!«

»So wie vereinbart. Du kümmerst dich sofort um die Telefonleitung, der Wegebauer sorgt für die Bergung der Leiche, und ich schaue nach dem Pfarrer«, erklärte der Major.

»Und ich?«, fragte Elisabeth auf ihre vorlaute Art, die Johannes seit jeher sauer aufstieß.

»Sie gehen in Ihre Wohnung und warten dort, bis ich mich melde!«

Ja, dachte Johannes, der sich eng an die nasskalte Granitsteinumfriedung drückte. Ja, geh in deine Wohnung und warte ab, wer dich zuerst besucht.

21

Wie angekündigt, verschwand der Major in der Kirche. Johannes hätte gerne gehört, was der Pfarrer vor der Polizei über seinen Bruder zu sagen hatte. Allerdings war es schwierig, ungesehen hinterherzuschleichen. Wenn ihn nicht die kreischenden Angeln der Kirchentüre verraten hätten, dann gewiss der Hall seiner Schritte, die auf dem Steinboden unter dem Kreuzgewölbe kaum lautlos zu setzen waren. Ohnehin glaubte er nicht, dass der Pfaffe wirklich hilfreich sein konnte. Selbst wenn bekannt war, dass Wilhelm und Viktor Schauberger oft zusammengesessen hatten, ob im Pfarrhaus oder in der Sakristei. Darüber wusste die Sicklinger Resi immer wieder zu berichten, auch wenn die Pfarrersköchin nicht mit Details über die Gespräche der beiden Studierten aufwarten konnte. Was konnten diese verklärten Geister auch groß zu besprechen gehabt haben? Johannes ging davon aus, dass sie sich einfach gegenseitig bedauert hatten, hier in der Einsamkeit gestrandet zu sein. Dazu noch zusammen mit halsstarrigen Leuten, die nicht zu belehren waren.

Nachdem niemand mehr zu sehen war, verließ Johannes seinen Posten und schlenderte, den Teilnahmslosen mimend, an der Kirche vorbei hinüber zum Schulhaus. Natürlich hoffte er, dass ihn niemand sah, doch selbst wenn er zufällig dabei beobachtete wurde, konnte es kaum verwundern, dass einer der Steiner-Buben seine Schwägerin aufsuchte.

Die Eingangstüre zur Lehrerwohnung war nicht verschlossen. Niemand sperrte in Talberg tagsüber sein Haus ab. Selbst die nicht, die etwas zu verbergen hatten. Denn wenn die Haustüre verriegelt wäre, würde man ja erst recht vermuten, dass hier etwas faul war. Und Elisabeth ging obendrein davon aus, dass ihr fescher Polizeimajor bald wieder bei ihr vorbeischaute. Es war also leicht für ihn, ins Schulhaus zu gelangen. Nur die Treppe hinauf ins Obergeschoss war ein Problem. Er wusste recht gut, wie laut sie knarzte. Kurzerhand schlüpfte er aus seinen Stiefeln und versteckte sie hinter der Stiege. Auf Socken hinaufzugehen konnte das Geräusch vielleicht ein wenig mildern. Doch je nachdem, wo Elisabeth sich oben aufhielt, würde sie ihn trotzdem hören. Es half nichts, das musste er riskieren. Dann war die Überraschung eben dahin, aber damit konnte er umgehen.

Mit angehaltenem Atem stieg er nach oben, langsam und so leichtfüßig auftretend, wie es ihm sein immer etwas nach rechts kippender Körper erlaubte. Zweimal knarrte es in die Stille des Hauses hinein, aber von oben kam keine Reaktion. Vielleicht hatte sie sich hingelegt, war nach den letzten vierundzwanzig Stunden von der Erschöpfung übermannt worden und sofort eingeschlafen. Johannes lachte in sich hinein. Lag sie wirklich nichts ahnend und wehrlos in ihrem Bett, würde alles noch viel einfacher werden.

Er war bereits auf Höhe der Küche, als er sein Sackmesser aus der Hosentasche fischte. Einfach um den warmen Holzgriff zu spüren, in den die Klinge eingelassen war. Über ein stets gut geöltes Scharnier ließ sie sich leicht aufklappen, selbst mit einer Hand. Ein Vorgang, den er natürlich hundertfach geübt hatte, bis seine Finger es blind und im Schlaf zu bewerkstelligen wussten. Zuletzt hatte er die Stahlklinge gestern Nacht vor dem Zubettgehen geschärft, am Waschtisch in seiner Kammer. Er glaubte gar nicht, dass er das Messer brauchen würde; es tat einfach gut, es in der Hand zu halten.

Bei der Tür angelangt, die in Wilhelms Schreibzimmer führte, vernahm er von draußen ein Geräusch, dass ihn erneut stocken ließ.

Ein Auto.

Vermutlich Ludwig Teufel, der seine Nacht beim Hirscher beendet hatte und nun seine Heimfahrt nach Passau antrat, sagte er sich. Dann horchte er genauer hin. Da stimmte etwas nicht. Das Motorendröhnen kam nicht aus Richtung des Wirtshauses, sondern näherte sich aus Süden dem Ort. Rollte da etwa die Unterstützung für den Gendarmen an? Um Wilhelms Leiche zu holen, die gar nicht mehr da war? Ein belustigender Gedanke, doch die Aussicht auf noch mehr Polizei im Dorf ließ ihn gleich wieder verblassen. Nein, das konnte er jetzt partout nicht gebrauchen. Seine Finger umklammerten den aus Kirschholz gefertigten Messergriff so kraftvoll, dass die Knöchel knackten.

Und was war das? Johannes fluchte stumm. So, wie es sich anhörte, bremste der Wagen direkt vor dem Schulhaus.

Ohne noch einmal Luft zu holen, schlüpfte Johannes in Wilhelms Studierzimmer.

22

Von draußen waren knirschende Schritte im Kies zu vernehmen. Dann ein Klopfen unten an der Haustüre. Nur eine Person, dachte Johannes noch bei sich, da antwortete seine Schwägerin bereits. Sie hatte also doch noch nicht geschlafen. Was hatte sie getrieben, so leise und still in ihrem Kämmerchen? Er konnte hören, wie sie leichtfüßig, vermutlich auf nackten Zehen, vorübereilte. Mit dem Ohr an der Eichentüre, die das Zimmer seines Bruders verschloss, lauschte er hinaus in den Flur. Jetzt war sie auf der Treppe. Im Geist zählte er die Stufen, stellte sich vor, wie sie sich noch einmal übers blonde Haar strich, dann die Hand auf den Riegel legte, die Tür öffnete.

»Grüß Gott!«

Eine Männerstimme. Kein Heil Hitler.

»Frau Steiner, Elisabeth Steiner?«

Johannes konnte ihre Antwort nicht hören, vermutlich nickte sie nur. Auch das, was der Mann als Nächstes sagte, verstand er nicht. Er vernahm Laute, doch sie ergaben keinen Sinn. Hatte der Mann sich gerade vorgestellt? Dann würde er den Namen dieses unangekündigten Besuchers also fürs Erste nicht erfahren.

»... Wilhelm. Ist er auch da? Oder gibt er schon Unterricht?«

Das war nun wieder zu hören gewesen, auch wenn Johannes sich anstrengen musste, denn offenbar verfügte der Mann über wenig Kraft in der Stimme. Vielleicht redete er auch bewusst leise. In jedem Fall sprach er hochdeutsch. Demnach war es keiner aus der Gegend. In Johannes wuchs die Verwirrung.

»O nein!«, hallte es mit einem Mal von unten.

Er brauchte nicht lange zu raten. Seine Schwägerin hatte den Besucher über Wilhelms Ableben aufgeklärt. Es folgten ein paar Worte des Trostes und die Beileidsbekundung, wiederum nur ein Murmeln.

»Er hat es geahnt«, fügte er nach ein paar Sekunden hinzu, und diesmal ließ ihn Wut lauter klingen.

Er hat es geahnt?

»Können wir im Haus weiterreden?«, fragte der Besucher.

Besser so, da kann ich dich endlich gut genug verstehen.

Hintereinander stiegen sie die Treppe hoch. Er hätte die Tür gerne einen Spalt geöffnet, um zu sehen, wer da zu der jungen Witwe gekommen war. Der Wagen vorm Haus würde bald für Aufsehen sorgen und sehr wahrscheinlich auch den Major anlocken. Er hoffte, bis dahin alles zu erfahren, was der Fremde zu berichten hatte.

Was will er nur?

Während sie den Mann in die Küche führte, stellte Johannes fest, dass er immer noch sein Messer umklammert hielt.

»Ich habe nicht mehr daran gedacht, nachdem Wilhelm ...«

»Das ist verständlich.«

Dieses Mitgefühl in der Stimme. Er mochte es nicht. Auch nicht, dass er Trauer aus den Worten des Mannes hörte. Warum betrauerte dieser Unbekannte seinen Bruder?

»Wie ist er gestorben?«

»Abgestürzt, vom Turm auf dem Berg.«
»Mein Gott, wann denn?«
Sie musste kurz überlegen, als fände sie sich nicht mehr in der Zeit zurecht. »Vorgestern Nacht.«
»Freiwillig?«, wollte der Fremde wissen.
Elisabeth antwortete nicht, und ihr Besuch hakte auch nicht nach. Sie hatten sich anscheinend mit Blicken verständigt.
»Sie sind den langen Weg aus München gefahren, kann ich Ihnen was anbieten?«, fragte Elisabeth und brach damit endlich das sich hinziehende Schweigen.
»Nur Kaffee, wenn es keine Umstände macht.«
Johannes' Gedanken rasten. Aus München. Womöglich ein Kommilitone von Wilhelm? Plötzlich verstand er überhaupt nichts mehr. Wo zur Hölle blieb seine Vorausschau, wenn er sie brauchte? Er bückte sich und spähte durchs Schlüsselloch. Die Aussicht über den Gang und in die Küche war enttäuschend. Eigentlich sah er nur eine Ecke des Tisches samt Tischbein und allenfalls einen Schatten, von dem er vermutete, dass er zu dem mittlerweile dort sitzenden Mann gehörte. Die Geräusche, die zu ihm herüberdrangen, verrieten, dass Elisabeth Holz nachlegte und dann einen Topf auf die Herdplatte setzte.
»Er hat schon gesagt, dass jemand kommen wird«, sagte sie in das Geklapper von Porzellan hinein. Sie holte also das gute Aussteuergeschirr aus dem Küchenbuffet.
»Und hat er Ihnen auch gesagt, warum?«
Wieder keine Antwort, vielleicht reichte hier ebenfalls eine stumme Geste.
»Ihr Name, ich erinnere mich jetzt wieder. Wilhelm hat Ihnen einen Brief geschrieben.«

»Nicht nur einen, und er hat auch welche von mir erhalten.«

»Woher kannten Sie ihn?«

»Er hat mir angekündigt, dass Sie das fragen würden.«

»Und hat er Ihnen auch erlaubt, mir darauf zu antworten?«

»Ich nehme an, er hat nicht viel von seiner Studentenzeit erzählt?«

Auch Johannes in seinem Versteck überlegte, ob sein Bruder jemals darüber gesprochen hatte. Nicht mit ihm zumindest, auch nicht, wenn er Fragen gestellt hatte. Wenn überhaupt, dann hatte er seinem Vater Rapport geben müssen, schließlich hatte der ihn finanziert. Aber in diesen Unterhaltungen war es wohl kaum um das persönliche Befinden oder um Bekanntschaften gegangen, die Wilhelm in München gemacht hatte. Bislang hatte Johannes immer gedacht, sein Bruder hielte den Rest der Familie für nicht schlau genug, um über die Jahre an der Universität zu berichten und davon, was sie ihm dort beigebracht haben. Aber vielleicht hatten ihn ja ganz andere Gründe dazu bewogen, das Maul zu halten. Womöglich wollte er einfach nicht riskieren, etwas Bestimmtes auszuplaudern?

»Es war eine andere Zeit, hat er immer gesagt, wenn ich ihn danach fragte«, erwiderte Elisabeth. »Vermutlich die einzig glückliche, die er jemals hatte.«

Wieder entstand ein Schweigen, das ihn trotz seiner Aufregung dazu zwang, leise zu atmen und jede Bewegung zu vermeiden, die womöglich ein verdächtiges Knarren der Holzdielen ausgelöst hätte.

»Ich kann immer noch nicht fassen, dass er tot ist. Dass ich zwei Tage zu spät bin, macht mich sehr traurig.«

Warum sagt er das? Johannes fiel es mit jeder Sekunde schwerer, an sich zu halten.

»Doch schließlich bin ich nicht nur als Wilhelms Freund hier erschienen, sondern in erster Linie in meiner Funktion als sein Justiziar.«

Justiziar! Von Johannes' nicht mehr vorhandenem Arm breitete sich ein brennender Schmerz aus, der ihm direkt ins Gehirn fuhr. Er merkte erst, dass Speichel aus seinem Mund auf den Boden tropfte, als es zu spät war.

»Wie von Wilhelm aufgetragen. Ich habe Ihnen alle Unterlagen mitgebracht. Sie brauchen nur noch zu unterzeichnen.«

Unterzeichnen?

»Unterzeichnen«, wiederholte sie, und es klang nicht wie eine Frage. Gerade so, als wüsste sie, von welchen Dokumenten dieser windige Advokat sprach.

Es folgte ein längere Pause; offenbar war die Hexe dabei, die mitgebrachten Papiere zu lesen.

»Was passiert damit, wenn ich unterschreibe?«

»Tragen die Dokumente Ihre Unterschrift, bringe ich sie noch heute ins zuständige Notariat nach Passau. Die Abschrift behalten Sie, als Sicherheit und um einen Nachweis vorlegen zu können, falls jemand Wilhelms Absichten infrage stellen will. Damit ist dann alles geregelt.«

»Aber wenn nicht? Wenn es Schwierigkeiten gibt ... Werden Sie mir auch weiterhin helfen ... ich meine, für den Fall ...«

»Es hat alles seine Richtigkeit, niemand kann etwas dagegen tun. Sie brauchen mich nicht mehr.«

»Mir wäre wohler dabei ...«

»Das verstehe ich, Elisabeth, aber leider ist das unmöglich. Ich werde Deutschland verlassen. Diesen Monat noch.

Jemand wie ich hat in diesem Land keine Zukunft. Ein entfernter Verwandet von mir hat in Bern eine Kanzlei. Er nimmt mich bei sich auf. Das ist ein großes Glück. Ich hätte mir das auch für Wilhelm gewünscht. Von ganzem Herzen.«

»Wilhelm war nie glücklich, zumindest nicht an diesem Ort«, sagte Elisabeth.

»Das stimmt nicht. Ich weiß nicht, ob ich Ihnen das sagen darf ...«

»Sie meinen, dass er jemanden kennengelernt hat?«

»Ja. Er hat es Ihnen wohl gesagt, nachdem die Umstände keine andere Möglichkeit mehr offen ließen. Das bedurfte großer Courage. Es zeigt sich wieder, dass wahre Stärke in der Schwäche liegt.«

»Es brauchte vor allem Verständnis, meinerseits«, belehrte ihn Elisabeth in ihrer bissigen Art.

Der Inhalt der Unterhaltung zwischen ihr und dem Justiziar hatte sich für Johannes mittlerweile in komplettes Kauderwelsch verwandelt.

»Jedenfalls erkenne ich nun, warum er Sie ausgewählt hat.«

»Das kann doch nicht schwer gewesen sein, nicht für Sie, oder? Er hat immer wieder mal angedeutet, dass es nichts gibt, was man vor Ihnen verbergen kann.«

»Stand in einem seiner Briefe auch der Name von ... na, Sie wissen schon ...«

»Nein, denn Wilhelm schrieb nie direkt darüber; ich konnte nur zwischen den Zeilen lesen. Auch, dass es Glück und Unglück zugleich war. Aber das ist es für unsereins immer.«

»Das verwirrt mich alles sehr«, ließ seine Schwägerin mit einem Seufzer verlauten, und ausnahmsweise musste Johannes ihr zustimmen.

»Ich weiß. Vor allem jetzt in dieser Situation, da er nicht mehr an Ihrer Seite ist. Aber vertrauen Sie mir, Elisabeth, es wird alles gut. Wilhelm hat mich gebeten, alles für Sie in die Wege zu leiten, und das habe ich nach bestem Wissen und Gewissen getan. Das bin ich ihm schuldig, jetzt sogar noch mehr, da er tot ist. Ich versichere Ihnen, es wird Ihnen ab jetzt an nichts mehr mangeln, weder Ihnen noch dem Kind, das Sie unterm Herzen tragen.«

23

KARL

»Gott erhört keine Bitten«, platzte der Priester heraus. Karl sah ihm sofort an, dass er das nicht laut hatte aussprechen wollen. Aber nun war es gesagt und nicht mehr rückgängig zu machen, also wandte Hochwürden Viktor Schauberger rasch den Blick ab, hin zum Altar, und bekreuzigte sich.

Als Karl vorhin die Kirche betreten hatte, war er beinahe sicher gewesen, den Pfarrer nicht anzutreffen. Einfach aus dem dumpfen Gefühl heraus, dass der Geistliche es vorzog, ihm aus dem Weg zu gehen. Drinnen war es dunkel. Nur vorne am Altar brannten ein paar Kerzen. Dort, wo der Priester den Leuten während der Liturgie den Rücken zuwandte. Wie ihn das stets irritiert hatte, als er noch an Messen teilnahm. Inzwischen hatte er damit aufgehört. Er glaubte zwar nach wie vor an Gott, aber die Institution der katholischen Kirche stellte er immer mehr infrage. Im Gotteshaus hatte für ihn noch nie ein Dialog mit dem Schöpfer stattgefunden.

Die Kirche in Talberg, die er bisher höchstens zwei-, dreimal betreten hatte, war da keine Ausnahme gewesen. Trotzdem ging er davon aus, dass die Bänke am Sonntag bis auf den letzten Platz gefüllt waren. Denn für die Leute im Dorf war es wichtig, sich zu zeigen, nicht allein dem Herrn und dem Pfarrer, auch der Gemeinde. Umso abgeschiedener der Ort, desto genauer wurde auf diese geheuchelte Anwesenheit geachtet.

Karl war unter dem Chorgestühl hindurch in den Mittelgang getreten und hatte mit erhobener Stimme seine Anwesenheit kundgetan. Zu laut für die Ohren des Herrn, aber das spielte im Moment keine Rolle. Sofern es Gott nicht egal war, dass er die Mordfälle in diesem Ort aufklärte, würde er es ihm nachsehen, wenn er in seiner Kirche herumkrakeelte.

Jedenfalls hatte sein Auftritt Wirkung gezeigt und den scheuen Priester aus der Sakristei gelockt.

»Wo verstecken Sie sich eigentlich die ganze Zeit?«, hatte er gleich zu Beginn ihrer Unterhaltung in barschem Tonfall gefragt.

Der Pfarrer richtete sich auf. »Verstecken? Was unterstellen Sie mir! Ich habe viel gebetet in diesen schweren Stunden, da die Gemeinde gleich drei Seelen zu betrauern hat.«

»Dann wissen Sie also auch schon von Florian Schmidinger?«

»So eine Schreckensmeldung verbreitet sich hier in Windeseile, vor allem, wenn es sich um eine Tragödie dieses Ausmaßes handelt.«

»Wann haben Sie den Knecht zuletzt gesehen?«

»Vermutlich am Sonntag, im Gottesdienst.«

»Sind Sie sicher?«

Schauberger zögerte. »Sie haben recht, in der Nacht, in der Wilhelm ... also, der Florian hat geholfen, ihn vom Berg zu holen.«

»Der Schmidinger hat ihn sogar gefunden«, rief ihm Karl in Erinnerung. »Und ich habe gehört, Sie hätten ihm dazu einen priesterlichen Rat erteilt. Oder ihm Beistand geleistet.«

»Wer erzählt das? Florian Schmidinger war kein großer Kirchgänger ... aber freilich kann es sein, dass er nach dem, was vorgefallen ist, Beistand gesucht hat ...«

»Bloß Sie waren so mit Beten beschäftigt, dass Sie es gar nicht bemerkt hätten, falls er gestern Morgen hier war. Wollen Sie mir das damit sagen?«

Der Geistliche hatte daraufhin zwar nicht eingeschüchtert gewirkt, aber auf seltsame Weise gehetzt. Schauberger war von schlanker, asketischer Statur. Die Soutane war falsch geknöpft. Außerdem passte sie nicht so richtig. Es schien, als spannte sie zu sehr an den Schultern, zudem fehlte es an der Länge. Ein Kreuz aus Silber lag auf der schmalen Brust des Pfarrers. Seine Augen leuchteten grünlich aus dem feinen Gesicht eines zarten Jünglings, als wäre er noch nie der Verderbtheit des Lebens begegnet. Allerdings mischte sich in seine Züge auch Melancholie, und die überwog im Moment alles andere.

Nach dem unterkühlten Einstieg in das Gespräch, das er noch nicht Verhör nennen wollte, war Karl in eine der Kirchenbänke gerutscht und hatte Schauberger aufgefordert, sich zu ihm zu setzen. Eine Aufforderung, der der Pfarrer zögerlich nachgekommen war. Er wirkte dabei jedoch nicht erzürnt über Karls Auftritt, sondern eher ... entrückt. Wie einer, der sich selbst verloren hatte, wo es doch die Aufgabe des Priesters war, anderen Verlorenen den Weg zu leuchten. Gleichzeitig mit dieser Beobachtung war Karl erstmals bewusst geworden, dass der Mann offenbar mehr unter dem

Tod seines Freundes Wilhelm Steiner litt, als ihm bislang aufgefallen war. Also hatte er seine Befragung unverzüglich in diese Richtung gelenkt. Er wollte erfahren, was Viktor Schauberger über Wilhelm wusste und – nicht weniger wichtig – über den Lehrer dachte. Vorab war es freilich notwendig gewesen, den Priester selber näher kennenzulernen.

»Sie sind noch nicht einmal ein Jahr in der Gemeinde, wie ich gehört habe. Wie kam es überhaupt dazu, dass man Sie in diese Einöde gesandt hat?«

»Ich denke, die Passauer Diözese ist keine Ausnahme, wenn es darum geht, junge Priester ihre Erfahrungen sammeln zu lassen.«

»Für mein Empfinden gleicht ein Priesteramt in Talberg eher einer Strafversetzung.«

»Man wächst mit seinen Aufgaben. Außerdem sind die Menschen hier tiefer in ihrem Glauben verwurzelt, als sie es in der Stadt sind.«

»Ist Talberg Ihre erste Stelle nach Ihrer sakramentalen Weihe?«

»In der Tat.«

»Wo sind Sie aufgewachsen, wenn ich fragen darf?«

»Regensburg.«

»Dachte ich's mir doch, dass ich da eine leichte Färbung ins Oberpfälzische vernommen habe. Regensburg also. Eine große Stadt. Dazu ist dieses Dorf schon ein herber Kontrast. Da waren Sie doch sicher froh, in Wilhelm Steiner jemanden gefunden zu haben, der … wie soll ich es sagen, ohne zu despektierlich zu klingen … der sich durch seinen Universitätsabschluss vom Rest der Gemeinde abhob. Jemand, mit dem man tiefer gehende Gespräche führen konnte, bis hin zum Philosophischen.«

»Ich werde mich in keiner Weise herablassend über meine Gemeindemitglieder äußern, Herr Major. Und es wäre mir recht, wenn auch Sie das unterließen.«

Auf diesen Tadel hin hatte Karl das Haupt gesenkt und ein paar Sekunden verstreichen lassen. »Vielleicht habe ich mich unbeholfen ausgedrückt, man möge es mir nachsehen. Was ich eigentlich wissen will, ist, ob Wilhelm sich Ihnen anvertraut hat. Und zwar nicht im Rahmen des Sakraments der Beichte. Ich brauche keine Belehrung darüber, dass Sie mir in diesem Fall keine Auskunft geben können. Es geht mir vielmehr um Dinge, die er Ihnen in Ihrer Funktion als sein Freund anvertraut hat und die sich womöglich in Verbindung zu seinem unnatürlichen Ableben bringen lassen.«

»Es war jedenfalls kein Selbstmord, da bin ich sicher«, erwiderte Schauberger, auch wenn Karl das gar nicht hatte anklingen lassen.

»Das habe ich schon recht früh ausgeschlossen, Herr Pfarrer«, sagte er ruhig.

Der Priester hatte sich daraufhin erneut genötigt gefühlt, den Blick auf den Gekreuzigten über dem Altar zu richten. Diese leicht ins Hysterische spielende Art, die Schauberger an den Tag legte, hatte Karl von Anfang an befremdet. Für ihn stand nun endgültig fest, dass er Wilhelm nicht nur als simplen Bekannten des Klerikers betrachten durfte.

Er lenkte dessen Aufmerksamkeit wieder auf sich. »Wurde Wilhelm von Ängsten heimgesucht?«

»Ängste? Jeder hat vor etwas Angst. Mit ein Grund, warum die Leute auf Gott vertrauen.«

»In der Hoffnung, dass ihnen so die Angst genommen wird?«

Für den Moment hatte Karl den Eindruck, draußen einen Motor brummen zu hören. Doch die Mauern der Kirche waren zu dick, vermutlich war es ohnehin bloß der Wind gewesen. Sofern endlich seine Kollegen angerückt waren, würde er das noch rechtzeitig genug mitbekommen. Im Augenblick war ihm das Gespräch mit dem Pfarrer jedenfalls wichtiger.

»Sie standen sich doch nahe; helfen Sie mir, seinen Mörder zu finden!«

Schauberger war daraufhin in eine Starre verfallen, die seinen gesamten Körper vereinnahmte. Nicht einmal geblinzelt hatte er für eine Weile, was so befremdlich wirkte, dass Karl schon anfing, sich Sorgen zu machen.

Schließlich sprach Schauberger wieder. »Wilhelm sollte Ingenieurswesen studieren, doch er wechselte ins Lehramt, ohne seinem Vater davon zu berichten. Erst als er hierher zurückkehrte, offenbarte er sich und stellte Herrn Steiner damit vor vollendete Tatsachen. Das löste nicht mehr zu glättende Wogen an Aufregung und Wut innerhalb der Familie aus. Womit ich nicht sagen will, dass sie den Täter bei den Steiners suchen sollen. Oder ... nun, ich weiß es nicht.«

»Ging es dabei auch um das Erbe? Nein, lassen Sie es mich direkter formulieren. Musste Wilhelm deswegen mit Enterbung rechnen?«

Daraufhin hatte Schauberger schmal gelächelt. »Warum hätten seine Brüder ihm etwas antun sollen, wenn sie ohnehin davon ausgehen konnten, dass Wilhelm ihnen weder Hof noch Landbesitz hätte streitig machen können?«

»Da muss ich Ihnen zustimmen, das ergibt keinen Sinn. Aber wissen Sie, was ich mich schon eine geraume Zeit frage? Warum ist er überhaupt zurückgekommen? Warum ist er nicht in München geblieben oder irgendwo anders hingegangen?«

Der Priester hatte nur mit den Schulter gezuckt, und Karl stellte fest, dass man durchaus nicht nur mit Worten, sondern auch mit Gesten lügen konnte.

»Wenn ich an Ihrer Stelle gewesen wäre, ich hätte ihm als Freund diese Frage gestellt«, sagte er. »War er nicht glücklich, als er droben in München war? Das war er doch, oder?«

Schauberger saß mittlerweile wie festgefroren in seiner Kirchenbank, die Finger ineinandergefaltet, so fest, dass die Knöchel weiß hervortraten.

»Stattdessen«, fuhr Karl fort, »kehrt er heim und übernimmt die Lehrerstelle in der Dorfschule. Er heiratet Elisabeth Wegebauer, vermutlich ohne es wirklich zu wollen. Vielleicht um seinen Vater versöhnlich zu stimmen, weil er nicht Ingenieur geworden ist. Liege ich bis hierhin richtig? Ich möchte wetten, er hat Sie gebeten, für ihn ein gutes Wort beim Herrgott einzulegen. Ihn an seiner Stelle zu bitten, sein Leben erträglich zu machen.« Karl wusste sehr gut, dass seine laut ausgesprochenen Spekulationen eine Provokation darstellten. Und tatsächlich hatte der Priester reagiert.

»Gott erhört keine Bitten!«

Ja, da war es. Karl war zufrieden, dass er den Pfarrer endlich aus der Reserve gelockt hatte.

»Es müssen nicht immer die monetären Werte sein, die jemanden die Beherrschung verlieren lassen«, murmelte der Priester jetzt.

»Was meinen Sie damit?«

»Elisabeth.«

»Elisabeth? Was ist mit ihr?« Er hörte selbst, wie gereizt er plötzlich klang. Zahlt der Pfaffe mir meine Dreistigkeit nun heim? Argwöhnisch musterte er ihn von der Seite. Nein, da wurde nichts heimgezahlt, Schauberger wirkte im Gegenteil immer noch abwesend.

»Wissen Sie, dass sie ein Kind bekommt? Und dass es nicht von Wilhelm ist?«

24

JOHANNES

Ein Kind!

Er ließ ihn gehen. Ungeschoren. Dabei hätte er ihn aufhalten sollen, mit allem, was ihm zur Verfügung stand. Mit allem Zorn, mit aller Gewalt. Aber er konnte nicht. Nicht nach dem, was er eben gehört hatte.

Ein Kind ...

Das Gehörte wollte ihm nicht in den Kopf. Wie konnte das sein? Wilhelm, der es in sechs Ehejahren nicht fertiggebracht hatte, für Nachwuchs zu sorgen. Und der, nachdem es ihm doch noch gelungen war, in den Tod sprang? Nein, er war gestoßen worden, das stand wohl außer Frage. Jetzt erst recht.

Vielleicht war ja sein Bruder gar nicht der Erzeuger? Johannes war drauf und dran, hinüber in die Küche zu eilen und das blonde Miststück zur Rede zu stellen. Gleichzeitig wollte er dem Advokaten hinterher, um ihm die Dokumente abzunehmen, auch wenn er keine Vorstellung hatte, was seine Schwägerin da unterzeichnet hatte. Was Wilhelm mit diesem Juristen aus München ausgeheckt hatte. In keinem Fall konnte es etwas Gutes sein. Etwas war da in Gang geraten, und er musste sich dagegenstellen, bevor es zu spät war. Doch immer noch stand er hier wie erstarrt.

Vielleicht weil er plötzlich Dinge verstand, die bisher im Nebel gelegen hatten. Wie hatte er nur so blind sein können, über all die Jahre? Und wieso konnte er jetzt so deutlich sehen, was schon so lange direkt vor seinen Augen gewesen war? Freilich, jetzt erinnerte er sich an gelegentliche Ahnungen, allerdings so beiläufig und wenig fassbar, dass er ihnen damals keine Bedeutung geschenkt hatte. Ohnehin war das nun nicht mehr wichtig, denn was ihn jetzt und heute durchfuhr, war heftiger als der tosende Sturm der vorletzten Nacht.

Er hatte sich immer gefragt, warum Wilhelm überhaupt nach Talberg zurückgekehrt war. Und stets hatte er nur einen einzigen Grund dafür gefunden. Sein Bruder wollte ihm den Hof nicht überlassen, und diese Gier musste letztlich stärker gewogen haben als Wilhelms Liebe zu München und all die Vorzüge, die es ihm bot. Nun, beim Belauschen der Unterhaltung zwischen dem Anwalt und Elisabeth hatte sich diese Vorstellung als vollkommener Unsinn entpuppt. Wilhelm hatte München nicht freiwillig verlassen, o nein.

Vielleicht wäre Wilhelm im Zuchthaus gelandet, wenn er nicht schleunigst das Weite gesucht hätte. Wenn er nicht wieder unter die Fittiche des Alten gekrochen wäre, diese elendige Drecksau.

Unten vor dem Haus startete der Motor des Automobils, und als wäre das ein Signal gewesen, löste sich seine Starre. Die Einsicht, dass er den Anwalt nicht mehr einholen würde, schmerzte. Aber vielleicht schaffte der Weichling es nicht bis in die Schweiz. Vielleicht erwischten sie ihn noch, und er bekam das, was er verdiente. So wie Wilhelm. Der hatte gewiss nichts anderes verdient.

Johannes grinste. Jetzt, da er eine Vorstellung davon besaß, was Wilhelm während seiner Studienzeit getrieben hatte, würde es ein Leichtes sein, den Alten davon zu überzeugen, ihm den Hof und die Wälder zu überschreiben ...

Plötzlich hörte er schnelle Schritte. Elisabeth! Die hätte er beinahe vergessen. Wo wollte sie hin? Er schnaubte verächtlich. Muss ich mich das wirklich fragen?

Mit Wucht rammte er die Schulter gegen die Zimmertür, sodass sie im Flur gegen die Wand krachte.

Elisabeth, bereits auf dem Treppenabsatz angelangt, fuhr herum. Und jetzt war sie es, die versteinerte.

»Du?«, flüsterte sie, und ihre Unterlippe begann zu zittern. Sie musste sich am Geländer festhalten, um nicht rückwärts die Stufen hinunterzufallen. Herrgott, wie schön sie aussah, selbst mit dieser tiefen Furcht in den Augen. Oder vielleicht gerade deshalb.

»Es ist Zeit!«, sagte er. »Wir gehen!«

»Wohin?«

»Du weißt, wohin.«

25

KARL

Umgeben von modrigem Geruch stand Karl im Vorratskeller seines Onkels. Vor ihm im spärlichen Licht der Petroleumlampe lagen die Leichen von Heinrich Hirscher und Florian Schmidinger. Notdürftig verhüllt von angefressenen Kartoffelsäcken. Beiden war gewaltsam das Leben genommen worden. Der eine erhängt, der andere erstochen. Von ein und demselben Täter? Dessen war er sich immer noch nicht sicher. Hatte der Schmidinger womöglich doch wegen seiner Spielschulden bei dem Passauer das Leben gelassen? Durch einen Tschechen, wie behauptet wurde? Gab es vielleicht gar keinen Zusammenhang zum Tod des Hirscher-Enkels und dem des Lehrers?

Der Lehrer. Er schüttelte den Kopf. Wo waren bloß die sterblichen Überreste von Wilhelm Steiner?

Während seiner Ausbildung im Königlich Bayerischen Gendarmeriekorps hatte sich herausgestellt, dass er gut darin war, Zusammenhänge zu erfassen und Fakten zu kombinieren. Also hatte man ihn in die Abteilung für kriminalistische Untersuchungen gesteckt, die in Passau stationiert war. Das kam ihm gelegen, und er mochte die Aufgaben, die man ihm übertrug. Auch das Stadtleben gefiel ihm. In den Straßen und Gassen zwischen Donau, Inn und Ilz fand er sich schnell zurecht. Er mochte die Architektur. Das Barocke, Verschnörkelte der ehrwürdigen Fassaden. Er mochte die Kaffeehäuser, die denen zu Wien nacheiferten, mochte sie in jedem Fall lieber als die zahlreichen Wirtshäuser, da er nicht zum übermäßigen Trinken neigte. Eine Ausnahme machte er höchstens bei den Biergärten, die – bei fünf Brauereien im Stadtgebiet – in großzügiger Anzahl vorhanden waren. Er mochte die mittelalterliche Veste, die über der Stadt thronte, den Dom und die belebten Plätze. Besonders genoss er nach Feierabend die Spaziergänge an den befestigten Flussufern, entlang der Anlegestellen. Ja, er konnte sich sogar mit den Städtern anfreunden, auch wenn viele von ihnen einen gewissen Hang zum Überheblichen hatten. Doch das alljährliche Hochwasser zur Schneeschmelze im Frühling schien allzu eingebildete Herrschaften auch immer wieder zur Demut zu mahnen.

Kurz gesagt, Karl hatte sich an die örtliche Situation mehr als gewöhnt und war darauf eingestellt, sein künftiges Leben inmitten der pittoresken Passauer Altstadt und in den von Kastanien beschatteten Biergärten zu verbringen. Doch dann wurde das Polizeikorps leider von der Zentralisierung und der damit verbundenen Umstrukturierung ereilt. Gleichzeitig verlangte die Dienststelle in Wegscheid unter dem Kommando von Oberstleutnant Ruckdeschl nach einem Kriminalisten in ihren Reihen, da es im Grenzgebiet immer wieder zu zahlreichen Diebstählen und Gewaltdelikten kam. Die Wahl fiel auf ihn, da er in der Gegend aufgewachsen war und man jemanden anforderte, der sich dort einigermaßen auskannte. So landete er wieder in der ländlichen Provinz des niederbayerischen Grenzgebiets und in nächster Nähe zu seinen

Verwandten. Jetzt musste er sich eingestehen, dass er genauso wenig hier sein wollte wie Wilhelm Steiner.

»Hat das Pfarrhaus auch einen Keller?«, fragte er, einer plötzlichen Eingebung folgend, seinen Onkel, der irgendwo im Halbdunkel des Gewölbes hinter ihm stand und leicht keuchend atmete. Kurz bevor sie in den Keller hinabgestiegen waren, hatte Karl von ihm erfahren, dass einer seiner Leute die Stelle entdeckt hatte, wo die Telefonleitung durchtrennt worden war. Wie bereits angenommen, hatte ein vom Sturm aus dem Erdreich gewirbelter Baum die Leitung umgerissen, das erzählte zumindest der Onkel. Karl mochte das nicht unbedingt glauben, was er jedoch für sich behielt. Jedenfalls hatte Georg jemanden aufgetrieben, der es verstanden hatte, das Kabel zu flicken. Karl hatte keine Vorstellung, wie viele Männer sein Onkel im Rahmen seines Ortsvorsteheramts beschäftigte. Er vermutete allerdings, dass sie Georg nicht wegen seiner Autorität, sondern allein aufgrund von Treue und Pflichtbewusstsein gegenüber der Partei zur Hand gingen. Damit man wiederum an höherer Stelle Eindruck schinden konnte. Da sah er keinen Unterschied zu den Strukturen in den Polizeibrigaden. Arschkriechertum wurde auch unter deren neuer Führung belohnt.

»Keller im Pfarrhaus?«, wiederholte Georg die Frage.

Karl drehte sich nach ihm um. »Ich sehe selber nach«, erklärte er. »Doch zuerst habe ich zu telefonieren.« Er scheuchte seinen Onkel mit einer Geste beiseite. »Außerdem muss ich mit Elisabeth sprechen. Bring sie mir in dein Büro!« Er stieg die Steintreppe hinauf und bog, ohne auf eine Antwort zu warten, in den Flur ab, der zum Bureau führte. Dort hob er als Erstes den Telefonhörer ab und konnte kaum glauben, dass er tatsächlich ein Amt bekam. Und eine knappe Minute später die Verbindung zum Oberstleutnant.

»Major Leiner, warum melden Sie sich erst jetzt?«, grollte dessen Stimme aus dem Bakelit-Hörer.

»Verzeihung, Herr Oberstleutnant, aber die Telefonverbindung war bis gerade eben unterbrochen. Hat denn Dr. Weishäupl keine Meldung gemacht?«, fragte er. »Und wieso kam die Verstärkung nicht, die Sie bereits bei unserem letzten Gespräch auf dem Weg wähnten?« Er hoffte, damit nicht nur die Dringlichkeit, sondern vor allem auch die Schwierigkeiten zu verdeutlichen, denen er bei diesem Einsatz ausgeliefert war.

»Eine Katastrophe!«, donnerte der Oberstleutnant. »Wie konnten Sie Dr. Weishäupl nur das Motorrad überlassen? Das war äußerst unverantwortlich! Rechnen Sie mit einer Disziplinarmaßnahme, die sich gewaschen hat.«

»Ich versteh nicht, was ist ...«

»Diesen Satz höre ich zu häufig von Ihnen, Major Leiner.«

»Aber was ist denn passiert?« Nur mit knapper Not konnte er verhindern, dass seine Stimme sich überschlug.

»Was passiert ist? Was passiert ist? Ungeübt im Umgang mit einem Motorrad mit Beiwagen, ist der arme Herr Doktor in einer nicht einsehbaren Kurve in der Nähe des Geiger-Kreuzes, auf halber Strecke nach Wegscheid, mit einem anderen Gefährt kollidiert. Und was diesen Unfall noch hundertfach schlimmer macht, ist die tragische Tatsache, dass es sich dabei ausgerechnet um den Pritschenwagen handelte, den ich geschickt hatte, um die Leiche abzuholen. Das ist passiert, Herr Major. Man stelle sich dieses Desaster vor! Wie lassen Sie mich dastehen, vor meinem Vorgesetzten, wenn eine Erklärung von mir verlangt wird! Ja, wie lässt mich Ihre

Unfähigkeit, die Dinge zu regeln, jetzt dastehen?«, polterte sein Vorgesetzter, bis ihm anscheinend die Luft ausging, denn nun war nur noch ein Japsen zu hören. Und dann nichts mehr. »Ist ihm was passiert, dem Dr. Weishäupl?«, fragte Karl in das blecherne Rauschen hinein. Allerdings bekam er keine Antwort. Die Leitung war wieder tot. Georgs Fachmann fürs Reparieren von Fernsprechverbindungen hatte offenbar nur halbherzige Arbeit geleistet. Wütend drosch er den Hörer auf die Gabel. Versuchte es danach noch zweimal, doch dem Gerät war kein weiterer Ton zu entlocken. Er hoffte inständig, dass der Oberstleutnant trotz allem klug genug war, um erneut Verstärkung auszusenden. Erst in dem Moment ging ihm auf, dass sein Vorgesetzter ja noch gar nicht wusste, dass er mittlerweile drei Todesfälle zu untersuchen hatte. Georg musste dringend jemanden nach Wegscheid entsenden. Und zwar einen, der dort auch heil ankam. War dieser Bote – zu Pferd oder auch auf einem Drahtesel – flink genug, würde er es bis zum Nachmittag schaffen, den Rapport abzuliefern.

Karl setzte sich an den Schreibtisch seines Onkels und begann in aller Eile einen entsprechenden Bericht zu verfassen.

Er kam nicht weit. Georg stolperte herein.

»Sie ist nicht in ihrer Wohnung«, presste er keuchend hervor.

Karl sprang auf. »Dann such sie!«

Sein Onkel schüttelte den Kopf. Noch wollten keine Worte zwischen die angestrengten Atemstöße passen.

»Was?«, zischte Karl aufgebracht.

»Die Pfarrersköchin ... sie hat ... gesehen ...«

»Jetzt red schon!«

»Sie ist mit ihrem ... Schwager weg.«

»Johannes Steiner?«, fragte er laut.

Georg nickte. »Ja. Und nicht ... nicht freiwillig«, brachte er heraus, aber da war Karl schon an ihm vorbei und aus dem Bureau. Er rannte aus der Bäckerei und hinüber zum Schulhaus. Sah sich davor um, aber weit und breit war niemand auszumachen. Weder auf dem Kirchplatz noch vorm Wirtshaus oder auf den Feldern zwischen Dorf und Waldsaum. Also stürmte er hinauf in die Lehrerwohnung. Nicht weil er seinem Onkel nicht glaubte, sondern um nach Anhaltspunkten zu fahnden. Um zu verstehen, was passiert sein mochte.

Nicht freiwillig!

Oben deutete nichts auf einen Kampf hin. Alle Stühle waren sauber um den Küchentisch geordnet. Allerdings stand da ein benutztes Gedeck. Feines Sonntagsgeschirr. Ein Stich fuhr ihm in die Herzgegend. Er hatte sich gestern mit einer angeschlagenen Tasse zufriedengeben müssen, in dem sie ihm den Kaffee angeboten hatte. Bis zu diesem Moment war für ihn diese Kleinigkeit nicht ins Gewicht gefallen. Aber nun beschäftigte sie ihn. Wem hatte Elisabeth Steiner Kaffee in ihrem Sonntagsporzellan serviert?

Ganz gefangen in seinen Gedanken, hätte er beinahe den Umschlag übersehen, der auf dem Buffet neben dem Spülstein lag. Hastig trat er um den Tisch. Seine Finger zitterten leicht beim Öffnen der Kordel, mit der er verschlossen war. Vorsichtig zog er die darin befindlichen Papiere heraus. Das Licht in der Küche war schlecht, also stellte er sich ans Fenster. Die Sätze waren schwer verständlich formuliert. Juristendeutsch. Erneut besah er sich das Kuvert. Keine Adresse, keine Marke. Es war nicht mit der Post nach Talberg gelangt. Plötzlich entsann er sich des Geräuschs, das er vor etwa einer Stunde während seiner Unterredung mit dem Pfarrer vernommen hatte. War da womöglich doch ein Automobil gewesen?

Kurz fragte er sich, ob er das Dokument sicherstellen sollte, doch dann steckte er es in die Hülle zurück und deponierte es so, wie er es vorgefunden hatte. Anschließend begutachtete er alle Räume und verließ dann die Wohnung. Georg stand vorm Schulhaus. Verschwitzt, aber zumindest wieder bei Atem.

»Hat jemand ein Automobil gemeldet? In der letzten Stunde?«

Sein Onkel blies die Backen auf. »Ja, in der Tat. Das hab ich in der Aufregung, in die du mich ständig versetzt, ganz vergessen. Ein nobles Gefährt. Mercedes, wie der vom Teufel.«

»Krieg raus, ob jemand weiß, wer der Fahrer war!«, befahl er, obwohl er sich das eigentlich schon denken konnte, nachdem er das Dokument in Elisabeths Küche studiert hatte.

»Vielleicht haben sie sich zusammengetan«, sinnierte Georg, der immer noch neben ihm stand, statt die Beine in die Hand zu nehmen.

»Wer?«

»Na, die Elisabeth und der Johannes. Gegen den Wilhelm.«

»Wieso das denn?«

»Erbangelegenheiten, was weiß denn ich? Bin ich der Ermittler oder du?«

Eine Überlegung, die Karl absurd vorkam, die er als neutraler Kriminalist aber nicht außer Acht lassen durfte. Jetzt erst recht nicht, nachdem er herausgefunden hatte, dass sie offenbar die Bekanntschaft zu einem Justiziar aus München pflegte. Was allerdings wiederum völlig gegen ein gemeinsames Vorgehen von Johannes Steiner und Elisabeth sprach. Egal, was die nächste Stunde brachte, ab jetzt konnte alles nur noch viel schlimmer kommen.

»Ich muss sie finden!«, sagte er, eher zu sich als zu Georg. »Und zwar unverzüglich und bevor wir noch ein Leben zu beklagen haben – oder besser gesagt zwei.«

26

JOHANNES

»Frei heraus, Schwägerin! Ich will alles wissen!«, verlangte er. Der Regen prasselte auf sie herab, aber das bemerkte er nur, weil Elisabeth mittlerweile aussah, als hätte man sie soeben aus dem Osterbach gezogen. Ihr züchtig hochgesteckter Haarschopf war im Begriff, sich aufzulösen, Strähnen hingen ihr übers Gesicht. Sie zitterte am ganzen Leib, und dafür war sicher nicht allein der kalte Herbstschauer verantwortlich.

Der Regen hatte sie beide wie eine bleigraue Wand eingeschlossen. Undurchdringlich. Nichts um sie herum war mehr auszumachen, allenfalls die Spitzen der höchsten Baumwipfel, die um den Turm aufragten, peitschten im Wind gelegentlich wie schwarze Dämonenkrallen aus dem nassen Dunst heraus. Sonst war die Welt um sie herum verschwunden. Es hatte ihn Mühe gekostet, sie bis hinauf auf den Turm zu zerren, was ihm allerdings erst jetzt bewusst wurde. Seine Lunge pumpte nasskalte Luft in seinen nach Sauerstoff gierenden Körper.

»Was habt ihr ausgeheckt, du und mein missratener Bruder?«, schrie er gegen den Wind. Hier oben auf dem Turm griff er immer wieder heftig nach ihnen und brachte sie ins

Wanken. Elisabeth wurde gegen das Geländer gedrückt und klammerte sich daran, als erwartete sie, von der nächsten Böe fortgerissen zu werden.

Johannes hingegen stemmte sich gegen den Wind. Er würde sich nicht ducken. Er wollte der Naturgewalt trotzen, so wie er sich von nun an auch allem anderen widersetzen wollte, was sich ihm in den Weg stellte. Sie sollte ruhig sehen, wie standhaft er war, über welche Kraft er verfügte, selbst mit nur einem Arm. Aber das wusste sie bereits, fiel ihm ein. Er hatte sie seine Stärke schon einmal spüren lassen ...

»Red endlich!«, brüllte er ihr entgegen. »Was weißt du darüber, was dieses Scheusal in München getrieben hat?«

»Er war, was du nie sein wirst«, schrie sie zurück, und dafür, dass sie zusammengekauert vor ihm auf den überschwemmten Brettern der Aussichtsplattform hockte, klang sie wenig eingeschüchtert. »Er war glücklich! Glücklich und frei. Empfindungen, die in deiner Familie niemandem vergönnt sind.«

»Glücklich? Wie hätte er glücklich sein können? Und frei? Dass ich nicht lache! Was hat sie ihm denn gebracht, seine Freiheit? Er musste flüchten, damit ihm nichts passiert!«

Elisabeth schüttelte den Kopf. »Er hat die Liebe gefunden, und was kann man sich noch mehr für sein Leben wünschen? Aber das geht natürlich nicht in den Kopf eines so herzlosen Menschen wie dir.«

»Die Liebe«, äffte er sie verächtlich nach, »so was ist keine Liebe, es ist wider die Natur! Mein Bruder musste dem Herrgott danken, dass er so davongekommen ist. Auch wenn ich nicht glaube, dass der ihm seine Untaten verzeiht. Wenn ich's mir recht überlege, war es wohl eher der Teufel, der seinen Einfluss auf Erden geltend gemacht hat, damit Wilhelms

Abnormität nicht den Behörden gemeldet wurde. Und das hat sicher daran gelegen, dass die Person, mit der er seine abscheulichen Triebe auslebte, aus Kreisen stammt, die es verstehen, die Dinge ohne Aufsehen zu regeln. Die können keinen Skandal gebrauchen. Die bessere Münchner Gesellschaft ... Allesamt ein verlogenes, verdorbenes Pack! So wie dein Besuch von vorhin, den darf ich da sicher auch dazuzählen.« Er war nun doch enttäuscht, dass sie nicht entsetzter auf diese Offenbarung reagierte. Also redete er sich noch mehr in Rage. »Freilich hat er sich bei denen wohlgefühlt und vermutlich auch gehofft, er würde irgendwann dazugehören. Dabei war er nichts als ein elender Bauernbub aus dem Wald. Sie werden hinter seinem Rücken über ihn gelacht haben ...« Die Worte flogen ihm regelrecht aus dem Mund. So viele Worte hintereinander, wie er das ganze letzte halbe Jahr nicht zusammengebracht hatte. Aber das war richtig so, denn es war wahrlich Zeit, diesen stinkenden Saustall auszumisten. Dem Alten würden die Augen aufgehen, wenn er erfuhr, was sein feiner Wilhelm für eine missratene Kreatur gewesen war.

Elisabeth starrte ihm mit versteinerter Miene entgegen. Sie brauchte nichts zu sagen, er sah es in ihren tränennassen Augen, dass er die Wahrheit sprach. Dass er dahintergekommen war, was ihr werter Gatte verbrochen hatte. Er trat dicht an sie heran und beugte sich über sie. Funkelte aufgebracht auf sie hinab, wie sie da saß, das wehrlose Weib. »Und du hast es all die Zeit gewusst. Hast hinterm Berg gehalten mit dieser Sünde, die damit auch auf dich übergegangen ist. Dafür wirst du dich vor Gott genauso verantworten müssen. Ist mein dreckiger Bruder seinen ehelichten Pflichten denn überhaupt jemals nachgekommen? Hat er es wenigstens mal versucht?«

Etwas glomm plötzlich in ihrem Blick auf, etwas, das er nicht einzuordnen vermochte. »Du warst das ... damals«, spie sie ihm im nächsten Moment entgegen.

Gegen seinen Willen wich er einen Schritt zurück. Was? Woher kommt diese Kraft?

»Du warst das! Der Trud, der mich in der Felsspalte hat liegen lassen. Mein Gott, jetzt ist mir, als hätte ich es immer gewusst!«, schrie sie, und wie auf ihr Geheiß biss der Wind ihm scharf ins Gesicht.

Er taumelte zwei weitere Schritte rückwärts. Ihr Gerede verwirrte ihn. Zumindest für ein, zwei Herzschläge, dann erlangte er das Gleichgewicht zurück und begriff im selben Augenblick, worauf sie anspielte. Es war, als wehte der Wind eine blasse Erinnerung zurück in seinen Schädel und entfachte dieses eine klare Bild. Der Wald. Das Mädchen. Sie! Sie, die so verzweifelt um seine Hilfe flehte. Damals, noch während der Zeit, als er zumeist im Nebel wandelte. Ja, er war es gewesen – auch wenn er da noch ein anderer gewesen war. Ein Verlorener ... Er schüttelte die Erinnerung an sein früheres Ich ab. Nein, er durfte jetzt nicht den Kopf verlieren, nicht vergessen, warum er hier heraufgekommen war.

»Hast du ihn vom Turm gestoßen?«, fragte Elisabeth jetzt.

Er lachte verächtlich. »Wenn ich's getan hätte, dann nicht auf diese feige Art. Selbst mit nur einem Arm wäre ich in der Lage gewesen, ihn zu erwürgen. Körperlich war Wilhelm ein Schwächling ... und wie ich seit heute weiß, war er das auch geistig. Unfähig, sich seinen Trieben zu widersetzen.«

»Ach ja? Dann seid ihr euch näher, als du dir wünschst!«, fuhr sie ihn an, und wieder zuckte er zurück, ohne es zu wollen.

Schnell trat er wieder einen Schritt auf sie zu und hob seine verbliebene Hand.

Ihr Blick hielt dem seinen stand. »Ja, drisch auf mich ein. Das ist das Einzige, womit ihr Steiners euch zu helfen wisst, sobald ihr euch in die Enge getrieben fühlt.«

»Still jetzt, Weib!«, fauchte er, schlug aber nicht zu. Sie würde noch früh genug seinen Zorn spüren. Doch vorher musste er erfahren, wozu der Advokat heute ins Dorf gekommen war. »Der Alte stirbt, und Wilhelm hat's gewusst. Also geh ich davon aus, du weißt es ebenfalls. Oder warum sonst der Justiziar? Das habt ihr zwei euch wirklich fein ausgemalt.«

Zu seiner Überraschung rappelte Elisabeth sich auf und stand ihm nun wieder Auge in Auge gegenüber. Sie hatte das Holzgeländer im Rücken, doch es schien sie nicht zu schrecken, dass es nur eines kräftigen Stoßes bedurfte, um sie hinab in die vom Regen getränkte, bodenlose Nebelwelt zu befördern.

»Egal, was du anstellst, Johannes, das Kind wird Wilhelms Anteil am Erbe erhalten«, fauchte sie ihm entgegen. »Dafür hat dein Bruder vor seinem Tod wohlweislich gesorgt.«

Kurz überlegte er, ob er wegen der Erwähnung des Kindes den Überraschten mimen sollte. Aber sie musste erkannt haben, dass er ihre Unterhaltung mit dem Anwalt in vollem Umfang belauscht hatte. Dass er Bescheid wusste über die Brut in ihrem Leib. »Der Balg in deinem Bauch geht mit dir«, verkündete er kalt.

»Dazu bist du also in der Lage? Dann bist du eine noch abscheulichere Kreatur, als ich bisher gedacht habe. Aber was kann man schon von einem erwarten, der sich mit unbarmherziger Gewalt nimmt, was er haben will.«

Was ihn wirklich verunsicherte, war, dass aus ihrer Stimme keinerlei Furcht sprach. Für einen seltsamen, schwachen

Moment glaubte er sich selbst mit der Brüstung im Kreuz hier auf dem Turm stehen zu sehen. Glaubte zu spüren, wie er fiel. Er ballte seine Faust so fest, dass er trotz des heulenden Windes das Knacken der Knöchel hörte. Es war Zeit, dem allen ein Ende zu machen.

Elisabeth legte ihre Hände schützend auf ihren Bauch und blickte ihm unverhohlen in die Augen. »Ehe ich falle, sollst du wissen, dass das Kind, das du mit mir in den Tod schickst, auch deine Frucht ist.«

27

Er hatte sie sich genommen. Als sich die Gelegenheit ergeben hatte, hatte er sie beim Schopf gepackt. Wortwörtlich. Es war einer dieser wenigen Sommertage gewesen, an denen selbst um den Veichthiasl herum die Temperatur an die dreißig Grad heranreichte. Obwohl Sonntag war, waren die Bauern auf den Feldern wie besessen zugange gewesen, um möglich rasch das Heu einzubringen, das die paar heißen Tage schnell hatten trocknen lassen. Denn jeder Hiesige wusste, dass auf ein solches Wetter nicht lang Verlass war. Es galt, die Gunst der Stunde zu nutzen und keine Zeit zu verlieren, bevor das nächste Gewitter über sie hinwegrollte.

Johannes war an dem Tag im Wald unterwegs. Von oberhalb des Dorfes hatte er durch die Bäume hindurch ab und an einen Blick auf die vom Grünspan überzogenen Kupfer- und die rotbraunen, moosbewachsenen Ziegeldächer der Häuser und Gehöfte werfen können. Was er hier oben wollte, wusste er nicht. Er hatte kein bestimmtes Ziel, genoss vorerst nur die Luft, die hier im Schatten der Fichten und Laubbäume erträglicher war als auf den Wiesen und Äckern. An Tagen wie diesem erwachte er schon mit einer Unruhe, die nicht zu erklären war. Wenn sie ihn befiel, musste er los. Und meistens zog es ihn dabei in den Wald. Dann lenkte ihn ein nicht fassbares Gefühl, und er ließ sich führen, auch weil er wusste, dass es bisweilen lohnenswert sein konnte. Gelegentlich sprang an diesen Tagen etwas für ihn heraus – eine Belohnung dafür, dass er so widerstandslos gehorchte. Sich dem hingab, was im Verborgenen lauerte. Und an jenem sonnengetränkten Sommertag sollte es sich ganz besonders lohnen. Denn unverhofft erblickte er ihren blonden Haarschopf.

Sofort verharrte er wie angewurzelt.

Sie bewegte sich parallel zu ihm, entlang des Waldsaums. Mit einem Weidekorb am Arm. Er nahm leise, aber scharf einen letzten Atemzug und hielt dann die Luft an. Es packte ihn mit einer Heftigkeit wie schon eine ganze Weile nicht mehr. Das Ruzanna-Fieber war zurück. Die Flammen in seinem Inneren loderten hoch, als hätte man einen Schwall Petroleum in ihn hineingegossen. Reglos stand er da, den Blick auf sie fixiert. Hin und wieder bückte sie sich, pflückte etwas und legte es bedächtig in den Korb. Sie trug ein Kleid ohne Ärmel, das leicht um ihre nackten Knöchel floss. Vielleicht war es eine sanfte Brise um die Bergflanke, die ihm zuflüsterte, dass da nichts mehr unter dem dünnen Leinen war als ihre hellhäutige Blöße. Tatsächlich konnte er es auch sofort riechen – und jeder vernünftige Gedanke, der ihn noch hätte zurückhalten können, war wie weggeblasen.

Mein Kind ...

Was sie gesagt hatte, hallte als Echo durch seinen Kopf.

Mein Kind ...

Aber es war ihm, als könnte er die Bedeutung ihrer Worte nicht erfassen. Nicht begreifen, was er gehört hatte. Die Bilder des rund drei Monate zurückliegenden Aufeinandertreffens mit ihr flimmerten vor seinem inneren Auge wie Blitze aus einer schwarzen Gewitterwolke. Er sah wieder, wie er sie aus dem Wald heraus ansprang. Sie packte, mit der ganzen Kraft, die in seinem Arm steckte. Sie herumschleuderte, sodass ihr mit Wiesenkräutern gefüllter Korb in weitem Bogen davonsegelte, während sie selbst heftig mit dem Rücken gegen den Stamm einer Buche prallte. Wie sie sich dabei den Kopf anschlug und in sich zusammensackte, während die Luft aus ihrem Körper entwich, zusammen mit einem tonlosen Schrei. Sie glitt ins weiche Laub. Lag regungslos da. Mit geschlossenen Lidern, die seltsam zuckten. Sogleich leuchteten ihm ihre weißen Schenkel entgegen, denn ihr Kleid war bis weit über die Knie hochgerutscht. Er sah seine Finger, die sich nach dem Angriff um den Beutel an seinem Hals gekrallt hatten und die sich nun langsam wieder lösten. Sah, wie er sich niederkniete und die Hand nach ihr ausstreckte ...

Mein Kind ...

Das konnte nicht sein. Jemand schrie, und er erkannte erst nach einem weiteren, donnernden Herzschlag in seiner Brust, dass dieser Schrei aus seiner eigenen Kehle kam.

Mein Kind ...

Johannes wollte sich auf sie stürzen. Nach ihr greifen, sie in den regenverhangenen Himmel heben und über die Brüstung werfen. Er wollte es. So sehr, wie er damals Ruzanna gewollt hatte ...

Stattdessen war er es, der rücklings gepackt und nach hinten geschleudert wurde. Er war so überrascht, dass er keinen Halt mehr fand und hart auf den Brettern der Aussichtsplattform aufschlug. Das Wasser spritzte nach allen Seiten. Die Luft blieb ihm weg, sodass kein Laut aus seinem schmerzverzerrten Mund drang. Er lag auf dem Rücken, zappelte unbeholfen, versuchte zu verstehen. Blinzelte die Regentropfen aus den Augen. Entdeckte endlich, was ihn von den Beinen geholt hatte.

Denn da stand er. Zwischen ihm und der Hure seines Bruders.

Mein Kind ...

Der Major.

28

Das Unwetter hatte den Himmel dermaßen verfinstert, dass Johannes nicht ausmachen konnte, ob der Gendarm eine Handfeuerwaffe auf ihn richtete. Doch nicht einmal das hätte ihn davon abhalten können, sich aufzurichten und wieder auf die Beine zu kommen. Er wartete auch nicht darauf, dass der Polizist ihm irgendwelche Anweisungen zubrüllte, oder vielleicht hörte er sie bloß nicht. So wie er auch den Regen nicht mehr hörte. Und nicht mehr spürte. Weder Kälte noch Wind konnten ihn noch erreichen. Alles verdampfte an dem Feuer in seinem Inneren. Und es würde auch jede Kugel schmelzen, die in ihn eindrang. Er hatte den Einschlag einer Artilleriegranate überlebt, den Verlust seines linken Arms, den Fluch einer alten Zigeunerin. Die Hiebe und Demütigungen seines Vaters. Er hatte längst einen Zustand erreicht, in dem ihm nichts und niemand mehr etwas anhaben konnte. Und von dieser Gewissheit begleitet, warf er sich brüllend dem Major entgegen.

Offenbar hatte Karl Leiner nicht mit einer derartigen Gegenwehr gerechnet. Zudem verfügte er über nichts, was ihm zur Verteidigung dienen konnte, außer seine Fäuste. Doch die waren wirkungslos gegen Johannes' Ansturm. Wirkungslos gegen die Gewandtheit, mit der er ihnen auswich. Er rammte dem Major seine Schulter in den Magen und beraubte ihn damit der Balance.

Nun war es der Polizist, der nach hinten torkelte, bis ihn das Geländer auffing und vor einem Sturz in die Unendlichkeit bewahrte. Aber nicht mehr lange! Sofort setzte Johannes nach. Holte aus und traf den Major an der Schläfe. Dieser Hieb sorgte dafür, dass Leiners Leib eine Hundertachtzig-Grad-Drehung vollzog und sein Oberkörper gleichzeitig nach vorne kippte. Selbst überrascht von der Wirksamkeit seiner Attacke, brauchte Johannes nur noch gegen die abgeknickte Hüfte des Gendarmen zu treten, um ihm das nötige Übergewicht zu verleihen, das ihn über die Turmbrüstung zog.

In dem Moment kreischte irgendwo rechts von ihm die blonde Hure.

Berauscht von seinem schnellen Sieg über den Major, wirbelte Johannes herum. Etwas Kantiges krachte ihm an die Stirn. Er taumelte zurück. Riss seinen Arm schützend nach oben, aber da kam schon der nächste Schlag von links, und da war nichts, um das abzuwehren, was durch den Regen auf ihn zuflog.

Diesmal erwischte das Brett seinen Kiefer. Es knirschte in seinem Schädel. Schwärze verengte sein Sichtfeld. Seine Sinne schwanden. Er wusste nicht mehr, ob er noch auf den Beinen stand oder schon am Boden lag. Von weither schrie die Furie, und im selben Moment folgte der nächste Hieb. Eigentümlicherweise konnte er nicht mehr sagen, wo genau dieser ihn traf. Geschmolzenes Kupfer füllte seinen Mund und rann seinen Rachen hinab. Seine Arme fuchtelten ungezielt herum – auch der, der nicht mehr vorhanden war. Das linke Bein trat ins Leere. Durch die heiße Flüssigkeit, die seine Augen füllte, konnte er den Schacht unter sich nur erahnen. Ihm war, als fiele er kopfüber in ein Grab.

29

KARL

Der Balken war nass. Glitschig. Seine kalten Hände fanden keinen rechten Halt. Seine Schläfe pochte. Doch die Benommenheit wich schlagartig, als ihm bewusst wurde, dass seine Finger abrutschten. Die Mantelschöße klatschten um seine Schenkel. Unter ihm war nichts als das Nebelmeer. Er hatte die schroffen Felsen gesehen, die zwanzig Meter tiefer darauf warteten, seinen Körper zu zerschmettern. Mehr als seine Hände hielt ihn die schiere Verzweiflung hier oben. Er wollte nicht sterben! Nicht jetzt, nicht auf diesem verfluchten Berg. Und dennoch würde es passieren. In den nächsten Sekunden. Der Einarmige hatte ihn bezwungen.

Er bemerkte eine Bewegung über sich. Das war er. Johannes Steiner würde beenden, was er begonnen hatte. Es reichte, wenn er ihm auf die Finger trat, die sich so besessen an das triefende Holz klammerten.

Doch anstatt das schmerzhafte Knirschen seiner Fingerknochen unter der Sohle des Verrückten zu fühlen, bemerkte er, wie jemand nach dem Ärmelaufschlag seines Mantels griff. Hinter dem, was da an ihm zerrte, steckten Kraft und Verzweiflung, und die reichten aus, um ihn die paar Zentimeter nach oben zu hieven, die genügten, damit er die Brüstung richtig zu fassen bekam. Plötzlich fand auch die andere Hand wieder sicheren Halt, und er versuchte das linke Bein hoch und über die Kante der Plattform zu schwingen. Es glückte beim ersten Mal, und er konnte seinen Oberkörper unter dem Geländer hindurchschieben und dann die Beine nachziehen.

Es war ihm vergönnt, am Leben zu bleiben. Auch wenn er das nicht mehr zu hoffen gewagt hatte.

30

Er wusste kaum, wie ihm geschah, doch als er die Augen wieder öffnete, fand er sich in ihren Armen wieder. Sie pressten sich aneinander. Er spürte, wie sie zitterte, und doch war sie bereit, das bisschen Wärme, das sich noch in ihr befand, mit ihm zu teilen. Ohne allzu viel von der Nähe zu ihr aufzugeben, schälte er sich aus dem Mantel und hüllte sie beide damit ein. Scharfe Windböen fegten den Regen immer wieder auseinander. Um sie herum war es tosend laut, doch in seinem Inneren herrschte behagliche Ruhe. Eine Ruhe, wie er sie immer gesucht hatte. Sie ließ selbst das Dröhnen in seinem Kopf, das er dem Hieb des Einarmigen verdankte, zu einer Nichtigkeit schrumpfen.

Wenige Sekunden später wurde ihm klar, dass er diesen seligen Moment in ihren Armen noch nicht verdient hatte. Seine Arbeit in Talberg war noch nicht getan, dem Irrsinn noch nicht Einhalt geboten. Karl blinzelte durch den Regen. »Johannes?«, fragte er.

»Ich hab ihn vertrieben.«

»Wie?«

Sie deutete auf ein Brett, das neben ihr auf den nassen Planken lag. »Es hat sich vorhin vom Geländer gelöst, als ich mich daran hochgezogen habe. Das hat dieses Scheusal zu spüren bekommen.«

Wieder sah er sich um. »Und wo ist er?«

»Ich weiß nicht. Er ist die Stufen runtergefallen.«

Sich aus ihrer Umarmung zu lösen kam ihm schmerzvoller vor als alles, was er seit seiner Ankunft hier erlebt hatte. Unbeholfen mühte er sich auf die Beine. Seine Knie waren wie Gummi, doch er konnte sich aufrecht halten. Gegen den Wind gestemmt, ging er hinüber zur Treppe und spähte hinab. Auf dem ersten Absatz lag niemand. Während er sich bemühte zu verstehen, was hier oben vorgefallen war, als er außen am Turm hing und seinem Ende entgegensah, trat Elisabeth an seine Seite.

»Er ist weg«, stellte sie fest.

»Wir sollten ebenfalls schauen, dass wir ins Trockene kommen!«

Er reichte ihr die Hand, und sie stiegen hintereinander hinab. Wieder zählte er, weil er einfach nicht anders konnte. Vier Treppenabsätze, je zwölf Stufen dazwischen. Der Turm war derselbe wie der, den er vor zwei Tagen zum ersten Mal erklommen hatte, und irgendwie machte es das umso schlimmer. Denn was mittlerweile geschehen war, hatte ihn an die Grenze seiner Belastbarkeit gebracht. Hatte so viel verändert. Schlechtes zum Vorschein gebracht. Ihn ins Gesicht des Bösen blicken lassen. Allerdings hatte es auch sein Herz geöffnet – und genau genommen war dies noch verwirrender als die Konfrontation mit all den menschlichen Abgründen. Er war zu verwirrt, um all die Ereignisse schon einordnen zu können. Und hier an diesem unwirtlichen Ort darüber nachzudenken war ohnehin müßig. Zumindest waren sie nun unter dem Turm ein wenig geschützt vor dem Regenguss, der vom Himmel stürzte. Wieder drückten sie sich eng aneinander.

»Vielleicht warten wir hier noch kurz, bis es ein wenig nachlässt«, schlug er vor. Zwar waren sie ohnehin nass bis auf die Knochen, aber so stürmisch, wie der Wind um den Gipfel tobte, musste man mit herumfliegenden Ästen rechnen.

»War es Johannes? Hat er Wilhelm …?«

»Ich kann mir denken, dass dein Schwager in seinem Leben schon einige Untaten begangen hat … aber nein, er hat weder Wilhelm noch die anderen zwei getötet«, antwortete Karl bestimmt.

»Aber wer dann?«, fragte Elisabeth und wich aufgebracht ein Stück von ihm fort.

»Was ich habe, ist ein Verdacht, mehr nicht.«

31

»Das Kind?«, fragte er, um nicht weiter ihren bohrenden Blicken ausgesetzt zu sein.

»Ist von Johannes.«

Damit bestätigte sie seine schlimmste Befürchtung. Er hatte nicht wirklich gehört, was die beiden oben auf dem Turm gesprochen hatten, bevor er eingeschritten war. Doch den ein oder anderen Wortfetzen hatte der Wind ihm zugetragen.

»Er hat sich an mir vergangen«, fügte sie hinzu, ohne dass dies nötig gewesen wäre, denn alles andere erschien völlig abwegig. »Es war im Juli...«

»Du musst nicht darüber reden!«, unterbrach er sie.

Im Schutz des Turms entfernte sich Elisabeth einen weiteren Schritt von ihm. »Genau wie Wilhelm! Der wollte es zuerst auch nicht hören.« Ihre Stimme hatte jegliche Sanftheit verloren. »Ist es so schwer zu ertragen, aus dem Mund einer Frau zu erfahren, zu welchen Missetaten ihr Mannsbilder fähig seid? Oder schämst du dich dafür? So wie Wilhelm sich für das geschämt hat, was mir sein Bruder angetan hat? So sehr, dass er es nicht hat wissen wollen, vor lauter Feigheit...«

Karl wusste nicht, was er darauf antworten sollte. Kälte und Schmerz waren zurück. Betroffen senkte er den Blick. Nie hatte eine Frau ihm gegenüber so gesprochen. So offen, so deutlich. Es befremdete ihn ebenso sehr, wie es ihn beeindruckte. »Ich ... ich wollte nur nicht, dass du dich dieser schrecklichen Erfahrung gedanklich noch einmal aussetzen musst«, stammelte er, ohne sie ansehen zu können.

»Du meinst also, es verschwindet aus meinem Kopf, wenn ich mich einfach nicht mehr damit befasse? Dass es mich dann in Ruhe lässt? Dass die Träume nach und nach verblassen, die mich quälen? Glaubst du, dass es so gelingt?«

»Ehrlich gesagt, ich weiß es nicht«, gestand er. »Du hast vermutlich recht. Es macht keinen Unterschied, ob einer von den Gräueltaten des Krieges gezeichnet ist oder von ...«

»Oder von der Gewalt, die ein Mann an einer Frau verübt hat. Nein, ich denke, für die Seele kommt es auf dasselbe heraus. Sie ist verletzt. Beschädigt. Vermutlich nicht mehr ganz zu heilen. Darum trinken die einen, während die anderen in die Kirche rennen oder irgendwas anderes tun, um dem Erlebten zu entrinnen ... Bei mir ist das nicht anders, Karl Leiner, auch wenn ich vielleicht nicht so auf dich wirke. Ich flüchte mich, ohne zu wissen wohin ...«

»Elisabeth ... ich ...« Karl taumelte in eine ungeahnte Hilflosigkeit, aber offenbar war das nicht falsch, denn sie trat wieder an ihn heran.

»Ich weiß, ich kann nichts von dir verlangen, aber ich möchte, dass du verstehst, was vorgefallen ist. Von meiner Schändung habe ich nichts mitbekommen. Er hat mich abgepasst und gegen einen Baum geschleudert. Ich verlor das Bewusstsein, war gefangen in einer Ohnmacht, während mein Schwager meinte, das mit mir tun zu dürfen, was sein Bruder in all den Jahren nie getan hat.« Sie versuchte ruhig zu klingen, konnte jedoch den Zorn darüber, was ihr angetan worden war, nicht verbergen. »Aber was soll ich sagen ... Diese Ohnmacht war in all dem Widerwärtigen mein einziger bescheidener Trost. Sie hat mir erspart, in die vom Wahnsinn gezeichneten Augen meines Schwagers blicken und zugleich all das Abscheuliche fühlen zu müssen, was er in diesen wenigen Minuten an mir verbrochen hat. Erst das Brennen in meiner Mitte, das Blut an meinen Schenkeln und all die anderen Wunden, die mir, unmittelbar nachdem ich wieder zu mir gekommen war, bewusst wurden, machten mir klar, was mit mir geschehen war.«

Immer noch konnte er ihr nicht wieder offen ins Gesicht sehen. Ihre unverblümte Schilderung verstörte ihn, und gleichzeitig entfachte sie einen vernichtenden Zorn auf den Einarmigen. Er wusste, er würde ihn töten, sobald er ihn zu fassen bekam, selbst wenn ihn das seinerseits ins Zuchthaus brachte. Was waren das für Menschen, diese Steiner-Brüder? Der eine hatte sie erniedrigt, indem er sie verschmäht hatte, und der andere ... Nein, es schien ihm unmöglich, auch nur daran zu denken.

»Und Wilhelm? Was hat er getan, nachdem er es erfahren hatte?«

»Zuerst war er so voller Wut, wie du es gerade bist.«

Augenblicklich kam Karl sich ertappt vor. Wie konnte diese Frau nur so in ihn hineinsehen? Mit einem Mal verstand er, dass es einige Männer im Dorf geben musste, die eine ihnen unerklärliche Angst vor Elisabeth hatten. Allen voran die Steiners. »Und dann? Ich meine, was hat dein Mann unternommen?«, hakte er vorsichtig nach.

Elisabeth atmete langsam aus. »Eigentümlicherweise hat er einen kühlen Kopf bewahrt, so wie ich es ihm nie zugetraut hätte.«

»Du nimmst ihn in Schutz?«, fragte er irritiert.

Über ihnen rüttelte der Wind wie besessen an der Holzkonstruktion. Es klang, als würde dieser Herbststurm immer noch schlimmer werden.

»Er war ein Gefangener«, sagte Elisabeth.

»Gefangen in Talberg«, führte Karl ihren Gedanken aus.

»Du meinst ... er kam mit seinem Leben hier nicht mehr zurecht?«

»Vermutlich ist er nie damit zurechtgekommen. Doch hat ihm erst seine Zeit in München die Augen geöffnet. Dadurch wurde seine Rückkehr umso beschwerlicher für ihn. Die Verbitterung über sein Schicksal hat er in erster Linie an seinen Schülern ausgelassen.«

»Und an dir«, folgerte er, ohne dass sie es mit einer Geste oder einem Wort bestätigte. Doch er glaubte, es in ihren Augen zu sehen.

Schwere Tropfen fielen durch die Ritzen der Bretterkonstruktion auf sie hinunter und zerplatzten auf ihren Häuptern. Dennoch legte sie den Kopf in den Nacken, die Augen geschlossen. »Den Turm zu bauen lenkte ihn eine Weile ab. Nur wurde es bald danach noch schlimmer als zuvor. Es war etwas geschehen, dass Wilhelm innerlich noch mehr zerriss.«

»Jemand war in sein Leben getreten«, sagte Karl, der über diese Eingebung selbst überrascht war. Aber das schien ihm die einzig passende Erklärung.

Elisabeth widersprach nicht. Sie wusste davon, das hatte er so weit erfasst. Sie wusste es und hatte es hingenommen. Vermutlich sogar verstanden.

»Hat er es geahnt?«

»Geahnt? Was?«

»Dass jemandem nicht verborgen geblieben war, was ihn zuletzt umtrieb.«

Elisabeth nickte kaum vernehmlich.

»Dann kannte jemand sein Geheimnis.«

32

Endlich ließen Wind und Regen ein wenig nach. Hand in Hand rannten sie los und hinein unter das schützende Blätterdach der Bäume, die den Turm umringten. Der abschüssige, ausgewaschene Weg brachte sie das ein oder andere Mal ins Rutschen, doch gegenseitig hielten sie sich auf den Beinen. Obwohl es noch nicht einmal Mittagszeit war, war es bisweilen stockdunkel im Dickicht des Waldes. Doch Elisabeth lenkte ihn auf einen unwegsamen Pfad, der sie nicht am Hof von Josef Steiner vorbeiführte, sondern unmittelbar auf den Wiesen oberhalb des Schulhauses wieder aus dem Forst herausbrachte. Auch wenn diese Abkürzung nicht leicht zu meistern war, kam es Karl vor, als hätten sie damit einige Zeit gespart. Als sie schon zum Schulhaus eilen wollte, hielt er sie zurück. Obwohl der Sturm eingeschlafen war, traute sich noch niemand wieder ins Freie, das musste er ausnutzen.

»Ich will noch was überprüfen«, erklärte er, und seine Hand gab widerwillig die ihre frei. Er wartete nicht darauf, dass sie nachfragte, was er vorhatte, sondern marschierte unverzüglich auf das aus Granitsteinen gemauerte Gebäude mit den Rundbogenfenstern zu. Drei Stufen führten hinauf zur Eingangstür. Zuerst überlegte er zu klopfen, hatte auch bereits die Hand gehoben, doch dann entschied er sich anders und drückte die Klinke nach unten. Die Tür öffnete sich ohne Widerstand. Karl betrat den Flur. Etwas hielt ihn davon ab, sich durch einen Ruf zu erkennen zu geben. Er blieb ganz still, atmete flach. Ein ätherischer Geruch stieg ihm in die Nase. Außerdem roch es nach Essen. Geschmorte Zwiebel und der Duft von Gerauchtem. Er lauschte, vernahm aber keine Geräusche. War das Mittagessen bereits eingenommen?

Es war nicht schwer, die Tür hinunter zum Keller zu finden. Tropfnass, wie er war, fuhr ihm ein kalter Luftzug unangenehm um die Knöchel, als er daran vorüberging. Er stockte und öffnete die Tür sachte mit dem Zeigefinger. Eine steinerne Kellertreppe führte abwärts in eisige Schwärze. Karl blickte noch ein letztes Mal den Flur entlang, dann tastete er über die unverputzte Wand jenseits der Kellertür. Tatsächlich fand er einen Schalter. Er drehte daran, und unten glühte eine Lampe auf. Es war nicht ungewöhnlich, dass sie in der Stadt auch Elektrizität im Untergeschoss hatten. Hier in Talberg hingegen ... Doch der unerwartete Fortschritt kam ihm jetzt gelegen. Sorgsam einen Schritt vor den anderen setzend, stieg er hinab.

Das rundgemauerte Gewölbe, das ihn zehn Stufen tiefer umgab, war wie ein Eiskeller. Es handelte sich um einen großen Raum, der nur durch Holzverschläge unterteilt war. In der Mitte, gleich unterhalb des Schlusssteins, auf dem die Last des Gewölbes ruhte, baumelte eine nackte Glühbirne an einem flachen Kabel. Spinnweben schwebten um den Licht spendenden Glaskolben. Es roch nach von Fäulnis befallenen Kartoffeln, nach rostigem Eisen und Weihrauch.

Was er zu finden gehofft hatte, war in keinster Weise versteckt. Er entdeckte es gleich hinter der ersten Bretterwand zu seiner Rechten. Auf beiden Seiten von je einer Kerzenflamme beschienen, lag dort aufgebahrt der zerbrochene Körper von Wilhelm Steiner.

33

Wilhelm Steiners Gesicht war kalkweiß, die Lider geschlossen. Alles Blut, das ihn gestern noch verunstaltet hatte, war verschwunden. Das Haar gewaschen und sauber gekämmt, sodass die Deformationen am Schädel kaum noch auffielen. Karl strich sich grübelnd übers Kinn. Ergab nun endlich alles einen Sinn? Hatte er den Mord an dem Dorflehrer damit gelöst? Vieles sprach dafür, dass er nun endlich wusste, wer der Täter war. Allem voran, dass er die Leiche hier vorgefunden hatte. Ausgerechnet im Haus des Mannes, der in den letzten Stunden immer mehr ins Zentrum seiner Aufmerksamkeit gerückt war.

Andererseits führte der Leichenfund die Sache auch wieder ad absurdum. Was er hier vor sich sah, wirkte irrational, und das störte ihn. Er hatte gelernt, als Kriminalist nichts einfach hinzunehmen. Man durfte es sich nie zu leicht zu machen, solange nicht alles glasklar vor einem lag. Ein Scharren hinter ihm ließ ihn herumwirbeln. Instinktiv hatte er die Fäuste gehoben.

»Ich bin's!«

»Himmelherrgott! Elisabeth! Warum bist du nicht zu Hause?«

»Ist dir nie in den Sinn gekommen, dass Johannes dort auf mich warten ...« Sie brach ab und starrte an ihm vorbei.

»Du hast ihn gefunden!«, stellte sie mit brüchiger Stimme fest.

Karl nickte.

»Aber ... aber was macht er im Keller vom Pfarrhaus?«

»Ich habe ihn geholt!«, ertönte es von der Treppe her, und dann stürzte ein schwarzer Schatten herein, packte Elisabeth und riss sie mit sich in den hinteren Teil des Kellers. Die Klinge eines Messers blitzte auf und lag einen Moment später an ihrem schlanken Hals.

»Bleiben Sie, wo Sie sind!«

Karl hob beschwichtigend die Hände. »Das ergibt doch alles keinen Sinn, Hochwürden!«

»Mir ist nichts geblieben!«, rief Viktor Schauberger, der nun noch orientierungsloser auf Karl wirkte als bei ihrer Unterhaltung in der Kirche. Nach wie vor war seine Soutane falsch geknöpft. Die Haare standen ihm in alle Richtungen ab, als wäre er gerade aus dem Bett gestiegen. Seine verzerrten Züge waren nie weiter von dem jesusgleichen Antlitz entfernt gewesen, das ihm von seinen ehrfürchtigen Anhängerinnen bisweilen angedichtet wurde. »Und du halt besser still, Weib!« Sein einer Arm umklammerte Elisabeths Oberkörper, der andere drückte das Messer noch tiefer in die weiche Stelle unter ihrem Kinn. »Weißt du nun endlich, an wen Wilhelm sein Herz verloren hat?«, fragte er, und seine schrille Stimme hallte unter dem Steingewölbe.

Endlich verstand Karl, woher der Eindruck von Irrationalität an der ganzen Sache herrührte. Wenn die Verzweiflung in unbeherrschbarer Weise die Eifersucht entfachte, dann war es nicht weit bis zum Wahnsinn. Und damit schien er nun konfrontiert zu sein. Mit dem Haltlosen, dem Unberechenbaren, das gegen jede Vernunft agierte. Drei Morde innerhalb von vierundzwanzig Stunden. Es konnte keine andere Erklärung geben.

Nur kam diese Erkenntnis viel zu spät. Verdammt, wieso hatte er nicht eher ...

Mit einem leisen Stöhnen riss Elisabeth ihn aus seinen Gedanken. Nein, es half jetzt nicht, darüber zu lamentieren, dass er die Zusammenhänge nicht früher verstanden hatte. Alles, was im Moment zählte, war, diese Frau zu retten. Und damit auch ein Stück sich selbst.

»Was hatten Sie vor, Sie und Wilhelm? Nachdem ...«

»Nachdem sich unsere Seelen gefunden hatten? Sprechen Sie es doch ruhig aus, Herr Major!«

Karl nickte. Er scheute in der Tat davor zurück, die Bilder in seinem Kopf in Worte zu fassen. »Es waren wohl nicht nur Ihre Seelen«, sagte er ruhig. »Und Sie wussten beide, wie falsch es war, was zwischen Ihnen passiert.«

Er versuchte im kalten Blick des Priesters zu erkennen, was Wilhelm in diesem Mann gesehen hatte. Doch er fand nichts, was bei ihm auf Verständnis stieß. »Gott erhört keine Bitten«, wiederholte er die Worte, die Schauberger vorhin in seiner Kirche herausgerutscht waren. »Haben Sie wirklich auf Beistand vom Himmel gehofft?«

Schauberger presste Elisabeth noch enger an sich. »Alles hätte sich zum Guten gewendet, wäre sie nicht gewesen.«

»Immerhin war sie die Ehefrau«, sagte Karl und mahnte sich gleichwohl zur Zurückhaltung. Er durfte den Geistlichen nicht zu sehr herausfordern, denn Wahnsinn folgte keinen Regeln.

»Wir wollten auf und davon, rüber nach Amerika. Alles war besprochen. Geplant. Zum Teil sogar schon in die Wege geleitet. Doch plötzlich hieß es, sie sei in anderen Umständen und er könne sie damit nicht alleine lassen. Als hätte er sich jemals in das Schicksal eines Familienvaters fügen können! Er verachtete Kinder.« Der Priester schnaubte. »Aber er war nicht umzustimmen. Resignierte vor den Gegebenheiten, und das, obwohl er wusste, dass nicht er dieses Kind gezeugt hatte. Hätten Sie da an meiner Stelle nicht auch an der Liebe gezweifelt, die er in all den Monaten so überschwänglich beteuert hatte?«

Karl schüttelte den Kopf. »Was Sie da reden, macht mir deutlich, dass Ihre Zerrissenheit Sie unfähig für jeglichen Glauben macht. Sie vertrauen nicht mehr auf Gott und nicht mehr auf Ihren Liebhaber. Wilhelm muss Ihnen doch seine Absichten geschildert haben.«

»Gerede, alles nur Gerede, um mich hinzuhalten«, fauchte der Priester. Im schwachen Licht der Glühlampe über ihnen konnte Karl mittlerweile erste Blutstropfen an Elisabeths Hals herablaufen sehen. Aber er durfte sich jetzt nicht von der Angst um sie beirren lassen. Er brauchte einen klaren Verstand, um jeden Preis.

Langsam schüttelte er den Kopf. »Ich denke, er wäre trotz allem mit Ihnen fortgegangen. Und zwar, sobald er die Dinge für Elisabeth und das Kind geregelt gewusst hätte. So wie es sich für mich darstellt, haben Sie schlichtweg zu wenig Geduld bewiesen.«

»Geduld? Es blieb einfach keine Zeit für noch mehr Geduld!« Schaubergers Stimme überschlug sich mehrfach. Seine Unfähigkeit, dem zu widerstehen, was nach seinem eigenen Glauben Sünde war, hatte aus ihm einen gefallenen Engel gemacht. Als er dann noch der Liebe beraubt wurde, für die er alles zu opfern bereit gewesen war, hatte ihn das in ein seelisches Wrack verwandelt, unberechenbar und dem

Wahnsinn nahe. Doch Karl begriff mit einem Mal, dass er zumindest bei einer Sache richtiggelegen hatte.

Es blieb einfach keine Zeit für noch mehr Geduld.

Ja, das bestätigte seine Vermutung, dass die beiden aufgeflogen waren. Jemand im Ort hatte von der verbotenen Verbindung zwischen dem Dorflehrer und dem Priester gewusst. Er überlegte fieberhaft, was zu tun war. Wenn der Pfarrer Elisabeth noch schlimmer verletzte, würde er sich genauso wenig zurückhalten können, wie er es bei Johannes Steiner zu tun gedachte. Wenn er sie retten wollte, musste er alle Kühnheit aufbringen, die ihm zur Verfügung stand, um wieder Herr über die Lage zu werden.

»Haben Sie sich oft getroffen, nachts, oben auf dem Turm?«

»Ich weiß, worauf Sie hinauswollen«, knurrte der Geistliche. »Aber ich habe ihn nicht runtergestoßen. Als ich ihn vor zwei Nächten dort oben zurückgelassen habe, hat er noch gelebt. Er stand aufrecht auf seinem Turm, verstehen Sie! Und wäre ich bei ihm geblieben, wäre er immer noch unter uns …«

Schauberger schloss für einen winzigen Moment die Augen, doch noch bevor Karl das ausnutzen konnte, senkte sich das Messer, und der Priester stieß ihm Elisabeth entgegen. Karl fing sie auf und drückte sie an sich. Währenddessen rannte der Priester an ihnen vorbei und hinüber zur Kellertreppe.

»Lass ihn nicht entkommen«, keuchte Elisabeth, und sie hatte natürlich recht. Dennoch zögerte er, denn die Erleichterung, sie unversehrt wiederzuhaben, war für den Moment zu überwältigend.

»Lauf!«, verlangte sie erneut und schob ihn von sich.

Kurz zögerte er noch, zerrissen zwischen dem Wunsch, bei ihr zu bleiben, und der Notwendigkeit, Schauberger zu verfolgen. Doch gleich darauf erfüllte ihn neue Kraft, und er stürzte dem Pfarrer hinterher.

Er holte ihn ein, als dieser gerade oben an der Haustüre die Hand nach der Türklinke ausstreckte. Mit Wucht warf er sich in den Rücken des Pfarrers, sodass dieser hart gegen das eisenbeschlagene Holz prallte. Das Messer, das er immer noch bei sich trug, glitt ihm aus den Fingern und landete klirrend auf dem Steinboden.

Karl stellte seinen Fuß auf die Klinge. Dann packte er Schauberger am Priesterkragen und riss ihn zu sich herum. »Auch wenn ich Sie nicht für den Täter im Fall von Wilhelm Steiner halte, so sind Sie dennoch ein Mörder!«

34

»Sie haben Florian Schmidinger getötet.«

»Warum hätte ich das tun sollen?«, krächzte Schauberger, dem es die Kehle zusammendrückte.

Karl dachte nicht daran, ihn freizugeben. »Er hat Sie gesehen. Oben am Turm, unmittelbar nachdem ihn Wilhelms Todesschrei angelockt hatte. Denken Sie nicht, es ist endlich Zeit, die Beichte abzulegen?«

Der Priester presste die Lippen aufeinander.

Karl fuhr fort. »Das Messer unter meinem Fuß ... Ich gehe davon aus, die Klinge wird genau in die Wunde passen, die dem Knecht zugefügt wurde. Ein sauberer Stich in die Leber, den keiner überlebt. Wo haben Sie das gelernt?«

Viktor Schaubergers Augen weiteten sich noch eine Spur mehr. Er zappelte in dem Griff, mit dem ihn Karl an die Haustüre nagelte. »Ich hab den Schrei ebenfalls gehört. Darum bin ich noch mal zurückgerannt. Ich wusste sofort, dass es Wilhelm war, der da so entsetzlich geschrien hat. Ich war bereits ein ganzes Stück weg vom Turm. Kurz zuvor hatte der Regen eingesetzt, aber der Mond funkelte gelegentlich noch durch die Wolkenlöcher. Der Schmidinger kam plötzlich wie ein fliehendes Reh aus dem Dickicht gestürmt, keine drei Meter vor mir auf dem Weg. Mich packte das Entsetzen, ich drehte um und bin den Berg runtergestolpert.«

»Aber er hat Sie erkannt«, folgerte Karl.

Der Pfarrer versuchte zu nicken. »Er kam ganz früh am nächsten Morgen. Ich war so blauäugig zu glauben, er würde das Gespräch suchen, eine Erklärung, gar Erleichterung in der Beichte.«

Erleichterung wofür, dachte Karl. Schließlich hatte Schmidinger nichts verbrochen – sah man einmal von der Wilderei ab, die ihn nachts auf den Berg getrieben hatte.

»Doch alles, was er verlangte, war Geld«, fuhr der Geistliche mit gepresster Stimme fort, »um seine Spielschulden zu bezahlen.«

»Sie gaben ihm aber keins.«

Schauberger schüttelte den rot angelaufenen Kopf. An seinen Schläfen pochten deutlich die Adern. »Ich habe ihn damit vertröstet, dass ich ihm bis in drei Tagen was besorgen würde. Währenddessen wollte er sich vor seinem Gläubiger drüben im Österreichischen verstecken. Dort kannte er wohl jemanden, bei dem er unterkriechen konnte, dieser schwindsüchtige Wicht.«

»Und weil Sie wussten, dass er bald aufbrechen wollte, haben Sie sich auf dem Waldweg rüber nach Kohlstatt auf die Lauer gelegt«, vollendete Karl den Ablauf, der zum Tod von Florian Schmidinger geführt hatte.

Der Priester sagte nichts. Das Handeln dieser verlorenen Seele wurde schon länger von Gefühlen gelenkt, die er nicht mehr zu kontrollieren verstand. Die Verzweiflung hatte die Vernunft aufgefressen und sogar an seinem Verstand genagt. Daher konnte Karl auch keinen kaltblütigen Mörder in Viktor Schauberger sehen, sondern vielmehr eine bemitleidenswerte Kreatur. Was ihn allerdings nicht seiner Schuld enthob.

»Was machst du jetzt mit ihm?«, fragte eine Stimme in Karls Rücken, und er fuhr zusammen. Es war Elisabeth, die irgendwann hinter ihn getreten sein musste.

Karl löste seinen eisernen Griff, und Schauberger sank an der Tür hinab zu Boden. Dann hob er das Messer auf und betrachtete es. Es handelte sich um einen Hirschfänger mit doppelschneidiger Klinge, auf der man feine Gravuren erkennen konnte. Der Schaft war aus einem Geweihstück geschnitzt. »Woher haben Sie das?«

»Ein Geschenk meines Vaters. Bis vor wenigen Tagen hätte ich mir niemals vorstellen können, es zu benutzen«, antwortete Schauberger matt, ohne zu ihm aufzublicken.

Karl steckte die Tatwaffe in seine Manteltasche, dann wandte er sich Elisabeth zu und antwortete endlich auf ihre Frage. »Ich bin nur hier, um ihn zu verhaften, alles Weitere wird ein Gericht entscheiden.« Damit packte er den zu seinen Füßen kauernden Kleriker, hievte ihn auf die Beine und bugsierte ihn aus dem Pfarrhaus.

Rund um den Vorplatz der Kirche waren ein paar Leute zusammengelaufen, die sie nun mit langen Hälsen und großen Augen musterten. Offensichtlich war ihr Besuch im Wohnhaus des Priesters doch nicht unbemerkt geblieben.

»Geht wieder in eure Häuser, es gibt nichts zu sehen!«, brüllte Karl zu den Schaulustigen hinüber. Aber natürlich rührte sich keiner; sie blieben, wo sie waren, und starrten weiter auf das Geschehen.

Elisabeth wich nicht von seiner Seite, während sie über die Dorfstraße hinüber zur Bäckerei gingen. Es wäre ihm zwar lieber gewesen, sie bei sich zu Hause zu wissen, doch sie fürchtete nicht zu Unrecht, dort erneut von ihrem

Schwager heimgesucht zu werden. Momentan war sie bei ihm am sichersten. Auch wenn sie auf diese Weise alles mit anhören würde, was nun noch kam.

Sein Onkel erwartete ihn in der Türe. »Was willst du mit dem Pfarrer?«, fragte er verwirrt.

»Sperr ihn irgendwo ein!«, befahl er unwirsch und schob Schauberger an Georgs Wanst vorbei in den Hausflur. »Wie steht es um die Telefonleitung?«

»Wir arbeiten daran«, murmelte Georg, ohne den Blick von der gebeugten Gestalt des Priesters zu nehmen. »Was hat er getan?«

»Musst du nicht wissen! Schließ ihn einfach weg, bis meine Leute ihn holen kommen!«

»Er ist doch nicht derjenige ...?«

»Herrgott, befolg einfach meine Anweisungen, du erfährst alles noch früh genug!«, fauchte Karl seinen Onkel an, dann drängte er sich an ihm vorbei und marschierte den Gang hinunter, um sich mit Elisabeth ins Ortsvorsteher-Bureau zurückzuziehen. Nachdem sie eingetreten war, schlug er die Tür hinter ihnen zu.

»Warum bist du so aufgebracht?«, fragte sie leise.

Erneut verfluchte er stumm den Umstand, dass er nicht alleine nachdenken konnte. Auch wenn ihm ihre Gegenwart sonst mehr als recht war. Ohne etwas zu erwidern, griff er nach dem Telefonhörer, lauschte und tippte mehrmals auf die Gabel. »Es ist noch nicht zu Ende«, sagte er schließlich, nachdem er den fruchtlosen Versuch, eine Verbindung zu erhalten, wieder aufgegeben hatte.

Sie kam ein Stück näher und suchte seinen Blick. »Ich bin nicht weniger durcheinander als dein Onkel. Wir wissen jetzt zwar, dass der Pfarrer unseren Knecht erstochen hat. Und dass nach deinem Empfinden weder er noch der Flori noch Johannes derjenige war, der Wilhelm vom Turm gestoßen hat. Aber wer war es dann? Und Heinrich? Was ist mit Heinrich? Warum musste der Bub sterben?«

Karl setzte sich auf die Kante des Schreibtischs und barg für einen Moment das Gesicht in den Händen. Das Adrenalin, das dank der Ereignisse auf dem Turm und der Festsetzung von Viktor Schauberger durch seine Adern gespült worden war, schien endgültig verflogen zu sein. Die Erschöpfung war zurück, noch um einiges drückender als zuvor.

»Hat Wilhelm nichts angedeutet?«

»Angedeutet? Worüber?«

»Darüber, vor wem er Angst hat.«

Elisabeth zuckte mit den Schultern. »Falls er mir dazu irgendwas hat sagen wollen, habe ich seine Botschaft nicht verstanden.«

Nun blickte er wieder auf. »Hast du vielleicht einen Verdacht? Wer von den Leuten im Dorf käme infrage? Sein Vater? Ich meine, unter den gegebenen Umständen wäre das wohl nicht mehr abwegig. Der Waldbauer hätte so was doch nie hingenommen. Selbst bei seinem Erstgeborenen nicht – vielleicht gerade nicht bei dem.«

Elisabeth runzelte die Stirn. »Er hätte sich aber auch nicht die Mühe gemacht, ihn deswegen vom Turm zu stoßen. Der Alte hätte ihn einfach erschlagen und dabei vermutlich auch keine Skrupel gehabt, das vor allen Leuten zu tun.«

Da musste er ihr recht geben. Viel sprach dafür, dass Josef Steiner nicht wusste, welche Schande Wilhelm über die Familie hätte bringen können, wenn seine Liebschaft zu Viktor Schauberger öffentlich bekannt geworden wäre.

»Und was war mit seinen Brüdern?«

»Johannes ist erst heute hinter das Geheimnis gekommen. Vorher gab es keinen Grund für ihn, Wilhelm etwas anzutun.«

»Und Michael?«

Sie schüttelte den Kopf. »Er verfügt zwar über eine gewisse Schläue, aber nein, ich denke nicht. Er hätte dieses Wissen über Wilhelms Neigungen eher anders für sich eingesetzt. Ein lebendiger Wilhelm hätte ihm mehr genutzt, wenn er seinen Vater überzeugen wollte, dass er der einzig richtige Erbe sei.«

»Aber sind wir uns so weit einig, dass jemand die Schande abwenden wollte?«, fragte Karl. »Das jemand diese unsägliche Schmach ausmerzen wollte, bevor es bekannt wurde. Beispielsweise, wenn dein Mann zusammen mit dem Dorfpfarrer davongelaufen wäre ...«

»Ich sehe das alles ein«, bestätigte Elisabeth. »Aber was ist mit Heinrich? Warum hat auch der Bub sterben müssen? Hat er den wahren Mörder von Wilhelm bei dessen Tat beobachtet? Aber das würde ja voraussetzen, dass dieser auch Heinrich gesehen haben muss ...«

Karl durchfuhr eine Überlegung. »Schande abwenden«, murmelte er, mehr zu sich selbst.

Elisabeth hob die Augenbrauen, als Karl von seinem Sitzplatz aufsprang.

»Heinrichs Fehler war nicht, dass er etwas gesehen hat, was niemand sehen durfte. Nein! Er ist zum Opfer der Umstände geworden, und das macht seine Ermordung umso verwerflicher. Was den Buben das Leben gekostet hat, war seine bloße Existenz.«

35

»Wie meinst du das?«, fragte Elisabeth, aber ihre Worte schienen unendlich weit entfernt. Karl war bereits tief in seine Überlegungen abgetaucht. Er sann über den Strick nach, mit dem Heinrich Hirscher erhängt worden war. Der Mörder hatte ihn über den Balken geworfen, der den ersten Treppenabsatz trug, und ihn dann um einen der Eckpfeiler geschlungen, um ihn dort zu fixieren. Wegen des Gewichts des Buben war er bisher davon ausgegangen, dass zwei Männer dafür nötig gewesen waren, ihn in die Höhe zu ziehen. Nun erwog er zum ersten Mal, dass es sich um eine einzige Person gehandelt haben mochte, die ein ähnlich schweres Gewicht auf die Waage brachte – und zudem von einem eisernen Willen angetrieben wurde. Um jemanden, der Schande abwenden wollte. Um jeden Preis.

Karl stemmte sich hoch. »Warte hier!«, verlangte er, schlüpfte an Elisabeth vorbei und hinaus aus der behelfsmäßigen Amtsstube. Er rannte den Flur hinunter und polterte in die Backstube.

Georg stand an seinem Arbeitstisch und bearbeitete mit seinen breiten Fäusten einen Klumpen Sauerteig. »Der Pfarrer ist sicher verwahrt, im Mehllager«, berichtete er, nachdem er sich von Karls überraschendem Auftritt erholt hatte.

»Wo ist Ferdl?«

»Hilft beim Beheben der Telefonstörung.«

Karl sah sich um. »Und Tante Traudl?«

»Wird das Mittagessen kochen. Willst du womöglich mitessen?«

Jetzt auf einmal. Karl schüttelte den Kopf. »Ich habe eine Frage.«

Georg hob auffordernd seine mehligen Hände. Karl trat auf die andere Seite der mit Teig verklebten Arbeitsplatte. »Was glaubst du? Wie lang braucht man hoch bis zum Turm und wieder herunter?«

»Mei, beim Waldbauer vorbei und über die Josefi-Platte ... Zwanzig Minuten, wenn man sich beeilt.«

»Und wenn man den anderen Weg nimmt?«

»Welchen anderen Weg?«, fragte sein Onkel und wischte sich mit seinem haarigen Unterarm Schweiß von der Stirn.

»Diesen versteckten Steig, zu dem man kommt, wenn man zwischen Kirche und Pfarrhaus schnurgerade über die Wiese bis hoch zum Waldrand geht. Meines Erachtens erspart man sich damit ein Stück der Wegstrecke zwischen Turm und Dorf.«

Georg schob die fleischige Unterlippe vor und zuckte dann mit den Schultern.

»Erzähl mir nicht, du kennst diese Abkürzung nicht!«

»Doch, doch. Ist mir nur gerade nicht in den Sinn gekommen. Der Weg ist schlecht und zugewachsen.«

»Weniger schlecht und zugewachsen, als du mir weismachen willst. Aber das ist dir bekannt, denn du hast ihn erst gestern benutzt. Ebenso wie vorgestern Nacht.«

»Was unterstellst du mir da!«, rief Georg empört. »Warum hätte ich das machen sollen?«

»Aus Treue zum Führer«, sagte Karl mit kalter Stimme. »Eine deiner Aufgaben ist es doch, akribisch die Vergehen deiner Mitbürger zu protokollieren. Damit die Partei weiß, wer ihnen aufrichtig ergeben ist. Erhältst du dann auch Anweisungen von der Gauleitung, wie du mit Abweichlern zu verfahren hast?«

Offenbar wusste Georg nicht, was er mit seinen Händen tun sollte, denn er versenkte die Finger tief im Brotteig. »Was soll das? Worauf willst du hinaus, Karl? Wir unterstehen doch alle dem gleichen Dienstherrn.«

»Heil Hitler«, sagte Karl und ließ den vorgeschriebenen Volksgruß besonders zynisch klingen. »Haben sie dir was zum Fall Heinrich Hirscher geschrieben? Also, sofern du dessen geistige Unterentwicklung schon folgsam nach oben weitergemeldet hast. Oder hast du ihnen den Buben vielmehr verschwiegen, um keine unnötige Besorgnis beim Gauleiter zu erregen?«

»Das ist …« Das Gesicht seines Onkels verfärbte sich in ungesunder Weise.

»Verstehe. Du bist demnach den kurzen Dienstweg gegangen und hast das Problem Heinrich Hirscher selber gelöst. Hast sozusagen die Gunst der Stunde genutzt und eine rassenhygienische Säuberung durchgeführt. Oder hat der Bub dich einfach nur dabei beobachtet, wie du die andere Bedrohung für die Gemeinschaft des deutschen Volkes getilgt hast? Ein Zurückgebliebener und ein zur homosexuellen Unzucht neigender Dorflehrer. Und das alles ausgerechnet unter deiner Obhut. Glaub mir, Onkel, unter diesen Umständen begreife ich, dass du nicht gezögert hast, als sich dir diese Gelegenheiten geboten haben.«

»Das tust du?«, fragte Georg und klang erleichtert. »Ich wusste, du bist an meiner Seite, schon allein der Familie wegen …«

»Nein, das bin ich nicht!«, machte Karl frostig klar. »Wie hast du ihn eigentlich hoch auf den Berg gelockt? Konnte er dem Hefegebäck nicht widerstehen, das du ihm versprochen hast? War es wirklich so einfach?«

»Ich weiß nicht ...«

»Erspar mir deine Ausflüchte! Ich verhafte dich wegen der Morde an Wilhelm Steiner und Heinrich Hirscher. Dafür wirst auch du dein Leben lassen.«

Seiner feisten Behäbigkeit zum Trotz schleuderte ihm Georg nach einer Schrecksekunde eine Handvoll Mehl aus der Schüssel ins Gesicht. Der feine Puder ließ ihn husten und raubte ihm gleichzeitig die Sicht. Er ahnte zwar, wohin sein Onkel wollte, und warf sich blind und mit ausgebreiteten Armen in dessen Richtung. Doch dem heranrollenden Gewicht des Ortsvorstehers hatte er so nichts entgegenzusetzen. Er prallte von dessen Wanst ab und schlug hart auf den Steingutboden der Backstube.

Karl keuchte. Der eingeatmete Mehlstaub malträtierte seine Lunge. Irgendwie rappelte er sich hoch, tastete umher, bis er den Türrahmen fand und in den Hausflur hinausstolperte. Direkt in die Arme von Elisabeth.

»Er ist nach hinten«, verriet sie ihm, alles andere ging in seinem bellenden Husten unter.

Seine Tränen verklumpten mit dem Mehl zu einer zähen Masse, die ihm die Wimpern verklebte. Er erkannte nichts als helle und dunkle Schemen. »Ich seh nichts«, krächzte er zwischen zwei Hustern.

»Warte!«, sagte sie und ließ ihn alleine zurück. Eine halbe Ewigkeit lang hörte er nichts als seine rasselnde Lunge und das Rauschen des Bluts in seinen Ohren.

»Karl!«

Er fuhr herum. Hob schützend die Arme vor sich. Georg stand irgendwo vor ihm.

»Falls du noch immer Mehl in den Augen hast, ich habe eine Pistole auf dich gerichtet«, verkündete sein Onkel.

»Und was willst du jetzt machen?«, presste Karl hervor. »Einen Beamten der Landespolizei erschießen?«

»Ich kann einfach behaupten, es war der Pfaffe. Weil du ihn überführt hast. Nicht allein wegen der Morde, die er begangen hat, sondern auch wegen seiner krankhaften Neigungen. Wer soll Schauberger noch glauben, wenn erst mal alles ans Licht kommt? Nicht mal die Kirche wird ihm dann noch beistehen, im Gegenteil, die werfen ihn hochkant hinaus. Amen, sag ich!«

»Du bist nicht weniger krank, Georg!«

»Pass auf, was du sagst, Neffe! Ich hab das tun müssen. Für alle hier, für Talberg. Damit wir weiterhin in Ruhe leben können ...«

Scheinheiliges Geschwätz, dachte Karl und sorgte sich währenddessen um Elisabeth. Er konnte davon ausgehen, dass Georg auch sie beseitigte, sobald er sie zu fassen bekam. Sein Onkel musste ja davon ausgehen, dass sie ähnlich viel über seine Missetaten wusste wie Karl. Er konnte sie also nicht am Leben lassen. Die Arme hatte er inzwischen sinken lassen, und seine Rechte tastete auf der von Georg abgewandten Seite in seiner Manteltasche nach dem Hirschfänger des Pfarrers. Wie groß waren seine Chancen, dass Georg in dem engen Hausflur danebenzielte? Und konnte er, halb blind wie er noch war, überhaupt etwas gegen ihn ausrichten?

Er war nie ein großer Kämpfer gewesen, nie ein Soldat, und galt auch bei der Polizei als kein sonderlich begnadeter Schütze. Im Grunde war er ein Feigling, der sich auf Einsätzen, bei denen mit Gegenwehr und Gewalt zu rechnen war, immer im Hintergrund gehalten hatte. Aber hier und jetzt hatte er nicht nur einen dienstlichen Auftrag. Er hatte die Verantwortung für ein Leben, das ihm darüber hinaus mehr bedeutete, als er je zu hoffen gewagt hätte. Also dachte er nicht länger über die Konsequenzen für sich selbst nach, sondern zog in einer fließenden Bewegung das Messer aus dem Mantel und schleuderte es in die Richtung, aus der Georgs Stimme kam.

Es folgte ein ohrenbetäubender Knall. Gleichzeitig schlug ihm etwas mit der Wucht eines Lastwagens gegen die Schulter und holte ihn von den Beinen. Hart prallte er gegen die Wand hinter sich. Sein Schädel zerplatzte. Pulverdampf erfüllte die Luft. Von weit her kreischte eine Frau.

Dann hüllte ihn Schwärze ein.

36

ELISABETH

Am anderen Ende des Flurs lag Georg Leiner. Der Schaft eines Messers ragte aus seinem Hals. Mit jedem Herzschlag spritzte Blut aus der klaffenden Wunde gegen die gekalkte Wand und hinterließ dort bizarre Muster der Vergänglichkeit. Elisabeth sah seinen um Hilfe flehenden Blick. Aber sie hatte, versteckt in einer Türnische, mit angehört, was er zu seinem Neffen sagte, bevor er auf ihn geschossen hatte. Daher wandte sie sich von dem sterbenden Bäcker ab und dem Major zu, der seinerseits blutend und merkwürdig verdreht an einer Wand kauerte. Er reagierte nicht, als sie ihm mit dem nassen Lappen, den sie aus der Backstube geholt hatte, übers Gesicht wischte. Stöhnte nur kaum vernehmlich auf, als sie ihm das Tuch fest auf die Schussverletzung drückte. »Alles wird gut«, flüsterte sie ihm zu. »Alles wird gut!« Denn das musste es einfach. Nicht allein ihretwegen. Sie dachte auch an das Kind in ihrem Bauch. Und daran, dass Josef Steiner ihr gegenüber keine Nachsicht walten lassen würde, sobald er das Schreiben des Notars aus Passau erhielt. Ein Schreiben, in dem von Wilhelm verfügt wurde, seinem Kind und dessen Mutter alle seine Erbansprüche zu übertragen, so wie Recht und Gesetz es vorschrieben. Natürlich würde der wirkliche Kampf damit erst beginnen. Aber sie hatte nicht vor, ihn zu verlieren. Und dafür brauchte sie den Major an ihrer Seite. Einen aufrichtigen Mann, der sie nicht verurteilte. Der ihren Verlockungen verfiel und ihrer Macht erlag, sodass er stets tun würde, was sie ihm auftrug, so willfährig, wie es ihr Ehemann nie getan hatte.

Du Hexe!

37

VRONI

»Dein alter Herr hat's mir erzählt«, sagte Ludwig Teufel, der diesmal länger als sonst in der Kammer geblieben war, in der ihr Vater ihn für gewöhnlich beherbergte.

Ein wenig schrak sie zusammen, weil sie ihn trotz seiner Leibesfülle nicht hatte die Stiege herunterkommen hören. Sie zog den Rotz hoch und wischte sich über die tränennassen Augen. Er stand da mit seiner kleinen Reisetasche in der Hand und füllte den Gang zwischen Gaststube und Küche. Gehüllt in diesen teuren, schweren, mit einem Pelzkragen besetzten Mantel. Der Geldige aus der Stadt, dem es ein teuflisches Vergnügen bereitete, den armen Schluckern aus dem Ort beim Kartenspielen die letzten Pfennige aus der Tasche zu ziehen.

»Mein Beileid also«, fügte er hinzu und verhielt sich dabei ungewohnt unbeholfen für einen, den sonst nichts und niemand in Verlegenheit bringen konnte.

»Schon recht«, erwiderte sie und schniefte.

»Ihr Hirscher seid's schon arme Krüppel. Die Männer bei euch in der Familie werden nicht alt, wie mir scheint. Erst die zwei, die der Krieg gefressen hat, dann der kleine Alfred und jetzt der Heinrich. Woran soll man da noch glauben, wenn einem das Leben so übel mitspielt. Aber vielleicht war's auf lange Sicht besser so für den Buben. Ich meine, es wär ja eh nie was Gescheites aus ihm geworden.«

Sein letzter Satz hätte sie eigentlich erzürnen müssen. Aber der Heinrich war eben gewesen, wie er war – und auch wenn sie sich abgründig dafür schämte, so war ihr derselbe Gedanke doch auch schon durch den Kopf gegangen. Nie wäre etwas aus ihrem Sohn geworden, auf das man hätte stolz sein können. Was allerdings nicht hieß, dass sie jemals ihren Frieden damit würde machen können, wie ihr Bub umgekommen war. Ja, der Heinrich war gewesen, wie er war, und dennoch brannte sein Verlust in ihrer Seele. Und so wie sie sich gerade fühlte, glaubte sie nicht, diesen Schmerz jemals verwinden zu können. Freilich, auch der Tod ihrer Brüder hatte heftig geschmerzt. Vor allem der des jüngsten. Alfred war eigentlich genau so ein Kind gewesen, wie sie es sich gewünscht hatte. Ein normales halt. Der Alfred hätte ihr Kind sein sollen, nicht ihr Bruder. Aber sobald sie ihn auch nur auf den Arm genommen hatte, war die Mutter gleich eifersüchtig geworden. Kümmer dich um den deinen, hatte sie immer gefaucht und ihr den Alfred regelrecht entrissen.

»Niemand weiß, ob der Alfred tot ist. Den hat noch keiner gefunden«, beschied sie den Teufel jetzt etwas zu schnippisch, während ihr gleichzeitig der Gedanke durch den Kopf schoss, dass der Mutter das ganze Gluckengehabe letztlich nichts genutzt hatte. Sie hatte ihren vergötterten, kleinen Alfred nicht beschützen können ...

»Es ist nicht so, dass ich's mir nicht hätte ausrechnen können. So viel versteh ich schon auch von diesen Dingen«, erwiderte der Teufel, und es brauchte einen Moment, bis ihr klar wurde, worauf er abzielte. »Dir gilt mein Dank, Vroni, dass du nie jemandem was darüber gesagt hast.« Ludwig Teufel griff in seine Manteltasche, zog ein Bündel Geldscheine heraus und streckte es ihr entgegen. »Und ... freilich wär es mir recht, wenn's auch so bliebe. Das hier sollte für ein anständiges Begräbnis reichen, und mein Steinmetz wird ihm einen Grabstein meißeln, auf den alle neidisch sein werden. Das versprech ich dir.«

Vronis Hand zitterte, als sie das Geld entgegennahm und in ihrer Schürzentasche verschwinden ließ. Er nickte abschließend, setzte seinen Hut auf und verließ das Wirtshaus.

»Was hätt' ich auch sagen sollen?«, flüsterte sie ihm hinterher, so leise, dass er es gewiss nicht mehr hören könnte. »Hätt' ich etwa sagen sollen, dass der Teufel mir ein Kind gemacht hat?«

38

JOHANNES

Ich hätte nicht davonrennen sollen.

Aber jetzt war er schon weit hinter Breitenberg, ganz gewiss schon auf der Österreichseite, an Klaffer und der Abtei Stift Schlägl vorbei, und stapfte nun durch dichten Baumbestand bergwärts. Hinauf auf die Höhen des Böhmerwalds, so schnell ihn seine Füße trugen. Füße, die bereits sehr müde waren und schmerzten.

Ich hätte nicht davonrennen sollen.

Aber wäre der Alte bereit gewesen, alles für ihn zu regeln? Allerdings, sagte er sich, wenn er ihm die Verfehlungen seiner anderen Söhne offenbart hätte. Dann hätte er gar nicht anders können, als alles dafür zu tun, dass wenigstens er verschont blieb. Und sogar damit davonkam, einen Polizeimajor von einem Turm gestoßen zu haben. Das Einzige, was ihn wirklich quälte, war, dass er die Hure seines Bruders nicht hatte erledigen können. Stattdessen hatte er von ihr eine Demütigung erfahren, die nicht zu verschmerzen war. Wie er sie hasste! Sie und den Bastard, den sie im Leib trug.

Mein Kind ...

Nein, ich hätte nicht davonrennen sollen.

Doch nun war es zu spät. Nicht einmal mehr zurück zum Hof und in seine Kammer hatte er sich nach der Auseinandersetzung auf dem Berg gewagt. Gerade so, als würde die Gendarmerie ihn dort abpassen. Dabei war der Kampf mit dem Leiner-Neffen zu diesem Zeitpunkt nicht einmal eine Viertelstunde alt gewesen. Niemand konnte da schon wissen, was er getan hatte. Doch die Panik hatte ihn vorwärtsgetrieben, ihn gedankenlos gemacht. Den Nebel in seinen Kopf zurückgesogen, so dicht, wie er schon lange Zeit nicht mehr gewesen war.

So war er hierhergelangt. Benommen, ja fast traumwandlerisch. Mit weniger in der Tasche als bei seiner Freilassung aus der Kriegsgefangenschaft. Damals hatte man ihm zumindest eine Art Ausweisdokument in die Hand gedrückt. Eine Legitimation, dass er weiterleben durfte. Doch nun hatte er nicht einmal das. Nichts, was belegte, wer er war oder woher er kam. Alles, was er bei sich trug, waren sein Messer und sein Andenken an Ruzanna ...

Ich hätte nicht davonrennen sollen.

Immerhin hatte der Regen aufgehört. Dafür war der Wind, der über den baumlosen Kamm fegte, so schneidend wie eine Rasierklinge. Wie hoch droben mochte er sein? Er glaubte nicht, die Orientierung verloren zu haben. Aber er war hier noch nie gewesen, und die Sicht war schlecht. Die Ebene im Westen lag unter tief hängenden Wolken. Und von Osten kroch bereits die Nacht heran.

Im Talberger Wirtshaus hatte er die besonders Zwielichtigen unter den Zechern ab und an von den Schmugglerpfaden hinüber ins Tschechische reden hören. Leider war er sich nun überhaupt nicht mehr sicher, ob er auf einem dieser Pfade unterwegs war. Aber wozu sollte der Steig sonst dienen, der ihn auf den Bergrücken geführt hatte? Seine Finger waren wie Eiszapfen, doch er wagte es nicht, die einzige Hand, die er noch hatte, in der Tasche seiner Jacke zu wärmen. Denn damit hätte er sich jeder Balance beraubt, die hier auf dem schmalen Tritt doch unabdingbar war. Das fehlte noch, dass er abrutschte und den steilen Hang hinunterkugelte. Nein, er musste vorsichtig sein. Niemand würde ihn hier oben finden, wenn er verletzt irgendwo in einer Felsspalte lag.

In einer Felsspalte!

Wie kam er jetzt bloß darauf? Er entsann sich, wie er einst zwei der Waldarbeiter seines Vaters auf den Veichthiasl geschickt hatte. Dorthin, wo sie eigentlich nichts zu suchen hatten. Aber er hatte vorausgesehen, dass sie die kleine Hexe hören würden – sofern sie noch die Kraft besaß zu schreien. Erst ganz zuletzt war sie dahintergekommen, dass er es gewesen war, der sich drei Nächte lang an ihrer Hilflosigkeit und Unschuld ergötzt hatte. O ja, und wie sehr er es genossen hatte, die Frau an ihr zu riechen, zu der sie heranreifte! Das hatte ihn schier verrückt gemacht. Vor allem deshalb hatte er dafür gesorgt, dass sie gerettet wurde: damit er sie eines Tages ganz für sich haben konnte. Doch dann hat Wilhelm sie bekommen.

Verfluchter Wilhelm!

Er stolperte und bemerkte erst in dem Moment, dass er sich bereits wieder auf dem Abstieg befand. Er konnte sich gerade noch fangen. Wie hatte er den Bergkamm so schnell hinter sich bringen können? Herrgott, er musste aufpassen. Durfte nicht zu tief in den Nebel in seinem Kopf eintauchen. Die nächsten Minuten achtete er nur auf den kaum einen Fuß breiten Pfad, war froh, dass er überhaupt noch etwas sehen konnte. Die Nacht nahte jetzt rasend schnell, und er musste davon ausgehen, dass sie mondlos blieb. Doch nach wenigen

Schritten verschluckte ihn der Wald, und es war ohnehin vorbei mit der Sicht, die nun mehr kaum bis zu seiner ausgestreckten Hand reichte. Über ihm pfiff der Wind durch die Baumwipfel und ließ die Stämme um ihn herum knarren und ächzen. Der Wald, den der Vater sein Eigen nannte, hatte ihn nie geschreckt. Aber der hier war ihm fremd, und das erzeugte eine Unruhe, die ihm nicht behagte.

Angst. Du hast Angst!

Wohin brachte ihn dieser Weg, den er blindlings eingeschlagen hatte und von dem er nicht einmal wissen konnte, ob er ihm jetzt in der Dunkelheit noch folgte. Er war davongerannt wie ein elender Feigling. Was hatte er sich nur dabei gedacht? Abrupt blieb er stehen.

Kreuzkruzifix, er musste umkehren und die Dinge regeln. Was hatte er schon groß verbrochen? Nichts, was man einem Sohn des Waldbauern anlasten konnte. Und alles andere, was er nie und nimmer zur Beichte tragen würde, war verborgen und tief vergraben. Es gab niemanden, der deshalb mit dem Finger auf ihn zeigen würde. Niemanden!

Er atmete tief durch, dann stutzte er. Was war das?

Etwas unterhalb von sich konnte er einen Schimmer ausmachen. Licht, das flüchtig zwischen den schwarzen Stämmen flackerte. Worauf blickte er da? Eine Ansiedlung, ein einsames Gehöft? So hoch droben? Mitten im Böhmerwald? Johannes' anfängliche Freude über die Entdeckung verflog rasch. Waren das etwa Schmuggler? Finstere Gestalten, mit denen nicht zu spaßen war? Dennoch bewegte er sich darauf zu, der immer heller werdende Schein wirkte gar zu verlockend. Das Gelände fiel hier steil ab, er trat Steine los, die den Hang hinunterkullerten. Klick-klack, klick-klack, klick-klack. Sie würden ihn hören, so ungeschickt, wie er sich näherte. Aber vielleicht war das auch besser, denn so wurden sie nicht von ihm überrascht und taten womöglich etwas Unüberlegtes.

Bald war er sich sicher, dass es sich um ein Lagerfeuer handelte. Die Aussicht auf Wärme, darauf, der beißenden Kälte entkommen zu können, der er stundenlang ausgesetzt gewesen war, beflügelte ihn. Er wurde unvorsichtig, seine Füße verloren den Halt. Er landete hart auf dem Hintern und rutschte über Geröll und moosbewachsene Felsplatten ein ganzes Stück den Berg hinab, bis seine Hand endlich einen Ast zu fassen bekam. Das würde ordentlich blaue Flecken geben, von den Abschürfungen ganz abgesehen. Doch im Moment, das herrlich lodernde Feuer vor Augen, konnte er den Schmerz beiseiteschieben. Er rappelte sich wieder auf und machte sich daran, den restlichen Abhang zu bewältigen. Ihm war, als könnte er die Wärme der Flammen bereits spüren, obwohl er noch viel zu weit davon entfernt war. Womöglich gab es eine heiße Suppe für ihn. Selbst ein Kanten sperriges Brot wäre eine Wohltat für seinen leeren Magen. Danach, wenn der Hunger gestillt und seine Glieder wieder aufgetaut waren, würde er entscheiden können, wie er weitermachen sollte. Er war ein Steiner, er war dazu ausersehen, alles zu bewältigen. Allen Widrigkeiten zu trotzen.

Der Alte stirbt!

Ja, auch deshalb musste er wieder heim. Sie brauchten ihn. Er war der einzig legitime Erbe.

Als er mit einem Mal erkannte, wer sich dort im Wald zwischen den Bäumen unterhalb einer markanten Felsformation niedergelassen hatte, war er bereits zu nah, um noch unbemerkt verschwinden zu können. Sein Herz gefror. Zwar blieb er sofort stehen, doch er wusste es besser. Er war unvorsichtig gewesen. Einfältig und in jeder Hinsicht zu laut und unbeherrscht, wie er den Berg herabgepoltert war. Wie hätten sie ihn da überhören sollen?

Aus der Finsternis um ihn herum kamen plötzlich Arme und packten ihn. So fest und bestimmt, dass er sich nicht einmal die Mühe machte, sich zu wehren. Sie schleiften ihn die letzten Meter hin zum züngelnden Lagerfeuer, wo man ihn auf den Waldboden schleuderte und sein Gesicht mit ungestümer Grobheit in das Nadelbett drückte. Er schmeckte die schwarze, von Verwesung und Pilzsporen durchzogene Erde in seinem Mund. Bekam kaum noch Luft. Sah nur noch mit einem Auge, was im Lichtschein der lodernden Glut auf ihn zukam. Es war, als hätten sie hier auf der böhmischen Seite der Bergkette all die Jahre auf ihn gewartet. Gelauert wie Zecken.

Er spürte, wie die Alte mit ihrem kalten Finger über seine Wange strich, als liebkoste sie einen vor Langem verloren geglaubten Sohn, der endlich zu ihr zurückgekehrt war. Er hatte es bisher nicht begriffen, aber nun erkannte er es. Wusste es. Sah ganz klar, obwohl ihm die Furcht die Luftröhre zuschnürte.

Sie hatten gewartet. Geduld bewiesen. Unendlich lange Geduld. Und nun würden sie ihre Rache bekommen.

Wäre Johannes noch dazu in der Lage gewesen, er hätte lauthals geschrien.

WARUM TALBERG?

Vorab möchte ich betonen, dass alle Figuren und Ereignisse in diesem Buch rein fiktiv sind. Jede Ähnlichkeit von hier genannten Beteiligten zu realen Personen, lebendig oder tot, ist rein zufällig und nicht beabsichtigt.

Fiktiv ist auch der Ort Talberg. Findige Leser, vor allem jene, die im niederbayerischen Dreiländereck beheimatet sind, mögen gewisse Gemeinsamkeiten mit dem Ort Thalberg in der Gemeinde Wegscheid erahnen. In der Tat muss ich gestehen, dass mein Talberg ein Spiegelbild von Thalberg in der wirklichen Welt darstellt. Wenn auch ein getrübtes, verzerrtes Bild in einem alten, angelaufenen und von Sprüngen durchwobenen Spiegel, denn selbstverständlich ist Thalberg kein finsteres Dorf, in dem einst düstere Dinge geschehen sind.

Im Gegenteil, Thalberg ist ein inspirierender Ort für mich. Ein Ort, den ich von klein auf kenne, denn ich bin unweit davon aufgewachsen. Dass ich dort einen Teil meiner Kindheit verbracht habe, trug sicher mit dazu bei, meine neue Romanreihe an einem Ort spielen zu lassen, für den das echte Thalberg als Vorlage dient. So wie ein Maler einen Blick auf eine Landschaft als Vorlage für ein Gemälde nimmt, aber dennoch nicht die Wirklichkeit abbildet.

Seit mir die Idee für diese Thriller-Reihe im Kopf herumschwirrt, war ich nach langen Jahrzehnten wieder mehrfach in Thalberg, bin auch immer mal hinauf auf den Veichthiasl gestiegen und habe dabei Dorf, Berg, Wald und die Landschaft drum herum auf mich wirken lassen. Mit jedem Besuch gewann ich dabei an Zuversicht, dass ich den richtigen Ort als Vorlage für meine Romane gewählt habe. Einfach aus dem Gefühl heraus, aus dem, was dort in mir ausgelöst wurde. Vielleicht bin ich als Autor und Geschichtenerfinder auch empfänglich für besondere Orte. Womöglich haben aber auch Sentimentalität und Nostalgie eine Rolle gespielt. Oder alles zusammen.

Mein Dank gilt wie immer meinem Agenten Bastian Schlück sowie meinem Lektoren-Team bei Heyne, allen voran Oskar Rauch und meine Redakteurin Tamara Rapp, die es in gewohnt kreativer Weise versteht, meine Texte zu veredeln. Danke auch meinen lieben Kolleginnen und Kollegen vom Club der fetten Dichter, für deren stets verlässliche und anregende Freundschaft. Und natürlich meiner Familie, die es nach wie vor mit mir aushält, obwohl ich die halbe Zeit meines Tages in Geschichten lebe und nicht immer sofort auf das wirkliche Leben ansprechbar bin.

Dass Sie es als Leser*in bis hierher geschafft haben, freut mich natürlich außerordentlich. Und falls Sie nun so richtig neugierig auf weitere Geschichten aus Talberg geworden sind, gibt es gute Nachrichten: Dieses Buch wird nicht das einzige bleiben, das Sie an diesen düsteren Ort entführt.

Ihr Max Korn